Mit Opa am Canal Grande

Das Buch

Astrid kann es nicht fassen. Schon im vergangenen Italienurlaub hat Schwiegervater Johann ihr den letzten Nerv geraubt. Jetzt hat er *facebook* entdeckt und verbringt seine Tage am liebsten im Internet. Dass dabei nichts Gutes herauskommen kann, zeigt sich, als die junge Italienerin Emilia vor der Tür steht und beteuert, Johanns Enkelin zu sein. Die Familie ist entsetzt: Wer ist Emilias Mutter? Hat Johann tatsächlich noch ein Kind in die Welt gesetzt? Kaum haben sich alle vom ersten Schock erholt, wartet Johann mit einer Überraschung auf: Er will nach Venedig reisen und Emilias Mutter Franca, seine vermeintliche Tochter, kennenlernen. Ein waghalsiges Unterfangen, schließlich ist er nicht mehr der Jüngste und hat außerdem panische Angst vorm Fliegen. In allerletzter Minute schließen sich ihm Astrid und ihre Tochter Lucie an, um ihm beizustehen. Das ist auch dringend nötig, denn Franca will nichts von ihrem Vater wissen. Johann muss erst einige Tricks anwenden, um ihr in der Stadt der prunkvollen Paläste, schaukelnden Gondeln und köstlichen Tramezzini näherzukommen.

Die Autorin

Susanne Fülscher, geboren 1961, widmete sich nach ihrem Germanistik- und Romanistikstudium sehr schnell dem Schreiben. Bisher sind von ihr etwa 40 Romane und Kurzgeschichten für Jugendliche und Erwachsene erschienen, die mehrfach ausgezeichnet und in viele Sprachen übersetzt wurden. Susanne Fülscher lebt als freie Schriftstellerin und Drehbuchautorin in Berlin.

Von Susanne Fülscher sind in unserem Hause bereits erschienen:
Leben, frisch gestrichen
Mit Opa auf der Strada del Sole

Susanne Fülscher

Mit Opa am Canal Grande

Roman

List Taschenbuch

Besuchen Sie uns im Internet:
www.list-taschenbuch.de

Originalausgabe im List Taschenbuch
List ist ein Verlag der Ullstein Buchverlage GmbH, Berlin.
1. Auflage September 2012
© Ullstein Buchverlage GmbH, Berlin 2012
© 2012 by Susanne Fülscher
Umschlaggestaltung und Titelabbildung: © bürosüd° GmbH, München
Satz: LVD GmbH, Berlin
Gesetzt aus der Minion
Papier: Munkenprint von Arctic Paper Munkedals AB, Schweden
Druck und Bindearbeiten: CPI - Clausen & Bosse, Leck
Printed in Germany
ISBN 978-3-548-61109-9

Für Katja

1.

Es war spät. Zu spät, um noch zu Hause anzurufen, aber immer noch früh genug, um sich in der Doc Cheng's Bar blicken zu lassen. Ein Glas zu trinken, den erfolgreichen Kongress mit den Kollegen zu begießen.

Astrids Handy klingelte. Thomas? Sie blickte aufs Display, aber es war ihr Schwiegervater.

»Um Himmels willen, Johann, was ist denn?«, meldete sie sich mit hämmerndem Herzen.

»Ich bin's, Astrid-Schatz«, schnarrte seine vertraute Stimme an ihrem Ohr.

»Ja, weiß ich doch.« Ihr Herzschlag normalisierte sich wieder. Er klang nicht nach großer Katastrophe, immerhin.

»Geht's dir gut, mein Herz?«

»Ja, mir geht es blendend. Und bei euch?«

»Alles tipptopp. Alles im Lack. Alles paletti«, spuckte er wie ein Computerprogramm die Synonyme aus.

»Und warum rufst du an?«

»Lucie schläft bei einer Freundin. Und Thomas … also dein Mann …«

»Opa, ich weiß, dass Thomas mein Mann ist«, schnitt Astrid ihm sanft, aber bestimmt das Wort ab. Sie betrat das geräumige Bad, wo sie, den Hörer untergeklemmt, aus der Business-Hose schlüpfte. Was für eine Erlösung! Schon den ganzen Tag hatte sie am Bauch gezwickt.

»Thomas schläft jedenfalls schon.«

»Ja, schön. Und?« Sie wurde langsam ungeduldig.

»Heißt, alle haben sich schon aufs Ohr gehauen. Abgesehen von meiner Wenigkeit. Ich will dir ja nicht auf den Keks gehen, aber ich dachte mir …«

Er atmete geräuschvoll ein und wieder aus. »Du, Astrid, das war heute vielleicht ein Tag! Frau Kleinschmidt-Mühlenthal musste mit dem Meerschweinchen …« Er brach ab. »Dieses arme Tier fristet sein Dasein im Kiosk, weißt du ja … jedenfalls musste sie mit ihm zum Tierarzt, weil …«

»Opa! Kannst du mir das nicht morgen erzählen?«

»Ach so, ja, tut mir leid. Ich bin nur so neugierig. Wie es denn nun gelaufen ist. Darf man gratulieren?«

»Ja, darf man.« Astrid lächelte ihrem Spiegelbild zu.

»Wie hieß noch mal dieser komische Kongress, den du organisiert hast? War doch ein Kongress, oder?«

»Richtig. *Innovative Diagnostik im Kontext multi- und extremresistenter Tuberkuloseinfektionen.*« Vielleicht sollte sie mit ihrem Schwiegervater etwas nachsichtiger sein. Er war nicht mehr der Jüngste und fühlte sich ein bisschen einsam.

»Innovativ … und was für ein renitent?«, brummte Opa Johann. »Also ehrlich mal. Können die sich diese Fremdwörter nicht sparen?«

»Gut, Johann, dann …«

»Astrid-Schatz?«

»Ja?«

Sie hörte, wie er leise schnaufte, dann sagte er mit warmer

Stimme: »Ich freu mich so für dich. Das ist wirklich ganz fabelhaft!«

Astrid bedankte sich und gab ihm durch die Blume zu verstehen, dass sie Schluss machen müsse.

»Und geht das denn jetzt irgendwie weiter?«, fuhr er fort, nun erst recht zum Plaudern aufgelegt. »Ich mein, kriegst du neue Aufträge?«

»Ich hoffe. Ich hoffe es sehr.« Lediglich die Negativ-Stimme, die ihr so häufig die Laune verhagelte, sorgte dafür, dass sie ein bescheidenes »Aber man weiß ja nie« hinterherschob. Mit einer akrobatischen Verrenkung zog sie ihre Bluse aus und stand bloß noch in Unterwäsche da.

»Du, nur noch eins. Ich war heute wieder im Internet, und Lucie meint auch …«

»Opa. Bitte. Ich muss jetzt wirklich auflegen.« Sie erhob ihre Stimme und betonte zusätzlich jedes Wort einzeln.

»Dann mal gute Nacht, mein Herzchen.« Er klang nicht mal eingeschnappt. »Du gehst jetzt sicher auch ins Bett, nicht wahr?«

»Ja, Johann, ich geh jetzt auch ins Bett«, log sie und trat vor den Spiegel. »Schlaf schön, morgen bin ich dann ja wieder da.«

Sie klickte das Telefonat weg, stieß einen tiefen Seufzer aus und beugte sich vor. Auch wenn sie überarbeitet und müde war, hatte sie lange nicht mehr so gut ausgesehen. Sie strich sich das rotblonde Haar zurück, verwuschelte den Pony und versuchte, die leisen Glückswellen, die sie durchfluteten, nicht befremdlich zu finden, sondern festzuhalten und abzuspeichern. Die nächste Dürreperiode kam bestimmt, und dann würde sie die schönen Erinnerungen abrufen und davon zehren können.

Die internationale Fachtagung, die sie organisiert hatte, die erste in ihrem Leben, war mehr oder weniger glatt über die Bühne gegangen. Die Technik hatte funktioniert, die Time Slots waren exakt bemessen gewesen, die Referenten mit Bedacht ausgewählt, und das kulturell sensitive Catering hatte alle zufriedengestellt. Dass Dr. Heikkinen aus Finnland seine Präsentation nicht rechtzeitig geschickt und weder Laptop noch USB-Stick dabeihatte, um sie in letzter Sekunde auf den Rechner zu spielen – geschenkt. Am Ende hatte er mit seinem frei formulierten Vortrag über *Smart Probes* auch so überzeugt.

Elf Monate Arbeit. Elf Monate telefonieren, organisieren und jedem Anflug von Versagensangst standhalten. Der Pharmakonzern, in dessen Auftrag Astrid arbeitete, hatte sich nicht lumpen lassen und ihr nicht nur ein großzügiges Honorar gezahlt, sondern ihr auch bei der Wahl des Hotels in Hamburg freie Hand gelassen. Ihre Entscheidung war auf das *Vier Jahreszeiten* gefallen. Komfort in Kombination mit hanseatischer Zurückhaltung, in den Pausen zum Luftschnappen an die Alster – genau der richtige Rahmen. Dass sie selbst an den zwei Tagen rund um die Uhr gearbeitet hatte und ihr nicht mal Zeit geblieben war, ihre Nase auch nur für ein paar Minuten in den Hamburger Nieselregen zu halten, stand auf einem anderen Blatt. Aber es war die Sache wert gewesen. Der Kongress war ihr ganz persönlicher Ritterschlag, auch wenn in diesem Hotel außer ihr niemand davon wusste. Vor den Referenten und dem Fachpublikum, selbst vor ihren beiden studentischen Mitarbeiterinnen hatte sie so getan, als wäre ihr Job übliches Tagesgeschäft. Stets ansprechbar sein, kleinere sowie größere Probleme im Nu lösen, Smalltalk hier, Smalltalk da, stets ein Lächeln auf den Lippen. Dabei war dieser Mikrokosmos, bevölkert mit Krawatten-Trägern und Smartphone-Usern sowie gestandenen Business-

Frauen, die sich keine zwanzig Jahre andauernden Babypausen gegönnt hatten, absolutes Neuland für sie. Erst Opa Johanns Anruf hatte sie daran erinnert, dass sie noch ein anderes Leben hatte. Eins, das sich in Berlin abspielte und bald zwei Jahrzehnte darin bestanden hatte, ihre beiden Kinder großzuziehen, tonnenweise Wäsche zu waschen, unermüdlich Staub zu wischen, tausendfach Mahlzeiten zuzubereiten, den Ehemann sowie den nörgelnden Schwiegervater in Schach zu halten, während die Medizinlehrbücher, die sie vor Urzeiten fürs Studium angeschafft hatte, in einer Kiste ihr trostloses Dasein fristeten.

Sie erfrischte sich, besserte ihr Make-up nach und zog ein schlichtes Kleid an, das abendtauglich und seriös zugleich war. Denn auch wenn die anderen nun feierten, war ihr Job noch nicht zu Ende. Der Smalltalk ging weiter, bestenfalls bot sich die Gelegenheit, Kontakte für etwaige Folgeprojekte zu knüpfen.

Sicher saßen schon alle in der Doc Cheng's Bar. Die Vertreterin des Max-Planck-Instituts, Professor Hermsdörfer von der Charité, seine Assistentin Viola, Dr. Schneider vom Robert-Koch-Institut, vielleicht auch Daniel Wäckerlin, der Schweizer Exot, der als Einziger in ausgewaschenen Jeans, T-Shirt und Chucks, das Haar wild und blond, ans Rednerpult getreten war. In einer Pause hatte sich Astrid mit ihm unterhalten und in einer Kurzzusammenfassung sein halbes Leben erfahren: geboren in Zürich, Studium der Humanmedizin in Basel, Wien und Paris. Ausbildung zum Lungenfacharzt in Sydney, längerer Aufenthalt in Buenos Aires, seit nunmehr zwei Jahren für Ärzte ohne Grenzen in diversen afrikanischen Ländern im Einsatz. Als sie beim Thema Äthiopien angelangt waren, hatte er mit ihr geflirtet. Den Silberarmreif, den er seinerzeit dort gekauft hatte, abgenommen und ihn ihr mit der Bemerkung,

11

sie sei der ideale Typ für Silberschmuck, probeweise angesteckt. Sollte er nur reden, sie nahm sein Geschwätz ohnehin nicht ernst. Wäckerlin war sich seines Charmes sehr wohl bewusst – er hatte nur räuspern müssen und sofort waren die Blicke der Frauen zu ihm geflogen. Sicher ließ er nichts anbrennen, aber das ging sie nichts an. Sollte er anbändeln, mit wem er wollte, aber nicht mit einer Frau, deren Ehe nach all den Krisen in den letzten Jahren gerade wieder einigermaßen in Schwung gekommen war.

Astrid schaute ein letztes Mal in den Spiegel, schnappte sich ihre gelbe Handtasche, mit der sie sich an jedem anderen Ort auf der Welt albern vorkam, die Chipkarte und glitt mit dem Fahrstuhl nach unten. Ein wehmütiges Gefühl stieg in ihr auf, als sie in die Halle trat und ihr Blick auf den prachtvollen Messingleuchter fiel. Schon viel früher hätte sie all das haben können: Hotels, Anerkennung, ein Leben jenseits der Bügelwäsche. Vielleicht, ging ihr der unangenehme Gedanke durch den Kopf, hatte sie selbst ihre Lieben zu Hause zu den unmündigen Geschöpfen gemacht, die sie bisweilen zu sein schienen. Geschöpfe, die sich allein kein Brot schmieren konnten, nicht in der Lage waren, Bunt- von Weißwäsche zu unterscheiden, und womöglich die Wohnung abfackelten, wenn Astrid nicht als Letzte die Kerzen ausblies.

Die Doc Cheng's Bar war in warmes rötliches Licht getaucht. Astrid brauchte einen Moment, bis sie sich an die neuen Lichtverhältnisse gewöhnt hatte.

»Frau Conrady, da sind Sie ja!« Professor Hermsdörfer fuhr aus seinem Sessel hoch und bot ihr den Platz zu seiner Rechten an. »Ich dachte schon, Sie würden uns gar nicht mehr beehren.« Er streckte ihr einladend die Arme entgegen. »Wenn ich mir die Bemerkung erlauben darf: Sie sehen bezaubernd aus.«

12

Astrid schenkte ihm ein höfliches Lächeln und setzte sich, wobei sie unauffällig das Publikum in der Bar scannte. Zwei Tische weiter saß die rothaarige Prof. Dr. Dr. Krause, eine Koryphäe auf dem Gebiet der Pneumologie, mit zwei Übersetzerinnen. Die drei lachten wie Teenager, und Astrid hätte einiges darum gegeben, sich zu ihnen gesellen zu können. Mitlachen. Die Show als beendet zu betrachten. Leider ging das nicht. Professor Hermsdörfer war vielleicht nicht der Mann, mit dem man einen kurzweiligen Abend verbringen wollte, aber er war für ihre Zukunft immens wichtig. Weil er Gott und die Welt kannte und einer der Ersten in seiner Branche war, der erfuhr, wenn irgendwo ein internationaler Kongress anstand.

»Was darf ich Ihnen zu trinken bestellen, Frau Conrady? Champagner? Wein? Oder lieber einen Cocktail?«

Astrid kam ins Schwimmen. Eine einfache Frage wie diese überforderte sie. Zu Hause erkundigte sich Opa Johann höchstens, ob sie mal ein Glas Saft habe oder ein lecker Teechen aufsetzen könne.

Hermsdörfer knöpfte sein Sakko auf und schlug leger die Beine übereinander. »Ach, wissen Sie was, Frau Conrady, wir trinken Champagner. Das haben wir uns redlich verdient, nicht wahr?«

»Sehr gerne«, sagte Astrid, froh, dass der Professor ihr die Entscheidung abnahm.

Schon winkte er dem Kellner und bestellte gleich eine ganze Flasche Dom Perignon. Es versprach, ein längerer Abend zu werden, und resigniert beglückwünschte Astrid sich selbst. Sie saß in der Falle, konnte jetzt nicht mehr einfach ihr Glas nehmen und sich zu der sympathischen Frauenrunde gesellen. Dabei gab sich Hermsdörfer redliche Mühe, sie nicht zu langweilen. Der Kongress bot sich als Thema an und half ihnen auch eine Weile über alle Klippen der halb beruflichen, halb privaten Plauderei hinweg. Als alles gesagt war, was irgendwie von Belang war, und Hermsdörfer mehrfach Astrids vorzügliche Arbeit gelobt hatte, kam er über Umwege auf seine Jacht am Wannsee zu sprechen, infolge eines weiteren Gedankensprungs auf seine Tochter, die in Rom als ... als irgendwas arbeitete. Astrid vergaß es sogleich wieder, weil der Champagner ihr einen vorzeitigen Schwips bescherte. Sie lauschte dem von leiser Musik untermalten Gemurmel und wollte am liebsten die Augen schließen.

»Aber Sie werden die Sommerferien doch wohl nicht zu Hause verbringen?«, drang Hermsdörfers Stimme wie von ferne an ihr Ohr, und Astrid musste sich zusammenreißen, um sich wieder auf das Gespräch zu konzentrieren.

»Offen gestanden ... ich weiß es noch nicht.«

Sie hatte bisher in der Tat noch keinen Gedanken daran verschwendet, ob und wenn ja, wohin sie verreisen wollte. Die Kongress-Vorbereitungen hatten sie zu sehr in Anspruch genommen, und Thomas reagierte bei dem Thema Urlaub ohnehin verhalten. Er ließ seinen Erotikshop nicht gern länger als ein paar Tage allein; das Geschäft hatte nun mal Vorrang. Auf ihre Kinder konnte Astrid in Urlaubsdingen ebenso wenig zählen. Max hatte sein eigenes Leben, kam allenfalls für ein, zwei Wochen zu Besuch, und Lucie würde sicher Besseres zu tun haben, als die Semesterferien mit ihren Eltern zu verbringen.

Hermsdörfer kam ins Schwärmen, als er von Italien erzählte, seinem Lieblingsreiseziel. Er sei noch unentschieden, wohin es dieses Jahr gehen solle, aber Venedig stehe auf jeden Fall mit auf dem Programm. Eine Pflichtübung. Die Stadt sei nämlich nicht bloß eine Stadt, sondern eine wunderschöne, bisweilen zickige Diva, die sich schminkte und puderte und den Verfall doch kaum verbergen könne. Astrid verstand nicht so ganz, was daran reizvoll sein sollte, sicher war die Touristenhochburg überteuert und aus den Kanälen stieg fauliger Geruch auf, aber sie tat ihm den Gefallen und lächelte ihr einstudiertes Job-Lächeln.

»Kennen Sie sich ein wenig in Italien aus?«, erkundigte sich Hermsdörfer.

Astrid nickte. Vor drei Jahren war sie mit ihrer Familie und ihrem Schwiegervater nach Süditalien gefahren, eine Reise, an die sie nicht durchweg positive Erinnerungen hatte. Opa Johann hatte ihr den letzten Nerv geraubt, Lucie war vor Liebeskummer fast durchgedreht, und sie und Thomas hatten kurz vor dem Aus ihrer Ehe gestanden.

Nur für Max war der Urlaub ein Volltreffer gewesen. Er hatte sich auf dem Weg dorthin in die Schweizerin Cosima verliebt, seine erste und gleich ganz große Liebe. Die beiden waren heute noch zusammen, und Max studierte inzwischen Kunstgeschichte in Basel.

»Wo waren Sie genau, wenn ich fragen darf?«

»Im Cilento. Südlich von Salerno.«

»Das Cilento, ach, herrlich!« Hermsdörfers Hände flatterten empor. »Ich hoffe, Sie haben sich nach Neapel getraut, um die Pizza in ihrer ursprünglichen Form zu probieren.«

Astrid hob bedauernd die Schultern. Die Zeit hatte nicht gereicht, und ihrem damals schon achtzigjährigen Schwiegervater war der Städtetrip kaum zuzumuten gewesen. Schon in Amalfi hatte er geschwächelt, dabei war das Tagesprogramm alles andere als anstrengend gewesen. Drei Jahre waren seitdem ins Land gegangen, aber er hatte zum Glück nicht weiter abgebaut. Im Gegenteil. Tag für Tag unternahm er ausgedehnte Spaziergänge, einmal in der Woche ging er zum Seniorentanz, und seit Lucie ihn in einem verwegenen Moment in die Geheimnisse von *facebook* eingewiesen hatte, amüsierte er sich täglich mit seinen dreiundachtzig Freunden.

Hermsdörfer geriet ins Schwadronieren, so dass Astrid froh war, als sich seine Assistentin Viola Steinweg zu ihnen gesellte. Denn jeder Schluck Champagner, den sie trank, verstärkte das leise Glockengeläut in ihren Ohren, und sie fürchtete, bald richtig betrunken zu sein. Inzwischen ging es wieder um Hermsdörfers Jacht, und wie Astrid am Rande mitbekam, wurden sie und Viola gerade von dem stolzen Kapitän zu einem kleinen Segeltörn eingeladen.

»Die Damen sind doch hoffentlich seefest?«, schäkerte er.

Während Viola glucksend auflachte – offensichtlich amüsierte sie sich prächtig –, verneinte Astrid und entschuldigte sich unter dem Vorwand, sich kurz die Hände waschen zu wollen. Sie schwankte, als sie sich aus dem Sessel hochstemmte, fand dann aber ihr Gleichgewicht wieder, und während sie die Bar durchquerte, beschloss sie, dass es das Beste sei, sofort ins Bett zu gehen. Sie war überarbeitet und angetrunken, und der Zeiger der Uhr war bereits auf halb zwei Uhr vorgerückt. Bedauerlich, dass sie sich nicht für den Champagner bedankt und offiziell verabschiedet hatte. Sollte sie noch mal umkehren? Aber wie ferngesteuert trugen ihre Beine sie durch die Halle, und ihr Finger drückte auf den Fahrstuhlknopf. Die Türen glitten auf, sie schlüpfte hinein und spürte einen Luftzug im Nacken.

»Guten Abend. Oder besser: Guten Morgen?«

Sie fuhr herum. Wäckerlin. Im ersten Moment glaubte sie an

16

eine Halluzination, im zweiten presste sie sich gegen die Innenver-
kleidung des Fahrstuhls und drückte aus Versehen mehrere Eta-
genknöpfe auf einmal.

»Können Sie sich nicht entscheiden, wo Sie den Rest der Nacht
verbringen möchten?« Er lächelte spöttisch.

Astrids Unsicherheit verflog nach dem ersten Schrecken, und
als der Fahrstuhl kurz darauf in der ersten Etage hielt, konterte sie
mit einem knappen: »Man sollte sich immer mehrere Möglichkeiten offenhalten.«

Seine Lider senkten sich schläfrig. Auch er schien nicht mehr
ganz nüchtern zu sein. »Und welche Möglichkeiten sehen Sie für
mich?«

»Sie möchten sicher auf Ihr Zimmer gehen. Es ist spät.«

»Oder früh. Wie man's nimmt.« Er betrachtete sich im Spiegel
und fuhr sich durchs Haar. Es war von diesem strohigen Weiß-
blond naturblonder Menschen, die ein paar Wochen am Meer verbracht hatten.

Abermals Stopp in der zweiten Etage. Die Tür ging auf und
schloss sich sogleich wieder wie von Zauberhand.

»Was halten Sie davon, mit mir einen Kaffee zu trinken?«, fragte
Wäckerlin. Er sah von oben auf sie herab, die Augen in Erwartung
ihrer Antwort jetzt hellwach.

»Nein, danke«, antwortete Astrid ohne jedes Zögern. »Sie müssen wissen, ich trinke eigentlich keinen Kaffee.«

»Nie?«

»Höchstens mal einen Espresso«, log sie.

»Den kriegt man hier doch sicher auch.«

»Aber dann kann ich nicht mehr schlafen.«

»Warum die Zeit mit Schlaf vergeuden?«

Die Fahrstuhltür öffnete sich erneut, und Wäckerlin schob seinen Fuß dazwischen. »Hier ist mein Zimmer.« Er deutete hinter sich.

»Gute Nacht, Herr Wäckerlin.«

Er zögerte, und von dem Geplänkel befeuert, hämmerte Astrids Herz in einem nervösen Takt. Doch dann räusperte sich Wäckerlin und fragte: »Würden Sie mir Ihre Karte geben? Dann schicke ich Ihnen ein Päckchen Espresso. Wenn Sie den probiert haben, wollen Sie nie mehr einen anderen trinken.«

Angeber, dachte Astrid. Dennoch klickte sie ihre Handtasche auf, suchte fahrig in dem Durcheinander ihrer Portemonnaie-Fächer nach den Visitenkarten, fand zum Glück eine und reichte sie ihm. In ihrer Situation durfte sie keine Gelegenheit außer Acht lassen, Kontakte zu knüpfen – wobei es ihr weniger um den Espresso ging. Wäckerlin hob die Hand zum Abschied, schlüpfte hinaus, und die Türen schlossen sich schnurrend.

In der Sicherheit ihres Hotelzimmers sank Astrid erschöpft aufs Bett, streifte die Pumps ab und versuchte zu ignorieren, dass sich in ihrem Schädel ein Kettenkarussell im Zeitraffer zu drehen schien. Daniel Wäckerlin. Astrid wusste nicht, ob sie ihn dreist finden oder sich geschmeichelt fühlen sollte. Ein attraktiver, wesentlich jüngerer Mann machte ihr nachts im Hotel *Vier Jahreszeiten* Avancen. Unzählige widersprüchliche Gedanken sausten in ihrem Kopf umher, sie kollidierten wie die Fahrzeuge beim Autoscooter. Rums. Und wieder rums. Hätte sie zugreifen sollen?

Nein, natürlich nicht. Es gab diverse Möglichkeiten, das Leben interessanter zu gestalten. Kongresse organisieren, nur mal zum Beispiel. Gewisse andere Arten von Abwechslung waren eindeutig besser in ihrer Fantasie aufgehoben.

18

»Es ist gut so, wie es ist«, flüsterte sie und spürte, wie sie von einer bleiernen Müdigkeit überrollt wurde.

Das Telefon schrillte so unerwartet, dass sie hochschreckte und mit einem Schlag hellwach war.

Klopfenden Herzens knipste sie die Nachttischlampe an und nahm ab. »Ja?«

»Ich bin's.«

»Wer ist ich?«, fragte sie, obwohl sie sehr wohl wusste, wer *ich* war.

»Daniel.«

»Guten Abend, Herr Wäckerlin«, sagte sie, als wären sie sich nicht eben noch im Fahrstuhl begegnet. Was fiel ihm ein, sie um diese Zeit anzurufen? Nachdem sie ihm doch gerade einen Korb gegeben hatte.

»Astrid?«

»Ja, so heiße ich.«

»Schöner Name, so nordisch«, sagte er und fuhr nach einer kleinen Pause fort: »Astrid, ich würde jetzt wirklich sehr, sehr gerne einen Kaffee mit dir trinken.«

»Ich hab Ihnen doch schon gesagt, dass ich keinen Kaffee mit Ihnen trinke. Nur zu Ihrer Information: Ich bin verheiratet.«

Eine Pause entstand. Sie hörte Wäckerlin atmen. »Ja, das bin ich auch«, gab er schließlich zu.

»Oh«, sagte sie, weil ihr nichts anderes einfiel.

»Es tut mir leid. Ich wollte Sie nicht in Verlegenheit bringen. Ich dachte ja nur …« Seine Stimme wurde schleppend.

»Ich bin nicht nur verheiratet, sondern auch betrunken und muss morgen früh raus. Mit anderen Worten: nein. Aber vielen Dank für das Angebot.«

»Ja, du hast recht. Wir sollten jetzt besser schlafen gehen.«

Sie wünschten sich gegenseitig eine gute Nacht, Astrid legte auf und dachte, dass die verpassten Momente im Nachhinein immer noch die besten waren.

2.

Staubpartikel tanzten in dem Sonnenstrahl, der sich seinen Weg durch die nachlässig zurückgezogene Gardine bahnte. Es war bereits zwölf Uhr durch, aber Lucie lag noch im Bett. Die Füße mit den frisch lackierten Nägeln gegen die Wand gestemmt, studierte sie ihre Kontoauszüge. Sie war zweihundertachtzig Euro und vierundsiebzig Cent in den Miesen. Was daran lag, dass sie sich zwei Tage zuvor ein olivgrünes Kleid und ein schwarzes Oberteil gekauft hatte. Dazu kam die überraschend hohe Handy-Rechnung. Hundertacht Euro! Mit wem hatte sie eigentlich so viel telefoniert? Nico? Oder schlugen die SMS, mit denen sie langweilige Vorlesungen aufzupeppen versuchte, so zu Buche? Pharmazeutische Analytik und Arzneiformenlehre gingen ja noch in Ordnung, aber Chemie …! Chemie klang nicht nur nach Schule, es war wie Schule. Mit dem kleinen Pluspunkt, dass vorne nicht der Stasi stand, sondern der gut aussehende Professor de Sansdouville. Attraktiver Typ und dazu auch noch adelig.

Lucie prüfte, ob der schlammfarbene Lack auf ihren Nägeln schon getrocknet war, dann stand sie auf und durchforstete die Schubladen ihres Schreibtischs. Vielleicht hatte sie irgendwann mal ein paar Scheinchen hineingelegt und es mittlerweile vergessen. Aber es sah finster aus. Lediglich ein Zwei-Cent-Stück rollte ihr entgegen, als sie Tesafilm, einen Klammeraffen, ein Radier-

21

gummi und den Taschenrechner beiseiteschob. Mutlos sank sie zurück aufs Bett. Ob sie Opa Johann anpumpen sollte? Wenigstens hundertfünfzig Euro könnte er ihr vorstrecken oder besser noch schenken, den Rest würde sie sich dann in dem Pornoladen ihres Vaters erarbeiten. Obwohl sie nun wirklich nicht darauf stand, Sexspielzeug zu verkaufen. Wie krank musste man eigentlich sein, um so etwas mit ins Bett zu nehmen? Aber egal. Jeder Cent, der in die Kasse kam, war ein guter Cent. Schließlich stand das Projekt *eigene Wohnung* immer noch an erster Stelle. Endlich weg von diesen beiden seltsamen Menschen, die sich ihre Eltern schimpften. Ihre Mutter war zwar erträglicher geworden, seit sie endlich arbeitete, und um ihren Großvater würde es ihr schon ein bisschen leidtun, trotzdem musste sie raus. Eher jetzt als gleich.

»Lucie, komma!« Opa Johann.

»Opi, geht jetzt nicht! Später!«, vertröstete sie ihn. Lieber wollte sie endlich unter die Dusche – hoffentlich war noch genug Rasierschaum da –, sich einen hammerstarken Aufwach-Kaffee kochen und ihre Mails beantworten. Vielleicht sogar einen Blick ins *Lehrbuch der analythischen und präparativen anorganischen Chemie* werfen. Was schon ein echtes Angehen für einen Samstagvormittag war.

Lucie stopfte die Kontoauszüge in die Schublade zurück, Hauptsache weg, dann fiel ihr Blick auf ihr Handy. Zwölf nach zwölf. Wo blieb eigentlich ihre Mutter? Allmählich müsste sie doch von dem Lungen-Kongress zurück sein; von Hamburg nach Berlin waren es gerade mal anderthalb Stunden im Zug. Es sei denn, sie war am Vorabend versumpft, hatte verschlafen und den Zug verpasst. Lucie musste schmunzeln. Ihre Mutter und versumpfen, das ging irgendwie nicht zusammen. Sie war so durch und durch preußisch, dass

Lucie sie manchmal am liebsten rütteln und *Wach auf, das Leben dauert nicht ewig!* rufen wollte.

Die Tür quietschte, und ein karierter Pantoffel wurde sichtbar. Im nächsten Moment schob sich Opa Johann ins Zimmer und schüttelte verheißungsvoll lächelnd eine Dose Erdnüsse.

»Lucie! Lucie-Schatz?«, lockte er sie wie ein Haustier.

»Was denn, Opi!« Sie wollte nicht genervt klingen, tat es aber womöglich trotzdem.

»Kröte, das sind doch deine Lieblingsnüsse. Sind sie doch, oder? Hab ich eben für dich bei Frau Kleinschmidt-Mühlenthal im Kiosk gekauft.«

»Du nutzt auch jeden Vorwand, um deinen Schwarm zu sehen.« Ihr Großvater hatte sich auf den letzten Metern seines Lebens zu einer Art Herzensbrecher unter den Golden Girls entwickelt. Er flirtete hemmungslos mit der Kioskbesitzerin und ging dann und wann zum Tanztee, wo sich seinen Erzählungen nach gleich ein ganzes Rudel Damen um ihn riss. »Außerdem finde ich Erdnüsse zum Frühstück eklig«, kam sie zum Ende.

»Aber lecker Milchkaffee und Hörnchen magst du schon, oder?«

Lucie lachte. »Opi, du bist grässlich. Man kann hier nicht mal fünf Minuten seine Ruhe haben.«

Er hielt ihr die Hand hin. »Komm schon, Kröte. Der Tisch ist tipptopp und ziemlich schnuckelig gedeckt. Wirst schon sehen.«

Lucie wollte ihren Großvater nicht enttäuschen und folgte ihm in die Küche. Der Tisch war tatsächlich hübsch gedeckt, sogar tipptopp und ziemlich schnuckelig mit einer Vase, aus der ein einsames Gänseblümchen lugte. Gleich daneben lag ein aufgeklapptes

MacBook. Max hatte längst ein neueres Modell und den alten Laptop seinem Großvater überlassen.

»Paps im Laden?«

Opa Johann nickte.

»Weißt du, wann Mami kommt? Hat sie sich gemeldet?« Lucie spähte in die Brötchentüte. Zwei Schrippen, zwei Croissants, zwei Rosinenbrötchen – ihr Großvater hatte sich nicht lumpen lassen.

Er schüttelte den Kopf. »Bin ja sowieso immer der Letzte, der hier irgendwas erfährt. Aber vielleicht hat sie einfach einen späteren Zug genommen. Ich kenn doch die Damen. Immer nur Boutiquen und Geld ausgeben im Kopf.« Er goss Kaffee in eine Schale und schüttete Milch aus dem Topf dazu, die er soeben auf dem Herd erhitzt hatte. Es dampfte gewaltig. Wahrscheinlich hatte er sie viel zu heiß werden lassen, und gleich würde sich eine ekelhafte Haut auf ihrem Kaffee bilden. Aber Lucie ließ ihn ruhig machen. Selten genug, dass Opa Johann mal im Haushalt mit anpackte.

»Freu dich doch. So haben wir noch ein bisschen Zeit für uns.« Scheinheilig grinsend strich er sich über die buschigen Brauen.

»Opi. Was willst du?«

»Wie? Was denn?« Er tat so unbeteiligt, dass es ihn sogleich verriet.

Lucie setzte sich und pustete in den Kaffee, den er ihr hingestellt hatte. »Also, okay. Was für ein Computer-Problem ist es diesmal?«

»Wenn ich das wüsste!«, jaulte er wie aufs Stichwort. »Die blöde Kiste frisst mein Passwort nicht. Ich komm da nicht rein! Nichts zu machen. Wahrscheinlich haben die Gesichtsbuch-Brüder es einfach gesperrt.«

»Es heißt *facebook,* Opi. Und die da arbeiten, sind auch nicht deine Brüder.«

»Weiß ich doch.«

Lucie nahm sich das Croissant, kleckste etwas Marmelade darauf und biss davon ab. »Zeig mal her.« Das Croissant zwischen die Zähne geklemmt, zog sie den Laptop zu sich heran. Seit sie ihren Großvater knapp drei Wochen zuvor in die Geheimnisse von *facebook* eingeweiht hatte, tummelte er sich täglich im Netz – meistens so lange, bis seine Augen tränten oder sein Nacken schmerzte.

»Wie lautet denn dein Passwort?«

Opa Johann guckte empört. »Das darf ich dir doch nicht verraten, Kröte!«

»Du musst es mir sogar verraten, wenn ich dir helfen soll.«

Er schaute immer noch skeptisch, und erst der Einwand, dass sie als seine Freundin sein Profil sowieso einsehen könne, stimmte ihn um.

»Also gut.« Er seufzte tief, bevor er sagte: »Casanovaundamore.«

»Bitte was? Casanova und Amore?« Lucie verschluckte sich vor Lachen und fing schrecklich an zu husten.

»Wieso nicht? Was ist daran falsch?«, fragte er, als sie wieder zu Atem gekommen war.

»Du hast recht, Opi. Eigentlich nichts. So ein schwachsinniges Kennwort wird niemand knacken. Einfach, weil es so unglaublich schwachsinnig ist, dass kein Mensch drauf kommt.«

»Deswegen habe ich es auch ausgewählt«, gab ihr Großvater eine Spur beleidigt zurück.

»Casanovaundamore«, tippte Lucie, aber es klappte tatsächlich nicht.

»Sag ich doch, dass das nicht geht.«

Sie probierte verschiedene Schreibweisen aus – ohne Erfolg. Am Ende lief es darauf hinaus, dass sie ihm ein neues Passwort einrichten musste. Gummibärchen45 schlug er vor. Das war nicht weniger idiotisch, ließ sich aber gut merken, da er süchtig nach Gummibärchen war und sich der Kiosk von Frau Kleinschmidt-Mühlenthal, wo er sich regelmäßig damit eindeckte, in der Kaiserstraße 45 befand.

»Danke, Kröte. Du bist die Allerbeste. … so lieb!« Er setzte sich seine Lesebrille auf und war schon in der nächsten Sekunde in seine *facebook*-Welt abgetaucht.

»Ja, lieb und total blank«, nutzte sie die Gunst der Stunde und entfernte die Milchhaut von ihrem Kaffee, die sogleich in sich zusammenfiel und am Löffel kleben blieb.

Opa Johann lugte zerstreut über den Rand seiner Lesebrille hinweg. »Wie?«

»Ich bin blank, Opa. Abgebrannt. Bei mir herrscht totale Ebbe im Portemonnaie! Verstehst du?«

»Ach so, ja.« Er langte in die Hosentasche und zerrte seine abgewetzte Brieftasche raus. »Wie viel brauchst du denn? Zwanzig? Reichen zwanzig?«

Lucie räusperte sich. »Hundertfünfzig wären prima. Du kriegst das Geld auch ganz bestimmt zurück.«

Opa Johann hob eine Augenbraue und sah sie einen Moment zögerlich an. Dann nahm er drei braune Scheine aus seiner Brieftasche. »Musst du nicht. Aber sag deiner Mutter und Max nichts davon.«

Lucie schüttelte den Kopf. Natürlich würde sie das nicht tun. Max, der Überflieger mit seinem Super-Abi, war ja auch fein aus dem Schneider mit seinem Stipendium. Ganz im Gegensatz zu ihr. Obgleich sie von ihren Eltern bezuschusst wurde, war sie Mitte des Monats für gewöhnlich pleite.

»Danke, Opi!« Sie beugte sich vor und pflanzte ihrem Großvater ein Küsschen auf die Wange. Er pikste um diese Uhrzeit noch nicht und roch lecker nach Kölnischwasser.

Eine Weile saßen sie beieinander, ohne ein Wort zu wechseln. Lucie verputzte ihr Croissant, danach noch ein Brötchen und las nebenher die Zeitung, ihr Großvater trank aus Solidarität einen Milchkaffee und klickte sich durch die neuesten Statusmeldungen. Ab und zu empörte er sich über sinnentleerte Posts, aber Lucie enthielt sich eines Kommentars. Die meisten Posts waren sinnentleert. Wer Inhalte suchte, sollte besser eine Enzyklopädie lesen.

»Kröte! He! Guck mal.« Opa Johanns Augen jagten fiebrig über den Bildschirm. »Freundschaftsanfrage! Neue Freundschaftsanfrage!«

Lucie amüsierte es, dass ihr Großvater sich so sehr darüber freute. »Und?« Sie beugte sich zu ihm rüber, aber der Lichteinfall war so ungünstig, dass sie nichts erkennen konnte. »Männlich? Weiblich?«

»Weiblich. Aber so was von weiblich! Sie heißt Emilia.«

»Foto?«

»Leider nicht. Nur so eine hässliche gelbe Blume«, beschwerte er sich.

»Was hast du gegen gelbe Blumen?«

»Nichts. Der Herrgott hat bei gelben Blumen nur seine schlechten fünf Minuten gehabt. Aber …« Er rückte seine Lesebrille zurecht. »He, he – die Dame stammt aus Mestre. Ist das nicht …« Er stockte, schaute an die Decke, als wäre dort eine Landkarte zu sehen.

»Italien. Vorort von Venedig. Steht da, wie alt sie ist?«

Opa Johann zuckte mit den Schultern, kniff die Augen zusammen und ging dichter an den Bildschirm heran. »Hier steht irgendwas auf Italienisch. Kann ich aber nicht lesen. Zu blöd.« Er zwinkerte ihr zu. »Du weißt ja, dass ich der italienischen Damenwelt nicht abgeneigt bin.«

Lucie war das sehr wohl bekannt. Seine große Liebe, die Frau, mit der er vor Oma Hilde Mitte der Fünfzigerjahre für kurze Zeit zusammen gewesen war, hatte in Süditalien gelebt. Es war jetzt drei Sommer her, dass er die beschwerliche Reise zu ihr nach Amalfi angetreten hatte, um dann leider Gottes erfahren zu müssen, dass sie bereits verstorben war. Tot wie Oma Hilde.

Trotz mangelnder Sprachkenntnisse bestätigte er nun die Freundschaft – ihr Großvater bestätigte ausnahmslos alle Anfragen –, dann saß er in lauernder Haltung da.

»Opi, was tust du da?«

»Die Dame könnte mir wenigstens eine persönliche Nachricht schicken. Wäre doch nur nett, oder?«

Keine fünf Minuten später trudelte tatsächlich eine persönliche Nachricht ein, die Opa Johann, mit der Nase am Bildschirm klebend, aufklickte.

»Was schreibt sie?« Lucie war nun doch neugierig geworden. Eine Italienerin aus Mestre – das klang vielversprechend.

»Warte … Hab's gleich!« Er straffte sich und las: »Hi, Johann.« Statt *hei* sagte er *hieh*. »Hi Johann, im Anfang war die Tat.« Opa Johann sah seine Enkelin fragend an, dann keckerte er wie eine Elster. »Na, Mister? Wer hat das geschrieben?«, las er weiter vor. »Ich bin mir sicher, Sie wissen es! In der Hoffnung, von Ihnen zu hören, verbleibe ich mit freundlichen Grüßen, Ihre E.«

Lucie lachte lauthals los. »›Im Anfang war die Tat.‹ Was soll denn der Quatsch?«

Opa Johann maß sie mit einem strengen Blick. »Du bist mir vielleicht eine Banausin. Das ist doch ein Zitat von … na, wie heißt er noch … Goethe oder Schiller oder einem dieser anderen Dichter und Denker?«

Lucie zuckte mit den Achseln. »Aber was will sie dir damit sagen? ›Im Anfang war die Tat.‹«

Ihr Großvater lächelte dem Bildschirm zu. »Ich hab keinen blassen Dunst, Kröte, aber ich werde es rauskriegen. Versprochen.«

Mit gekrümmtem Rücken begann er in seinem ungelenken Zwei-Finger-System zu tippen, wobei die Zungenspitze zwischen seinen Lippen hervorlugte.

»Was schreibst du, Opi?«

»Na, hör mal! Das geht dich ja wohl nichts an. Du zeigst mir schließlich auch nicht deine Liebes-E-Mails.«

»Aha, jetzt schreibt ihr euch schon verliebte Mails?«, neckte sie ihn, aber ihr Großvater hämmerte weiterhin mit entrücktem Blick auf die Tastatur ein. Emilia. Die Frau schien wirklich ein heißer Feger zu sein.

Es war schon Abend, als ihre Mutter endlich aufkreuzte und nicht nur ihr Gepäck samt Paps dabeihatte, sondern auch zwei Einkaufstüten aus dem KaDeWe. Anziehsachen, diverse Fischsalate und zwei gute Weine. Daher also die Verspätung. Aber es war ihr ja zu gönnen, nachdem sie so viele Jahre wie eine Dörrpflaume ihr trostloses Dasein gefristet hatte.

»Wie war's denn nun, Mami?«, wollte Lucie wissen, nachdem ihre Mutter die Einkäufe ausgepackt, Opa Johann den Laptop weggeräumt und ihr Vater den Abendbrottisch gedeckt hatte.

»Ziemlich anstrengend, aber auch unglaublich schön.«

Sie lächelte wie erleuchtet. Hoffentlich war sie nicht nebenher einer dubiosen Sekte beigetreten, ging es Lucie durch den Kopf. Oder hatte mit irgendwem Sex gehabt. Es war schon bizarr, wie blendend sie nach dem zweitägigen Dauereinsatz aussah. Ihr Gesicht hatte sich wie von Zauberhand entknittert, und sie redete ohne Punkt und Komma. Damit waren es schon drei Leute in ihrer Familie, deren Glücks-Konto sich in der letzten Zeit erheblich verzinst hatte. Max, ihre Mutter und Opa Johann. Nur sie selbst und ihr Vater schienen in der allgegenwärtigen Aufwärtsspirale auf der Strecke zu bleiben, und Lucie fragte sich, wann sie endlich mal an der Reihe wäre. Im Moment schleppte sie sich mehr oder weniger lustlos in die Uni, schlug sich auf Partys die Nächte um die Ohren und führte eine halbherzige On-und-off-Beziehung mit Nico. All das war okay, aber richtig glücklich machte es sie nicht.

*

Emilia, wie das klang! Nach einem prächtigen Weibsbild mit einem Dekolleté zum Niederknien. Johann stellte sie sich als eine Mischung aus Brigitte Bardot und Sophia Loren vor, und weil er sich bezüglich der Haarfarbe nicht entscheiden konnte, war die Dame seiner Fantasie eben rothaarig – und basta. Aller Wahrscheinlichkeit nach in den besten Jahren, vielleicht war sie aber auch schon sechzig, siebzig oder gar im achten Lebensjahrzehnt angekommen – da war er nicht so pingelig.

Emilia … Mal schrieb sie poetisch-verträumt, mal sachlich wie er selbst es als Schalterbeamter während seiner Dienstjahre bei der Post getan hatte, dann wieder verirrten sich Wörter in ihre Sprache, die auch aus Lucies frechem Koddermaul hätten stammen können. Täglich kamen kleine Nachrichten, und doch wusste er nicht viel von ihr. Lediglich, dass sie das Schilfgrün der venezianischen Kanäle liebte, dass sie bereit war, für eine gute Pizza Margherita einen Mord zu begehen, und dass sie eine große Liebhaberin der deutschen Klassiker war. Das Zitat stammte tatsächlich vom werten Herrn Goethe, das hatte sie ihm bereits in ihrer dritten E-Mail verraten, aber warum sie ausgerechnet damit ihren Briefwechsel eröffnet hatte, ließ sie ihn nicht wissen. Doch das war ihm auch schnurz, Hauptsache, der Kontakt brach nicht gleich wieder ab. Denn was gab es Herrlicheres, als morgens den Computer hochzufahren – ja, so sagte man wohl dazu – und eine Nachricht von Emilia vorzufinden. Das machte ihn beinahe glücklicher als ein Tête-à-Tête mit Frau Kleinschmidt-Mühlenthal im Kiosk. Und den Tanztee, wo sich seit dem Weggang der entzückenden Frau Blume bloß noch Frauenzimmer, dick wie Schlachtschiffe, über die Tanzfläche schoben, ließ er dafür liebend gern ins Wasser fallen.

Doch wer war sie? Ein Engel, den der Himmel geschickt hatte? Oder einfach bloß eine neugierige Person, die ihn aus irgendeinem unerfindlichen Grund kennenlernen wollte? So oder so saß ihm die Furcht im Nacken, dass irgendwer oder irgendwas den Zauber ihrer Brieffreundschaft, wenn man das denn so nennen durfte, zerstören könnte und alles wie früher wäre. Langweilig, so ohne jede Würze. Mit Siebenmeilenschritten Richtung Grab.

3.

Astrid war wieder da, und auch wenn sich ihr ein neues Universum eröffnet hatte, schien das in ihrem Umfeld niemand zur Kenntnis zu nehmen. Ihr Projekt war beendet, man hatte kurz applaudiert, also konnte man ebenso gut wieder zur Tagesordnung übergehen. Niemand sprach es so deutlich aus, doch alle schienen zu erwarten, dass sie sich nach dem kleinen Anfall von Berufstätigkeit wieder in ihre alte Rolle fügte. Putzen, kochen, waschen, einkaufen, Thomas im Erotikshop unter die Arme greifen und selbstverständlich auch noch den Papierkram erledigen. Aber da hatten ihre drei Mitbewohner die Rechnung ohne sie gemacht. Damit sich niemand an ihre Anwesenheit zu Hause gewöhnte, schnappte sie sich, wann immer es ging, den Laptop und flüchtete in ein portugiesisches Café zwei Seitenstraßen weiter. Schon beim Reinkommen war es jedes Mal, als tauche sie in ihr eigentliches Leben ein, das sich mehr und mehr von ihren Lieben zu entfernen schien. Den Laptop wahlweise auf dem knietiefen Tisch vor sich oder auf dem Schoß, trank sie einen Bica, die portugiesische Espressoversion, und aß dazu ein Blätterteigteilchen. Dann tippte, telefonierte und chattete sie. Sie stand in regem Austausch mit Professor Hermsdörfer – die Chancen standen gut, dass er ihr einen neuen Auftrag vermittelte –, doch allein darauf wollte sie sich nicht verlassen, also knüpfte sie auch anderweitig Kontakte. Das

Thema Daniel Wäckerlin hatte sie längst abgehakt, doch dann trafen eines Tages überraschend ein Päckchen mit dem versprochenen Espresso sowie eine Postkarte mit dem Bild einer glücklichen schweizerischen Kuh ein.

Liebe Astrid Conrady, schrieb er förmlich, *sollte ich in irgendeiner Weise aufdringlich gewesen sein, tut es mir ausgesprochen leid. Das war nicht meine Absicht. Bitte verzeihen Sie mir. Ihr Daniel W.*

Astrid verzieh ihm großzügig alles bis auf die Kuh und lobte in einer Mail den eigentlich durchschnittlichen Espresso, woraufhin ein halb berufliches, halb privates E-Mail-Geplänkel zwischen ihnen entstand. Es war harmlos-oberflächlich, tat niemandem weh, und doch war Astrid froh, als die Sache irgendwann im Sande verlief.

*

Etwa zwei Wochen später – ein stabiles Hoch sorgte für prächtiges Frühsommerwetter – klingelte es, und Astrid ging, nur den Bademantel übergeworfen, zur Haustür, um zu öffnen. Zu dieser Zeit kam normalerweise der Briefträger, doch nun stand dort eine junge, hochgewachsene blonde Frau in einem froschgrünen Kurzmantel und in Gummistiefeln auf dem Treppenabsatz und lächelte mit schief gelegtem Kopf.

»Guten Morgen, ich bin Emilia.«

»Guten Morgen, Emilia.« Astrid drehte sich um und rief in die Wohnung: »Lucie! Besuch für dich!«

Die Frau hob eine Hand, als wollte sie nach einem Insekt schnappen. »Nein, nein, ich möchte zu Herrn Conrady.«

»Zu meinem Mann?«, fragte Astrid erstaunt. Im Bruchteil einer

Sekunde lief ein ganzer Film im Zeitraffer vor ihrem inneren Auge ab: Thomas hatte die Blondine im Erotikshop kennengelernt, eine Affäre mit ihr begonnen, ihr die große Liebe oder weiß-der-Him-mel-was versprochen und ihr dann, nachdem die erste Leiden-schaft abgeflaut war, den Laufpass gegeben. Das wollte die junge Frau sich nicht bieten lassen und kam nun, um sich zu rächen, oder – noch schlimmer – sie war schwanger. »Der ist nicht da«, sagte Astrid mit belegter Stimme. »Er ist schon im Geschäft.«

»Ach so.« Die Besucherin fuhr sich durch das kurze Haar, dann trottete sie die Treppe rückwärts hinunter – plopp-plopp machten ihre Gummistiefel – und federte auf der untersten Stufe nach. »Ich dachte, er arbeitet gar nicht mehr. Ich mein, in seinem Alter …«

Bevor Astrid ihrer Empörung Luft machen konnte, knarrten die Dielen und die Stimme ihres Schwiegervaters schnurrte: »Besuch? Wir haben Besuch? Wer ist es denn?«

Die Blondine reckte sich neugierig auf die Zehenspitzen und flüsterte heiser: »Sind Sie das? Johann Conrady?« Gleichzeitig tas-tete sie Halt suchend nach dem Geländer, als wäre sie betrunken.

»Ja, das bin ich.« Erstaunen schwang in seiner Stimme mit. »Und mit wem habe ich das Vergnügen, wenn ich fragen darf?«

»Emilia. Ich bin Emilia.«

Astrid blickte zu ihrem Schwiegervater, der ein ersticktes »Oh, mein Gott!« hervorstieß. Im nächsten Moment drehte er sich um und verschwand in der Wohnung. Eine Tür klappte zu; gleichzei-tig kam Wind auf und wirbelte den Bubikopf der jungen Frau durcheinander.

»Ich sollte jetzt vielleicht gehen«, sagte sie und versuchte, eine viel zu kurze Haarsträhne hinter ihr Ohr zu klemmen. »Ich komme einfach ein andermal wieder. Richten Sie ihm liebe Grüße aus, ja?«

»Mach ich«, erwiderte Astrid, ohne auch nur ansatzweise zu begreifen, was das alles zu bedeuten hatte.

»Also gut. Dann gehe ich jetzt.« Sie blieb abwartend stehen und bestaunte ihre Gummistiefel. Astrid konnte das gut nachvollziehen, denn ihr war schon in ihrem T-Shirt zu warm.

Die blonde Frau blickte auf. »Oder kann ich vielleicht doch reinkommen? Es wäre … also es ist schon sehr, sehr wichtig.« Sie hatte eine leise, melodisch klingende Stimme, die bisweilen in eine Art Singsang verfiel.

Astrid zögerte – wer wusste schon, ob die Fremde nicht verrückt war oder eben doch auf ein mögliches Affären-Konto ihres Mannes ging –, aber da sie so einen verlorenen Eindruck machte, bat sie sie schließlich herein.

»Danke. Nett von Ihnen.« Sie nahm die Stufen in zwei Sätzen. »Vielleicht muss er sich erst mal an mich gewöhnen. Weil er sich eine ganz andere Person vorgestellt hat.«

Astrid taxierte die Frau verstohlen, die etwa in Lucies Alter sein mochte. Was ging hier eigentlich vor? Hatte ihr Schwiegervater etwa eine Kontaktanzeige aufgegeben, und dieses blutjunge Ding war daraufhin auf der Bildfläche erschienen? Bevor sie eintrat, zog sie sich die Stiefel aus, stellte sie akkurat auf der Fußmatte ab und folgte dann Astrid, der keine passende Erwiderung einfiel, ins Wohnzimmer. Ihr Schwiegervater saß am Esstisch, über den Laptop gebeugt, und haute in die Tasten, als hätte er eine mechanische Schreibmaschine vor sich.

»Johann?«

»Ja?« Er tippte weiter.

»Ich hab dir Emilia mitgebracht.«

»Hallo, ähm, ich will gar nicht lange stören«, sagte die junge

Frau in ihrem Singsang. Sie hatte einen leichten Akzent, den Astrid jedoch nicht einzuordnen wusste.

Johann schielte über den Rand seiner Lesebrille hinweg in ihre Richtung. Im Licht der hereinscheinenden Sonne waren seine Augen wässrig blau. »Wenn Sie Emilia sind, dann frage ich mich …« Er stockte. »Dann frage ich mich allen Ernstes, ob einer von uns beiden einen Haschmich hat.«

Die junge Frau öffnete ihren Mantel und fächerte sich Luft zu. »Könnten Sie nicht du sagen? Bitte.«

Eine unangenehme Stille trat ein, und da keiner der beiden es für nötig hielt, Astrid mit ein paar Worten aufzuklären, bot sie sich an, Kaffee zu kochen. Besser, sie war vorerst aus der Schusslinie.

Opa Johann warf ihr einen flehenden Blick zu, als sie hinaushuschte. Komm schnell wieder, lass mich mit der Kleinen nicht allein, schien er sagen zu wollen, aber Astrid konnte ihm da nicht weiterhelfen. Sich auf *facebook* tummeln, aber die Konsequenzen nicht bedenken – es hatte ja so kommen müssen.

Sie richtete ein Tablett mit Tassen, Zucker, Milch und ein paar Keksen her, wischte die Arbeitsplatte ab und wartete darauf, dass der Kaffee fertig war. Zwischendurch platzte Lucie in die Küche und wollte wissen, mit wem Opa Johann denn da im Wohnzimmer rede, sie habe durch die angelehnte Tür einen coolen grünen Mantel erspäht.

»Weiß ich auch nicht«, wich Astrid aus. Sie hatte keine Lust, ihrer Tochter etwas zu erklären, was sie selbst nicht begriff, und drückte ihr die Kaffeekanne in die Hand. Sie selbst nahm das Tablett und stieß kurz darauf die Wohnzimmertür mit dem Fuß auf.

Es war still, verdächtig still, und es roch nach einem Zitrus-Parfüm. Erst mit einigen Sekunden Verzögerung entdeckte Astrid ihren Schwiegervater. Er hing in Schieflage auf dem Sofa, ein Fuß mit dem karierten Pantoffel schlackerte am Boden, und sein Mund stand halb offen.

»Johann!«

Mit einem Satz war sie bei ihm – das Tablett hatte sie eilig auf dem Couchtisch abgestellt – und öffnete den obersten Knopf seines Hemdes. Infarkt, Schlaganfall – lauter furchtbare Worte jagten durch ihren Kopf. Sie sah sich um. Wo war die junge Frau abgeblieben?

»Opi, was ist denn?« Lucie kniete vor dem Sofa und tätschelte seine Wangen.

Da schlug er die Augen auf und brummte: »Alles paletti, macht euch keine Sorgen.«

Und ob sie sich Sorgen machten! Johanns Gesicht hatte die Farbe einer eisgrauen Wand, und Schweiß stand auf seiner Stirn. Rasch legte Astrid seine Beine hoch und schob ihm ein Kissen unter.

»Lucie, hol mal ein Glas Wasser, ja?«

Ihre Tochter nickte und huschte hinaus.

»Lächel mal«, forderte Astrid ihren Schwiegervater auf. »Und streck die Zunge raus.«

»Nun lass mal gut sein«, wehrte er ab. »Mir war nur etwas blümerant, das ist alles.«

»Kannst du deinen Arm anheben?«

»Na, hör mal! Ich bin ja wohl kein Zirkuspferd, das hier eine Nummer vorführen muss. Und dann noch im Liegen!«

Astrid entspannte sich wieder etwas – immerhin sprach er ganz normal – und erkundigte sich, wo die junge Frau sei.

»Weg. Sieht man doch. Und ich bin, ehrlich gesagt, froh drum.«

Lucie tauchte mit dem Glas Wasser auf. »Wieso, wer war das denn? Und was wollte sie von dir?« Sie kicherte leise. »Heißen, tabulosen Sex?«

Sich auf den Unterarmen abstützend, stemmte sich Johann in eine halb liegende, halb sitzende Position. »Kröte, das ist jetzt gar nicht lustig. Das war ... halt dich fest ... das war Emilia.«

»Nein.« Sie sah ihn entgeistert an.

»O doch.«

Wasser schwappte aus dem Glas, als Lucie sich neben ihren Großvater setzte.

»Du kennst die junge Dame?«, fragte Astrid erstaunt. Seit sie arbeitete, schien einiges, was sich in diesen vier Wänden abspielte, an ihr vorbeizugehen.

»Nicht direkt.« Lucie blickte hilfesuchend an die Decke. »Opa ist mit ihr auf *facebook* befreundet. Mehr weiß ich auch nicht.«

Astrid brauchte einen Moment, um die Information zu verdauen. *Facebook.* Du meine Güte! »Hat sie dich bedroht, als ich draußen war? Dir die Brieftasche geklaut? Wollte sie Schmuck?«

»Nein! Nein! Nein!« Ein bizarres Faltenmuster bildete sich auf Johanns Stirn. »Sie hat bloß ...«, seine Unterlippe begann zu zittern, »sie hat gemeint, dass ich ihr Großvater bin.«

*

Die Behauptung war vollkommen absurd. Das fand jeder von ihnen. Allen voran Opa Johann, der unverdrossen beteuerte, neben Oma Hilde lediglich mit einer Frau eine Liebesbeziehung gehabt zu haben: Giuseppina in Amalfi. Aber aus dieser Verbindung seien hundertprozentig keine Kinder hervorgegangen. Das wisse er, weil ... weil er es eben wisse.

Was dann folgte, war eine Abenteuergeschichte, die Astrids gedankliche Landschaft über Stunden wie ein Felsmassiv überschattete. Angeblich hatte die gemeinsame Italienreise vor drei Jahren nicht allein den Zweck gehabt, Opa Johanns achtzigsten Geburtstag zu feiern, sondern er war bei der Gelegenheit klammheimlich auf Spurensuche nach seiner großen Liebe Giuseppina gegangen – den Namen hörte Astrid zum allerersten Mal – und hatte am Ende deren Tochter in Amalfi gefunden.

Astrid konnte sich nur allzu gut an diesen chaotischen Tag erinnern. Opa Johann hatte sich lieber ausruhen wollen, anstatt mit ihnen den Ort zu erkundschaften, und später war es in einer Pizzeria zu einem handfesten Ehekrach zwischen ihr und Thomas wegen Max gekommen.

Mit dem Abstand der Jahre fand Astrid es verständlich, dass Johann in der emotional aufgeladenen Situation geschwiegen und bloß Lucie eingeweiht hatte. Allerdings nahm sie es ihm schon ein wenig krumm, dass er nicht von Anfang an mit offenen Karten gespielt hatte. Noch einmal die Jugendliebe treffen – dafür hatte doch jeder Verständnis. Dass diese dann bereits verstorben war, stand auf einem anderen Blatt und tat ihr im Nachhinein ausgesprochen leid. Aber was weitere Frauengeschichten anging – das versicherte Johann wieder und wieder –, habe er eine reine Weste. Astrid glaubte ihm. Denn wem gegenüber musste er jetzt noch Treue beweisen, da seine Hilde längst nicht mehr am Leben war?

4.

Von jetzt auf gleich zog sich der Himmel zu, und das herrliche Frühsommerwetter wurde von einer endlosen Zahl nasskalter Frühsommertage abgelöst. Im gleichen Maße wie es sich einregnete, geriet die Sache mit Opas vermeintlicher Enkelin in Vergessenheit. Lucie studierte fleißig – zumindest nahm Astrid das an –, Thomas hatte Sexspielzeug ohne gesundheitsgefährdende Weichmacher ins Sortiment seines Erotikshops aufgenommen, wovon er sich langfristig einen größeren Umsatz erhoffte, ihr Schwiegervater loggte sich nicht mehr so häufig bei *facebook* ein, sondern ging stattdessen lieber mit Frau Kleinschmidt-Mühlenthal auf ein Stück Torte ins Café oder einfach nur um den Block.

Somit waren alle beschäftigt, was Astrid umso mehr beruhigte, als Professor Hermsdörfer ihr einen neuen Auftrag vermittelt hatte, eine Lungenfachtagung der deutschen Atemwegsliga in Bad Reichenhall, die allerdings erst im Frühjahr nächsten Jahres stattfinden sollte. Dennoch ließ sie es sich nicht nehmen, schon jetzt mit den Vorbereitungen zu beginnen. Sie fragte bei ihren beiden studentischen Hilfskräften an, ob sie wieder für sie arbeiten wollten, erkundigte sich nach deutschen wie nach internationalen Referenten und sichtete die Hotellage. Astrid tat all dies mit Feuereifer und merkte doch, dass die vergangenen Monate ihr zugesetzt hatten. Häufig lag sie nachts wach, und auch ihr nervöser Magen machte sich bemerkbar. Dazu das Wetter, das nicht nur ihr aufs Gemüt schlug. Thomas war gereizter als sonst, Johann klagte über Rückenbeschwerden, und Lucie traf man allenfalls noch am Kühlschrank an oder aber sie blockierte stundenlang das Bad, um sich die Haare nachzufärben. Von Nachtschwarz war sie auf ein gemäßigtes Mahagoni umgestiegen, und sie unterließ endlich das übertriebene Toupieren. Der Schmetterling war aus dem Kokon geschlüpft; aus der wilden Göre von einst war eine echte Schönheit geworden. Astrid erfüllte das mit Stolz, und sie hoffte, dass ihre Kleine damit ihre pubertäre Protestphase endgültig hinter sich gelassen hatte.

Für die Sommerferien war immer noch nichts geplant, aber Astrid sehnte sich so sehr nach südlicher Sonne, dass sie sich öfter bei einem Glas Wein die drei Jahre alten Urlaubsfotos aus Santa Maria di Castellabate ansah. Was ihrer Sehnsucht noch Vorschub leistete. Italien, Frankreich, Spanien, Portugal – ganz egal, Hauptsache weg aus dem tristen Berlin. Am liebsten wollte sie allein mit Thomas verreisen. Ihr letzter Urlaub als Paar war so lange her, dass sie kaum noch wusste, wie es sich anfühlte. Allerdings bezweifelte sie stark, dass Thomas seinen Laden für zwei, drei Wochen in fremde Hände geben würde, um es sich gutgehen zu lassen.

Es war Samstag. Astrid hatte soeben eine Packung Spaghetti ins kochende Wasser geworfen, als es klingelte. In einem zweiten Topf köchelte Tomatensoße mit Kapern auf kleiner Flamme. Johann würde die verhassten Teile eben aus dem Sugo fischen müssen. Eilig drückte sie mit dem Holzlöffel die herausragenden Nudelenden unter Wasser, damit die Pasta gleichmäßig garte, dann ging sie zur Tür, um zu öffnen.

Emilia. Ihr kurzes, nasses Haar fiel ihr in die Stirn, und sie schüttelte ihre Sandaletten aus. Wieso trug sie ausgerechnet heute Sandaletten und nicht ihre Gummistiefel? Immerhin hatte sie wieder den grünen Mantel an, an dessen Revers sie sich nun festklammerte.

»Hallo … guten Abend. Da bin ich wieder.«

»Ja, das sehe ich. Guten Abend, Emilia«, begrüßte Astrid sie kühl. Erst jetzt bemerkte sie, dass sie noch den Holzlöffel in der Hand hielt.

»Ich will gar nicht weiter stören. Ich möchte Ihrem Schwiegervater nur etwas geben.«

»Ich bin mir aber nicht sicher, ob er es haben will«, sagte Astrid in dem Impuls, Opa Johann schützen zu wollen.

Doch Emilia kramte bereits in ihrer Umhängetasche, wobei sie den tropfnassen Stockschirm zum Kippen brachte, den sie gegen die Hauswand gelehnt hatte. »Bin gleich wieder weg.«

Astrid war unschlüssig, was sie tun sollte. Zweifellos hatte die junge Frau das Recht, Johann etwas zu geben, nur wollte sie sie nicht unbedingt im Haus haben. Wobei der Hauptgrund rein egoistischer Natur war: Die Nudeln kochten, und in knapp acht Minuten würde es Essen geben.

Emilia schien gefunden zu haben, was sie suchte. Es war ein rotbraunes abgewetztes Portemonnaie in der Form einer Auster. Man konnte es aufklappen und Kleingeld darin verwahren.

»Haben wir Besuch?« Opa Johann kam in seinen karierten Pantoffeln neugierig über den Flur geschlurft. Als er sah, um wen es sich handelte, blieb er wie eingefroren stehen, ein Bein hinter dem anderen wie ein Seiltänzer. »Emilia! Was … also wirklich!« Er klang so kurzatmig, dass Astrid sicherheitshalber nach seinem Arm griff.

»Junge Frau, ich kann mich nicht erinnern, Sie eingeladen zu haben.«

Emilia nickte wissend, dann klappte sie die Geldbörse auf und zog ein zerknittertes Schwarz-Weiß-Foto heraus, das sie ihm zusammen mit dem Portemonnaie hinhielt. »Nur eine Frage …« Ihre Miene war so regungslos, als wären ihre ohnehin jugendlich faltenfreien Gesichtszüge zusätzlich mit Botox geglättet worden. »Sind Sie das auf dem Foto? Und können Sie sich zufällig an dieses Portemonnaie erinnern?«

Johann trat mit gebeugtem Rücken näher, aber da er seine Lesebrille nicht zur Hand hatte, irrte sein Blick hilflos umher.

»Warten Sie, ich …« Fahrig fischte er in den Taschen seiner Cordhose, hinten rechts, vorne links, schließlich fand er die Brille in der linken Gesäßtasche, und als er sie endlich auf der Nase hatte, erblasste er. »Das … das ist doch«, stammelte er.

»Ja, ich denke auch, dass Sie das sind.« Emilia lächelte schief. »Und klappen Sie ruhig mal das Portemonnaie auf. Da hat jemand die Initialen J. C. mit Kuli reingeschrieben. J. C.! Wie Johann Conrady.«

»Johann, setz dich lieber mal«, sagte Astrid mit zunehmender Anspannung. Ihr Schwiegervater war nicht nur erschreckend blass, sondern seine Hände zitterten wie bei einem Parkinson-Kranken. Er hielt das Portemonnaie hoch, als müsse er der Erinnerung damit noch ein wenig auf die Sprünge helfen, dann bat er das Mädchen herein.

*

J. C., J. C. … Johann fühlte das Blut in den Schläfen rauschen, sein Herz pumpte im Magen, nur wann und wie war es dorthin gerutscht? Die Nudeln! Bestimmt verkochten sie gerade, und er würde hungrig zu Bett gehen müssen. Dabei hatte er richtig Kohldampf. Er lechzte geradezu nach Nudeln mit Tomatensoße, nach genau anderthalb Tellern mit extra viel Soße, auch wenn er die Kapern würde rauspulen müssen, eine nach der anderen. Nudeln mit Tomatensoße … die Vorstellung ergriff so sehr von ihm Besitz, dass er es kaum noch schaffte, seine umherjagenden Gedanken zu bändigen. Ja, das war leider Gottes er auf dem Foto. Und vor vielen Jahrzehnten hatte ihm auch dieses Portemonnaie einmal gehört, nur war ihm vollkommen schleierhaft, wie das junge Mädchen an die Sachen gekommen war.

»Agostina! Agostina! Agostina!«, rief sie immer wieder. »Sie müssen sich doch an Agostina erinnern!«

»Papperlapapp und jetzt Schluss mit dem Unfug!«, schnappte er zurück.

Seine gute Astrid hatte auf den Schrecken einen Schnaps eingeschenkt, den er jetzt wie Wasser trank.

»Aber Sie waren doch als junger Mann in Italien!«, beharrte das Mädchen. Sie hatte ihren grünen Mantel bis obenhin zugeknöpft und war barfuß, was so eigenartig aussah, dass er sie unentwegt anschauen musste. Wenn er danach auf die weiße Wand blickte, tanzten rote Flecken vor seinen Augen.

»Das haben Sie mir doch auf *facebook* geschrieben«, fuhr sie fort, da er sich nicht dazu äußerte.

»Ja, war ich. Und? Soll das jetzt ein Beweis sein?« Zweifellos war er als junger Mann in Italien gewesen. 1955. Gemeinsam mit seinem Freund Hans. Und in Amalfi hatte er sich unsterblich verliebt. Nur hatte die Dame Giuseppina geheißen und nicht Agostina, was – bis auf die Endsilbe – ein beträchtlicher Unterschied war. Allerdings brachte der Name Agostina irgendetwas tief in seinem Inneren zum Klingen – was er in diesem Moment niemals zugegeben hätte. Noch war es auch nur ein schwaches Signal, das er nicht einordnen konnte.

Was sich im Verlauf der Reise sonst noch zugetragen hatte, lag weitestgehend im Dunkeln. Irgendwie hatte die Sonne geschienen, er hatte das erste Mal in seinem Leben eine Pizza gegessen, seinen ersten Weinrausch erlebt und auch das allererste Mal im Meer gebadet. In einer schlabberigen Badehose, die zum Schämen ausgesehen hatte.

Auch wenn er sonst nicht trank, nicht mal ein Bier oder ein Gläschen Wein zum Feierabend, genehmigte er sich nun einen weiteren Schnaps, und als sein Sohn Thomas kurz darauf nach Hause kam und auf sofortige Aufklärung pochte, war er schon so beduselt, dass er es bloß noch komisch fand, angeblich der Großvater dieses Mädchens zu sein. Sollte die Kleine ihn nur zum Casanova erklären, das Zeug dazu hätte er allemal gehabt. Der schmucke blonde Hüne, der er einst gewesen war, ein Bild von einem Mann.

Emilia rührte als Einzige ihren Schnaps nicht an, dann begann sie zu erzählen, wobei sie den Kopf gesenkt hielt und auf ihre mageren Jungmädchenknie starrte. Es war eine Geschichte, die womöglich ganz einfach war, aber recht wirr klang, und je länger sie redete, desto unwohler fühlte er sich in seiner Haut. Gedankensplitter begannen, wie vor eine Windmaschine geraten, durcheinanderzuwirbeln. Bozen – dort habe er auf seiner Reise in den Süden angeblich Zwischenstation gemacht. Ein anderer junger Mann sei mit von der Partie gewesen, und einen grünen VW-Käfer hätten sie gefahren. Das stimmte. Und sie hatten auch in Norditalien Station gemacht. Meistens irgendwo, irgendwie im Auto zusammengefaltet geschlafen, was ihren jungen Knochen nicht das Geringste ausgemacht hatte. Heute knirschten ja schon seine Gelenke, wenn er bloß die Treppe zu seinem kleinen Reich unter dem Dach erklomm. Aber darum ging es jetzt nicht. Thema war eine

Dame namens Agostina, doch immer wenn ihr Name fiel, flackerte Giuseppinas Bild, wie mit dem Diaprojektor an eine Leinwand geworfen, vor seinem inneren Auge auf. Langes welliges Haar, Augen wie dunkle Schokolade, der kleine Leberfleck zwischen den Schulterblättern, im nächsten Moment hörte er das Klacken ihrer Pfennigabsätze auf dem Kopfsteinpflaster.

Das Mädchen kam zum Ende und trank nun doch ihren Schnaps. Wie drollig das aussah, wenn diese jungen Dinger sich angeekelt schüttelten!

»Soso«, brummelte Thomas, und das letzte bisschen Freundlichkeit wich aus seinem Gesicht. »Sie meinen also, mein Vater hat mit Ihrer Großmutter ein Techtelmechtel angefangen. Die ist prompt schwanger geworden, und er hat sich dann mir nichts, dir nichts aus dem Staub gemacht.«

Das Mädchen nickte dem leeren Glas zu.

»Ts-ts-ts«, machte Thomas, und auch Astrid schüttelte sachte den Kopf.

»Um jetzt mal eins klarzustellen.« Johann bezwang seinen Schnapsdusel und setzte sich aufrecht hin. »Ich lasse keine Frau sitzen, die von mir schwanger ist.« Mit zittrigen Fingern goss er sich noch eine kleine Pfütze voll ein. »Ich hab nämlich … Moral, Anstand! Heute mag das vielleicht anders sein, aber früher waren wir noch Ehrenmänner. Und wenn man sich was eingebrockt hat, hat man das auch ausgebadet. Da wurde nicht gekniffen.«

Drei Augenpaare hefteten sich auf ihn; keiner sagte mehr ein Wort. Das Schweigen gewann an Kraft und war bald kaum noch auszuhalten. Vielleicht sollte er ihnen den Gefallen tun und ihnen irgendetwas beichten. Nur was? Bozen – das war urlange her, und sosehr er sich auch anstrengte, in seinem Hirn waberte bloß der

Hauch einer Erinnerung in einem wattedichten Nebel, den auch das beißend scharfe Getränk nicht zu lichten vermochte.

Das Mädchen sagte etwas, dann Thomas und wieder Astrid, und er hatte beinahe das Gefühl, überhaupt nicht anwesend zu sein. Nur wenn er nicht anwesend war, gab es ihn womöglich gar nicht, und wenn es ihn nicht gab, betraf ihn das alles auch nicht und er war, so gesehen, fein aus dem Schneider.

»O mein Gott, die Spaghetti!« Astrid fuhr vom Sofa hoch und eilte nach nebenan. Seine Schwiegertochter hatte wohl den Herd angelassen, die ganze Zeit über. Die Nudeln würde selbst er später nicht mehr essen wollen, auch wenn sie ihm sonst immer einen Tick zu hart waren.

Bevor alles noch schlimmer würde, stand das Mädchen auf, bohrte die grün lackierten Fingernägel in ihre Umhängetasche und sagte: »Tja, dann.«

Tja dann klang gut. *Tja dann* klang danach, dass sie jetzt gehen würde und er sich endlich eine Stulle schmieren konnte. Mit Leberwurst oder Schinken, dazu ein leckeres saures Gürkchen. Das Mädchen schien es plötzlich eilig zu haben, aus dem Wohnzimmer zu kommen. Thomas begleitete sie, Johann wollte direktemang zu Astrid in die Küche, aber sein Sohn versperrte ihm unabsichtlich den Weg.

»Sie sprechen ja so gut Deutsch«, sagte er zu der Kleinen. Es klang misstrauisch, vielleicht war es aber auch nur als sachliche Frage gemeint.

Emilia hob entschuldigend die Schultern, schon schlüpfte sie in ihre durchnässten Sandalen. »Das ist eben so, wenn man zweisprachig aufgewachsen ist. Mein Vater ist Deutscher.«

»Und wo leben Ihre Eltern jetzt?«

»Sie sind getrennt. Mein Vater ist nach Augsburg zurückgekehrt. Meine Mutter wohnt in Mestre.« Emilia erzählte, dass sie selbst in München Medienmanagement studiert habe und zurzeit ein Praktikum beim RBB absolviere, dann richtete sie sich auf, wandte sich Johann zu und musterte ihn mit zusammengekniffenen Augen. »Aber machen Sie sich keine Gedanken. Meine Mutter hat ihren Vater nie vermisst.«

Eine Welle der Übelkeit überrollte Johann. Die ganze Zeit war von seiner Enkelin die Rede gewesen. Dass es zwangsläufig dazu noch eine Mutter oder einen Vater gab, die oder der dann seine Tochter beziehungsweise sein Sohn wäre, hatte er nicht eine einzige Sekunde lang bedacht.

»Schade, dass jetzt nicht sie hier vor Ihnen steht«, fuhr das Mädchen fort. »Sie würden staunen, wie sehr sie Ihnen ähnlich sieht.«

Johann wich zurück und hoffte bloß eins: dass die Tür hinter ihr zufallen und der Spuk ein Ende haben würde.

»Falls Sie es sich noch irgendwie anders überlegen und mich anrufen möchten … Warten Sie, meine Telefonnummer.« Sie knöpfte ihren Mantel auf und grub in ihrer Gesäßtasche. Da sie nicht zu finden schien, was sie suchte, fischte sie in der anderen Gesäßtasche, wobei ihr T-Shirt-Ausschnitt verrutschte und ein goldenes Kettchen mit einem Marienanhänger sichtbar wurde. Johann starrte gebannt darauf, und bevor er sich darüber klarwerden konnte, wieso, setzten sich die Bausteine seiner Erinnerung wie die Fotos bei seiner Lieblingsratesendung – klack, klack, klack – zusammen.

Irgendwann, irgendwo, irgendwie hatte er die Kette schon mal gesehen … Eine große schlanke Frau hatte sie getragen … War sie tatsächlich nackt gewesen? Oder hatte ihr Kleid bloß einen tiefen

Ausschnitt gehabt? ... Er spürte die Kühle des Marienanhängers, bevor er ihn mit seinen Lippen berührte ... Rotwein war geflossen. Jede Menge Rotwein und Zitronenlikör, den irgendjemand im Ort gebrannt hatte ... und dann ... Dann riss der Film, und alles wurde wieder schwarz.

5.

Es war kurz vor Mitternacht.

Lucie saß mit ihrem Großvater auf dem Sofa, der Fernseher dudelte leise, und von draußen drang das nervtötende Geräusch eines laufenden Motors. Dummerweise hatte sie sich ausgerechnet heute in der Uni-Bibliothek mit Verena verquatscht und war dann zu spät gekommen, um der bizarren Vorstellung bei ihr zu Hause beizuwohnen. Die Schale mit den Erdnussflips auf den Knien balancierend, ließ sie sich nun die Geschichte wieder und wieder erzählen und versuchte die Mosaiksteinchen zusammenzusetzen, bis sie ein halbwegs sinnvolles Ganzes ergaben.

»Das würde dann ja tatsächlich heißen, dass du eine Tochter hast und Papi eine Schwester«, fasste sie den Sachverhalt zusammen. »Also höchstwahrscheinlich.«

»Ich hab mich nur an diese alberne Kette erinnert, mehr nicht«, brummte Opa Johann. »Ein Beweis ist das ja wohl noch lange nicht.« Ein Erdnussflip war in seinen Kragen gerutscht, was aussah, als hätte er sich ein winziges Mikro angeklemmt.

»Und das Portemonnaie und das Foto?«

»Hat sie vielleicht vom ... was weiß ich ... vom Flohmarkt oder so.«

»Unwahrscheinlich.« Lucie deponierte die Schale auf dem Couchtisch. »Aber das lässt sich doch ganz einfach mit einem Vaterschaftstest klären. Man braucht bloß ein bisschen Speichel von dir und ...«

»Mein Speichel bleibt dort, wo er hingehört«, schnitt er ihr das Wort ab und stellte den Fernseher lauter. »Und zwar in meinem Mund.«

»Aber willst du denn gar nicht wissen, ob du noch eine Tochter hast?«

»Wie?«

»Willst du denn gar nicht wissen, ob du noch eine Tochter hast?«, brüllte sie, als spräche sie in ein defektes Megafon. »Ich mein, bevor du eines Tages ...« Sie machte eine vage Geste.

»... abnibbelst. Ins Gras beißt. Sprich es ruhig aus.«

»Also gut, bevor du abnibbelst, wäre es doch vielleicht ganz schön, wenn du es weißt.«

Es zuckte um Opas Mundwinkel, aber sein Blick blieb unverwandt geradeaus auf den Fernseher geheftet. Ein schwedischer Krimi lief, und man sah eine blutverkrustete Leiche, in deren Augenhöhlen sich Fliegen tummelten. Eine Weile starrten sie auf den Bildschirm, doch Lucie gelang es nicht, sich auf die Handlung zu konzentrieren. Ihr wollte beim besten Willen nicht in den Kopf, weshalb ihr Großvater sich nicht daran erinnern konnte, ob er nun mit dieser Frau eine heiße Nacht erlebt hatte oder nicht. Oder wollte er sich einfach nur nicht erinnern? Schließlich war er noch klar im Kopf und sein Liebesleben extrem überschaubar. Soweit sie wusste, hatte es bloß die scharfe Süditalienerin Giuseppina gegeben, danach Oma Hilde und womöglich auf dem Hinweg nach Italien noch besagte Agostina mit der Halskette. Lucie war sechs Jahrzehnte jünger als ihr Großvater, hatte ihn jedoch, was die Zahl ihrer Sexpartner anging, längst überholt. Aber egal, auf welche Zahl sie am Ende ihres Lebens kommen würde, sie war sich sicher, dass selbst die übelsten Nummern irgendwo auf der Festplatte ihres Hirns abgespeichert sein würden.

Irgendwann war der Film zu Ende und Lucie zu müde, um das Thema erneut aufzugreifen. Ihr Großvater hing sowieso längst in den Seilen, und sie musste ihn ein bisschen im Rücken stützen, damit er überhaupt vom Sofa hochkam. Sie stellte den Fernseher aus, klaubte ein paar runtergefallene Erdnussflips vom Boden und klopfte ihrer vom Ordnungswahn besessenen Mutter zuliebe die Sofakissen auf.

»Opi, angenommen, diese Emilia ist nun tatsächlich deine Enkelin«, sagte sie, als sie die Gläser in die Küche trugen.

»Was dann? Dann ist sie es eben. Schnurz. Ich kann sie ja nirgends wieder abgeben oder gegen eine andere umtauschen.«

»Das meine ich nicht.«

Bevor sie weitersprechen konnte, verschluckte sich ihr Großvater und fing bellend an zu husten. Lucie klopfte ihm auf den Rücken, ohne Erfolg, und ihre Wohl-nicht-der-Rede-wert-Frage verpuffte, einfach so. »Wasser?«

Statt zu antworten, riss Opa Johann den Kühlschrank auf und klapperte lautstark mit den Flaschen im Seitenfach. Lucie räumte derweil rasch die Gläser in die Spülmaschine, wobei ihr Blick in den Topf auf dem Herd fiel, in dem aufgequollene Nudeln im erkalteten Wasser schwammen. Wieso hatte ihre Mutter diese Schweinerei nicht entsorgt? Kalte, wabbelige Nudeln in einer trüben Nudelbrühe, wie eklig war das denn! Und sie machte sich die Mühe, um ein Uhr nachts die Sofakissen zurechtzurücken.

Opa Johann entschied sich für die Milch und schenkte sich ein Glas ein.

»Kröte, du darfst als Erste ins Bad«, erklärte er gönnerhaft.

Lucie blickte verwundert zu ihm auf. Dass er ihr den Vortritt ließ, war eigenartig. Ansonsten erfand er an dreihundertfünfundsechzig Tagen im Jahr immer irgendwelche Ausreden, warum er sofort, auf der Stelle und ganz subito ins Bad müsse.

»Nun guck nicht so, geh schon. Aber mach ein bisschen dalli, ja? Keine großen Schönheitszeremonien.«

»Opi, alles in Ordnung mit dir?«

»Ja, alles bestens.«

Doch Lucie blieb misstrauisch und stellte sich ihm in den Weg. »Wirklich alles okay?«

»Ja! Herrje!« Er räusperte sich, und sein Tonfall hätte nicht liebevoller sein können, als er fortfuhr: »Ich möchte nur, dass du eins weißt, Kröte …«

»Ja? Was denn?« Eine Gänsehaut kroch ihr über den Rücken, weil er so ernst dreinschaute.

»Was auch immer sein wird«, er strich ihr eine Strähne aus dem Gesicht, »du bist und bleibst meine Enkelin Nummer eins. Hast du das verstanden?«

»Ja … äh … verstanden«, stotterte sie, weil sie genau das von ihm hatte hören wollen.

Erst als sie später im Bett lag und in die Sterne auf ihrem nachtblauen Stoffhimmel guckte, fragte sie sich, ob das nun ein Eingeständnis ihres Großvaters gewesen und sie soeben zu einer zweiten Familie gekommen war.

*

Ein paar Tage später lag Johann nach dem Mittagessen auf dem Wohnzimmersofa – nur ein bisschen dösen, mehr war in Astrids heiligem Reich ja nicht erlaubt – und sah einer Spinne dabei zu, wie sie an der Decke von links nach rechts krabbelte.

Vaterschaftstest, herrje noch mal! Hatte er das wirklich nötig, seinen Speichel oder eins seiner eisgrauen Haare in der Weltgeschichte herumzuschicken? Seine Kröte mochte ja ein gutes Kind sein, aber in dem Punkt, na ja ... Zum Glück war Thomas auf seiner Seite. Dem behagte es nämlich absolut nicht, von jetzt auf gleich eine Schwester zu bekommen. Dabei ging es ihm nicht mal um irgendwelche Erbschaftsangelegenheiten oder dergleichen. Er wollte eben keine Schwester. Weil er nie eine gehabt hatte und ... weil er eben keine wollte. Es war ja auch sein gutes Recht.

Johann wurde schläfrig, verlor die Spinne aus dem Blick und schloss die Augen. Unscharfe Bilder zogen wie Wolkengebilde vorüber, vermischten sich mit Stimmen, die durchs gekippte Wohnzimmerfenster drangen, und mit dem Strom seiner Gedanken sickerten mehr und mehr Erinnerungen in sein Bewusstsein, Momentaufnahmen seiner Vergangenheit ...

Es war schon spät, als sie die Grenze hinter sich ließen, und da ihnen das Benzin auszugehen drohte, mussten sie in einem Dorf, irgendwo in der südtiroler Pampa, haltmachen. Wie üblich wollten sie in ihrem Käfer übernachten und am nächsten Tag Benzin besorgen, aber der Hunger trieb sie in das einzige Lokal im Ort. Die hübsche blonde Wirtstochter hatte ihnen ein Abendbrot bereitet. Käse, herrlich reife Pfirsiche, Wein und Zitronenlikör. Sicher hatte auch Brot auf dem Tisch gestanden, oder war es ein Apfelkuchen gewesen? So ganz sicher war er sich da nicht. Bloß an ihr glockenhelles Lachen erinnerte er sich und an ihre mädchenhaften Zöpfe, die ihr über den Rücken flossen. Dann gab es einen Zeitsprung in seinem Kopf, und er befand sich in einem schlauchförmigen Zimmer, in dem Rotwein-Fässer gelagert wurden. Es roch nach Tafelschwamm, ein bisschen wie früher in der Schule, und irgendwo spielte jemand schrecklich falsch ein Instrument. Violine? Mundharmonika? *Spiel mir das Lied vom Tod*? Oder war er jetzt im falschen Film? Konzentrier dich, Johann! Gut möglich, dass sie sich da nähergekommen waren, irgendwie, nur wenn dem so gewesen war, wieso hatte er, der Verfechter der Überzieher, keine zur Hand gehabt? Er war doch sicherlich nicht ohne Pariser nach Italien gereist, und bei Giuseppina …

Er schreckte hoch, als das Telefon ging, und hatte im ersten Moment Mühe, sich zurechtzufinden. Verwirrt tastete er nach der Wolldecke, sah seine beigefarbenen Socken hervorlugen, die am großen Onkel schon etwas durchscheinend waren, und als er die Spinne über sich entdeckte, stellte er erleichtert fest, dass er im Wohnzimmer auf dem Sofa lag und womöglich bloß ein paar Minuten vergangen waren. Lucie platzte mit dem Telefon herein. »Opi, schläfst du?«

»Würde ich nie wagen.« Er richtete sich mit schmerzendem Kreuz auf. »Wer ist es denn?«

»Emilia.«

»Emilia?«, wiederholte er überflüssigerweise. »Was will die schon wieder?«

Lucie hielt das Telefon zu. »Keine Ahnung. Soll ich sie abwimmeln?«

Aber er nahm ihr den Apparat aus der Hand, und bevor Emilia etwas sagen konnte, erklärte er mit fester Stimme: »Emilia, sitzt du?«

Am anderen Ende der Leitung war es still. Er hörte sie nicht mal atmen.

»Emilia?«

»Ja?« Ihre Stimme klang dünn.

»Da war so ein Weinkeller«, sagte er ohne Umschweife. »Und

wir, also deine Großmutter und ich, wir hatten ziemlich viel getrunken …«

»Aha«, kam es tonlos aus dem Hörer, während Lucie ihn mit geweiteten Augen anstarrte. »Also doch.«

»Womit aber nicht unbedingt gesagt ist, dass ich … Es gab ja sicher noch andere schmucke Männer im Ort.«

»Meine Oma hatte aber nur einen Liebhaber!«, erklärte Emilia entschieden. »Den blonden Johann aus Deutschland. Ist so. Oma Agostina war so was von moralisch!«

»Du hast es mit Emilias Oma im Weinkeller getrieben?«, zischte Lucie ihm zu.

»Kröte, nicht so vulgär, ja?«

»Vulgär? Ich? Hören Sie mal …!«, empörte sich Emilia.

»Nicht du. Lucie hat gerade … Ach, schnurz.« Wie aufs Stichwort reichte seine Enkelin ihm ihre Hand, und er ergriff sie wie einen Rettungsanker.

Das Mädchen hüstelte. »Wissen Sie was? Ich finde es offen gestanden ziemlich traurig, dass Sie die ganze Zeit über so getan haben, als sei das alles völlig abwegig.«

»Was sagt sie?«, wollte Lucie wissen, doch Johann war weder in der Lage, etwas zu erwidern, noch Lucie den Hörer in die Hand zu drücken. Stattdessen ließ er Emilias Anklage wie ein Pimpf, der etwas ausgefressen hat, über sich ergehen. Erst habe er ihrer Großmutter eine Liebeserklärung gemacht, und dann sei er einfach abgehauen und habe sich nie wieder bei ihr blicken lassen. Ein paar Mal versuchte Johann einzuhaken, um den Sachverhalt geradezurücken – Agostina hatte reichlich die Wahrheit verdreht, von Liebe war nie die Rede gewesen –, aber als Emilia ihn als Lüstling beschimpfte, reichte es ihm, und er legte auf.

Lucie ließ seine Hand los. »Was hat sie gesagt?«

»Ich bin kein Lüstling, bin ich doch nicht, oder?«

Seiner Kröte entgleisten für einen Moment die Gesichtszüge, dann brach sie in glockenhelles Gelächter aus, was ihn augenblicklich besänftigte.

Das Telefon klingelte erneut, und er nahm ab.

»Emilia, du entschuldigst dich jetzt auf der Stelle«, blaffte er auf gut Glück.

»Tut mir leid«, entgegnete diese prompt. »Ich hab's nicht so gemeint, aber …« Bevor sie weitersprechen konnte, übernahm Johann das Regiment und machte der jungen Dame unmissverständlich klar, dass es – und das sei so sicher wie das Amen in der Kirche – niemals eine Liebesgeschichte zwischen ihm und ihrer Großmutter gegeben habe. Die einzige Italienierin, die er wirklich geliebt habe, habe zufälligerweise nicht in Bozen, sondern in Amalfi gelebt und auf den wundervollen Namen Giuseppina gehört. Und wenn sie ihm das nicht glaube, sei sie eben selbst schuld.

Ihm ging die Puste aus, aber auch Emilia war einen Moment lang still. Astrid tauchte im Türrahmen auf, doch Johann wollte keine weiteren Zuhörer und wedelte mit der Hand, damit sie sich trollte. Was sie dann auch tat.

»Emilia, hast du das verstanden?«, nahm er den Faden wieder auf. »Vielleicht haben wir nach dem Weintrinken … du weißt schon, das will ich gar nicht leugnen … aber ich habe ihr keine Liebesversprechen gemacht, niemals! Das schwöre ich bei allem, was mir heilig ist.«

Statt einer Antwort hüstelte das Mädchen wieder leise, dann murmelte sie: »Schade, dass wir sie nicht mehr fragen können, aber … Aber gut, ich glaube Ihnen.«

6.

Der azurblaue Fiat bahnte sich seinen Weg durch den Berliner Feierabendverkehr. Immer wieder musste Astrid abbremsen, weil urplötzlich jemand ausscherte oder im letzten Moment abbog.

»Himmel noch mal, nun fahr doch nicht wie eine Halbstarke!«, tönte Johann von hinten.

Astrid kannte das schon. Seit Jahr und Tag beschwerte er sich über ihren seiner Ansicht nach unmöglichen Fahrstil. Entweder fuhr sie zu schnell, zu hektisch, zu langsam oder bremste zu jäh – recht machen konnte sie es ihm nicht.

Sie blickte auf den Tacho, die Nadel stand bei sechzig. Um ihm den Gefallen zu tun, nahm sie kurz den Fuß vom Gas, drückte aber sogleich wieder auf die Tube. Sie waren spät dran. Johann hatte sie, Thomas, Lucie und Emilia zwecks offizieller Familienzusammenführung – ja, so hatte er sich tatsächlich ausgedrückt – ins Restaurant eingeladen. Astrid war immer noch nachhaltig verwirrt. Wie hatte Johann das Techtelmechtel mit Agostina nur all die Jahre verdrängen können? Denn dass etwas zwischen ihnen gelaufen war, stand inzwischen außer Frage. Zwar war die Vaterschaft damit nicht bewiesen, aber Johann, der einen Gentest unter seiner Würde fand, fügte sich in sein Schicksal, und Astrid hoffte lediglich, dass er keiner Schwindlerin aufgesessen war.

Wiener Schnitzel. Zu diesem Anlass durfte es nur Wiener Schnitzel sein, und für das beste Wiener Schnitzel Berlins musste man eben den Weg durch die halbe Stadt in Kauf nehmen.

»Rot! Astrid-Schatz, du bist bei Rot über die Ampel gebrettert!« Ihr Schwiegervater krallte sich an ihrer Kopfstütze fest, und Astrid ärgerte sich, dass sie nicht Lucie zum Fahren abkommandiert hatte.

»Gelb. Es war noch gelb.«

»Opi, jetzt lass sie doch mal in Ruhe«, schaltete sich ihre Tochter freundlicherweise ein. »Mami baut gleich noch einen Unfall.«

»Das tut sie auch so«, ließ Johann verlauten. »Sind wohl die Hormone, dass sie so fährt.«

Astrid reichte es. Sie blinkte rechts, bremste ab und kam mit quietschenden Reifen vor einem parkenden Transporter zum Stehen. Es war durchaus nachvollziehbar, dass ihr Schwiegervater nervös war – auch sie spürte die familiären Turbulenzen als dumpfen Druck im Magen –, doch das rechtfertigte nicht sein fortwährendes Genöle.

»Lucie, fährst du? Dein Vater und dein Großvater haben es ja leider Gottes beide versäumt, in diesem Leben den Führerschein zu machen.«

»Ist doch alles gut, Herzchen.« Johann ließ ihre Kopfstütze los, um ihren Kopf zu tätscheln. »Du fährst richtig prima.«

»Schön, dass du das einsiehst«, gab sie zurück.

Als habe Johann sein Mecker-Kontingent verbraucht, hielt er sich die restlichen fünfzehn Minuten Fahrzeit über mit Kommentaren zurück. Ersatzweise hatte er nun Lucie am Wickel und ließ sich alle naslang von ihr bestätigen, dass sein kleinkariertes Hemd auch zur sommerlich beigefarbenen Hose passte.

»Ja, Opi, passt. Sieht schon fast stylisch aus«, lobte Lucie ihren Großvater auf übertriebene Weise. »Emilia wird das bestimmt auch finden. Alle finden das. Nur die Krawatte ist vielleicht etwas … spießig?«

»Meinst du?« Im Rückspiegel sah Astrid, wie Johann verunsichert an sich herumzupfte. »Besser abmachen?«

Lucie nickte, woraufhin Johann etwas brummte, was vom Lärm eines vorüberdonnernden Lasters verschluckt wurde. Im nächsten Augenblick löste er die Krawatte, ließ sie in seiner Hosentasche verschwinden, und dann waren sie endlich da.

Schon beim Reinkommen sah Astrid die junge blonde Frau. Sie saß im Sichtschutz der Bar und hielt sich an einem Bierglas fest. Mit der selbstbewussten Person, die zweimal unaufgefordert bei ihnen hereingeplatzt war, hatte sie kaum noch etwas gemein. Vielleicht war ihr die rasante Entwicklung der Dinge ja selbst über den Kopf gewachsen.

Johann winkte aufgeregt, und seine viel zu weiten Hemdsärmel flatterten, dann schmetterte er mit Theaterstimme: »Emilia, da sind wir!« Ihr Schwiegervater hatte sonst gar nicht so ein lautes Organ, und Astrid vermutete, dass er versuchte, seine Nervosität zu überspielen. Eben, auf dem kurzen Weg vom Auto zum Lokal, waren seine Schritte zögernd geworden, und es hätte sie nicht gewundert, wäre er in allerletzter Sekunde umgekehrt. Emilia und er hatten seit dem epochalen Telefonat bloß zwei- oder dreimal Belanglosigkeiten über *facebook* ausgetauscht. Die mutmaßliche Opa-Enkelin-Beziehung steckte eben noch in den Kinderschuhen und ließ sich auch nicht einfach wie eine Nachttischlampe anknipsen.

Emilia entknotete ihre Beine und stemmte sich am Tisch hoch.

Weder sie noch Johann schienen zu wissen, wie sie sich begrüßen sollten, was dazu führte, dass Emilia vor- und zurückschnellte und Johann zu ihren Bewegungen linkisch mit den Armen ruderte. Erst als Lucie schon anfing zu gackern und »Wird's denn bald mal!« sagte, reichten sie sich förmlich die Hand. Astrid und Thomas begrüßten die junge Frau ebenfalls mit Handschlag, nur Lucie umarmte ihre so plötzlich in ihr Leben getretene Cousine wie selbstverständlich.

Nach ein paar Höflichkeitsfloskeln ging es um die Sitzordnung. Johann bestand als frischgebackener Opa darauf, neben Emilia auf der Bank Platz zu nehmen, was Lucie – Astrid sah es genau – mit einem galligen Blick quittierte. Astrid war es egal, wo sie saß, fand es jedoch albern, dass Thomas unbedingt am Rand sitzen wollte. Jederzeit zur Flucht bereit. Sie begriff nicht, was das sollte. Die Dinge waren nun mal, wie sie waren. Und selbst wenn ihn seine Nichte nicht interessierte, hatte die immer noch ein Recht darauf, ihren Onkel kennenzulernen.

»Soso«, eröffnete Johann das Gespräch, als die Menükarten vor ihnen auf dem Tisch lagen. »Dann sind wir jetzt also … wenn ich mal so sagen darf … zu achtundneunzig Prozent – und ich hoffe, deine Großmutter nimmt mir die zwei Prozent, die ich abziehe, nicht krumm – eine Familie.«

Schmallippig lächelnd, schlug Emilia die Karte auf. »Familie? Hm. Wir kennen uns ja noch nicht richtig.« Sie sprach so leise, dass man sie kaum verstehen konnte. »Und müssen erst mal zusammenwachsen.«

»Dann sitzen wir jetzt also hier, um damit anzufangen?«, ergriff Thomas das Wort. »Oder um zu feiern, dass mein Vater früher mal ein ganz Wilder war?«

Astrid knuffte ihn unter dem Tisch. Sie wollte nicht, dass an diesem Abend, der sicher nicht nur ihrem Schwiegervater sehr viel bedeutete, Misstöne aufkamen.

Aber Johann entgegnete, nunmehr entspannt schmunzelnd: »Lass dich überraschen, mein Junge. Du wirst schon sehen.«

»Oh, das verspricht ja richtig spannend zu werden«, fuhr Thomas nicht weniger ironisch fort und heftete seinen Blick auf die Speisekarte. »Hoffentlich zauberst du nicht gleich noch ein paar Verwandte aus dem Hut.«

Er zwinkerte Emilia freundlich zu, die daraufhin erlöst auflachte, und auch von Astrid fiel die Anspannung ab.

Der Kellner kam, und Johann und Thomas bestellten Wiener Schnitzel. Astrid schloss sich den beiden an, die Mädchen wollten sich einen Vogerlsalat mit Graukäse und einen Kaiserschmarrn teilen, und damit nicht alle gleich wieder in Steifheit verfielen, bestellte Johann eine Flasche Grauburgunder.

Dies war weder der richtige Zeitpunkt noch die richtige Konstellation noch der richtige Ort für schwerwiegende Themen. Lieber schipperten sie durch seichte Gewässer, redeten über Berlin, Bozen und Italienreisen im Allgemeinen, über Emilias Praktikum beim Fernsehen sowie Lucies Pharmaziestudium und kamen schließlich aufs Essen zu sprechen.

»Nein, ich bin keine Vegetarierin«, sagte Emilia auf Lucies Nachfragen. »Aber die kleinen Kälbchen, die für so ein Wiener Schnitzel ihr Leben lassen müssen, tun mir schon leid.«

Damit hatten die Cousinen ein Thema gefunden. Lucie hielt ein Plädoyer für die fleischlose Ernährung, und in einem Nebensatz erwähnte Emilia, dass ihre Mutter die beste Köchin der Welt sei.

»Ach so? Was kocht die Mutti denn so?«, erkundigte sich Johann unbedarft und säbelte ein nicht gerade mundgerechtes Stück aus seinem Schnitzel. Ihm schien in diesem Moment gar nicht bewusst zu sein, dass er von seiner Tochter sprach, der vermeintlichen. Thomas heftete den Blick auf Messer und Gabel, die gekreuzt auf seinem Teller lagen. Astrid konnte das nachvollziehen. Es war ja auch eine heikle Situation. Niemand kannte diese Frau, weder vom Foto noch persönlich, und doch war sie aller Wahrscheinlichkeit nach Johanns Tochter, demzufolge Thomas' Schwester und ihre Schwägerin.

Emilia lächelte aufgeräumt. »Ich hoffe sehr, Sie kommen eines Tages mal in den Genuss ihres Essens. Ihr *Fegato alla veneziana* ist einfach göttlich.«

Astrid wusste nicht, was *Fegato* war, fragte aber auch nicht nach. Johann, der die ganze Zeit geblinzelt, mit den Wimpern geplinkert und einfältig vor sich hin gegrinst hatte, sagte: »Emilia, du hast doch bestimmt ein Foto von ihr in deinem Handy. Lucies Handy ist jedenfalls voller Fotos, und von meiner bescheidenen Wenigkeit sind auch welche dabei.«

Emilia verkrampfte sich sichtlich, als sie erklärte: »Meine Mutter lässt sich nicht gerne fotografieren. Ich musste ihr versprechen, die Fotos niemandem zu zeigen.«

Johann legte einen Bettelblick auf. »Ich bin sozusagen ein Niemand – zumindest in Anbetracht der Größe des Universums. Also könntest du eigentlich eine Ausnahme machen.«

»Opi, du bist peinlich«, zischte Lucie.

»Peinlich und pathetisch«, ergänzte Thomas und bestellte sich ein Bier.

»Emilia, Sie müssen das nicht«, kam Astrid der jungen Frau zu Hilfe.

Lucie pickte mit ihrer Gabel in den Vogerlsalat, den Emilia gerade vor der Nase hatte, und tönte in die Runde: »Wollt ihr nicht langsam mal dieses alberne Gesieze lassen? Wir sind doch alle miteinander verwandt.«

»Das ist möglich, aber längst nicht bewiesen«, murmelte Thomas in seine Serviette.

»Lucie hat recht«, überging Johann die Bemerkung seines Sohnes. Nach den ersten Anlaufschwierigkeiten schien er sich in der Opa-Rolle bestens zurechtzufinden, sie geradezu zu genießen.

Da Astrid der gleichen Meinung war, legte sie ihre Gabel auf dem Tellerrand ab und bot Emilia das Du an.

»Ähm, ach so«, sagte Johann und blickte mit gerunzelter Stirn zu seinem Sohn. »Dann müssen wir jetzt so richtig Brüderschaft trinken, nicht wahr?«

Lucie gackerte albern. »Das könnte dir so passen.«

»Nein, das müssen wir ganz bestimmt nicht, Johann«, pflichtete Astrid ihrer Tochter bei. »Außerdem duzt du Emilia ja sowieso schon.«

Sie stießen dennoch feierlich an, aber im Verlauf des Abends wollte es mit der neuen Anredeform nicht immer klappen. Mal rutschte Emilia ein *Sie* raus, mal Thomas, und auch Astrid musste sich darauf konzentrieren, die junge Frau zu duzen.

»Ich hab jetzt doch mal eine Frage, Emilia«, sagte Thomas, dessen Zunge nach der explosiven Wein-Bier-Mischung gelockert war. »Wie haben Sie meinen Vater eigentlich ausfindig gemacht?«

Emilia schlug die Augen für die Dauer eines Atemzugs nieder. Dann erzählte sie, dass sie das erste Mal mit etwa fünfzehn, sechzehn Jahren versucht habe, ihn aufzuspüren. Sein Name sei ja durch ihre ganze Kindheit gegeistert, Johann Conrady aus Deutschland, auch wenn es nirgends einen Beweis, irgendetwas Schriftliches, einen Tagebucheintrag, einen Brief oder dergleichen gegeben habe.

»Der Name klang so nach Mann von Welt.«

»Das bin ich ja auch«, versicherte Johann und lächelte die junge Frau warm an.

Emilia fuhr fort: »Ich hab Telefonbücher gewälzt, die Auskunft angerufen, alles Mögliche versucht – leider ohne Erfolg.«

»Und dann?«, wollte Lucie wissen.

»Nichts. Irgendwann habe ich die Sache erst mal abgehakt. Meine Großmutter war ja schon tot, und meiner Mutter …« Sie brach unvermittelt ab, entschuldigte sich und verschwand zur Toilette.

»Die Frau steht offenbar auf Cliffhanger«, bemerkte Lucie.

»Cliffhanger?« Johanns Stirn legte sich in tiefe Falten.

»Das ist, wenn eine Fernsehserie im spannendsten Moment aufhört und du bis zum nächsten Tag warten musst, bis es weitergeht«, erklärte sie.

»Aber Emilia ist doch gleich wieder zurück, oder?«, vergewisserte er sich.

»Davon gehe ich mal aus«, bemerkte Astrid. Auch ihrem Schwiegervater, der sonst kaum etwas trank, war der Wein augenscheinlich zu Kopf gestiegen. Er wurde dann immer unglaublich rührselig und hatte Angst, dass all seine Lieben ihn verließen.

Es dauerte ein paar Minuten, bis Emilia zurückkam.

Der kurze Pony hing ihr in nassen Strähnen in die Stirn, vielleicht hatte sie sich das Gesicht gewaschen.

»Alles in Ordnung?«, erkundigte sich Johann besorgt.

Emilia nickte und knüpfte nahtlos an das Gespräch von vorher an.

»Für meine Mutter war das Thema sowieso schon immer ein rotes Tuch«, sagte sie. Erst später habe ihr dann ein Zufall in die Hände gespielt.

»Ein Zufall namens *facebook*?«, erkundigte sich Astrid.

»Wenn man so will, ja.« Ein Lächeln glitt über Emilias Gesicht. »Ohne *facebook* säßen wir vermutlich jetzt nicht hier.«

»Ja, ja, ›am Anfang war die Tat‹«, zitierte Johann und zwitscherte eine kleine Melodie.

Astrid blickte ihren Schwiegervater überrascht an. »Ist das nicht von Goethe?« Sie selbst erinnerte sich nur deshalb daran, weil sie den Faust in der Schule rauf und runter analysiert hatten.

»Ganz genau«, bestätigte Emilia und erläuterte, dass sie Opa Johann mit diesem Zitat auf *facebook* kontaktiert habe.

»Aber warum?«, hakte Thomas nach. »Ich mein, was sollte das?«

Emilia geriet sichtlich in Verlegenheit. »Weiß auch nicht ... Ich dachte nur, da er älter ist ...«

»... und Goethe auch schon älter ist, sind die beiden miteinander vertraut?«, kam Astrid ihr zu Hilfe. »Und ihr habt gleich einen Anknüpfungspunkt?«

»Kann sein.« Emilias Schultern glitten auf und wieder ab.

»Ist ja eigentlich auch schnurz«, beendete Johann die Diskussion. »Du hast den ersten Schritt getan. Das war auf jeden Fall schon mal eine Tat.« Und mit einem Augenzwinkern fügte er hinzu: »Ob eine gute oder schlechte sei erst mal dahingestellt.«

»Dann bin ich ja an allem schuld«, sagte Lucie. »Ohne mich wärst du doch nie bei *facebook* gelandet.«

Alle lachten. In die heitere Stimmung hinein klingelte Astrids Handy und bloß einen Pulsschlag später Emilias. Astrid schaute aufs Display ihres Smartphones. Es war eines der Hotels in Bad Reichenhall, die sie kontaktiert hatte.

Sie entschuldigte sich und ging vor die Tür. Emilia folgte ihr, das Handy am Ohr. Dort standen sie dann mit ein paar Rauchern unter der Markise, die sie vor dem Nieselregen schützte, und telefonierten.

»Frau Conrady, wir möchten Ihnen unser Angebot unterbreiten.« Die freundliche weibliche Stimme wurde von den italienischen Satzfetzen überlagert, die im Stakkato zu ihr rüberdrangen. Telefonierte Emilia mit ihrer Mutter? Oder bloß mit einer Freundin? Sie schien aufgebracht, ihre Hand wirbelte durch die Luft wie die eines Dirigenten.

»Hören Sie, es passt gerade sehr schlecht«, erwiderte Astrid, »könnten wir morgen Vormittag telefonieren? Oder schicken Sie mir das Angebot doch einfach per Mail.«

»Sehr gerne«, versprach die Frau am anderen Ende der Leitung.

Astrid verabschiedete sich und legte auf. Im selben Moment beendete auch Emilia das Telefonat, und sie sah Astrid traurig an.

»Alles okay, Emilia?«

Sie schüttelte den Kopf; die mittlerweile getrockneten Ponyhaare wellten sich leicht auf der Stirn. »Sie ist so eine Idiotin!«

»Wer?«

»Meine Mutter. Ich mache ihren Vater ausfindig und sie …!« Wütend versuchte Emilia, mit der Hand eine Rauchwolke zu vertreiben.

»Was hat sie gesagt?«

»Das wollen Sie … das willst du gar nicht wissen.«

»Vielleicht braucht sie einfach Zeit«, vermutete Astrid. »Jeder von uns braucht Zeit, um sich an den Gedanken zu gewöhnen.«

»Du kennst meine Mutter nicht. Sie ist so stur!«

Wie Opa Johann, ging es Astrid durch den Kopf, doch sie verkniff sich eine Bemerkung.

Sie gingen wieder rein, Emilia mit einem Lächeln auf den Lippen, aber Astrid spürte, dass es nicht echt war. Der Anruf ihrer Mutter hatte sie verstört, was nur allzu verständlich war. Gewissheit zu haben konnte sehr weh tun.

Die anderen waren schon beim Schnaps angelangt und hatten sowohl für Astrid – obgleich sie ja noch fahren musste – als auch für Emilia einen mitbestellt. Opa Johann bestand in seiner Feierlaune darauf, dass alle wenigstens einmal nippten. Die Gläser klirrten gegeneinander, Opa Johann sagte ein paar salbungsvolle Worte, die wohl seinem Alter geschuldet waren, und die Mädchen kicherten, weil ihm statt *zusammenflicken* aus Versehen *zusammen ficken* rausrutschte. Dann stürzten sie den Schnaps runter, und während Astrid die öligen Schlieren in ihrem Glas betrachtete, räusperte sich Johann und alle Blicke richteten sich auf ihn.

»Meine Lieben«, begann er feierlich. »Es gibt da noch etwas, das ihr wissen solltet.«

»Bitte nicht«, murmelte Thomas, und auch Astrid fürchtete sich vor einer Enthüllung, die ihr Familienleben womöglich erneut auf den Prüfstand stellen würde.

»Was denn, Opi?« Lucie stand die Sensationslust ins Gesicht geschrieben, während sie das Schnapsglas ausleckte.

Wohl darauf aus, sie alle noch ein Weilchen auf die Folter zu spannen, lachte Johann bloß keckernd auf. Dann trank er in aller Seelenruhe Astrids Schnaps; er zwickte Lucie übermütig in die Seite, und als er auch noch Thomas das Bier wegnehmen wollte, reichte es Astrid, und sie sagte: »Johann, jetzt ist mal gut. Raus mit der Sprache: Was sollten wir wissen? Hast du noch mehr Kinder in die Welt gesetzt?«

»Donnerwetter, ihr traut mir ja was zu!« Er schien mit einem Schlag nüchtern zu sein. »Ein neues Kind in meinem Alter reicht ja wohl vollkommen. Aber das …« Sein Kinn begann zu zittern. »Das möchte ich kennenlernen. Und zwar möglichst bald.«

Mit einem Mal war es still. Sehr still. Selbst das Stimmengewirr im Hintergrund schien wie bei einer CD, die plötzlich streikt, für ein paar Takte auszusetzen. Astrid fing sich als Erste. »Schön und gut, aber wie willst du das anstellen? Meinst du, sie kommt deinetwegen nach Berlin?«

»Nein, das tut sie ganz bestimmt nicht«, entgegnete Emilia.

»Kein Problem.« Opa Johann hämmerte mit den Fingerspitzen auf den Tisch, er beschleunigte das Tempo, steigerte sich zu einem furiosen Trommelwirbel, den er mit einem Schlag an die Tischkante beendete. Dann erklärte er – und seine Stimme klang gelassen: »Ich fahre zu ihr.«

»Bitte was?«, hakte Astrid nach.

»Ich fahre zu ihr nach Venedig«, wiederholte er lausbübisch grinsend. Das konnte er immer noch, auch mit dreiundachtzig Jahren. »Ist doch eine fabelhafte Idee, müsst ihr zugeben. Ich hab schon mal nach Flügen geguckt.«

Astrid versuchte, die in ihrem Kopf umherschwirrenden Gedanken zu sortieren. Ihr Schwiegervater wollte nach Venedig. Das war eine Sache. Eine andere, dass man ihn nicht alleine reisen lassen konnte und ihn zwangsläufig jemand von ihnen begleiten musste. In seinem Alter, mit all seinen Zipperlein. Und was sollte das überhaupt mit dem Flug? Johann hatte Angst vorm Fliegen. Oder bluffte er lediglich und hoffte darauf, dass Astrid ihn nach

Venedig kutschierte? So wie sie, Thomas, Lucie und Max ihn seinerzeit zu seinem achtzigsten Geburtstag nach Süditalien verfrachtet hatten?

»Warum sagt ihr denn gar nichts? Thomas? Astrid-Schatz? Emilia?« Er sah sie der Reihe nach auffordernd an.

»Also, ich finde die Idee cool«, ließ Lucie, die einzig nicht Angesprochene, verlauten.

»Dann kommst du mit, Kröte? Wir beiden Hübschen machen Venedig unsicher?«

»Würd ich ja gern, Opi, aber ich weiß nicht«, murmelte Lucie bedrückt. »Ich bin doch total blank, und Mami und Paps …«

»Vielleicht mögen die beiden ja auch mitkommen«, bemerkte Johann augenzwinkernd. »Familienurlaub in der Stadt der Gondoliere und Ganoven.«

»Verschon uns bitte mit deinen Schnapsideen«, fuhr Thomas seinem Vater über den Mund. »Das ist doch kompletter Unfug. Von vorne bis hinten nicht durchdacht. Oder, Emilia?«

Astrids Blick glitt zu Emilia, die die ganze Zeit unbeteiligt dagesessen und an dem breiten Silberring an ihrem Mittelfinger gedreht hatte. Jetzt räusperte sie sich, wandte sich Opa Johann zu und sagte in ihrem flüsternden Singsang: »Tut mir leid, aber das ist wirklich keine gute Idee. Meine Mutter will nichts von dir wissen. Daran wird sich auch nichts ändern, wenn du vor ihr stehst.«

»Ach so. Na ja. Dann.« Johann zuckte scheinbar gleichgültig mit den Schultern.

»Tut mir leid, dass ich dir nichts anderes sagen kann.«

»Stimmt, das ist dann etwas dumm.« Das Trommeln seiner Finger ging in eine zweite Runde. »Aber vielleicht lässt sich da noch was drehen. Meine Hübsche, sie kennt mich ja nicht. Und wenn sie mich erst mal kennenlernt …«

»Wird sie immer noch der Meinung sein, dass du der Mann bist, der das Leben ihrer Mutter zerstört hat.«

Er hielt in der Bewegung inne und sagte mit ironischem Unterton: »Schade nur, dass ich von diesem Zerstörungsprozess gar nichts wusste. Aber gut, dann ist es eben so.« Er sackte in sich zusammen, und im Nu wurde aus dem strahlenden Johann ein Häuflein Elend.

Emilia schob ihre Hand ein Stück in seine Richtung, unterließ es jedoch, seine Hand zu berühren. »Ich wünschte auch, meine Mutter würde ihre Meinung ändern.«

Johann nickte. Er schien verstanden zu haben. Und so fröhlich der Abend angefangen hatte, so bedrückend klang er aus. Zum Ausnüchtern tranken sie noch einen Espresso, dabei streiften sie verschiedene Themen, die sich an Belanglosigkeit überboten, und erst als sie aufbrechen wollten, sagte Johann einfach ins Blaue: »Vielleicht bin ich ja auch gar nicht ihr Vater. Dann bin ich aber auch nicht dein Opa, Emilia.«

»O doch, das bist du«, entgegnete sie. Ihre Hand glitt in ihre Stoffumhängetasche, sie wühlte darin herum, dann fischte sie ein Foto heraus und hielt es Johann hin. »Franca Pacchiarini«, sagte sie. »Meine Mutter.«

Johann suchte nach seiner Lesebrille, konnte sie erst nicht finden, und als er sie endlich auf der Nase hatte, füllten sich seine Augen mit Tränen. Lucie verrenkte sich, um ebenfalls einen Blick auf das Foto werfen zu können. Ungläubiges Staunen stand ihr ins Gesicht geschrieben. Astrid registrierte das sehr wohl, bezwang aber ihre Neugier und lehnte sich scheinbar entspannt zurück. Thomas kontrollierte die Rechnung – vielleicht war ihm seine angebliche Schwester

71

tatsächlich vollkommen egal –, bis Johann das Foto in Zeitlupe über den Tisch schob.

Die Aufnahme war in Venedig auf einer der vielen Brücken gemacht worden. Dort stand eine große, gertenschlanke Frau mit kurzem blondem Haar in Jeans und Ringel-T-Shirt, ein frischer, dynamischer Typ, auch wenn sie die fünfzig überschritten haben mochte.

»O mein Gott«, entfuhr es Astrid, und auch Thomas starrte nun wie paralysiert auf das Foto. Zweifellos – die Frau sah aus wie Opa Johann. Genau wie Johann – eben nur als Frau und etliche Jahre jünger.

»Ich weiß, was Sie jetzt denken.« Emilias linker Mundwinkel hob sich. »Deswegen wusste ich ja von Anfang an … also ich meine, nachdem ich sein Foto auf *facebook* gesehen habe … dass er mein Opa ist.« Sie lachte heiser und schüttelte gleichzeitig den Kopf. Die Geräuschkulisse am Nebentisch, wo neue Gäste Platz genommen hatten, wurde unerträglich. Ein paar Männer in Trainingsanzügen johlten in Bierlaune, eine Frau kreischte unaufhörlich, während drei kleine Kinder um den Tisch rannten und Krieg spielten. Emilia strafte die Leute mit einem Blick der Verachtung. Wie können die nur so laut sein, während es bei uns darum geht, unsere Familie neu zu ordnen, schien sie zu denken. Vielleicht schämte sie sich aber auch, das Versprechen, das sie ihrer Mutter gegeben hatte, gebrochen zu haben. Sie hatte ein Foto von ihr gezeigt, und es sprach eine eindeutige Sprache. Selbst ewig zweifelnde Gemüter wie Thomas mussten sich nun eingestehen, dass Franca Pacchiarini tatsächlich Johanns Tochter war. Aber er schwieg. Wie so häufig. Und Astrid wusste nicht, ob sie von den Neuigkeiten oder vom Alkohol wie benebelt war.

*

Lucie lag auf dem Bauch, die Füße in die Luft gereckt, und ließ sich den Rücken kraulen. Sie liebte das, auch wenn sie Nico nicht liebte. Ein paar Mal hatten sie miteinander geschlafen, aber da es immer weniger um Gefühle ging, zumindest von Lucies Seite aus, hatte sie ihm gesagt, dass sie von nun an bloß noch Freunde wären. Nico hatte das ohne zu murren akzeptiert. Vielleicht weil es als zusätzlichen Bonus das gegenseitige Kraulen des jeweils nackten Rückens gab. Ab und zu wurde auch ein bisschen Fummeln daraus, was unter guten Freunden in Ordnung war.

»Darf ich …?« Nico schob seine Hand in Zeitlupe zwischen ihre Schenkel.

Sie nickte. Es war ein perfekter Moment – am Vortag hatten die Semesterferien begonnen, und Lucie hatte bloß eine Hausarbeit in Chemie zu schreiben – das durfte man sich schon mal versüßen lassen.

Später tranken sie Schulter an Schulter Rotwein, rauchten eine Zigarette und versicherten sich gegenseitig, was für prima Freunde sie doch seien. Das waren sie auch, und nur manchmal, in langweiligen Vorlesungen oder an der Supermarktkasse, wehte Lucie so etwas wie Wehmut an, und dann vermisste sie das Gefühl, verliebt zu sein. Zumindest erschien ihr das eine lohnenswerte Option, denn sie wollte auf Dauer nicht emotional verkümmern.

Als sie sich eine zweite Zigarette ansteckte, die sie bloß aus sentimentalen Gründen rauchte, und Nico *Außer Atem* von Godard einlegte, surrte ihr Handy. Ihre Mutter. Nicht gerade im passenden Moment. Aber sie nahm ab und war froh, dass sie sie jetzt nicht sehen konnte. Wie sie, liederlich mit Zigarette im Mundwinkel, lediglich mit schwarzem BH und String bekleidet, auf Nicos Bett lag und seine Katze Isolde schnurrend um ihre Beine strich. Ein bisschen Godard eben. Nur dass es damals keine Strings gab und niemand rasiert war.

»Lucie, hör zu, es ist wichtig«, begann ihre Mutter. Sie klang schrecklich ernst, und in Sekundenschnelle lief ein ganzer Film vor Lucies innerem Auge ab: Opa Johann tot. Beerdigung. Buttercremetorte und Kaffee, dazu einen Schnaps.

»Ist was mit Opi?« Ihre Stimme klang so schrill, dass die Katze aufsprang, einen Buckel machte und sich fauchend trollte.

»Ja, das kann man so sagen.«

»Was denn?« Lucies Herz hämmerte. »Wenn er im Sterben liegt, sag es jetzt sofort!«

Ihre Mutter lachte, zum Glück. »Nein, es ist eher das Gegenteil von Sterben.« Eine zweite Lachsalve drang an ihr Ohr. »Dein Opa, der alte Dickschädel, hat einen Flug nach Venedig gebucht.«

»Soll er mal. Ist doch super.« Lucie kniff Nico, der zu ihr aufs Bett zurückrobbte, in den Hintern. »Mutig von ihm, alle Achtung.«

Ihre Mutter sagte ein paar Sekunden lang nichts, und Lucie stellte sich vor, wie sie andächtig nickte. Dann war sie wieder auf Sendung und meinte: »Ein Hotelzimmer hat er auch schon.«

»Mami, können wir nicht später reden? Ich bin in der Bibliothek.«

»Nein, Spatz, können wir nicht. Ich hab mich nämlich entschlossen, ihn zu begleiten. Und wollte dich fragen, ob du nicht vielleicht Lust hast mitzukommen.«

»Ich?«, fragte sie, als gäbe es eine Vielzahl an Lucies, die ihre Mutter ebenfalls gemeint haben könnte.

»Ja, du! Wir können Opa unmöglich alleine reisen lassen. Und wegen des Geldes mach dir keine Sorgen. Opa zahlt.«

Lucie fiel kein Text ein, also sagte sie nichts und sah bloß dem aufsteigenden Zigarettenqualm nach.

»Ich dachte, wir verbringen dort unseren Sommerurlaub«, fuhr ihre Mutter fort, »Opa lernt diese Franca Pacchiarini, also deine Tante, kennen, wir machen Sightseeing, fahren ein bisschen ans Meer, und dann fliegen wir auch schon wieder zurück.«

»Und Paps?«

Eine kleine Pause entstand.

»Du weißt doch, Lucie ... Der Laden. Er kann ihn im Moment nicht allein lassen. Wegen dieser Bio...«

»Bio-Pimmel, ich weiß.« Lucie zog an der Zigarette.

»Also? Was sagst du dazu?«

»Tja, klingt irgendwie nicht schlecht.«

»Nicht schlecht? Drei Wochen Urlaub, ohne dass du einen Cent zahlen musst und dann noch in Venedig – das klingt großartig! Sag mal, Kind, rauchst du etwa? Und bist du zufällig gar nicht in der Bibliothek?«

»Was soll das jetzt werden? Ein Verhör?«

Nico drückte auf der Fernbedienung herum, der Film begann, und Lucie bedeutete ihm mit knappem Kopfnicken, den Ton leiser zu stellen.

»Also jetzt sag doch mal!«, drängte ihre Mutter. »Ich hab hier nicht ewig Zeit.«

»Gut.«

»Gut?«

»Ja, gut!« Warum sollte sie auch nicht fahren? Der Sommer war noch unverplant, sie hing gerade etwas unmotiviert in der Kurve, und für einen Trip durch Europa, mit wem auch immer, reichte das Geld hinten und vorne nicht.

»Dann bestätige ich jetzt deinen Flug?«

»Ja, klar. Mach. Wann geht's denn los?«

»Morgen.«

Lucie fiel vor Schreck die Zigarette aus der Hand. Sie tastete fahrig auf dem Laken herum, doch Nico kam ihr zuvor und schnappte sich den Glimmstängel, bevor er ein Loch ins Laken kokeln oder gar schlimmeres Unheil anrichten konnte.

»Der Flieger geht um sieben Uhr fünfundfünfzig«, informierte sie ihre Mutter. »Also wäre es vielleicht angebracht, wenn du in deiner ... in deiner Du-weißt-schon-Bibliothek bald Feierabend machst.«

Sie legten auf, und Lucie hatte es plötzlich sehr eilig, sich anzuziehen.

»Du verreist?« Nico lag in lässiger Haltung auf dem Bett, aber seine Augen hatten einen traurigen Ausdruck.

»Ja, mit meiner Mutter und meinem Großvater nach Venedig. Ich muss noch packen, morgen früh geht's schon los.«

Nico knipste ein Lächeln an. »Oh, da würde ich auch gern mal hinfahren.« Seinem Dackelblick zufolge dachte er: Mit dir.

Doch darauf konnte sie jetzt keine Rücksicht nehmen. Sie zog ihre Schuhe an und arbeitete sich schon im nächsten Moment durch allerlei Männer-WG-Krempel – unausgepackte Umzugskartons, Inliner, ein Rennrad – bis zur Tür vor.

»Tschau, bin ja bald wieder da«, versicherte sie wie zum Trost und ließ sich von Nico, der ihr gefolgt war, küssen. Kurz mit Zunge. Dann huschte sie hinaus und ließ die Tür krachend hinter sich ins Schloss fallen.

7.

E s war weder hell noch dunkel noch warm noch kalt. Vielleicht war es nicht mal Sommer und Astrid träumte bloß, dass sie mit Opa Johann, Lucie und drei mittelgroßen Gepäckstücken in der zweigeschossigen Regionalbahn zum Schönefelder Flughafen fuhr. Der Zug war schneller als jedes Taxi und zudem günstiger. Astrid fühlte, wie ihre Augenlider immer wieder schwer nach unten sanken.

Morgentoilette und Frühstück machen waren dank Thomas' Hilfe ruck, zuck über die Bühne gegangen, allerdings hatte es eine Ewigkeit gedauert, bis Opa Johann, dem zuliebe sie ja nach Venedig reisten, endlich aufgestanden war. Vor lauter Aufregung hatte er am Vorabend eine Schlaftablette mit einem kleinen Gläschen Schnaps runtergespült und wandelte nun auf dem schmalen Grat zwischen Koma und Delirium. Astrid erging es nicht viel anders, und sie musste sich darauf konzentrieren, nicht einzunicken. Einzig Lucie war quicklebendig. Sie schien ihr Glück, so überraschend nach Venedig fahren zu dürfen, kaum fassen zu können.

»Mami, kneif mich mal!«, quiekte sie, aber Astrid lächelte bloß müde und lehnte den Kopf gegen das Fenster, vor dem die ausgedünnte Stadtlandschaft vorüberflog. Mit Graffiti besprühte Abrissgebäude wechselten sich mit grauen Mietshäusern ab, eine Lauben-Kolonie erstreckte sich entlang der Bahngleise, der Zug glitt an einem Industriekomplex vorbei, aus dessen Schloten Wasserdampfschwaden aufstiegen, dann wieder säumten schmucke Gründerzeitvillen die Bahnstrecke. Vielleicht war das alles tatsächlich eine Schnapsidee gewesen und sie hätten Johann, der wie so häufig erst handelte und danach seinen Kopf einschaltete, allein fahren lassen sollen. Andererseits hatte Thomas durch seine Unabkömmlichkeit im Erotikshop alle anderen Urlaubspläne im Keim erstickt, und so bot sich die Reise geradezu an. Insgeheim hoffte Astrid auf eine Versöhnung zwischen Opa Johann und seiner Tochter, aber ob das gelingen würde, war mehr als fraglich. Dennoch freute Astrid sich unbändig auf die Lagunenstadt. Sie und ihre Kleine in Venedig! Sie würden nach Herzenslust umherstreifen und es sich gutgehen lassen. Vor dem Hintergrund, dass dies womöglich für lange Zeit ihre letzte gemeinsame Reise sein würde, keine schlechte Option. Eigentlich hatte Lucie keine Lust auf Familienurlaub gehabt, was Astrid auch irgendwie verstehen konnte. Sie war jung, sie wollte etwas erleben und nicht die freie Zeit mit ihren Eltern verbringen.

Vor jeder Haltestelle ertönte eine Fanfare, die nicht nur Astrid, sondern auch Johann jedes Mal aus seinem Dämmerzustand riss, und Astrid war bloß froh, als sie endlich ihr Gepäck aus der Bahn hievten und an die frische Luft kamen.

»Kinder, das ist ja anstrengender als eine Wanderung durch die Mongolei«, jaulte Johann, weil sie zum Terminal ein Stück zu Fuß gehen mussten.

Astrid schluckte jeden Anflug von Unbehagen runter. Das ging ja gut los! Venedig war eine Stadt mit einem Labyrinth aus Gassen, mit vielen, sehr vielen Brücken, und wenn man nicht gewillt war, ständig ein Boot zu nehmen, musste man gut zu Fuß sein. Und das war Johann nur manchmal. Sofern er gut geschlafen hatte und sein

Rücken nicht schmerzte. Vielleicht war die Reise doch zu viel für einen Mann seines Alters, und sie hatte das in ihrer kindlichen Vorfreude einfach falsch eingeschätzt. Außerdem stand ihnen ja noch der Flug bevor. Ihr Schwiegervater hatte sich in seinem ganzen Leben erst einmal in einen Flieger gesetzt, und das musste für Lucie, die dabei gewesen war, der reinste Horrortrip gewesen sein.

Sie checkten ein, was Johann noch lässig wie ein echter Cowboy überstand, doch kaum saßen sie am Gate und warteten darauf, einsteigen zu können, vibrierte die aufgeschlagene Zeitung in seinen Händen und sein Atem ging stoßweise. Astrid sah zu Lucie rüber, die ihren Großvater ebenfalls besorgt musterte, schließlich ihr Handgepäck auf den Schoß zog und ein Fläschchen Globuli hervorkramte.

»Hier, Opi, nimm die mal.« Sie schüttete ihm ein paar Perlen in die Hand.

»Was ist das?« Unter großem Geraschel legte er die Zeitung auf dem Schoß ab.

»Ein Supermittel gegen Reisefieber.«

»Ich und Reisefieber?«, gab er empört zurück. »Das ist ja wohl lachhaft! Ich hab bloß mein Kissen für meine Halswirbelsäule vergessen. Das macht mir zu schaffen.«

»Gut, dann hast du eben kein Reisefieber«, lenkte Lucie zum Schein ein. »Macht nichts. Sie wirken auch, wenn's im Nacken zwickt.«

Johann nahm die Kügelchen mit skeptischer Miene und ließ sie in seiner Handfläche umherkullern.

»Außerdem helfen sie bei Zahnweh, Pest, Rückenschmerzen, Arthrose und Cholera«, zählte Lucie wahllos auf.

»Ach so, na dann«, meinte Johann, und da er seiner Enkelin

kaum etwas abschlagen konnte, steckte er sich die Globuli in den Mund.

Zu Astrids Erleichterung wirkte er augenblicklich ruhiger und löste bis zum Aufruf ihres Fluges ein Sudoku. Dann jedoch stopfte er eilig die Zeitung in seinen Umweltbeutel – sein Handgepäck – und stemmte sich aus dem Sitz hoch, wohl, um als einer der Ersten das Flugzeug zu stürmen. Aber als die Absperrung endlich aufging und sie mit den anderen Passagieren aufs Rollfeld geschoben wurden, griff er nach Astrids Arm und murmelte: »Astrid-Schatz, ich steig da nicht ein.«

Einmal tief durchatmen. Jetzt bloß nicht die Nerven verlieren. »Du musst da jetzt aber einsteigen. Wenn du da nämlich nicht einsteigst, fällt deine Reise ins Wasser, und dann wirst du deine Tochter niemals kennenlernen. Willst du das?«

»Los, Opi! Du hast das doch schon mal geschafft«, kam Lucie ihrer Mutter zu Hilfe, aber Johanns Schritte wurden schleppender und schleppender, bis er schließlich ganz stehen blieb. Die Mitreisenden strömten an ihnen vorbei, bloß sie standen wie festgewachsen da. Johanns Blick glitt verwirrt zwischen Lucie und Astrid hin und her. »Ja? Hab ich?«

»Allerdings. Und wenn du dich jetzt nicht so anstellst, kriegst du im Flugzeug meine Gummibärchen.«

»Wirklich? Du gibst mir von deinen Bärchen ab?«, fragte er, als wäre das für Lucie ein wirklich großes Opfer.

»Du kannst von mir aus auch die ganze Tüte haben.«

Es zuckte um Johanns Mundwinkel, und dann lief er zu Astrids Überraschung weiter. So einfach ging das also. Gummibärchen. Flink wie ein Wiesel, erklomm er die Außenbordtreppe. Rückenschmerzen, Arthrose, Knieprobleme – all das schien Schnee von gestern zu sein, und auch die riesig aufragende Maschine flößte ihm offensichtlich keine Angst mehr ein. Lucie drehte sich nach Astrid um und zwinkerte ihr zu. Geschafft. Der schwierigste Schritt war getan.

Johann bestand darauf, am Gang zu sitzen – vielleicht meinte er, von dort aus besser die Flucht antreten zu können –, und kaum war er angeschnallt, verlangte er nach den Gummibärchen. Er liebte Weingummi in allen Farben und Formen. Und er liebte es, mit der Tüte zu rascheln, was er dann auch ausführlich tat, während er der jungen Stewardess, die noch rasch ein letztes Gepäckstück über ihm verstaute, in den Ausschnitt linste. Astrid ließ ihm seinen Spaß und schaute nach draußen. Die Sonne war zwischen mächtigen Wolkenfeldern hervorgekommen und erinnerte sie daran, dass es Sommer war und sie besser aufhören sollte, sich über dieses und jenes den Kopf zu zerbrechen. Lucie, Opa und sie saßen im Flugzeug, und schon bald würden sie in Venedig sein.

Langsam rollte das Flugzeug zur Startbahn. Nach kurzem Warten heulten auch schon die Turbinen auf, und der Koloss setzte sich mit einer derartigen Kraft in Bewegung, dass Astrid in ihren Sitz gepresst wurde. Erst als das Flugzeug abhob, riskierte sie einen Blick nach links. Ihr Schwiegervater saß mit zusammengepressten Schenkeln da, die Gummibärchentüte auf dem Schoß, und hatte die Augen geschlossen. Nur seine Hände, die sich an der Lehne festkrallten, ließen erahnen, was in ihm vorging. In einem Anflug von Mitleid langte sie über Lucie hinweg und tätschelte seine Hand. Dass er sich trotz seiner immensen Angst in den Flieger gesetzt hatte, nötigte ihr Respekt ab. Seine Tochter kennenzulernen schien ihm wirklich etwas zu bedeuten. Womöglich war es das letzte große Projekt seines Lebens.

Entweder wirkten die Globuli Wunder, oder aber die Stewardess war der Grund dafür, dass Johann, ohne zu murren und ohne dass er einen hysterischen Anfall bekam, den Flug überstand. Nach seiner Gummibärchen-Orgie bestellte er sich einen Kaffee, verspeiste dazu einen Muffin, und als sie bei bester Sicht über die Alpen glitten, wollte er sogar für ein paar Minuten am Fenster sitzen und die herrliche Aussicht genießen. Astrid überließ ihm gönnerhaft ihren Platz und war lediglich ein wenig traurig, dass sie fünfundzwanzig ruhige Flugminuten später beim Landeanflug den Ausblick auf die Lagune verpasste. Sie hörte Lucie juchzen, sah, wie Johann aufgeregt gegen das Fenster klopfte, und die Vorfreude darauf, dass sie gleich da sein würden, ließ auch ihr Herz höher hüpfen. Italien! Endlich wieder Italien! Und während das Flugzeug durch puffig aufgetürmte Wolken holperte, drückte Astrid Lucies Hand und dachte an Thomas, der in der Tristesse seiner Arbeitsabläufe gefangen war, an ihren neuen Auftrag und daran, dass sich ihr Leben trotz aller kleiner Malaisen gerade ziemlich gut anfühlte. Und wenn das Flugzeug jetzt abschmieren und sie sterben würde, wäre das der perfekte Moment.

*

Am Busbahnhof Piazzale Roma war die Hölle los. Hochsaison in Venedig. Busse fuhren im Sekundentakt an und wieder ab, Reisende wuselten mit ihren Taschen und Koffern durcheinander, und mittendrin befanden sich Astrid, Johann und Lucie. Sie waren nach einer zwanzigminütigen Busfahrt durch die italienische Provinz angekommen und standen nun in der Mittagshitze, als wären sie mit einer Rakete in ein Parallel-Universum geschossen worden. Während Johann überprüfte, ob ihn unterwegs auch niemand bestohlen hatte – man wusste ja nie bei all den frei rumlaufenden Ganoven –, blickte sich Astrid um. Linker Hand befand sich die Auto-straße, die zurück aufs Festland führte; das eigentliche Venedig, das man aus den Reiseführern und Fernsehdokumentationen kannte, schien in entgegengesetzter Himmelsrichtung hinter den Baumkronen eines Parks zu liegen. Rot getünchte Häuser im maurischen Stil lugten hervor, etwas weiter links davon spannte sich eine moderne Brückenkonstruktion über den Kanal.

Ihr Schwiegervater hatte zu Ende kontrolliert und pikste sie in die Seite. »Astrid-Schatz, irgendwie ist mir ein bisschen … ich will ja nichts sagen … aber mir ist schon ein bisschen blümerant.«

Astrid fischte eine Wasserflasche aus ihrer Handtasche und reichte sie ihm.

»Schaffst du's noch bis ins Hotel? Da kannst du dich dann hinle-gen.« Das frühe Aufstehen, der Flug, der viele Süßkram – vielleicht brach sich nun, da sie heil angekommen waren, der Stress Bahn.

Johann schien sich zwischen Nicken und Kopfschütteln nicht entscheiden zu können und sagte: »Ein Käffchen wär jetzt schon nicht schlecht. Von mir aus auch dieses schreckliche schwarze Ge-bräu, du weißt schon, das einen gleich aus den Pantoffeln haut.« Seine Hand fuhr Kreise auf seinem Bauch. »Und ein Teller Nudeln vielleicht? Lecker Sößchen? Aber bitte ohne Muscheln. Die esse ich für kein Geld der Welt, die sind doch allesamt verseucht.«

»Du musst hier auch gar nichts essen«, entgegnete Astrid, die froh war, dass es ihrem Schwiegervater augenscheinlich doch nicht so schlecht ging. »Du machst einfach Diät, und Lucie und ich schlemmen so richtig, nicht wahr, Spatz?«

»Klar«, ging Lucie auf das Spiel ein. »Am besten bleibt Opi ein-fach den ganzen Tag im Hotel, schläft und guckt fern.«

»Wollt ihr mich veräppeln? Ja, ihr veräppelt mich.« Er trank gluckernd. »Und? Was ist jetzt mit Kaffee und was Kleinem zu essen?«

»Lass uns erst einchecken«, beschloss Astrid mit einer Bestimmtheit, dass keiner mehr etwas einzuwenden wagte. So liefen sie, ihre Koffer hinter sich herziehend, zur Bootsstation. Noch im Flieger hatte Astrid die Linie herausgesucht, die sie zum nicht weit entfernten Hotel in Cannaregio bringen würde. Es war die Nummer eins, nicht weiter schwer zu merken, und sie brauchten lediglich ein paar Stationen mit dem Vaporetto – so hießen hier die Schiffe – zu fahren.

Johann staunte nicht schlecht angesichts des Preises von sechs Euro fünfzig, aber als er Vergleiche zu Berlin anstellen wollte, ließ Astrid ihn gar nicht erst zu Wort kommen, hakte ihn unter und lotste ihn auf die schwimmende Anlegestelle, die, als das Vaporetto herantuckerte, leicht zu schwanken anfing.

Das Boot legte an, Touristen sowie Einheimische wurden im Sekundentakt ausgespuckt, dann hievte Astrid, geschoben von einem Strom Menschen, Johanns und ihren Koffer aufs überfüllte Schiff.

»Johann, setz dich besser mal«, sagte sie.

»Wohin denn? Ist doch alles besetzt. Nö, ich lass mir mal ein bisschen den Kanalwind um die Nase wehen.« Schon drängte er sich durch eine japanische Reisegruppe hindurch und war nicht mehr zu sehen.

»Ich kann ihn ja schlecht an die Leine nehmen«, seufzte Astrid schulterzuckend, aber Lucie hielt dagegen, Opa sei schon groß und ziemlich alt und überhaupt, der wisse schon sehr gut, was er sich zumuten könne und was nicht. Vermutlich hatte ihre Tochter recht, und sie musste hier in der Fremde auch nicht in ihre alte Rolle schlüpfen und die Übermutter für alle spielen.

Das Vaporetto legte ab, das Zittern des Motors war in jeder Zelle des Körpers zu spüren, und kaum tuckerte es ein paar Meter über den Canal Grande, tat sich eine majestätische Theaterkulisse vor ihnen auf. Prunkvolle Paläste, mit Säulen verziert und in matten Farben changierend, säumten den Kanal. Astrid erinnerte sich an Gemälde, die sie gesehen hatte, an Fotos in Zeitschriften und an Fernsehberichte, und doch war es etwas vollkommen anderes, mittendrin zu sein in dem Gemisch aus Gotik, Renaissance und verschwenderischem Barock. Hier eine Arkadenreihe, dort ein paar spitzbogige Fenster, dann wieder tauchte eine Marmorkirche auf, schmutzig grau, vom Zahn der Zeit gezeichnet. Pompöse Prachtbauten, an deren Flanken sich kleine Türme erhoben, wechselten sich mit verwitterten Gebäuden ab, mancherorts war ein Baugerüst aufgebaut. Motorboote tuckerten in Gegenrichtung heran, ein Wassertaxi zischte, Gischt aufspritzend, vorüber, dazwischen bahnten sich Gondeln mit stoisch dreinschauenden Asiaten ihren Weg durch das aufgewühlte Wasser. Astrid lächelte Lucie an, und die lächelte zurück, als habe sie sich soeben unsterblich verliebt.

Die Sonne lugte hinter einem schneeweißen Wolkengebirge hervor, und Astrid wurde so jäh geblendet, dass die Paläste vor ihren Augen verschwammen und sie rasch ihre Sonnenbrille aufsetzen musste.

»Und hier gibt es wirklich gar keine Autostraßen?«, hörte sie Lucie sagen, woraufhin ein Italiener, der mit seinem *Gazzettino* schräg hinter ihnen stand, schmallippig lächelnd den Kopf schüttelte.

Das war Astrid nicht neu, jeder wusste, dass die Stadt auf Pfählen im Wasser gebaut war, und doch überraschte es auch sie, dass die einzigen öffentlichen Verkehrsmittel Schiffe waren. Weil sie zuvor keinen Gedanken daran verschwendet hatte und erst jetzt bemerkte, wie schön eine Welt ohne Autos sein konnte.

»Ist das nicht cool?«, rief Lucie gegen den Wind, und Astrid antwortete mit knappem Nicken. Ihr fehlten schlicht die Worte. Dann heftete sie den Blick wieder auf das glitzernde Wasser, das im Sekundentakt den Farbton zu wechseln schien. Je nach Lichteinfall war es mal schilfgrün, mal petrol, mal wirkte es wie mit einer hauchfeinen Silberschicht überzogen. Sie bedauerte in diesem Moment, dass Thomas nicht bei ihnen war. Dass er nicht miterleben durfte, wie sich die Stadt herausgeputzt hatte, wie sie glänzte und strahlte, so dass selbst die bemoosten Fundamente wie hübsche Farbtupfer wirkten.

Die Fahrt ging viel zu schnell vorüber, Astrid kam es vor wie ein Wimpernschlag, dann hieß es schon, Opa Johann einsammeln, sich mit den Koffern durch die Passagiere quetschen und aussteigen. Ihr Schwiegervater schwankte, als sie wieder festen Boden unter den Füßen hatten, aber auch Astrid, immer noch berauscht von der morbiden Schönheit der Stadt, spürte eine Weile dem Auf und Ab des Bootes nach. Sie überließ Johann seinen Rollkoffer, und so schoben sie sich mit dem Menschenstrom durch die Gasse. Immer wieder scherte Opa Johann aus, um vor einem Geschäft, einer Bäckerei oder einem Weinladen stehen zu bleiben, und auch Lucie erlag dem Charme eines Souvenir-Ladens mit Masken, bedruckten Taschen, Shirts und anderem Kitsch.

»Mami, guck mal!«, rief sie und hielt eine beleuchtete Gondel hoch.

»Lass uns später bummeln gehen, bitte!« Astrids T-Shirt war durchgeschwitzt, Opa kroch bald nur noch dahin, und der Stadtplan war in den Tiefen ihrer Tasche vergraben. Gleich mussten sie links abbiegen, aber wo genau war »gleich«? Lucie hatte sich von den Schaufenstern losgeeist und kam hinterhergetrödelt. Sie überquerten zwei kleinere Brücken, wobei einmal Astrid und einmal Lucie Johann bei seinem Koffer half, dann gelangten sie an einen Platz mit einer kleinen Backsteinkirche und einem Restaurant, wo Touristen jeder Couleur unter dem Blätterdach einer Platane saßen.

»Gefühlsmäßig würde ich jetzt hier reingehen«, sagte Astrid.

»Gefühlsmäßig. Wenn ich das schon höre!« Johann lachte keckernd. »Mit Gefühlen hat Columbus aber nicht Amerika entdeckt.«

»Aber Casanova Venedig«, schoss Lucie zurück, woraufhin sich Johann, der gerne selbst ein Casanova gewesen wäre, geschlagen gab.

Doch ihre Intuition sollte Astrid nicht täuschen. Ein paar Meter weiter war das Hotel auch schon ausgeschildert. Es befand sich am Ende einer schmalen, finsteren Gasse. Getrockneter Taubenkot bedeckte das Pflaster, die Fenster der Parterre-Wohnungen waren vergittert, und trotz sommerlicher Temperaturen schien eine feuchte Kühle aufzusteigen.

Die Zwei-Sterne-Locanda, die ihr Schwiegervater ausgesucht und in der auch Astrid auf den letzten Drücker ein Doppelzimmer für sich und Lucie hatte reservieren können, war ebenso plüschig wie bescheiden ausgestattet. Die Eingangshalle machte nicht mehr her als ein Bahnhofswartesaal, daran angegliedert waren die Rezeption und der Frühstücksbereich, in dem ein Dutzend Tische mit Plastikblumenarrangements wie verloren herumstanden.

Opa Johann zog ein langes Gesicht, aber was hatte er denn erwartet? Dass er für das wenige Geld, das er ausgeben wollte, den Luxus eines Fünf-Sterne-Hotels bekam? Über eine schmale, mit rotem Teppich ausgekleidete Treppe gelangten sie in ihre Zimmer im dritten Stock, die zu Astrids Erstaunen durchaus venezianischen Charme versprühten. Die Wände waren mit Brokatstoff bespannt, und das ornamentreiche Muster setzte sich nicht nur im Bettüberwurf, sondern auch im Teppich fort.

Astrid und Lucie begleiteten Opa in sein Einzelzimmer, wo er sich wie ein Mehlsack aufs Bett plumpsen ließ und die Augen schloss.

»Alles gut, Johann?«, erkundigte sich Astrid.

Er machte die Augen wieder auf und starrte die Wand an. »Ist ja schon putzig hier, nur fragt man sich ...«, seine Pupillen jagten hin und her, »man fragt sich tatsächlich, wie man bei den vielen Mustern einschlafen soll. Oder? Sachma.«

»Nachts ist es dunkel, und man hat die Augen normalerweise zu, wenn man schläft«, belehrte Lucie ihren Opa. »Mami, ich pack schnell aus, und dann können wir ja ...« Sie ließ den Rest des Satzes in der Luft hängen, strich sich ihr mahagonifarbenes Haar zurück und huschte hinaus.

»Astrid-Schatz, seid ihr mir böse, wenn ich mir erst mal eine Mütze Schlaf genehmige? Das war doch ganz schön früh heute Morgen.« Johann streifte seine Bequemschuhe von den Füßen und prüfte mit den Händen den Härtegrad der Matratze. »Hart wie Kruppstahl, aber muss gehen«, lautete sein Fazit.

Astrid hielt Opas Vorschlag für eine hervorragende Idee und machte als Treffpunkt das Lokal aus, an dem sie soeben vorbeigekommen waren. »Findest du das? Links aus dem Hotel raus, dann wieder links bis nach vorne zur Ecke.«

»Ich bin vielleicht nicht Einstein, aber blöd bin ich auch nicht«, murrte er. »Natürlich finde ich das.«

»Gut. Dann ruh dich schön aus.« Rasch zog sie die Tür hinter sich zu, und als sie zu ihrem Zimmer rüberging, stieg leise Vorfreude in ihr auf. Auf Venedig, aber auch auf die kleine Opa-Auszeit.

*

Der Himmel hing wie ein Meer aus geflockter Milch über der Stadt, als Astrid mit Lucie im Schlepptau aus der Gasse trat. Die stechende Mittagshitze war einer drückenden Schwüle gewichen, und Astrid bedauerte, nicht wie ihre Tochter eins ihrer ärmellosen Sommerkleider angezogen zu haben.

Unschlüssig, ob sie erst umherstreifen oder sofort in das verabredete Lokal gehen sollten, um dort etwas zu trinken, blieben sie einen Moment stehen. Astrid war für beides offen, doch wenn sie an einen köstlichen Cappuccino mit einer braun-weißgefleckten Haube dachte, lief ihr das Wasser im Mund zusammen. Wirbelwind Lucie wollte hingegen lieber die Stadt erkunden, und da Johann sicher erst mal ein Weilchen schlafen würde, ließ Astrid sich beschwatzen.

Sie liefen los und entfernten sich mehr und mehr vom Touristengetümmel. Hier, jenseits des Trubels, offenbarte sich ein anderes Venedig als am Canal Grande. In diesem Teil der Stadt gab es keine prunkvollen Paläste, keine Spitzbogenfenster, keinen Marmor, aber auch nirgends Touristenkitsch.

Die zumeist mehrstöckigen Häuser waren grau und marode, und verschnürte Müllsäcke lagen vor den Eingangstüren. Menschen gingen einkaufen, waren auf dem Weg zur Arbeit oder hielten ein Schwätzchen, doch bei allem, was sie taten, strahlten sie eine ganz besondere Ruhe aus. Ob es der Gemüsehändler war, der die Ware vorm Laden einsortierte, der alte Mann, der vor einer Bar saß und seine Espressotasse längst geleert hatte, oder das Müt-terchen, das, einen Einkaufs-Trolley hinter sich herziehend, in Perlonstrümpfen und knielangem Rock durch die Gassen trippelte.

Lucies Euphorie war einem wohligen *Ach-ist-das-schön-hier!*-Gefühl gewichen. Sie konnte sich an der morbiden Stadtlandschaft kaum sattsehen, und auch Astrid versuchte, jedes noch so banale Postkartenmotiv zu genießen und abzuspeichern. »Weißt du, was ich mich wirklich frage, Spatz?«, sagte sie, als sie kurz auf einer Brücke pausierten.

»Nein?« Lucie beugte sich so weit über das verschnörkelte Geländer, dass sie ihr Spiegelbild auf der schilfgrünen, glatten Wasseroberfläche betrachten konnte.

»Warum uns Opa erst seinen unehelichen Nachwuchs präsentieren musste, damit wir mal nach Venedig fahren.«

»Das kann ich dir leider auch nicht beantworten.« Lucie lachte glucksend. »Aber gut, dass er früher so ein übler Draufgänger war.«

Astrid wollte sich lieber keine Einzelheiten ausmalen, musste aber dennoch schmunzeln. Eine leere Plastikflasche, gefolgt von einer Nutella-to-Go-Packung, floss träge heran, und mit dem Unrat kippte ihre Stimmung. »Hoffentlich ist das alles nicht zu viel für ihn«, sagte sie leise.

»Er wollte es doch so«, entgegnete Lucie. »Und er wäre so oder so gefahren.«

»Ich weiß. Nach dir ist er nämlich der größte Dickschädel in der Familie.«

Statt etwas zu erwidern, grinste Lucie bloß, streckte ihrer Mutter die Hand hin, und wie beste Freundinnen traten sie den Rückweg an. Es wurde Zeit. Hoffentlich wartete Johann nicht bereits ungeduldig im Lokal.

Es war ein Trugschluss zu glauben, dass sie einfach nur denselben Weg zurückzugehen brauchten. Astrid war der felsenfesten Überzeugung, nirgends falsch abgebogen zu sein, und doch landeten sie plötzlich auf einem kleinen Platz mit einem Brunnen, den sie zuvor nicht überquert hatten.

»Zeig mal den Stadtplan«, sagte Lucie, aber Astrid hatte leichtsinnigerweise bloß ihr Portemonnaie eingesteckt und ihre Tasche auf dem Zimmer gelassen.

Also kehrten sie um, bogen in eine andere Gasse ein, und schon war es passiert: Sie hatten sich in dem Gassenlabyrinth verirrt. Vermutlich waren sie nicht mal weit vom Ausgangspunkt entfernt, doch was nutzte das, wenn sie nicht mal die Himmelsrichtung orten konnten. Angestrengt scannte Astrid die Umgebung, aber kein einziges Haus, keine Wegbiegung, keine Brücke kam ihr bekannt vor. Die Stadt trieb ihren Schabernack mit ihnen. Kaum dass sie einer Gasse oder einem Platz den Rücken zukehrten, schienen diese wie von Geisterhand aus dem Stadtbild zu verschwinden, um Sekunden später irgendwo anders wieder aufzutauchen.

Um Lucie nicht zu beunruhigen, tat Astrid so, als sei es bloß eine Frage der Zeit, bis sie sich orientieren würde, und entschlossen lief sie weiter. Einfach der Nase nach. Doch das Labyrinth wurde immer undurchsichtiger, immer verwirrender. Mal landeten sie in einer Gasse, die in einen Kanal mündete, mal auf einer Brücke, die an einem Haus endete, und je länger sie umherirrten, desto ärgerlicher wurde Astrid auf sich selbst, weil sie den Stadtplan nicht dabeihatte. Lucie versuchte, Opa Johann auf dem Handy zu erreichen, das er jedoch wie üblich ausgestellt hatte.

Als sich schon die erste Blase an Astrids Zeh bemerkbar machte, verlangsamte Lucie ihren Schritt und lehnte sich auf einem quadratischen, baumlosen Platz gegen einen Brunnen, der mit einem Bronzedeckel bedeckt war. »Mami, das macht doch so keinen Sinn. Wahrscheinlich laufen wir schon die ganze Zeit im Kreis.« Sie fischte erneut ihr Handy aus der Gesäßtasche ihrer abgeschnittenen Jeans. »Ich ruf jetzt Paps an.«

»Und was soll der tun? Uns zurück ins Hotel beamen?«

Zwei feine Linien tauchten auf Lucies babyglatter Stirn auf, und sie ließ entmutigt ihr Handy sinken. »Wieso stellt Opi auch immer sein Handy aus? Verdammt ...«

Astrid zuckte mit den Achseln. Sie begriff vieles nicht, was ihr Schwiegervater tat oder auch nicht tat.

»Und jetzt?« Lucie sah ebenso ratlos aus, wie Astrid sich fühlte.

»Übernachten werden wir hier jedenfalls nicht«, erklärte sie und entschied sich aufs Geratewohl für die Gasse, die ihr am sympathischsten war. »Wir fragen einfach jemanden.« Sie überquerten eine Brücke, an deren Geländer die Farbe abblätterte, und gelangten an einen Kanal, auf dem kleinere Frachtschiffe und Privatboote umhertuckerten.

Die erste Person, die Astrid auf Englisch ansprach, eine ältere, mit Goldschmuck behangene Dame, verstand sie nicht und winkte unter theatralischen Gesten ab. Astrid gab nicht auf und probierte es in einem Geschäft für Haushaltswaren, aber auch hier sprach man nichts als Italienisch. Erst eine junge Studentin mit einer unter den Arm geklemmten Aktenmappe antwortete ihnen in mühsamem Englisch, allerdings sagte ihr das Hotel nichts. Astrid erinnerte sich daran, dass es in der Nähe der Strada Nova lag, die dem Mädchen zum Glück ein Begriff war. Sie öffnete ihre Tasche, holte Stift und Zettel heraus und zeichnete den Weg, von einem italienischen Wortschwall untermalt, akribisch auf. Astrid hätte die junge Frau küssen mögen, bedankte sich überschwänglich und schwor sich: nie wieder ans Trapez ohne Netz und doppelten Boden.

8.

Er konnte nicht schlafen. Wie auch? In dieser Wasserstadt, in der eine Frau herumlief, die seine Nase hatte, seine Augen und womöglich auch seinen messerscharfen Verstand, seine Beherztheit und seinen guten Geschmack. Früher war er schon ein richtig fescher Bursche gewesen, schnieke vom Scheitel bis zur Sohle. Gebügeltes Hemd, Krawatte, flotte Schuhe – anders wäre er nicht mal zum Ascheimer gegangen, und die Damenwelt hatte es ihm gedankt. Es hatte vielleicht nicht Komplimente geregnet, aber Blicke und ... Ach, herrje, das war schon sehr lange her. Mittlerweile verzichtete er auf jeden modischen Schnickschnack, er lief gebeugt, und selbst das kostete ihn ziemliche Mühe. Sein Rücken tat ständig weh, die Gelenke knirschten, und sehen konnte er auch nicht mehr wie ein Adler. Dafür funktionierte aber sein Kopf noch eins a, wofür er dem Herrgott jeden Tag aufs Neue dankte. War ja durchaus nicht selbstverständlich, ein Schulkamerad von ihm erkannte nicht mal mehr seine Frau und seine Kinder.

Mit den Fingerspitzen tastete er die Matratze ab. Sie war nicht nur steinhart, sondern hatte auch überall kleine Knubbel, die sich in seine Lenden bohrten und nun auch noch dort Schmerzen verursachten. Er fragte sich, wie er die Nächte auf diesem Foltergerät überleben sollte, aber es blieb ihm wohl nichts anderes übrig. Es war ja sein innigster Wunsch gewesen, diese ... nein, falsch ... *seine*

Franca kennenzulernen, also musste er sich jetzt zusammenreißen. Als Soldat hatte er auf ganz anderen Pritschen nächtigen müssen.

Da an Schlaf nicht mehr zu denken war, schlug er die Augen auf und ließ seine Blicke so lange über die Wände gleiten, bis die Muster vor seinen Augen zu tanzen begannen. Ulkiges Venedig. Dagegen war die Blümchentapete, die Hilde seinerzeit fürs Schlafzimmer ausgesucht hatte, ja ein Furz. Er ging rüber ins Bad, eine winzige Nasszelle mit einer wackligen Duschkabine, rasierte sich, was er am Morgen in der Eile versäumt hatte, spritzte sich ein wenig Kölnischwasser ins Gesicht, fuhr einmal mit dem Kamm durchs Haar – fertig war die Laube. Er wollte schön sein für Venedig. Schön für Franca. Schön für den neuen Lebensabschnitt. Was ihn wohl noch alles erwartete? Sicherlich mehr, als er bis dato für möglich gehalten hatte. Hier ein bisschen Familienleben, dort ein bisschen Frau Kleinschmidt-Mühlenthal oder *facebook*.

Eine Mücke umsurrte ihn, er schlug nach ihr, traf sie jedoch nicht und vertagte die Jagd auf später. Er hatte inzwischen Hunger, richtigen Kohldampf, und die Damen Conrady warteten sicher bereits in dem Lokal an der Ecke.

Doch als er knappe fünf Minuten später dort auflief, saßen Touristen sowie Einheimische an den Tischen im Freien, bloß seine Schwiegertochter und Lucie waren nirgends zu sehen. Na, machte ja nichts. Wahrscheinlich spazierten sie noch ein wenig in der Gegend herum oder besorgten Mineralwasser und Obst. Astrid achtete ja ständig auf ihre Linie, und Lucie, die für die Männerwelt schön sein wollte, sicher auch.

Er setzte sich in den Halbschatten und harrte der Dinge. Vorerst passierte nicht besonders viel. Spatzen und Tauben stritten um ein paar Brotkrumen, eine Reisegruppe aus Bayern bestellte am Nebentisch Bier, dann kam die Kellnerin – ein wirklich schönes Frauenzimmer mit glattem rotem Haar und in einem knappen Oberteil – zu ihm an den Tisch.

»Uno Bier«, sagte Johann, nachdem er sie mit einem lupenreinen »Buongiorno« begrüßt hatte. Bier war gut. Mal was anderes als immer nur Wasser oder Brause.

»Una birra?«

»Sì, birra«, wiederholte er und freute sich, seinem nicht gerade umfangreichen Vokabular ein Wort hinzufügen zu können. Birra, birra, wiederholte er im Geiste. Übermorgen würde das losgehen, was er bisher noch keinem verraten hatte, und egal, was Astrid-Schatz und seine Kröte davon hielten, für ihn war die Sache geritzt. Sollten sich die beiden in der Zeit eben anderweitig vergnügen, ihnen würde schon was einfallen. Wie er seine Schwiegertochter einschätzte, war sie bestimmt froh, ihn mal los zu sein. Was er auch irgendwie verstehen konnte. Sie war noch gut in Schuss, wollte was erleben.

Die Kellnerin brachte das Bier mit ein paar Nüsschen, die Johann über den ersten Hunger hinweghalfen. Astrid und Lucie kamen nicht an Land. Sie kamen auch eine halbe Stunde später nicht an Land. Als sie dreißig weitere Minuten später immer noch nicht da waren und sich schon ein Kettenkarussell in seinem Kopf drehte, reichte es ihm und er bestellte eine *Pizza Quattro Stagioni*. Die kannte er vom Italiener bei ihnen um die Ecke und aus der Tiefkühltruhe. Auf einer *Quattro Stagioni* war für gewöhnlich nicht nur eine halbe pürierte Tomate, sondern richtig was drauf. Ungeduldig blickte er auf die Uhr. Wo nur die beiden Herzchen abblieben? Vielleicht klapperten sie ja sämtliche Geschäfte im Umfeld ab, was eben dauerte, weil Lucie im Kaufrausch manchmal den halben Laden anprobierte. Oder aber sie hatten sich verlaufen und waren nicht in der Lage, den Stadtplan zu lesen. Kannte man ja – Frauen und ihr Orientierungssinn.

Die Pizza kam, sie schmeckte auch ganz vorzüglich, doch je mehr kleine Dreiecke er heraussäbelte und genüsslich verspeiste, desto ärgerlicher wurde er. Wieso hatten die Damen eigentlich darauf bestanden, ihn, der ja angeblich so unfähig war, sich allein in der Fremde zurechtzufinden, zu begleiten, wenn sie ihn schon bei der nächstbesten Gelegenheit schnöde sitzen ließen? Aber was die beiden konnten, konnte er schon lange. Er bezahlte, gab der rothaarigen Kellnerin ein üppiges Trinkgeld, und dann machte er sich auf den Weg, um die faszinierende Diva Venedig zu erkunden.

*

»Fuck, Opi ist nicht da!«

Lucie war vorgelaufen, jetzt stand sie hechelnd und mit hängenden Armen da, als Astrid das Restaurant erreichte. »Er ist bestimmt im Hotel.« Sie fing die Kellnerin ab, die ein Tablett mit leeren Tassen und Gläsern hereintragen wollte, und fragte auf Englisch, ob zufällig ein älterer Herr – groß, hagere Statur – hier gesessen habe, was diese bestätigte. Er habe eine Pizza gegessen, sagte sie halb auf Englisch, halb auf Italienisch, dann sei er Richtung Rialto aufgebrochen.

»Rialto?«, entfuhr es Astrid erschrocken, als befände sich dort das Zentrum der Mafia.

Die junge Frau nickte und deutete in die Richtung, in die Opa Johann abgezwitschert sein musste. Und die führte eindeutig nicht zum Hotel.

Nichtsdestotrotz bestand immer noch die Möglichkeit einer

Verwechslung. Viele ältere und womöglich auch hagere Männer gingen alleine Pizza essen. Doch als Astrids Blick zufällig auf die Rechnung fiel und sie *Pizza Quattro Stagioni* las, war ihr klar, dass der besagte ältere Herr ihr Schwiegervater gewesen sein musste. Opa Johann aß ausschließlich *Pizza Quattro Stagioni*. Einzig aus dem Grund, weil er fürchtete, bei einer sparsamer belegten Pizza übers Ohr gehauen zu werden.

Sie vergewisserten sich, dass Johann nicht doch im Hotel war, aber sein Zimmerschlüssel hing an dem altertümlichen Brett an der Rezeption, und er saß auch nicht auf dem Plüschsofa neben der Eingangstür.

»Was machen wir denn jetzt, Mami?« Lucies Augen flackerten nervös.

Astrid probierte es auf seinem Handy, aber es war nach wie vor ausgestellt. »Erst mal aufs Zimmer gehen?«, schlug sie vor. »Opa wird schon aufkreuzen.«

Sie stieg vor Lucie die schmale Treppe nach oben, und als sie im dritten Stock ankam, war sie von dem scharfen Putzmittelgeruch, der im ganzen Haus in der Luft hing, wie betäubt. Auspacken, duschen, etwas ausruhen – das war ihr Plan für die nächste halbe Stunde.

Lucie hatte augenscheinlich anderes vor. Sie versetzte ihrem Koffer einen Tritt, dann warf sie sich mit der Fernbedienung in der Hand aufs Bett und zappte sich durch die Kanäle. Bei einer Quizshow mit einer gefärbten Blondine im ultrakurzen Minikleid blieb sie hängen. Die maskuline, aufgeregte Stimme verfolgte Astrid, während sie ins Bad ging, sich auszog und in die schmale Duschkabine zwängte. Sie drehte den Hahn auf – kein Wasser.

»Lucie, hier kommt kein Wasser raus!«, rief sie und fühlte Wut in sich aufsteigen. Opa war verschwunden, die Blase an ihrer Ferse brannte, und jetzt das noch.

Lucies Kopf tauchte in der Tür auf. »Ja und? Was soll ich dagegen machen?«

»Vielleicht mal unten an der Rezeption Bescheid sagen? Wäre nett.«

Lucie grinste. »Dann zieh dir aber besser was über. Falls sich jemand bequemt und gleich mit raufkommt.«

Kurz darauf war Lucie schon zurück und hatte tatsächlich den trotteligen Hotelangestellten im Schlepptau, der beim Einchecken ein *Testimoni-di-Geova*-Heft, also vermutlich die italienische Version des *Wachtturms*, gelesen hatte. Der Mann wusste allerdings auch nichts anderes zu tun, als am Hahn zu drehen, rhythmisch gegen die Armaturen zu klopfen und dazu ebenso rhythmisch mit den Schultern zu zucken.

»Ja, was denn jetzt?«, fragte Astrid ungeduldig auf Deutsch, und der Mann antwortete etwas auf Italienisch, was sie nicht verstand.

»Also kann ich jetzt nicht duschen?«, beharrte sie. »No water?«

Der Zeigefinger des Mannes ging wie ein Metronom hin und her. »No water. Stasera water.«

»Weißt du, was ›stasera‹ heißt?«, wollte Astrid von Lucie wissen, aber die schüttelte den Kopf.

»Evening water«, erläuterte der Rezeptionist geradezu wortreich.

»Na, wie großartig«, sagte Astrid und sah hilflos zu, wie der Mann ohne ein weiteres Wort hinausging.

»Bedeutet ›stasera water‹ auch Pipi machen erst stasera?«, brachte Lucie einen ziemlich unangenehmen Sachverhalt auf den Punkt.

»Das weiß ich auch nicht, Spatz, aber dann gehen wir eben gleich ins Restaurant.«

Es war inzwischen siebzehn Uhr durch, sie hatte Hunger, und der Koffeinentzug machte sich mit Kopfschmerzen bemerkbar. Also schrieb sie einen Zettel für Johann, falls er im Hotel aufkreuzen sollte, parfümierte sich verschwenderisch, und mit Tasche und Stadtplan bewaffnet, verließ sie das Zimmer.

*

Astrid legte den Kopf in den Nacken und betrachtete die vorüberziehenden Wolkenformationen. Immer wieder bildeten sich neue Stillleben, die eine Weile zum Zuschauen einluden, bevor sie sich wieder auflösten. Lucie war in den Reiseführer vertieft, knickte mal hier, mal da eine Seite um, was Astrid eigentlich nicht leiden konnte, aber da Ferien waren, drückte sie ein Auge zu.

Sie hatten gut gegessen – Pizza und Tiramisu –, Espresso getrunken, und alles hätte perfekt sein können, wäre Opa Johann endlich aufgetaucht. Hoffentlich hatte er sich nicht verlaufen, das mochte sich Astrid nicht ausmalen. Sie wollte los. Sich endlich in den venezianischen Trubel stürzen. Den Markusplatz und die Rialtobrücke besichtigen … Durch die Gassen bummeln … Gerüche erschnuppern … Eben alles tun, was Spaß machte, wenn man eine neue Stadt erkundete.

Sie zahlte, faltete die Rechnung zusammen und blieb dennoch sitzen. Tauben wackelten heran, Spatzen mischten sich darunter, die bisweilen schneller waren, wenn es darum ging, einen Krümel wegzupicken, nur einer war nicht in Sicht – Opa.

»Sorry, Mami, aber ich hau gleich ab.« Lucie klappte den Reiseführer zu.

»Noch fünf Minuten, bitte! Er kommt sicher gleich.« Um die Wartezeit zu überbrücken, rief Astrid ihren Mann an. Er war im Laden und hatte tatsächlich eine Minute Zeit für sie. Sie erzählte von Venedig, wie wunderschön es sei und dass sie ihn vermisse, aber das Geraschel im Hintergrund ließ sie argwöhnen, dass Thomas nicht richtig bei der Sache war. Und sie hatte recht. Kundschaft war hereingekommen, und schon im nächsten Moment hatte er es eilig, sich zu verabschieden, was Astrid traurig stimmte. Das Geschäft, immer nur das Geschäft. Aber sie kannte es ja nicht anders. Die Familie hatte all die Jahre stets an zweiter Stelle gestanden, was umso bedauerlicher war, da Thomas' Einsatz und die mauen Bilanzen in keinem Verhältnis zueinander standen.

Sie verstaute ihr Handy in ihrer Tasche, und im nächsten Augenblick sah sie eine hagere Gestalt um die Ecke biegen.

»Opi!« Lucie fuhr von ihrem Stuhl hoch und lief ihrem Großvater entgegen.

Er schlappte stöhnend heran und rief: »Durst! Ich komme um vor Durst. Bestellt ihr mir eine Cola? Mit viel Eis und Zitrone?«

Astrid wollte wissen, wo er gewesen sei, doch er murmelte etwas von *verschwinden müssen, aber subito* und lief o-beinig ins Lokal. Ein paar Minuten verstrichen, dann kam er in Begleitung der Kellnerin, die eine Coladose und ein Glas auf einem Tablett balancierte, zurück. Augenscheinlich hatte er die Bestellung selbst aufgegeben; sogar Zitrone und Eis fehlten nicht.

»Wo warst du, Johann?«, wiederholte Astrid ihre Frage.

»Das Gleiche könnte ich euch fragen. Könnte ich ja wohl, oder?« Er machte sich nicht die Mühe, die Cola einzuschenken, ließ Eis und Zitrone, die sich in einem Schälchen daneben befanden, links liegen und trank gluckernd aus der Dose.

»Wir haben uns verlaufen«, erklärte Lucie.

»Ihr seid mir vielleicht zwei Nasen! Wieso habt ihr nicht in den Stadtplan geguckt?«

»Hat Mami vergessen.«

Johann maß Astrid mit einem tadelnden Blick. »Vergessen, ts-ts-ts.«

»Ja, stell dir vor, Johann. Das kann selbst mir passieren.«

»Aber dass ihr euch verirrt …« Er kicherte hinter vorgehaltener Hand. »Wie Hänsel und Gretel im Wald.«

»Das hättest du garantiert auch«, knurrte Lucie. »Da, wo wir waren … Das war wie in einem Labyrinth, und manche Gassen gab es auf dem Rückweg einfach nicht mehr.«

»Wenn man halbwegs auf Zack ist, lässt man sich aber nicht von einer Stadt an der Nase herumführen. Ich hab mich jedenfalls nicht verlaufen.« Stolz richtete er sich auf. »Und ich kenne schon halb Venedig.«

Astrid glaubte, sich verhört zu haben. »Du warst zu Fuß unterwegs? Die ganze Zeit?«

»Allerdings«, lautete seine knappe Antwort. »Aber am Markusplatz und an der Rialtobrücke war ich noch nicht. «

»Ach nee, sag bloß.« Lucie kniff die Augen zusammen. »Hast du sie etwa schon getroffen?«

»Franca? Nö.« Opas Grinsen hatte etwas Klebrig-Süßes.

»Herrje, jetzt spann uns nicht auf die Folter und erzähl endlich«, verlangte Astrid. Es zerrte an ihren Nerven, dass sich ihr Schwiegervater so in Szene setzte.

»Nun reg dich nicht auf, Astrid-Schatz«, sagte er. »Ich war nur ein bisschen unterwegs. Und dann in der Schule. Wollte mich da schon mal ein bisschen umsehen.«

»In was für einer Schule? Und wieso umsehen?«, repetierte sie. Das wurde ja immer interessanter.

Johann schlug die hageren Beine übereinander und begann, mit dem Fuß zu wippen. »Da kommt man übrigens prima mit dem Boot hin. Steigt Ca' Rezzonico aus, läuft über einen großen Platz und über eine Brücke, dann ist man schon da. Doof nur, dass das Bootfahren hier so teuer ist. Das schröpft ja wirklich das Portemonnaie. Aber gut, was soll's. Muss ja.«

Astrid sah zu Lucie hinüber, die ebenso verwirrt dreinschaute.

»Wie bitte?«, erhob Astrid ihre Stimme. »Wovon redest du eigentlich?«

»Na, diese … wie heißt das gleich … ach so, ja, das ist so eine Art Spracheninstitut. Du weißt schon … wo Franca unterrichtet … Hab ich von Emilia.«

Astrid versuchte zu umreißen, was Johann ihr sagen wollte, aber irgendetwas in ihr sperrte sich dagegen. Es brauchte eine Weile, dann fiel endlich der Groschen. »Hab ich das jetzt richtig verstanden? Du willst Franca nicht anrufen, sondern in der Schule überraschen?«

»Könnte man so sagen. Also mehr oder minder.«

»Hast du den Verstand verloren? Du kannst die Frau doch nicht einfach überfallen.« Nein, sie regte sich nicht auf. Sie war ganz ruhig und entspannt.

»Wieso? Emilia hat mich doch auch überfallen. Und hat mir das vielleicht geschadet? Nein, hat es nicht.« Er griff nach ihrer Hand. »Ich weiß schon, was ich tue, Astrid-Schatz, keine Sorge.«

»Aber sonst geht's dir gut, ja?«

»Geradezu blendend. So eine Cola weckt ja bekanntlich die Lebensgeister.«

»Sag mal, Opi …« Lucie rutschte unruhig auf ihrem Stuhl hin und her. »Du hast sie aber nicht zufällig doch schon getroffen und sagst jetzt bloß nichts?«

»Hab ich nicht, Kröte. Ganz ehrlich.«

Astrid schnaubte. »Er hat sich erst mal nur ihren Arbeitsplatz angeguckt. Das macht ja richtig Sinn!«

»Exakt. Zumal ich nun auch weiß, wo ich ab übermorgen zur Schule gehen werde.« Er legte eine kleine Pause ein. »Sind übrigens noch Plätze frei. Also wenn ihr mitkommen wollt …«

Astrid blickte in den Strom der vorüberziehenden Menschen und hatte das Gefühl, dass sie sich irgendwie verlangsamt bewegten. Die ganze Welt war plötzlich im Stand-by-Modus, selbst die Schwalben sausten nicht umher, sondern flogen in Zeitlupe durch die Luft. Bloß ihr Herz raste und hämmerte in einem wilden Takt.

Lucie starrte einen Moment auf ihre Hände, dann lachte sie schallend auf.

»Ich bin bestimmt kein schlechter Sprachenschüler«, fuhr Johann fort und pochte gegen seine hagere Brust. »Vielleicht nicht gerade ein Genie, aber blitzgescheit bin ich schon. Und es ist ja letztlich auch nur zu eurem Besten, wenn ihr hier nicht andauernd mit Englisch um die Ecke kommen müsst.«

»Verstehe. Du willst sie dir also erst mal ganz in Ruhe angucken«, argwöhnte Astrid. »Damit du noch die Notbremse ziehen kannst, falls sie dir irgendwie nicht zusagt? Oder bist du einfach nur zu feige, sie anzusprechen?«

»Feige wäre es gewesen, überhaupt nicht nach Venedig zu fahren«, meinte Johann eine Spur eingeschnappt. »Und wie ich es nun anstelle, ist ja wohl mein Bier. Ihr müsst ja nicht mitkommen.«

»Wir mit dir im Italienischkurs«, höhnte Astrid. »So weit kommt's noch! Oder, Lucie?«

Schalk blitzte in den Augen ihrer Tochter auf, als sie sagte: »Warum eigentlich nicht? Könnte doch ziemlich lustig werden. Und Italienisch ist ja auch eine echt schöne Sprache.«

Astrid sah Lucie entgeistert an. Und das kam ausgerechnet von ihrem Kind. Von dem Mädchen, das nie gerne in die Schule gegangen war. Das ihren guten Notendurchschnitt allein der Tatsache zu verdanken hatte, dass Astrid Himmel und Hölle in Bewegung gesetzt hatte, um kurz vor der Zielgeraden die besten Nachhilfelehrer zu organisieren. Lucie ähnelte in der Hinsicht schon sehr Opa Johann. Beiden mangelte es an der nötigen Ernsthaftigkeit, sie schummelten sich durchs Leben und entschieden rein nach dem Spaßfaktor.

Sie überging die Bemerkung ihrer Tochter und fragte Johann, wann er auf diese Idee gekommen sei. Dass es ein spontaner Entschluss gewesen war, sich in Francas Kurs zu setzen, konnte sie sich kaum vorstellen.

»Dank Lucie weiß ich doch, wie man solche Sachen im Computer nachgucken kann«, antwortete er ausweichend.

»Das heißt, du hast die Sprachenschule gegoogelt?«

Ein lausbübisches Grinsen glitt über sein Gesicht. »Ich kenn zwar nur den Gugelhupf, aber wenn du das so sagst, wird es wohl stimmen.«

Astrid war nicht nach Witzelei zumute, und sie fuhr fort: »Und dann hast du den Kurs gebucht?«

»Nein. Nur geguckt, wann er anfängt.«

»Ach so.« Mehr fiel ihr nicht dazu ein. Er hatte also seinen Flug absichtlich so gelegt, dass er in etwa mit dem Kursbeginn zusammenfiel. Eine beachtliche Leistung für einen älteren Herrn, der erst vor wenigen Wochen in die Geheimnisse des Internets eingeführt worden war. Allerdings begriff sie immer noch nicht, was das Ganze eigentlich sollte. Statt direkt auf seine Tochter zuzugehen, unterwarf er sich lieber den Strapazen der italienischen Grammatik? Was bezweckte er damit?

Astrid stemmte sich am Tisch hoch und sagte: »Johann, Lucie … Ich glaub, ich brauch dringend Frischluft.«

»Aber hier ist doch überall frische Luft, Astrid-Schatz. Kein einziges Auto weit und breit.«

»Mami!« Lucie hielt sie am Handgelenk fest. »Wenn er das so will, lass ihn doch.«

»Danke, Kröte.« Opa Johann schickte seiner Enkelin ein Luftküsschen.

»Aber was versprichst du dir davon, Johann? Dass Franca von sich aus feststellt, dass du ihr Vater bist, und dann glücklich in deine Arme sinkt? Mit Verlaub, das ist lächerlich.«

Opas schmale Schultern rutschten in die Höhe, und er wirkte auf einmal verzagt, als er sagte: »Ich will sie eben einfach kennenlernen, verstehst du das denn nicht?«

O doch, Astrid verstand das nur allzu gut, aber sie ließ sich nicht gerne für dumm verkaufen. Also winkte sie den beiden zu und ging, Lucies Protesten zum Trotz, zurück zum Hotel. Stasera water. Sie hoffte, dass der Rezeptionist die Wahrheit gesagt hatte.

9.

Lucie wusste nicht, wie sie sich Venedig vorgestellt hatte. Eigentlich hatte sie gar nicht großartig darüber nachgedacht. Allenfalls hatte ihr eine Stadt mit uralten Kirchen und Palästen vor dem Farbfilter einer CSI-Miami-Folge vorgeschwebt. Oder das Ganze alternativ in Schwarz-Weiß, vielleicht auch in dichtem Watte-Nebel. Und mit einem derart modrigen Geruch, dass sich die Liebespaare beim Küssen Wäscheklammern auf die Nasen steckten, während Gondoliere, italienische Schlager schmetternd, Scharen an Touristen durch die Kanäle schipperten.

Nun war sie selbst hier, und die Gefühle überrollten sie mit einer derartigen Wucht, dass sie abwechselnd heulen und lachen wollte. Sie fand sich nicht mal albern dabei, höchstens ein bisschen sentimental. Und es nervte sie, dass ihre Mutter unentwegt plapperte, während sie zu dritt in der gleißenden Mittagssonne auf dem Markusplatz standen und die Basilika, die angegrauten Prokuratien und den Campanile bewunderten. Selbst Opa Johann ging ihr mit seinen bestimmt nur lieb gemeinten Anmerkungen auf den Keks. Der reinste Overkill – und das gleich am zweiten Tag.

Vielleicht überforderte sie aber auch nur, dass die Piazza um diese Uhrzeit einem gigantischen Freiluftgehege für Tauben und Menschen in kurzen Hosen und mit umgehängten Fotoapparaten glich. Lucie fühlte sich wie in einem Science-Fiction-Film. Die Tauben versuchten die Weltherrschaft zu erlangen, und die Menschen, die deren Intelligenz unterschätzten, unterstützten sie unwissentlich dabei, indem sie sie mit Maiskörnern fütterten.

Bevor ihre Fantasie ihr noch übler mitspielte, warf sie Opa Johann und ihrer Mutter ein knappes Tschau hin und schlug den Weg Richtung Markusbecken ein, wo sich an der Gondelstation unzählige leere Gondeln aneinanderschmiegten.

»Gondola? Gondola, Signorina?«, rief ihr ein Gondoliere in einem blau-weißgeringelten Streifenhemd zu, aber Lucie lachte bloß und ging weiter.

Es war ein spontaner Entschluss gewesen. Sie wollte ein wenig allein sein und gucken, was die Stadt noch zu bieten hatte. Außer schön zu sein. Und verwirrend. Und randvoll mit Tauben.

»Wohin gehst du, Lucie?«, tönte die Stimme ihrer Mutter über die Piazza. Ein paar der Horrortauben flatterten erschreckt auf und flogen zum Campanile.

Ein knapper Blick zurück über die Schulter.

»Weiß noch nicht. Irgendwohin.«

»Aber ich dachte, wir verbringen den Tag zusammen.« Die unglückliche Miene ihrer Mutter stimmte sie nun doch ein wenig traurig, aber sie hatte sich fest vorgenommen, hart zu bleiben. Einmal egoistisch sein und ihr Ding durchziehen. Ihre Mutter hatte viel zu viele Jahre über sie bestimmt. Das Pharmaziestudium war letztlich auch nur das Resultat ihres ewigen Drängens gewesen.

»Mami, bitte.« Sie wollte keine Szene in der Öffentlichkeit, aber zu spät. Ihre Mutter hatte schon wieder ihre Furchenstirn. Eines Tages würden sich die Falten tief eingegraben haben, und dann würde sie sagen können: Seht her, diese Linien. Das ist der viele Kummer, den mir meine Tochter zugefügt hat.

»Ich versteh nicht, wieso du jetzt …«

»Ich geh nicht anschaffen, okay? Ich will einfach nur ein bisschen für mich sein.«

»Kann man das nicht mal vorher ankündigen?«

»Nun lass sie doch, Astrid-Schatz«, schaltete sich Opa Johann ein, wofür Lucie ihm am liebsten einen Schmatzer auf seine piksigen Kölnischwasser-Wangen gegeben hätte. Er war sowieso der Einzige in der Familie, der Verständnis für sie hatte.

»Falls was ist, ich hab ja mein Handy dabei.« Lucie hielt es wie zum Beweis hoch. Und zeigte auch noch ironisch lächelnd den Stadtplan vor. »Wir sehen uns später, okay?«

»Gegen siebzehn Uhr im Hotel?«, hörte sie ihre Mutter noch rufen, aber schon wurde Lucie von einer mit aufgespannten Schirmen bewaffneten Touristengruppe Japaner aufgesaugt und fortgespült. Als sie kurz darauf wieder ausgespuckt wurde, waren Opa und ihre Mutter nicht mehr zu sehen. Lucie lief rasch weiter, immer die Riva degli Schiavoni entlang. Noch bevölkerten Touristenscharen die breite Uferstraße. Es wurde geschoben, geschubst und gedrängelt, und sie schaffte es kaum, über die Köpfe hinweg einen Blick auf die gegenüberliegende Insel San Giorgio Maggiore zu erhaschen.

Erst gefühlte Kilometer später wurde es ruhiger. Als habe der Großteil der Touristen schon früher schlappgemacht und sei umgekehrt. Auf einer der breiten Brücken blieb sie stehen und sah den Möwen bei ihrem Flug über die Lagune zu. Anders als die tiefgrünen Kanäle schimmerte das Wasser des Markusbeckens bläulich weiß und vereinigte sich am Horizont mit dem Himmel.

Leicht beunruhigt, weil ein hartnäckiger Verehrer in einiger Entfernung herumlungerte und immer wieder zu ihr rübersah, machte sie, dass sie weiterkam. Er folgte ihr schon eine Weile auf Schritt und Tritt, hatte aber bisher keine Anstalten gemacht, sie anzusprechen.

Als er es am wenigsten zu erwarten schien, bog Lucie linker Hand in eine Gasse, huschte vor bis zur nächsten Straßenecke – zum Glück waren ihre Chucks leise wie Katzenpfoten – und drehte sich um. Glück gehabt. Der Kerl hatte die Jagd aufgegeben, vielleicht bereits anderweitig Witterung aufgenommen.

Sie atmete auf, dann ließ sie sich treiben, einfach so, ohne Hast und Eile. Hatte sie eben in den Menschenmassen kaum atmen können, war es nun so einsam und still, als wären alle Menschen auf einen Schlag von diesem Erdball verbannt worden und Lucie wäre als Einzige zurückgeblieben. Der Gedanke an dieses Szenarium war ebenso faszinierend wie erschreckend, und sie war froh, als sie an einer Bar vorbeikam, vor der ein paar Männer an leeren Tischen hockten. Einer von ihnen, er war sicher in Opa Johanns Alter, ließ einen kecken Pfiff durch die Zähne ertönen und sagte etwas auf Italienisch, das ziemlich anzüglich klang.

»Ja, du kannst mich auch mal«, gab Lucie übertrieben freundlich lächelnd zurück, woraufhin schallendes Gelächter erklang. Vielleicht hatte man sie verstanden, aber selbst wenn, es war ihr egal.

Immer weiter ging es durch die Stadt, kreuz und quer und so lange ihre Füße sie trugen. Nicht ein einziges Mal schlug sie den Stadtplan auf. Sie wollte es nicht. Weil es nur den Zauber des Moments zerstört hätte.

Was sie alles sah: von Haus zu Haus gespannte Wäscheleinen, die bezeugten, dass hier tatsächlich Menschen wohnten; ein Maskengeschäft; drei Damen älteren Datums, die im Schatten einer

Markise saßen und Spritz tranken; weitere Läden, darunter einen mit grellbunten Süßigkeiten; einen verwunschenen Garten, von einem hohen schmiedeeisernen Zaun umgeben; einen Marmorlöwen, der zwischen zwei Büschen hindurchlugte; ein Papierwarengeschäft mit dreidimensionalen Reliefpostkarten; dickliche Kinder, die Eis essend durch eine Gasse hüpften; Asiaten, immer wieder Asiaten; versteckte Hoteleingänge, wie für verbotene Affären gedacht. Venedig war ein Unikum. Eine Stadt, die so schön war, dass es in Lucies Bauch ziepte, und nicht nur einmal ertappte sie sich dabei, wie sie belämmert vor sich hin grinste.

Das Klingeln ihres Handys zerriss die Stille. Nico. Einen Moment rang sie mit sich, ob sie rangehen oder es besser lassen sollte. Nico und dieses Parallelleben, in das sie katapultiert worden war, passten ebenso wenig zusammen wie Cappuccino und Berliner Weiße. Was wollte er von ihr? Sie hatten eine Abmachung getroffen, und die hatte mit einem Abo auf Gefühle nicht das Geringste zu tun.

»Ja, Nico?«

»Ach, du?«

»Wen hast du denn erwartet?«

»Schon dich, klar. Ich dachte nur nicht …«

Sie hörte, wie er sich räusperte, und hatte das dringende Bedürfnis, die Sache abzukürzen. »Nico«, hob sie an, »dieses Telefonat kostet uns beide ein kleines Vermögen.«

»Ich weiß. Ich wollte nur … Wie ist es denn so in Venedig?«

»Ganz nett.« Da es ihr zu kompliziert war, die wahre Schönheit der Stadt zu erklären, betete sie das Übliche runter: Wetter super, Essen gut, tolle Läden zum Shoppen.

»Wenn du wieder da bist … wir könnten doch auch mal wegfahren«, sagte er. »Muss ja nichts Großes sein. Bloß für ein verlängertes Wochenende oder so.«

Wozu? Wir sind kein Liebespaar, dachte sie und sagte: »Ja, mal sehen.« Mit »Ja, mal sehen« vergab man sich nichts, war andererseits aber auch zu nichts verpflichtet. Kurz darauf beendete sie das Telefonat, und als sie ihr Handy wegsteckte, wusste sie, dass das Kapitel Nico, was für eins auch immer es gewesen sein mochte, vorbei war. Gemeinsame Fummelstunden auf seinem Bett würde es in Zukunft nicht mehr geben, und sie fragte sich, was wohl Venedig damit zu tun hatte.

*

Es war achtzehn Uhr durch, als Lucie ins Hotel zurückkam. Sie war ein gefühltes halbes Leben umherspaziert, hatte zwischendurch zwei Tramezzini mit Mozzarella, Tomate und Mayo gegessen, ein zum Niederknien leckeres Zitronentörtchen und zwei Cappuccinos getrunken. Als kleines Bonbon hatte sie sich Ohrstecker aus Muranoglas gekauft, ein meerblaues Oversized-T-Shirt und flache Riemchensandalen in Türkis.

Opa Johann saß auf der Plüschcouch neben der Rezeption und blätterte in einem billig aufgemachten Heftchen.

»Was liest du denn da?«, erkundigte sie sich.

»Den *Wachtturm*.«

»Den *Wachtturm*? Zeugen Jehovas? Zeig her.« Sie ließ sich neben ihn fallen und stützte sich auf seinen Knien ab. »Aber das ist auf Italienisch.«

»Richtig. Will ich ja auch lernen.«

»Opi, die sind gegen Schwule. Wenn du zu denen überläufst, sind wir aber geschiedene Leute.« Sie ließ das Heft fallen, als könnte sie sich daran verbrennen.

112

»Keine Sorge, Kröte. Ich wollte mich nur ein bisschen auf morgen einstimmen. Das Heft gehört dem da.«

Er zeigte auf den Mann hinter dem Rezeptionstresen, der konzentriert auf den Computer-Bildschirm starrte.

»Verstehe. Das ist der Stasera-water-Typ.«

»Bitte?«

»Ach, nichts. Insider-Witz.«

»Hattest du einen schönen Tag?«

»Und wie! Die Stadt ist so irrewunderschönderhammer …« Ihr ging kurz die Puste aus. »Und guck mal, was ich gekauft …«

Sie konnte nicht weitersprechen, weil ihr Großvater nach ihrer Hand griff, sie fest drückte und sagte: »Kröte, magst du nicht morgen mitkommen … in den Kurs? Es sind doch noch ein paar Plätze frei und deine Mutter … Du weißt ja, wie sie sich immer mit allem anstellt.«

Ohne zu zögern, versicherte Lucie: »Klar komm ich mit.«

»Klar kommst du mit?«, entgegnete ihr Großvater mechanisch, während sich seine Augenbrauen hoben und wieder senkten.

Sie nickte. Der Gedanke war ihr auf ihrer Venedig-Tour schon selbst gekommen.

»Kind, du bist ein Engel, die Größte, die Allerliebste!«

Lucie sagte ihm, dass sie das doch wisse, sich aber unbedingt noch frisch machen müsse, bevor sie essen gehen würden. »Wasser funktioniert ja wohl hoffentlich noch.«

»Ja, läuft sogar muckelig warm aus dem Hahn. Auch wenn man das bei dem Schlendrian, den die Brüder hier manchmal an den Tag legen, kaum für möglich hält.«

Oben auf dem Zimmer fand Lucie ihre Mutter entspannt und

nur mit einem Handtuch umwickelt auf dem Bett vor. Sie schaute italienisches Fernsehen, was Lucie erstaunte, da sie sonst keine Gelegenheit ungenutzt ließ, sich über die Niveaulosigkeit des Programms zu beschweren.

»Na, Spatz, wie war dein Tag?«, fragte sie ohne jeden Vorwurf in der Stimme und stellte den Ton leiser. Irgendetwas musste in den letzten Stunden passiert sein, dass sie so aufgeräumt wirkte. Oder war das nur Taktik, und gleich würde sich ein Schwall Vorhaltungen über sie ergießen?

Doch auch als Lucie zu erzählen begann, was schwierig genug war, weil sie nicht mit Sehenswürdigkeiten punkten konnte und doch glaubte, alles von der Stadt gesehen zu haben, blieb ihre Mutter konstant im Lächel-Modus.

»Mami, alles klar?«, wollte Lucie wissen, nachdem sie zum Ende gekommen war.

»Ja, wieso?«

»Weil du wirkst, als hätte dich der Zeugen-Jehova-Typ da unten bequatscht und du wärst dem Verein jetzt beigetreten.«

Ihre Mutter lachte. »Keine Sorge. Es war einfach nur ein schöner Tag.« Sie erzählte, dass sie mit Opa Johann im Dogenpalast gewesen sei, danach hätten sich ihre Wege getrennt und sie sei alleine weitergelaufen.

»Du hast Opi ganz allein gelassen?« Vermutlich war sie jetzt diejenige, die vorwurfsvoll klang.

»Ja, er wollte wieder zur Sprachenschule. Keine Ahnung, warum.« Astrid lächelte mild. »Und wahrscheinlich ist es wirklich besser, wenn wir drei nicht ständig zusammenglucken.« Sie berichtete von der Frari-Kirche, von irgendeiner tollen Bar, in der es köstliche Snacks gab, und meinte, dass Venedig einfach der richtige Ort sei, um ein paar grundsätzliche Dinge im Kopf hin und her zu bewegen.

»Grundsätzliche Dinge?«

Ihre Mutter spielte an einem schillernd bunten Glasring, den sie sich in einem Laden mit Murano-Glas gekauft hatte, dann nickte sie.

»Du willst Paps verlassen.« Es war mehr provokativ als ernst gemeint.

»Paps?«, fragte Astrid, als wäre ihr der Mann, mit dem sie Max und Lucie gezeugt hatte, vollkommen unbekannt.

»Ja, deinen Ehemann! Diesen Typ, der künstliche Bio-Pimmel verkauft.«

Abermals lachte ihre Mutter. »Nein, ich will deinen Vater nicht verlassen. Auch wenn es nicht immer ganz einfach mit uns ist. Aber weißt du was? Das ist anscheinend ganz normal.« Lachfältchen fächerten sich rund um ihre Augen auf. »Hab ich mir jedenfalls sagen lassen.«

Lucie nickte beruhigt. Obgleich eine Trennung ihrer Eltern ihr Leben nun nicht mehr völlig auf den Kopf stellen würde, war das, was ihre Mutter gesagt hatte, doch ganz in ihrem Sinne. Sie wollte nicht, dass ihre Eltern auseinandergingen. Weil sie aus der Sicht des kleinen Mädchens, das sie hin und wieder doch noch war, einfach zusammengehörten.

Lucie zog das verschwitzte Kleid über den Kopf, stopfte es in die Tüte mit der schmutzigen Wäsche und ging duschen. Als sie, nur mit einem Slip bekleidet, zurückkam, ertappte sie ihre Mutter dabei, wie sie neugierig in ihre Einkaufstüte linste. »Du hast dir was Blaues gekauft? Sehr hübsch!«

»Muss ja nicht immer Schwarz sein«, brummte Lucie wie ertappt und nahm ihr die Tüte aus der Hand. Es war noch nicht lange her, da hatte sie ausschließlich Schwarz getragen, aber manchmal war das Leben eben doch bunt. Und sie fand, dass man das ruhig durch seine Kleidung unterstreichen sollte.

»Und was ist jetzt bei deinen Überlegungen rausgekommen?«, fragte Lucie, während sie das neue T-Shirt überstreifte. Sie betrachtete sich in dem Spiegel, der in dem knarrenden Holzschrank angebracht war, und befand, dass ihr Blau ziemlich gut stand. Vielleicht läutete das T-Shirt tatsächlich so etwas wie eine neue Ära ein.

»Nichts Weltbewegendes.« Ihre Mutter setzte sich aufs Bett und umschlang ihre Beine mit den Armen. »Ich hab mir nur gedacht, dass es vielleicht doch ganz nett wäre, wenn Opa, du und ich … wenn wir alle zusammen diesen Italienischkurs besuchen würden.«

»Bitte?« Lucie fuhr so jäh herum, dass sie mit dem nackten Zeh gegen den aufgeklappten Koffer stieß und erst mal eine Weile auf einem Bein durchs Zimmer hüpfen musste, bis der Schmerz nachließ. »War in der Zwischenzeit irgendjemand hier und hat dir eine Gehirnwäsche verpasst?«

Ihre Mutter fuhr mit der Hand durch die Luft, was aussah, als wollte sie nach einer Mücke schnappen. »Italienisch ist eine wunderschöne Sprache.«

»Ja und? Weiter?«

Ein Anflug von Enttäuschung glitt über ihr Gesicht. »Aber wenn du keine Lust hast, deine Zeit in dem Kurs zu vertrödeln, kann ich das auch verstehen.«

Lucie behielt noch für sich, was sie soeben mit ihrem Großvater abgemacht hatte, und zwang sich zu einem neutralen Gesichtsausdruck.

»Weißt du … Ich will nur ein Auge auf ihn haben. Mir behagt das irgendwie nicht …« Sie geriet ins Stocken.

»Was?«

»Seine Schwächeanfälle, immer, wenn er sich aufregt … Ich finde, er sollte nicht allein dort hingehen.«

Lucie sagte nichts, probierte nur, welche Schuhe zu dem blauen Shirt besser passten: die Chucks, die zugegebenermaßen etwas mitgenommen passten, oder die neuen Riemchensandalen.

»Findest du nicht auch, Lucie?«

»Ich finde, wir sollten Opa nicht wie ein kleines Kind behandeln.« Sie schlüpfte in die Sandalen.

»Weiß ich ja, aber …« Der Blick ihrer Mutter fiel auf Lucies Füße, und sie gab einen leisen Pfiff durch die Zähne von sich. »Die sehen aber edel aus. Lucie …!«

Ihr Tonfall hätte nicht liebevoller sein können, und da Lucie nicht so gemein sein wollte, gestand sie, dass sie die Sache mit Opa längst klargemacht habe. Italienisch für Anfänger. Morgen. Sie beide und Opa Johann. Ihre Mutter fiel ihr um den Hals, was nicht unbedingt notwendig gewesen wäre, dann rief sie im Institut an, um sie auf den letzten Drücker anzumelden.

*

Sie aßen in einem versteckt liegenden Restaurant unweit der Rialtobrücke, in das sich Johann auf der Suche nach einer Toilette verirrt hatte. Und weil es mit den weißen Tischdecken und den altmodischen Kellnern einen sympathischen Eindruck machte, waren sie gleich dort geblieben. Sie wurden nicht enttäuscht. Es gab köstliche Fisch- und Gemüsevorspeisen, Leber auf venezianische Art für Opa, Spaghetti in einer Zwiebelsoße für Lucie; Astrid entschied sich für die Rinderfiletstreifen und ließ sogar zu, dass ihr Schwiegervater immer wieder von ihrem Teller pickte.

Lucie erzählte voller Begeisterung von ihrer Stadttour, und Astrid fragte sich, ob ihre Beschreibungen einen kitschigen, blumigen oder schlicht verliebten Anstrich hatten. Vielleicht war sie ja auch verliebt in diese Stadt, oder aber sie hatte jemanden kennengelernt und behielt es lieber für sich.

Nur Johann war auffallend still. Auch wenn er so tat, als hörte er aufmerksam zu, strich er immer wieder gedankenverloren seine Serviette glatt oder ließ seinen Blick durchs Lokal schweifen. Am nächsten Morgen war es so weit. Er würde seine Tochter sehen, vielleicht mit ihr sprechen, und selbst die Tatsache, dass Astrid und Lucie nun an seiner Seite wären, schien ihm keine wirkliche Sicherheit zu geben.

Nach dem Espresso brachten sie Opa Johann rasch ins Hotel – er war müde und wollte schlafen –, um danach zu einem Spaziergang zum Markusplatz aufzubrechen. Lucie und Astrid waren vom Espresso gleichermaßen hellwach und freuten sich darauf, ein Stück nächtliches Venedig zu erleben. Um nicht Gefahr zu laufen, sich abermals zu verirren – und dann noch im Dunkeln –, nahmen sie vorsichtshalber den Hauptweg am Rialto vorbei und folgten dann den Hinweisschildern Richtung San Marco. Hinter dem Campo San Bartolomeo bogen sie links ab, passierten die hell erleuchteten Designerläden, schauten sich hier und da die Auslagen an und gelangten schließlich auf die Piazza, die jetzt, am Abend, einer prächtigen Märchenkulisse glich.

Während Astrid bloß dastand und staunte, ließ sich Lucie ergriffen auf die Holzstege sinken, die am Tag noch nicht aufgebaut gewesen waren. Die Dunkelheit hatte sich wie eine riesige Plane über die Piazza gelegt, und das Licht der Laternen schmeichelte der alternden Diva Venedig. Die Tauben schliefen längst im Gesims der Arkaden, verliebte Paare schlenderten eng umschlungen umher, und die Kapellen vor den Cafés spielten um die Wette. Hier erklang *Strangers in the night,* dort ein Strauß-Walzer, an anderer Stelle eine ungarische Polka – eine Kakofonie an Tönen, der ein ganz besonderer Zauber innwohnte.

Eine Gruppe Jugendlicher mit Narrenkappen zog lärmend vorüber, Lucie flirtete mit einem jungen Mann – Astrid hatte es sehr wohl bemerkt –, dann waren die Störenfriede auch schon wieder vorbei. Astrid entwich ein tiefer Seufzer. Nach der Hektik des Tages war es, als gehörte der Markusplatz ihnen. Ihnen und all den Menschen, die in stummer Bewunderung umherschlenderten.

»Wow! Cool!« Lucie konnte sich kaum wieder einkriegen. Ja, das war cool. Cool und noch viel mehr. Jahrhunderte gelebte Geschichte, Schönheit und Verfall so nah beieinander.

»Hier müsste man sich verlieben«, flötete ihre Kleine und lächelte den Mann, der noch einmal zurückgekehrt war, abermals an. Sie meinte es vielleicht nicht ganz ernst, aber verkehrt fand Astrid daran nichts. In Venedig schien vieles möglich zu sein, wovon man im unterkühlten und chaotischen Berlin nicht die geringste Ahnung hatte.

10.

Das durchdringende Heulen einer Sirene fuhr Astrid durch Mark und Bein. Sie tastete nach der Nachttischlampe, verdammt, irgendwo musste doch das Knöpfchen sein, aber sie griff ins Leere.

»Mami?«

Lucies Stimme kam so jäh aus der Dunkelheit, dass Astrid zusammenzuckte. Im nächsten Augenblick fiel ihr ein, dass sie ja keinesfalls zu Hause im Ehebett lag, sondern auf einer steinharten venezianischen Matratze, die aus einer Folterkammer stammen musste. Sie erinnerte sich daran, dass sich der Lichtschalter über ihrem Kopf befand, doch da hatte Lucie bereits Licht gemacht und richtete sich mit zerzaustem Haar auf. Und wieder heulte die Sirene.

»Was ist das, Mami?« Lucie zog ängstlich die Decke bis zu den Ohren.

»Weiß ich doch auch nicht, Spatz.« Die paar Male in ihrem Leben, da sie einen solchen Ton gehört hatte, hatte es irgendwo gebrannt. Allerdings mehrten sich heutzutage die Terroranschläge; an keinem Ort dieser Welt war man davor gefeit.

Astrid schlug die Decke zurück, verhedderte sich im Laken und schaffte es dann doch, sich aus dem Bett zu schwingen. »Warte hier. Ich frag den Nachtportier.«

Lucie bezweifelte, dass es in einer Klitsche wie dieser überhaupt einen Nachtportier gab, aber Astrid schlüpfte in ihre Cargohose, zog sich ihre Jeansjacke über und verließ, während die Sirene zum dritten Mal losging, in Flipflops das Zimmer.

Die Lobby war wie leer gefegt, die Küche geschlossen. Bloß die fürs Frühstück gedeckten Tische ließen darauf schließen, dass das Hotel bewohnt war.

»Hallo?«, rief sie bange. »Ist da jemand?«

Eine Weile geschah nichts, dann raschelte es und ein Gegenstand polterte zu Boden. Bloß einen Pulsschlag später lugte ein verschlafenes Gesicht um die Ecke. Der Mann war um die dreißig, hatte rotes Haar und glasige braune Augen.

»This noise …«, begann Astrid und verstummte sogleich wieder, da der Mann zu grinsen anfing.

»Acqua alta.« Er malte Kreise in die Luft.

»Acqua alta?«

»Yes. Water very high. All over the streets. You need … stivali di gomma. If you want to go outside.«

»Ach wirklich?«, sagte Astrid auf Deutsch. Auf der Treppe knarrte es, und dann stand Johann barfuß und im Schlafanzug in der Eingangshalle.

»Was ist hier los, Astrid? Kommen jetzt die Russen, oder ist das die Mafia?«

»Nur Hochwasser. Du kannst getrost weiterschlafen.« Sie bedankte sich bei dem rothaarigen Nachtportier, hakte ihren Schwiegervater unter und schob ihn die Treppe rauf.

»Aber ein bisschen frech ist das schon, dass die hier mit ihrer Sirene Hinz und Kunz wecken, nicht wahr?«

»Hinz und Kunz muss wahrscheinlich informiert werden, sonst

würden die das ganz sicher nicht tun«, beteuerte Astrid und war froh, als ihr Schwiegervater die Tür hinter sich schloss. Es war ihr nicht sehr angenehm, mit ihm im Schlafanzug durchs Hotel zu spazieren.

Lucie saß komplett angezogen auf dem Bett und starrte Astrid mit Panik in den Augen entgegen.

»Alles gut, mein Spatz, du kannst dich wieder hinlegen. Das war bloß der Hochwasseralarm.«

»Hochwasser?«, fragte Lucie, die augenscheinlich noch nie gehört hatte, dass Venedig mehrfach im Jahr überflutet wurde. »Was heißt das denn? Müssen wir morgen zur Schule schwimmen?«

»Das sehen wir dann. Ab ins Bett.«

Es war erst halb sechs, aber kaum hatte sich Astrid hingelegt, fühlte sie die Knubbel der Matratze in ihrem Rücken und war hellwach. Lucie murmelte noch etwas, dann ging ihr Atem regelmäßig. Ihre Kleine hatte es gut. Sie konnte immer und überall schlafen.

Der Wind rüttelte an den Rollläden, der Wecker tickte, und weil überhaupt nicht mehr an Schlaf zu denken war, stand Astrid wieder auf und huschte auf leisen Sohlen ins Bad. Lucie schlief. Lucie schlief auch noch, als Astrid kurz darauf in der Dunkelheit des Zimmers nach frischen Anziehsachen suchte. Um keinen unnötigen Lärm zu machen, streifte sie sich das Erstbeste über, das sie in die Finger kriegte, war sich aber nicht sicher, ob sie gerade die weiße Bluse oder die Tunika zu ihrer Hose angezogen hatte.

Von dem rothaarigen Nachtportier unbemerkt, trat Astrid ein paar Minuten später auf die Gasse, die im Morgenlicht glänzte, als habe es geregnet. Der Himmel war bleigrau, Tauben gurrten über ihrem Kopf. Sie lief forschen Schrittes, doch schon an der Weggabelung ging es nicht weiter. Wasser flutete ihr entgegen. Ein Mann in kniehohen Gummistiefeln, eine Aktentasche unter den Arm geklemmt, watete vorüber, wodurch eine winzige Welle entstand, die geradewegs in ihre Laufschuhe schwappte. Fluchend machte Astrid einen Satz zurück.

»Scusi, Signora«, entschuldigte sich der Mann und deutete auf ihre Füße, wobei er seinen Zeigefinger hin und her schwingen ließ. Er sagte noch etwas auf Italienisch, was Astrid aber nicht verstand. Sie begriff lediglich, dass ihre Schuhe durchnässt waren und sie unmöglich den Tag darin überstehen würde. Kurzerhand zeigte sie auf die Stiefel des Mannes und fragte ihn auf Englisch, wo es solche zu kaufen gebe.

»Stivali di gomma?« Er lachte. »Everywhere! But it's too early.«

Er pochte auf seine Armbanduhr, lief weiter, und Astrid blickte ihm ratlos hinterher.

*

Johanns Magen rumorte, und die Gummistiefel drückten bei jedem kleinen Schritt, den er sich durch das knöcheltiefe Wasser Richtung Vaporetto-Station vorarbeitete. Immer wieder lief Wasser in seine Stiefel, er konnte gar nichts dagegen tun. Was für ein Morgen! Erst hatten ihn die Sirenen aus dem Tiefschlaf gerissen, dann hatte er bloß noch vor sich hin gedämmert und schlimme Sachen geträumt, und als seine Schwiegertochter ihm ein Paar Gummistiefel aufs Zimmer gebracht hatte, die sie in einem Laden für Anglerbedarf gleich um die Ecke erstanden hatte, war seine Laune gänzlich in den Keller gesackt.

Klarer Fall. Astrid hatte nur umsichtig gehandelt, und er war auch vielmehr wütend auf diese gottverdammte Wetterlage, die das Wasser in die Lagune gepresst hatte und somit schuld daran war, dass er Franca, also seiner hochgeschätzten Tochter, in Gummistiefeln unter die Augen treten musste. Gummistiefel waren lächerlich. Sie entmannten jeden echten Kerl. Machten ihn zum Hanswurst.

»Beeil dich mal, Opi!«, drängte Lucie. Frohgemut pitschte sie durch das Wasser, als könne es ihr kaum hoch genug sein.

Allein Astrid machte es richtig und watete bedächtig wie eine Venezianerin. Nur hatten sie im Grunde gar keine Zeit, im Schneckentempo voranzukriechen. Es war neun Uhr durch, und der Kurs hatte soeben begonnen. Doch sosehr sie sich auch anstrengten, es ging nicht schneller, beim besten Willen nicht. Johann konnte von Glück reden, dass sich die ganze Stadt wie in Zeitlupe bewegte und die Schule vielleicht gar nicht pünktlich losging. Weil seine Tochter, die ja außerhalb lebte, es vielleicht ebenfalls nicht rechtzeitig durch die Wasserhölle geschafft hatte.

An der nächsten Weggabelung war ein Steg aufgebaut, auf dem sich die Menschen dicht an dicht aneinander vorbeischoben.

Johann verlangsamte seinen Schritt und blieb schließlich stehen. »O mein Gott, da muss ich jetzt rüber?«

»Das schaffst du schon.« Seine Schwiegertochter lächelte ihm aufmunternd zu.

»Ja, wirklich, Opi, das ist doch gar nicht hoch«, schlug Lucie in die gleiche Kerbe.

Sein Herz pochte bis zum Hals. Er hatte Angst. Es war keine Show.

»Komm.« Astrid reichte ihm die Hand, und nur, weil er keine Memme sein wollte, erklomm er beherzt den Steg.

Seine Gelenke knackten, und es ziepte in der Lendengegend, aber am Ende stand er wie ein Held oben und setzte sich, wenn auch etwas zögerlich, in Bewegung. Astrid und Lucie hatten recht. Es war nicht wirklich schlimm. Die Arschbombe vom Dreimeterbrett, die er als junger Mann lediglich riskiert hatte, um der blonden Gisela zu imponieren, hatte ihn mehr Nerven gekostet. Erleichtert darüber, dass er Frau Kleinschmidt-Mühlenthal allein mit seinem Charme becircen konnte, setzte er nun einen Fuß vor den anderen. Dumm war lediglich, dass geschubst und gedrängelt wurde und manche Touristen einfach stehen blieben, um Fotos zu schießen oder den Ladeninhabern beim Auspumpen ihrer Geschäfte zuzusehen.

Gefühlte Stunden später hatte er es dann doch überstanden und sie erreichten die Bootsstation, die an diesem Tag, da das Wasser die Stadt lahmlegte, heillos überfüllt war. Lucie wollte eine Diskussion darüber beginnen, dass Hochwasser im Sommer ja wohl total daneben sei und was denn bloß mit dem Klima los sei, doch Johann hatte keinen Kopf für meteorologischen Schnickschnack und war froh, als sie endlich aufs Vaporetto geschoben wurden. Es tuckerte los, immer den Canal Grande entlang, aber auch für die Schönheit der Paläste und die schnuckelige Rialtobrücke, unter der sie hindurchfuhren, hatte er keinen Blick. Denn mit jedem Meter, den das Boot zurücklegte, kam er seinem Ziel ein Stück näher. Das war schön und schrecklich zugleich. Inzwischen wusste er kaum noch, ob er dieses Ziel, das ihm vor wenigen Tagen noch so lohnenswert erschienen war, überhaupt erreichen wollte. Vielleicht war das alles tatsächlich nur eine Schnapsidee. Franca zu überrumpeln, diese völlig fremde Person, in deren Adern mehr oder weniger zufällig sein Blut floss … Sein Leben war doch so beschaulich gewesen! Er hatte ein hübsches Zimmer mit allen Schikanen, das seine Schwiegertochter, mit der es in letzter Zeit ja recht

passabel lief, in Schuss hielt, einen modernen Fernseher mit Flach-
bildschirm und einen schönen Vorrat an Gummibärchen. Sonn-
tags gab es lecker Rouladen, Gulasch oder ein Zitronenhuhn aus
dem Ofen, und irgendwer erbarmte sich immer und stopfte seine
Schmutzwäsche in die Waschmaschine. Und nun war auch noch
Emilia in sein Leben getreten. Was wollte er also mehr? Sich eine
Backpfeife von einer Frau holen, die er gar nicht kannte? Die späte
Strafe für den Schürzenjäger von einst?

Das Boot erreichte die Station Ca' Rezzonico schneller, als ihm
lieb war. Sie stiegen aus, und da der Asphalt hier zum Glück nur
nass schimmerte, konnten sie bequem laufen. Ihre Gummistiefel
machten bei jedem Schritt schmatzende Geräusche, Astrid wedelte
mit ihrer Jacke und trieb zur Eile an.

Die Sprachenschule befand sich in einem verwitterten Palast am
Campo Santa Margherita. Erst zwei Tage zuvor hatte Johann vor
dem schmiedeeisernen Tor gestanden und dem Pochen seines Herzens gelauscht. Völlig umsonst. Franca Pacchiarini hatte sich nicht
blicken lassen, und er hatte auch nicht nach ihr gefragt. Umso
schwitziger wurden seine Hände, als sie nun die Stufen zum Institut
erklommen. Herrje, hatte er einen Bammel! Ähnlich wie damals,
als er an Giuseppinas Tür geklingelt hatte.

»Alles klar?« Astrids Finger krabbelten über seinen Arm.

»Ich glaub … weiß nicht … also irgendwie«, stotterte er in voll-
kommener Überforderung.

Bevor er sich versah, hakte seine Schwiegertochter ihn unter
und schob ihn rasch ins Gebäude, wo sie ihn auf den Zweisitzer
neben der Eingangstür verfrachtete. Es roch nach Bohnerwachs
und süßem Kaugummi, was seinem Kreislauf nicht gerade zuträg-
lich war.

»Ich guck mal, wo unser Kurs stattfindet.« Lucie lief wieselflink den Gang hinab und entschwand aus seinem Sichtfeld.

»Trink mal was.« Seine Schwiegertochter reichte ihm eine Flasche Wasser.

»Astrid-Schatz, ich hab gar keinen Durst.«

Ohne auf seine Proteste Rücksicht zu nehmen, schraubte sie die Flasche auf und hielt sie ihm unter die Nase.

»Aber ich hab wirklich keinen Durst!«

»Jetzt hör mal zu, Johann.«

Er hörte ja und musste doch pausenlos auf seine lächerlichen Gummistiefel starren.

»Du hast das doch so gewollt.«

Er nickte mechanisch.

»Also ziehst du das jetzt durch, oder wir melden dich … das heißt, uns alle drei … gleich wieder ab.«

»Ja«, sagte er.

»Was ja? Soll ich uns abmelden?«

Bevor er antworten konnte, war Lucie zurück. »Raum vierundzwanzig.« Sie stupste ihn sanft an. »Keine Panik. Heute ist keiner pünktlich.«

»Ach so«, brummte er und suchte mit den Augen ängstlich den Gang ab. Was änderte das? Gar nichts änderte das. Im Grunde machte es alles bloß noch schlimmer.

»Nun komm schon, Opi.« Aus dem zarten Stupsen wurde gemeines Zwicken. Ja, seine kleine Kröte nahm das alles locker. So jung, wie sie war, schleppte sie ja auch keine zentnerschweren Altlasten mit sich herum. Zögerlich stand er auf.

»Also ich geh da jetzt rein«, sagte seine Schwiegertochter, doch genau in diesem Moment sah er einen blonden Schopf am Ende des Ganges auftauchen, und in dem plötzlichen Bedürfnis, frische Luft zu schnappen, strebte er dem Ausgang zu.

*

Lucie sah ihn gleich beim Reinkommen, weil er der Tür gegenüber saß, und schon ging es los: Ihr Herz hämmerte im Magen, in ihrem Gehirn befand sich bloß noch Watte, und ganz normale Körperfunktionen wie gehen, atmen und Speichel runterschlucken liefen auf Sparflamme. *Lucie vorübergehend außer Betrieb* – wahrscheinlich stand ihr das auf der Stirn geschrieben. Derart außer Gefecht gesetzt, gelang es ihr nicht mal, die anderen im Kurs zu scannen. Weil sie unentwegt ihn anschauen musste.

Er war schätzungsweise Anfang zwanzig, hatte rotblondes längeres Haar und trug einen Fünftagebart. Die obersten beiden Knöpfe seines knittrigen weißen Hemdes standen offen, und die Ärmel waren bis zu den Ellbogen hochgekrempelt. Nie zuvor hatte Lucie einen so schönen Mann gesehen, aber auch, wenn er nicht so schön gewesen wäre, wäre ihre Wahl auf ihn gefallen. Warum? Sie wusste es nicht und war sich dennoch vollkommen sicher.

Beschämt sah sie weg und setzte sich auf den nächstbesten Stuhl, der zufälligerweise der Platz neben ihrer Mutter war. Eben, beim Betreten des Klassenzimmers, hatte diese ein peinliches »Buongiorno« in die Runde posaunt. Sie kannte diese Leute doch gar nicht! Und musste sie ausgerechnet jovial auf Italienisch begrüßen.

Lucie kramte in ihrer Tasche nach irgendwas, was sie nicht fand und auch gar nicht finden wollte. Sie tat es aus purer Verlegenheit und blickte erst auf, als sie einen abgekauten Bleistift zutage gefördert hatte. Ihr gegenüber saßen ein Chinese und eine Chinesin, regungslos wie Wachsfiguren, an der Stirnseite des Tisches zwei aufgerüschte Frauen, die eine blond, die andere brünett. Alles an ihnen glitzerte. Von der Gürtelschnalle, über die Halskette bis zu den Haarklemmen, und durch das Zuviel an Sonnenbräune und Schminke sahen sie aus, wie eben aus Las Vegas eingereist.

Lucies Augen tasteten sich langsam zurück, und kurz bevor sich das Magenkarussell erneut in Bewegung setzen konnte, bemerkte sie, dass neben dem Rotblonden ein blondes Mädchen in einem stylischen Matrosen-Hemd saß. Sie war eine echte Schönheit, und Lucie dachte nur ein Wort: Scheiße. Mehr brauchte es nicht, um zu beschreiben, was sie fühlte. Vielleicht sollte sie gleich wieder umkehren und sich bis in alle Ewigkeit dafür schämen, ihren Freund so angegafft zu haben. Doch dann fiel ihr Opa Johann ein und dass sie ja eigentlich seinetwegen hier war und sie ihn schlecht im Stich lassen konnte.

Sie warf einen Blick zurück über die Schulter, aber statt der Lehrerin oder Opa Johann tauchte ein von Kopf bis Fuß weiß gekleideter Typ mit langem grauem Haar im Türrahmen auf. Zwei tropfnasse Plastiktüten klemmten unter seiner Achsel; vielleicht hatten eben noch seine Füße dringesteckt.

»Hi«, sagte er und schüttelte seine Mähne. »Italienisch für Anfänger – bin ich hier richtig?« Er sah dabei ganz allein ihre Mutter an, vielleicht, weil sie den kompetentesten Eindruck machte oder weil er sie irgendwie scharf fand, man wusste ja nie.

Der Langhaarige wiederholte seine Frage auf Englisch, woraufhin ihre Mutter antwortete: »Ja, das ist der Anfängerkurs.«

Er nickte befriedigt, dann setzte er sich, sein Haar zum Zopf bindend, über Eck zu den beiden Schicksen. Womöglich hatte sich Lucie ja geirrt und er war doch eher an den Frauen interessiert, die ein Schild mit der Aufschrift *sexy* vor sich hertrugen.

Kurz darauf kam endlich Opa Johann zur Tür herein. Er sah richtig mies aus, aschfahl, und begann im nächsten Moment zu schwanken, aber da war die Blonde schon bei ihm und stützte ihn.

»Brauchen Sie einen Arzt?«, fragte sie mit bayerischer Einfärbung, während alles glotzte.

»Vielen Dank, geht schon«, erwiderte er und sank auf den freien Stuhl zwischen dem weiß gekleideten Typen und ihrer Mutter. Warum tat er sich das bloß an? Warum spazierte er nicht einfach hinaus in den nassen venezianischen Sommer, schoss die Kursgebühren in den Wind und sie drei würden sich ein paar schöne stressfreie Tage in Venedig machen? Je länger Lucie darüber nachdachte, desto reizvoller fand sie die Vorstellung, den Kurs zu schmeißen. Denn wie sollte sie es auch aushalten, Tag für Tag diesen Adonis vor Augen zu haben, wo er doch an eine Hollywoodschönheit vergeben war? Sie hasste das Mädchen schon jetzt und wünschte, sie wäre mit eitrigen Pusteln übersät, wenn sie das nächste Mal zu ihr rübersah. Was leider nicht passierte. Ihre Schönheit war makellos und überdauerte auch mehrere Wimpernschläge.

Das Gemurmel verebbte, denn die Lehrerin betrat den Raum und machte, obwohl die Sonne Flecken aufs Lehrerpult malte, die Neonbeleuchtung an.

»Signore e Signori – buongiorno!« Mit wippendem Röckchen stöckelte sie zum Lehrerpult. Sie war blond – natürlich war sie blond –, nur hatte sie mit der Frau vom Foto nicht die geringste Ähnlichkeit. Statt Opas markanter Nase war da ein Stupsnäschen, ihre Hüften waren gut gepolstert, und der Busen quoll aus ihrem Ausschnitt. Beim knappen Seitenblick bemerkte Lucie, dass Opa Johann mit den Fingern auf die Tischplatte trommelte.

Die Lehrerin packte stumm ihre Tasche aus, was einige Zeit in

Anspruch nahm. Etliche Bücher landeten auf dem Lehrerpult, ein Stapel Fotokopien, ein Federmäppchen. Sie wühlte darin, fand einen Filzstift und schrieb ihren Namen ans Flipchart. Rosanna Agnelli.

Das Trommelgeräusch verebbte. Opa Johanns Mund stand einen Spaltbreit offen, und als er die Hände in Zeitlupe vom Pult nahm, hinterließen seine Fingerkuppen feuchte Abdrücke. Im nächsten Moment schnellte sein Zeigefinger vor. »Momentchen mal. Wieso sind Sie nicht Franca Pacchiarini?«

Die Frau mit den Superkurven lächelte maskenhaft: »Mi scusi. Perché Lei non è Signora Pacchiarini? Sehr verehrter Herr aus Deutschelande, wir spreche hier nur italiano. Keine Deutsche.« Sie teilte himmelblaue Kärtchen aus, wohl, damit die Kursteilnehmer ihre Namen darauf schrieben.

»Also gut, keine Deutsche«, echote Opa Johann.

Alles lachte. Nur die beiden Chinesen, die des Deutschen augenscheinlich nicht mächtig waren, verzogen keine Miene. Die Lehrerin, die sich erst so streng gegeben hatte, lachte nun mit ihnen, was Lucie sympathisch fand. Es lockerte die Stimmung auf und machte es außerdem erträglicher, einem Traummann gegenüberzusitzen, der für sie tabu war.

Opa Johann schien regelrecht erleichtert zu sein, dass seine Tochter nicht aufgetaucht war. Farbe war in sein Gesicht zurückgekehrt, eifrig kritzelte er seinen Namen auf das Kärtchen und riskierte dabei immer wieder kecke Blicke zu den beiden Schicksen mit den sonnengegerbten Dekolletés. Eben noch wäre er fast zusammengeklappt, und jetzt war sein Jagdtrieb schon wieder erwacht, Lucie mochte es kaum glauben.

»Wo ist denn Frau Pacchiarini?«, wollte er wissen.

»Dov'è Signora Pacchiarini?«, übersetzte die Lehrerin und fuhr fort: »Signora Pacchiarini è malata.«

Während Lucie das Wort »malata« aus dem Französischen herleitete und wusste, dass die Frau krank war, verstanden die anderen Kursteilnehmer nicht auf Anhieb. Für die Lehrerin war das kein Grund, ins Deutsche zu fallen. Ihre Hände mit den rubinroten Nägeln tanzten durch die Luft, ein italienisches Wort reihte sich ans andere, und nachdem sie ein paar Vokabeln ans Flipchart geschrieben und das Ganze pantomimisch ergänzt hatte, war selbst Opa Johann im Bilde. »Hm, das ist jetzt aber ganz schön dumm«, ließ er verlauten, was Signora Agnelli geflissentlich überhörte. Und dann ging die eigentliche Stunde los.

»Mi chiamo Rosanna«, stellte sich die Lehrerin vor. »Come si chiama?« Sie deutete mit ihrem Filzstift auf den Langhaarigen.

»Mi chiamo Theo«, antwortete der, und es klang fast schon perfekt. Sein Blick glitt zu ihrer Mutter. »Come si chiama?«

»Benissimo! Benissimo!«, jubelte die Lehrerin, woraufhin der Mann namens Theo selbstgefällig lächelte.

Lucies Mutter nannte ihren Namen, wobei sie ihren Banknachbarn mit einem extra langen Blick bedachte. Lucie nuschelte die zwei Sätze mit gesenktem Blick, und weiter ging es einmal rund um den Tisch. Die Blonde hörte auf den klangvollen Namen Sandra, die Brünette hieß Beate, der Chinese He Xie und seine Lebensgefährtin Liu, aber der Einfachheit halber taufte Lucie die beiden im Geiste Yin und Yang. Als Nächstes war die stylische Schönheit dran. Sie stellte sich als Marta vor, und schon flogen alle Blicke zu ihrem Freund. Lucies Herz flatterte, sie platzte schier vor Neugier, und wollte ihn gleichzeitig nicht so penetrant anstarren.

»Mi chiamo Pawel«, sagte er, und seine Stimme klang höher als erwartet. Im nächsten Augenblick legte er den Stift aus der Hand, straffte sich und fügte auf Deutsch hinzu, ob diese Art von Unterricht nicht etwas zu schulmäßig sei.

»Das solle nicht sein Ihr Problem«, schoss die Lehrerin eingeschnappt zurück, drehte sich um und schrieb *mi chiamo, come si chiama* und *come ti chiami* an die Tafel.

»Ich war aber noch gar nicht dran«, beschwerte sich Opa Johann und begann schon wieder, mit den Fingern auf den Tisch zu trommeln.

»Scusi Signore. Mi dispiace.« Frau Agnelli fuhr herum. »Allora?« Sie deutete mit dem Filzstift aufs Flipchart.

»Mi chiama Opa Johannes«, sagte er, wobei er sich kerzengerade aufrichtete und somit bestimmt zehn Zentimeter in die Höhe wuchs.

Lucie zuckte zusammen. Johannes? Was redete er denn da?

»Mi chiamo«, korrigierte die Lehrerin.

»Chiama, chiamo – herrje, das ist doch fast dasselbe!«

»Non è lo stesso, Signore!«, blaffte die Agnelli. Dann erkundigte sie sich eine Spur freundlicher: »Opa? Lei è un nonno?«

»Nonno?«

»Si, Lei è il nonno di questa ragazza?« Die Lehrerin deutete auf Lucie, die spürte, wie ihr mehr und mehr die Röte ins Gesicht stieg. Es war ihr vor Pawel schrecklich peinlich, hier mit ihrer Familie zu sitzen, während dieser eine coole Frau wie Marta an seiner Seite hatte.

Opa Johanns Kopf wackelte auf und ab. »Nonno von Lucie«, sagte er und fing zu allem Überfluss an, gefährlich mit dem Stuhl zu kippeln. *Johannes è il nonno di Lucie* schrieb die Lehrerin ans Flipchart, was alles bloß noch schlimmer machte. Marta stierte sie an, Pawel stierte sie an, und weil sie die Peinlichkeit nicht länger ertrug, stand sie auf und rettete sich mit einem gemurmelten »Verzeihung« nach draußen. Eine Weile irrte sie über den Flur, dann fand sie die Toilette und ließ so lange kaltes Wasser über ihre Handgelenke laufen, bis die roten Inseln auf ihren Wangen verblasst waren. Johann war Johannes, und bei ihr hatte der Blitz eingeschlagen. Ob womöglich Venedig schuld daran war, dass so seltsame Dinge passierten?

Erst nach einer ganzen Weile kehrte Lucie in den Kursraum zurück. Frau Agnelli hatte in der Zwischenzeit einige Verwandtschaftsverhältnisse angeschrieben, die sie zum besseren Verständnis mit einem Stammbaum aus gemalten Strichmännchen ergänzt hatte.

»Sono la madre di Lucie«, hörte sie ihre Mutter sagen und wäre am liebsten sofort wieder umgekehrt, hätte Pawel sie nicht exakt in dieser Sekunde angelächelt. Bloß ein Mundwinkel hob sich, aber es war dennoch ein Lächeln. Einladend, auffordernd, ein ganzer Strauß an Möglichkeiten lag in seinem Blick.

»Brava!«, lobte Frau Agnelli.

Ihre Mutter schien glücklich darüber zu sein, dass sie bereits in der ersten Stunde zur Musterschülerin aufgestiegen war, als im nächsten Augenblick Pawel auf die Hollywoodschönheit an seiner Seite zeigte und sagte: »Sono Pawel. Sono il fratello di Marta.«

Lucie scannte blitzschnell die Tafel. *Sorella, fratello* – das konnte nur Schwester und Bruder bedeuten, mit Pfeilen verbunden standen die Begriffe unter *madre* und *padre*. Im ersten Moment war Lucie nicht klar, ob sie nur gehört hatte, was sie hatte hören wollen, doch dann griff Marta nach Pawels Arm und sagte mit ihrer glockenhellen Filmstarsstimme: »Mi chiamo Marta. Sono la sorella di Pawel.«

11.

Sie standen dicht an dicht am Tresen, und Astrid versuchte seit etwa fünf Minuten zu ignorieren, dass ihr der langhaarige Theo mehr und mehr auf die Pelle rückte. Sie wollte nur eins: Kaffee bestellen. Eine Dosis Koffein tanken, bevor es in die nächste Runde ging.

Die erste Doppelstunde war für ihren Geschmack recht unorganisiert, ja konzeptlos verlaufen, was sie der Lehrerin, die spontan für Franca Pacchiarini eingesprungen war, aber nachsah. Zugegeben, sie hatten nicht viel gelernt, aber dafür war sie jetzt bestens über ihre Kurskollegen informiert. Ohne Rücksicht auf Signora Agnellis Maxime hatten sie halb auf Englisch, halb auf Deutsch geplaudert, dabei viel gelacht, als sei das alles mehr Urlaub als ernsthafter Unterricht.

Die beiden Chinesen, die zuvor in Chioggia in einer Textilfabrik sowie in der Gastronomie gearbeitet hatten, konnten bereits ein paar Brocken Italienisch, allerdings mangelte es ihnen an grammatischen Grundlagen. Soweit Astrid sie verstanden hatte, betrieben Bekannte oder Verwandte von ihnen ein Taschengeschäft in Venedig, in das sie nun mit einsteigen wollten. Die brünette Beate, drall und mit offenherzigem Ausschnitt, arbeitete als Büroangestellte in einer Autowerkstatt in München-Haidhausen, ihre blonde Freundin Sandra besaß ein Sonnenstudio im Zentrum der Stadt, was ihre übertriebene Bräune erklärte. Die beiden jungen Leute, Marta und Pawel, waren Zwillinge, was alle erstaunte, weil sie sich kein bisschen ähnlich sahen. Sie waren halb in Krakau, halb in Hamburg aufgewachsen, hatten wie Lucie im letzten Jahr ihr Abitur gemacht und wurden jetzt von ihren augenscheinlich sehr reichen Eltern durch die Welt geschickt, um Sprachen zu lernen. Vorherige Stationen: Paris und London. Letzter im Bunde war der Lebenskünstler und Poet Theo. Er stammte aus Weimar und sah sich, was seine Dichtkunst betraf, in direkter Linie mit Goethe verwandt.

Vielleicht war das nicht ganz ernst gemeint gewesen, aber es änderte nichts daran, dass er nun beinahe mit seinem Kinn Astrids Schulter berührte und versuchte, sich beim Barkeeper, den man hier »Barista« nannte, Gehör zu verschaffen. Die Pause dauerte exakt dreißig Minuten, aber eine andere Schulklasse war wenige Minuten vor ihnen in die Bar gekommen, und auch diese Schüler wollten jetzt, sofort und auf der Stelle, einen Kaffee trinken. Während Lucie sogleich mit den beiden jungen Leuten ins Gespräch gekommen war und Johann sich etwas abseits mit Sandra aus München und Signora Agnelli unterhielt, reckte sich Astrid auf die Zehenspitzen und rief: »Due Espresso, per favore!«

»So wird das aber nichts, Astrid«, belehrte Theo sie. »Das heißt hier ›caffè‹. Und der Plural von Espresso wäre sowieso Espressi.«

Sie fuhr herum. »Was Sie nicht sagen. Und sind wir schon beim Du?«

»Ich denke ja.« Er lachte entwaffnend. »Wir drücken zusammen die Schulbank, liebe Astrid. Da ist es doch normal, dass man sich duzt.« Sein Blick glitt an ihr hinunter. »Die Gummistiefel stehen dir übrigens ausgezeichnet.«

136

Die Chinesen waren an der Reihe, dann drängelte sich Theo, der luftige Leinenschuhe zu seinem sommerlichen Outfit trug, vor und kam zu Astrids Verdruss auch gleich dran. Er bestellte drei »caffè« und lud sie und ihren Schwiegervater gleich dazu ein.

Da Johann nur rasch sein Höllengebräu, als das er Espresso zu bezeichnen pflegte, an sich nahm und sich sogleich wieder zu der Sonnenstudiobesitzerin und der Lehrerin gesellte, stand Astrid mit Theo alleine da.

»Und Sie sind also ein Poet«, blieb sie hartnäckig beim Sie. »So wie Goethe. Nur mit langem Haar.«

»Physiotherapeut. Im ersten Beruf.« Er trank seinen Espresso zügig in zwei, drei kleinen Schlucken. »Im zweiten Beruf bin ich Weinhändler. Im dritten Autor, das ist richtig.« Er fügte hinzu, dass er wegen einer Sehnenscheidenentzündung ein Sabbatjahr eingelegt habe und sich nun schon länger intensiv dem Schreiben widme.

»Und was schreiben Sie? Theos Reise nach Italien?«

»Schön wäre es.« Er lachte schallend, dann erklärte er, dass er die Sache mit dem Poeten und Goethes Nachfolge natürlich ironisch gemeint habe. »Nein, es wird ein Krimi«, fügte er ernst hinzu.

»Eine zerstückelte Leiche im Kanal?«

Seine Daumen gingen wie Scheibenwischer hin und her. »Das Naheliegende ist nicht immer das Beste. Ich mag es …« Er überlegte kurz. »Sagen wir … etwas abartiger.«

»Oh. Sie machen es aber spannend.« Astrid sah ihn neugierig an. Es war doch immer wieder bizarr, welche Abgründe sich selbst bei Menschen auftaten, die so harmlos daherkamen.

»Aber das, was ich dir jetzt sage, ist topsecret.«

»Topsecret«, wiederholte sie und legte den Zeigefinger auf die Lippen.

»Ein Nachkomme des letzten Dogen Ludovico Manin stirbt«, verriet er. »Die Enkelin löst die Wohnung ihres Großvaters auf ...«

»... die sich natürlich in einem Palazzo am Canal Grande befindet.«

»Hast du meine Notizen geklaut?« Theo grinste schelmisch. »Jedenfalls findet das Umzugsunternehmen eine Babyleiche in einem gepolsterten Sofa.«

»Wie lange soll die denn dort drin gelegen haben?«

»Rund zweihundert Jahre.«

»Aber das ist doch ...«

»Absurd?«

»Unrealistisch.«

Er schüttelte den Kopf. »Sie ist konserviert worden. Mit der sogenannten Thanatopraxie-Behandlung, die man zu der Zeit zwar noch nicht kannte, doch da mein Krimi genreübergreifend ist – er ist Fantasy- und Historienroman in einem –, spielt das keine Rolle. Aber ich werde das Hochwasser einarbeiten. Hochwasser im Sommer. Faszinierend, oder?«

Er blickte nach draußen, wo sich eine Touristengruppe mit Plastiktüten an den Füßen vorbeischob. Obwohl es nicht mal regnete, steckten auch ihre Körper in transparenten Regencapes, aus denen mal hummerrote, mal gebräunte Arme hervorschauten.

»Und warum wollen Sie Italienisch lernen?«, erkundigte sich Astrid.

»Wegen der Recherche vor Ort.« Theo führte seine geleerte Espressotasse zum Mund und versuchte, ihr noch ein paar Tropfen zu entlocken. »Ich war schon mal im Januar hier, aber das Englisch

138

der Venezianer ist ja so dürftig … Das macht die Verständigung extrem mühselig.«

»Und Sie glauben, dass Sie nach dem Einsteigerkurs gleich fließend Italienisch sprechen? Und dem radebrechenden Venezianer mal zeigen, wo es langgeht?«

Theo lachte. »Ganz gewiss nicht.« Er stellte die Tasse auf dem Tresen ab. »Wie sieht's aus? Magst du noch was trinken? Einen Cappuccino vielleicht?«

Astrid verneinte und deutete auf ihre Armbanduhr. Der Kurs ging gleich weiter. Aber Theo schien alle Zeit der Welt zu haben und erkundigte sich, während er seinen Blick auf die Vitrine mit den belegten Brötchen und Tramezzini heftete, was sie zu dem Kurs bewogen habe. Und dann noch mit der halben Familie im Gepäck.

Weil ihren Kurskollegen die Wahrheit nichts anging, sagte sie, und es war nicht mal eine Lüge: »Wir hatten einfach Lust dazu. Mal eine neue Sprache ausprobieren … Das Ganze mit einem kleinen Urlaub verbinden.«

Theo erwiderte nichts. Blickte sie bloß an, während sich seine Mundwinkel spöttisch hoben.

»Es war eine ziemlich spontane Entscheidung«, fühlte sie sich bemüßigt zu ergänzen. »Mein Schwiegervater wollte nach Venedig, dann wollte meine Tochter plötzlich auch, und da dachte ich …« Sie verirrte sich in ihren Gedankengängen, wusste mit einem Mal nicht mehr, wie sie den Satz beenden sollte. Angespannt lächelnd, drehte sie sich nach Lucie und Opa Johann um, aber beide waren irgendwo im Getümmel abgetaucht.

»Und gibt es zu dem Schwiegervater auch einen Ehemann?«, horchte Theo sie weiter aus.

Sie fuhr herum. »Ist die Frage nicht ein wenig indiskret?«

»Keinesfalls! Das ist das Erste, was ich meine Patienten frage.«

»Wieso? Weil Verheiratete entspannter sind? Oder sind es im Gegenteil doch die Singles?«

Er ließ die Frage unbeantwortet und knipste ein Lächeln an. »Ja, ich glaube, es gibt einen Ehemann zu dem Schwiegervater. Aber der hasst Hochwasser und Vaporettofahren, und weil er ein nüchterner Naturwissenschaftler ist, liegt ihm der Singsang der italienischen Sprache nicht, stimmt's?«

Astrid wollte gern ernst bleiben, doch es gelang ihr nicht. Theo mochte ein wenig sonderbar sein, aber er brachte sie zum Lachen. »Schon möglich. Über Hochwasser und Vaporettofahren habe ich allerdings noch nie mit ihm diskutiert. Aber wie auch immer seine Meinung dazu gewesen sein mag, er ist beruflich verhindert.«

»Was macht denn der werte Gatte? Nein, sag nichts, Astrid.« Er tat, als wollte er seinen Zeigefinger auf ihre Lippen legen, beließ es aber bei der bloßen Andeutung.

»Astrophysiker! Dein Mann ist Astrophysiker.«

Astrid ließ ihn vorerst in dem Glauben und lächelte bloß.

»Also wenn er Astrophysiker ist, habe ich aber ein Essen bei dir gut, Astrid.«

»Nein, ist er nicht. THEO.«

»Na fabelhaft! Da sind wir doch schon einen Schritt weiter. Nicht mehr lange und du duzt mich.«

»Also gut, von mir aus«, gab Astrid sich geschlagen. Im Grunde war es ja auch vollkommen egal, ob sie Theo duzte oder siezte.

Um nicht erklären zu müssen, dass der werte Gatte erotische Dessous, Liebeskugeln und Dildos vertrieb, entgegnete sie: »Warum fragst du nicht, was ich beruflich mache? Wäre das nicht viel spannender?«

Theo schmunzelte. »Das wäre in der Tat meine nächste Frage gewesen.«

»Ich organisiere medizinische Kongresse.« Sie sagte es mit einem gewissen Stolz und unterschlug dabei die vielen Jahre ihres Hausfrauen- und Mutterdaseins.

Theo nickte anerkennend, doch bevor Astrid mehr dazu sagen konnte, tauchte Johann wie aus dem Nichts auf. »Astrid-Schatz, wir müssen.« Sein Blick glitt an Theo rauf und runter. »Sie haben aber lange Haare, junger Mann«, brach es uncharmant aus ihm hervor.

»Johann!«

Lachfältchen fächerten sich rund um Theos Augen auf, während er abwinkte. »Dass ich lange Haare habe, ist unbestritten. In meinem Alter trägt Mann eben kurz oder ist ein bisschen verschroben. Das ist doch die landläufige Meinung, nicht wahr?«

Sie gingen hinaus, aber da Signora Agnelli noch gestenreich mit dem Barista sprach, blieben sie einen Moment vor der Tür stehen. Der Geruch frisch gebackener Waffeln hing in der Luft.

»Ich kenne solche wie Sie, solche Männer, meine ich«, nahm Johann den Gesprächsfaden wieder auf.

»Ach, tatsächlich?« Die pure Ironie sprach aus Theos Blick.

»Sich erst vorm Bund drücken, dann Jahrzehnte studieren und bis zur Rente den Berufsjugendlichen mimen.« Johann machte einen kurzen Abstecher zur Eisdiele gegenüber und bekam beim Anblick der unzähligen bunten Eissorten Stielaugen. »Oder haben Sie Angst vor der Schere, junger Mann?«, fuhr er fort, ohne sich nach Theo umzudrehen. »Müssen Sie nicht. Die tut nicht weh.«

Theo lachte bloß. »Sie haben recht, also teilweise. Ich war nicht beim Bund. Und wegen meiner Haare …« Sein Blick glitt zu Astrid. »Ich warte einfach auf den richtigen Moment.«

»Der richtige Moment kommt nie, das kann ich Ihnen jetzt schon sagen, junger Mann.« Johann lief langsam zurück zum Spracheninstitut. »Wollen Sie meine Meinung hören? Ich denke, es mangelt Ihnen an Courage! An Mumm! Das sind Charaktereigenschaften, die Männer meines Jahrgangs noch hatten.«

Theo rückte ein Stück an Astrid heran. »Meinst du das etwa auch? Fehlt mir bloß der Mumm?«

»Keine Ahnung. Dazu kenne ich dich nicht gut genug.«

»Ihr duzt euch?« Johann blieb vor dem schmiedeeisernen Tor der Schule stehen. »Ich will ja nichts gesagt haben … ihr seid doch nun auch keine Jungspunde mehr.«

»Aber jung im Herzen.« Theo schickte Astrid ein warmes Lächeln. »Ihre Schwiegertochter wollte ja auch erst nicht. Ich musste sie eine ganze Weile bearbeiten.«

»Sie wissen aber schon, dass die Dame verheiratet ist?«

»Das Wort ›Schwiegervater‹ beinhaltet ja, dass die Dame bereits mit irgendwem verheiratet ist. Oder es zumindest mal war.«

Kopfschüttelnd stieg Johann die Treppe hinauf. Theo half ihm dabei, auch wenn das gar nicht nötig war.

»Soll ich Ihnen beweisen, dass ich den Mumm habe?«, fragte er.

»Sie müssen mir gar nichts beweisen, Freundchen. Aber ich werde Sie ganz sicher auch nicht daran hindern, sich die Haare anständig schneiden zu lassen.«

Johann deutete aufs WC und verschwand hinter der Tür mit dem kleinen Männchen.

»Er meint es nicht so«, sagte Astrid. »Er posaunt gern mal seine

Vorurteile in die Weltgeschichte, aber im Grunde hat er ein gutes Herz. Also mach dir nichts draus.«

»Dann gefallen dir meine Haare?«

»Soll ich ehrlich sein?«

»Ja, natürlich.«

Astrid zögerte, dann schüttelte sie den Kopf.

Mit dem Schuh auf dem Linoleumboden scharrend, sagte Theo: »Wenn ich es tue, Astrid, würdest du dann mit mir am Canal Grande eine Flasche Wein köpfen?«

Leise Alarmlämpchen begannen in ihrem Kopf zu blinken. »Du bändelst nicht zufälligerweise gerade mit mir an?«

»Glaubst du allen Ernstes, dass ich mich freiwillig mit deinem Schwiegervater anlege? Der kann bestimmt ziemlich ungemütlich werden.« Er lachte schallend. »Nein, nein, es wäre nur ein kleiner Anreiz, damit ich endlich mal den Mut fasse. Vielleicht habe ich ja tatsächlich Angst vor der Schere.« Er griff nach seinem Zopf, als müsste er sich vergewissern, dass er noch da war. »Also?«

»Von mir aus«, lenkte Astrid ein. Wahrscheinlich machte er ohnehin nicht ernst. Und dann würde sie auch nicht mit ihm Wein trinken müssen.

»Großartig. Ich nehme dich beim Wort.« Er hielt ihr seine Hand hin, doch bevor sie einschlagen konnte, sah sie aus dem Augenwinkel eine blonde Frau an sich vorbeihuschen und den Kursraum ansteuern. Im Gegensatz zu Signora Agnelli war diese groß und schlank und stöckelte auch nicht auf Sandaletten umher. Astrid fuhr herum, aber die Frau war bereits im Klassenzimmer verschwunden. Ihr Herz begann zu hämmern, und für die Dauer eines Atemzugs wurde ihr schwummerig.

»Alles in Ordnung?« Theo sah sie besorgt an.

»Ja, ja. Nur der Kreislauf.«

»Ein Glas Wasser?«

Sie winkte ab, lief zum Fenster und tat ein paar tiefe Atemzüge. Johann war alt, und wenn sein Herz den Schock, seine Tochter so überraschend zu sehen, nun nicht verkraftete? »Ich komm gleich, Theo.«

Er stand immer noch abwartend auf dem Gang, aber sie bedeutete ihm vorzugehen. Bloß einen Pulsschlag später kam Lucie die Treppe hinaufgehüpft und marschierte an ihr vorbei, ohne sie auch nur eines Blickes zu würdigen. Ihr Gang war trotzig-entschlossen, die Hände hatte sie zu Fäusten geballt. Irgendetwas musste vorgefallen sein.

»Lucie!«, machte sich Astrid bemerkbar.

»Nicht jetzt, Mami.«

»Jetzt warte doch mal!« Astrid stellte sich ihr in den Weg.

Lucie blieb so abrupt stehen, dass ihre Gummistiefel ein quatschendes Geräusch verursachten. »Können wir nicht später reden? Ich bin jetzt echt nicht ...«

»Nein, können wir nicht.« Sie wies mit dem Kinn Richtung Klassenraum. »Sie ... sie ist da.«

Lucie riss die Augen auf. »Echt jetzt?«

»Ja, ich glaub schon. Die Frau, die da eben reingegangen ist, ist zumindest nicht Signora Agnelli. Ich hab nur kurze blonde Haare gesehen ...«

»Ist doch super«, hakte Lucie ein. »Dann lernt Opa sie gleich kennen und wir können diesen dämlichen Kurs canceln.«

Astrid kam nicht mehr dazu, ihre Tochter zu fragen, was an dem Kurs auf einmal so dämlich sei und ob womöglich die beiden jungen Leute damit zu tun hätten, da ihr Schwiegervater aus der

Toilette trat und lächelnd auf sie zusteuerte: »Mi chiamo Johann!«, schmetterte er voller Inbrunst. »Io Berlino.« Er blinzelte gegen das Licht der Neonröhre über ihren Köpfen. »Na, ist das gut?«

»Io Berlino ist ganz und gar schlecht«, belehrte Lucie ihn. »Übrigens … die Person, deretwegen du hier bist, ist da.«

»Wie bitte?« Johann presste die blutleeren Lippen aufeinander.

»Deine Tochter! Sie ist eben in die Klasse rein. Sagt Mami jedenfalls.«

»Aber das kann nicht sein. Sie ist krank. Meinte doch die Agnelli. Und wenn die das meint … Oder tischen die einem hier irgendeinen Schmarrn …«

»Falls Sie auch zu dem Livello-A1-Kurs gehören«, unterbrach ihn eine melodisch-warme Stimme, »möchte ich Sie jetzt bitten reinzukommen.«

Während Johann zurückwich, als wäre ihm ein Geist erschienen, nahm Lucie die Bänder ihrer Tunika in den Mund und begann, hektisch daran zu nuckeln. Das hatte sie als Teenager unaufhörlich getan, und in Stresssituationen fiel sie manchmal in das pubertäre Verhalten zurück.

Astrid nickte der Frau mit dem kurzen blondierten Haar knapp zu. Die Ähnlichkeit zwischen ihr und Johann war im direkten Vergleich noch frappierender. Die gleiche hagere Figur … Gut, das mochte Zufall sein, es gab viele große, schlanke Menschen, doch die im Profil gerade abfallende Nase und der trotzige Schwung der Oberlippe waren nahezu identisch.

Astrid musste sich zwingen, Franca Pacchiarini nicht unentwegt anzustarren, aber die Lehrerin, augenscheinlich blind für die Ähnlichkeit zwischen ihr und ihrem Gegenüber, lächelte entspannt den Linoleumboden an. Dann bat sie sie mit höflicher Geste herein.

Astrid blieb dicht hinter Johann, jederzeit darauf gefasst, dass sein Kreislauf schlappmachte. Wie bei einem störrischen Esel musste sie nachhelfen, damit er sich überhaupt in die Klasse bewegte, wo bis auf die Zwillinge bereits alle versammelt waren.

»Alles gut, Johann?«, wisperte sie, während sie ihn zu seinem Stuhl begleitete. Sein Kopf wippte auf und ab, was sie als Zeichen seiner Zustimmung deutete, dann setzte sie sich auf ihren Platz.

Anders als Signora Agnelli begann Franca Pacchiarini die Stunde in nahezu fehlerfreiem Deutsch. Sie entschuldigte sich für ihre Abwesenheit am Morgen, aber unerträgliche Zahnschmerzen hätten sie gleich nach dem Aufstehen zum Zahnarzt geführt. Dort habe sie dann mit immer noch unerträglichen Schmerzen ewig lange ausharren müssen, bis die Frau Doktor sie endlich behandelt habe.

Franca Pacchiarini strahlte befreit, und alles, was Astrid sah, waren Opa Johanns Zähne: die gleiche Zahnstellung, der rechte Schneidezahn, der sich wenige Millimeter über den linken schob. Ohne Zweifel: Franca war Johanns Tochter. Thomas dagegen kam ganz nach Oma Hilde. Mit dieser Frau, die in den langen Hosen und dem legeren Ringelshirt so ganz unitalienisch wirkte, hatte er allenfalls die langgliedrigen Finger gemein.

Beim Seitenblick auf ihren Schwiegervater bemerkte Astrid, dass er gekrümmt dasaß, als habe er Schmerzen. Vielleicht wollte er aber auch einfach nur unsichtbar sein. Unsichtbar für alle Welt und besonders für seine Lehrerin, die seine Tochter war.

»Namensschilder. Sehr gut.« Franca Pacchiarini musste die Augen zusammenkneifen, um die Namen zu entziffern. Womöglich war sie kurzsichtig und zu eitel, eine Brille zu tragen. »Ich vermute, Sie haben sich schon alle vorgestellt«, sagte sie, »aber da ich Sie von nun an täglich unterrichte, wäre es mir doch sehr lieb, wenn Sie mir noch ein wenig über sich erzählen würden.« Sie wiederholte ihre kleine Ansprache in einem italienisch-englischen Sprachengemisch, wobei sie allein die Chinesen ansah.

»Sehr gerne doch«, flötete Theo. Vielleicht war er ja doch nur ein Daniel Wäckerlin, der alles anflirtete, was weiblichen Geschlechts war.

»Dann mache ich gleich den Anfang.« Franca Pacchiarini hüpfte rittlings auf den Tisch und ließ ihre Füße in den edlen zweifarbigen Budapestern baumeln. »Mein Name ist Franca Pacchiarini, aber nennen Sie mich doch bitte Franca. Ich lebe in Mestre und unterrichte jetzt schon seit drei Jahren hier am *Istituto*. Vorher war ich in der Erwachsenenbildung tätig. Ich habe eine Tochter, Emilia, die ist aber schon erwachsen und macht derzeit ein Praktikum in Deutschland.«

Emilia. Der Name sorgte dafür, dass Astrid die Hitze ins Gesicht schoss. Sie fühlte sich wie eine Verräterin. Weil sie nicht aufstand und die Lehrerin darüber aufklärte, dass ebendiese Emilia den Stein überhaupt erst ins Rollen gebracht hatte. Dass sie ohne ihr Zutun niemals hier die Schulbank drücken würde. Lucie schien die Situation augenscheinlich ebenso absurd zu finden und verfiel in debiles Grinsen. Nur Opa Johann saß wie inzwischen verstorben und plastiniert da.

Beate, die Frau mit dem vielen Goldschmuck, war als Nächste an der Reihe. Freimütig erzählte sie von ihrem eintönigen Büroalltag und dass sie sich mit der Sprachenreise einen lang ersehnten Wunsch erfülle: einmal Venedig sehen und das zusammen mit ihrer besten Freundin. Sie blickte zu Sandra hinüber, die sich mit der Zunge die Zähne polierte und dann mit sonorer Stimme das Wort ergriff. Sie stellte sich als Besitzerin des besten Sonnenstudios in München vor, und falls es den einen oder anderen mal in die bayerische Hauptstadt verschlage, solle er auf keinen Fall versäumen, bei ihr vorbeizuschauen. Bei ihr gäbe es einen traumhaft schönen Teint, von milchkaffeefarben bis karibisch braun, und das fast zum Nulltarif. Näselnd schwärmte sie von Bayern, von Weißwürsten und vom Oktoberfest und ließ durchblicken, dass die Männer in Italien ja doch von einem anderen Kaliber seien, weswegen es sich allemal lohne, den Brenner zu überqueren.

Die Münchener Damen brachen in Gelächter aus, und Theo fiel mit ein. Selbst Opa Johann erwachte aus seiner Schockstarre und zeigte ein zartes Grinsen. Nur eine lachte nicht: Franca Pacchiarini. Und Lucie machte gar ein Gesicht, als müsse sie sich gleich übergeben. Sandra endete mit einem Exkurs über Pizza, Pasta und Gelato, woraufhin Theo lautlos applaudierte und gleich weitermachte. Hatte er bei Signora Agnelli noch mit seinem Roman geprotzt, erwähnte er ihn jetzt mit keiner Silbe, sondern erzählte lediglich von seinem Internet-Weinhandel und dass er vorrangig daran interessiert sei, Kontakte zu Winzern der Umgebung zu knüpfen. Francas Kopf wippte auf und ab, sie versicherte, wie interessant sie das finde, und versprach, ihre Freunde wegen etwaiger Kontakte anzusprechen. Dann ging ihr Blick zu den beiden leeren Plätzen, wo bloß zwei Namensschilder auf dem Tisch verrieten, dass hier eben noch zwei Schüler gesessen hatten.

»Marta und Pawel sind nicht da?«

Lucie hob die Hand. »Also ich bin nicht Marta. Ich bin Lucie.« Sie wedelte mit ihrem Namensaufsteller. »Aber die beiden haben mir vorhin gesagt, dass sie keine Lust mehr auf den Kurs haben.«

Deswegen also Lucies Übellaunigkeit – Astrid fiel es wie Schuppen von den Augen. Offenbar hatte der hübsche junge Mann es ihr angetan.

»Ich verstehe nicht«, hakte Franca irritiert nach. »Schon nach einer Stunde?«

Lucie war ihr Unbehagen anzumerken, als sie erklärte: »Genaues weiß ich auch nicht, aber sie fanden die erste Stunde wohl etwas … ähm … uninspiriert.«

Ein Sonnenstrahl bahnte sich seinen Weg durchs Fenster, kroch an der Wand entlang und blendete die Lehrerin.

»Aber sie hätten doch zumindest die zweite Stunde abwarten können«, sagte sie.

Lucie duckte sich automatisch, als wäre das alles ihre Schuld, dann zuckte sie mit den Schultern.

»Na ja, es lässt sich eben nicht ändern. Wollen Sie gleich weitermachen?«

Lucie nickte und hatte nun auch einen Hauch von Röte im Gesicht, als sie zu sprechen begann: »Also, ich heiße Lucie, aber das wissen Sie ja schon, und komme aus Deutschland. Aus Berlin, um genau zu sein. Ich bin hier mit meiner Mutter und meinem Großvater, was vielleicht etwas seltsam ist, aber …« Sie geriet ins Stocken, und Astrid betete, dass ihre Kleine um Himmels willen nichts Falsches sagte. »Wir lieben Italien«, nahm Lucie den Faden wieder auf. »Wir lieben das Essen, das Klima, die Sprache – einfach alles.«

»Das freut mich.«

Astrid atmete auf, registrierte allerdings gleichzeitig, wie Franca Opa Johann flüchtig musterte.

»Und da ich jetzt Pharmazie studiere«, sprach Lucie weiter, »und das ein so furchtbar trockenes Fach ist … Da dachte ich, dass es doch cool wäre, in den Semesterferien Italienisch zu lernen.«

»Eine sehr gute Entscheidung, Lucie«, lobte Franca Pacchiarini. »Und Sie sind die Mutter?« Sie schaute Astrid an.

Die nickte und sagte, knapper ging es kaum: »Ich kann mich Lucie nur anschließen.«

»Sie leben auch in Berlin?«

»Ganz genau.« Sie hoffte inständig, dass die Pacchiarini vergessen würde, Opa Johann nach seiner Motivation für den Kursus zu fragen, und stattdessen bei Theo weitermachte, aber ihr Blick ruhte bereits auf ihrem Schwiegervater. »Und Sie, Johannes?«

Johannes, Johann – was sollte das? Er war hier, um seine bisher unbekannte Tochter kennenzulernen, und tat doch alles, um es zu vermeiden.

Opa Johann schwieg. Er hatte die Beine übereinandergeschlagen, und sein linker Gummistiefel wippte in einem nervösen Takt auf und ab. Alle Blicke waren auf ihn geheftet. Von Sekunde zu Sekunde wurde es stickiger im Kursraum, und Astrid wünschte, sie könnte eins der Fenster, die zum Campo gingen, weit aufreißen und sich mit der verbrauchten Luft verflüchtigen. Um nicht mitansehen zu müssen, wie ihr Schwiegervater mehr und mehr zur Witzfigur mutierte.

»Opi.« Lucie stieß ihren Großvater sachte an. »Du sollst erzählen, warum du Italienisch lernen willst. Hast du nicht gehört?«

»Doch, doch«, brummte er. Er wechselte die Beine, so dass nun sein rechter Gummistiefel auf und ab wippte, sah seiner Tochter in die Augen und stieß hervor: »Mi chiamo Johannes. Io Berlino.«

»Sehr gut. ›Mi chiamo Johannes‹ ist ganz richtig, aber Sie müssen jetzt noch nicht Italienisch sprechen, Herr …«

Opa Johann ließ die Frage nach seinem Nachnamen unbeantwortet, was bloß gut war, und sagte: »Ach so ja, stimmt, Verzeihung.«

Er schien komplett durcheinander zu sein, und als er auch noch die obersten Knöpfe seines Hemdes öffnete und nach Luft schnappte, schlug Franca ihm vor, er solle es sich doch ein Weilchen auf dem Sofa in der Eingangshalle gemütlich machen. Der Luftdruck sei heute wirklich nicht ohne und dann das Hochwasser, das der Stadt so übel mitspiele. Er könne ja gleich wieder dazustoßen, wenn es ihm bessergehe.

»Gut, wenn Sie meinen … Dann mache ich das mal«, sagte Johann und stemmte sich hoch. Er wandte sich zur Tür, seine Gummistiefel schluppten über den Boden, und im nächsten Moment war er draußen.

*

»Un Schnaps. Un Schnaps doppio!« Johann stützte sich auf dem Tresen ab, um der Bestellung Nachdruck zu verleihen.

»Un Schnaps?« Die Barfrau mit dem toupierten Haar, die den Barista abgelöst hatte, blickte ihn verwirrt an.

»Sì! Underberg. Cognac. Wodka. Von mir aus auch tutto completto!«

Sachte den Kopf wiegend, trat die Frau ans Regal mit den alkoholischen Getränken und hob eine Flasche mit einem grünen Etikett hoch. Allerdings konnte Johann auf die Distanz nicht erkennen, um was für ein Teufelszeug es sich handelte.

»Questo?«

»Sì.« Er deutete eine ordentliche Menge an, was vielleicht dumm war, weil er sonst nie trank, und als die Frau das Glas endlich über den Tresen schob, rettete er sich damit nach draußen. Der Himmel war so grau wie seine gute Anzughose, nur hier und da gab es blaue Einsprengsel, aber das Hochwasser hatte sich augenscheinlich mit der Ebbe zurückgezogen. Die Steinplatten waren mittlerweile ge-

151

trocknet, und zwischen all den Leuten, die in Gummistiefeln durch die Gassen marschierten, tauchten nun vereinzelt Frauen in Sandalen und Männer in Halbschuhen auf.

Johann setzte sich an den einzig freien Tisch, schnupperte an dem Kräuterschnaps, dann nahm er einen kräftigen Schluck. Das Feuerwasser fetzte ihm beinahe die Kehle weg, wärmte jedoch im nächsten Augenblick seinen Magen und lüftete zudem sein Hirn kräftig durch. Das war auch dringend notwendig. Denn außer dichtem Wattenebel hatte sich in den letzten paar Minuten nicht sonderlich viel darin befunden.

Es war aber auch unfair von ihr, so aus dem Nichts aufzutauchen. Er hatte ja nicht mal die Möglichkeit gehabt, sich klammheimlich seiner Gummistiefel zu entledigen, geschweige denn den Sitz seiner Haartracht zu überprüfen. Wahrscheinlich hatten die Ponyflusen in alle Richtungen abgestanden. Das taten sie meistens, wenn er von draußen kam, und falls er in so einem Moment vergaß, sich rasch zu kämmen, erinnerte seine Frisur an einen ausgedienten Handfeger.

Ja, sie war es. Daran gab es keinen Zweifel. Allein die Nase … Schon als Schuljunge hatte er deswegen Hänseleien über sich ergehen lassen müssen. Pinocchio. Langnase. Bei ihr sah sie hingegen ganz liebreizend aus. Wie aus Marmor gemeißelt, dazu die venezianisch grünblauen Augen und die wie mit feinem Pinselstrich gezeichneten Brauen. Ja, sie war ein wirklich fabelhaftes Frauenzimmer, und er ertappte sich dabei, wie er sich im Geiste auf die Schulter klopfte, sich selbst zu seinen fantastischen Genen beglückwünschte. Es irritierte ihn lediglich, dass er keine Vaterliebe gespürt hatte. Eigentlich hatte er gar nichts gespürt. Da war bloß ein Vakuum gewesen, ein Gefühlsloch, so groß wie das Nichts.

Noch einen Schnaps, den brauchte er jetzt. Er winkte der Bardame, die am Nebentisch Cappuccino und Espresso servierte, und reckte sein Glas empor.

»Ich krieg noch mal das Gleiche!«

Die Frau musterte ihn mit hochgezogenen Augenbrauen. »Un altro, Signore?«

»Keine Ahnung, aber wahrscheinlich ja.« Er nickte der Dame zu, die daraufhin in der Bar verschwand.

Was hatte er eigentlich erwartet? Dass die Gene alles von selbst regelten und er augenblicklich in ein Bad warmer Gefühle tauchen würde? Dass Franca ebenfalls sofort aufging, wen sie vor sich hatte, und ihm mit tränenverklärtem Blick in die Arme fiel? Sie hatte ihn angesehen, keine Frage, aber so sehr er sich vielleicht etwas anderes erhofft hatte, ihr Blick war neutral wie bei jedem anderen Sprachenschüler gewesen. Meine Güte, er war ja auch selbst schuld! Und feige, das vor allem. Und womöglich hatte er sich mit dem Schachzug, den er für so außerordentlich geschickt gehalten hatte, umso weiter von seinem Ziel entfernt.

Der zweite Schnaps, den die Bedienung ihm hinstellte, brannte schon nicht mehr im Rachen, aber das Belüftungssystem in seinem Kopf kollabierte, und ein leichter Seegang machte sich bemerkbar. Er schaute in den Himmel, die graue Decke war weiter aufgerissen, und die Wolken, groß wie Schlachtschiffe, zogen gen Osten. Wie früher als Kind erdachte er sich Fantasiegestalten: Er ließ das geflügelte Schwein gegen den buckligen Riesen kämpfen, und dann tauchte auf einmal Lucie an seinem Tisch auf.

»Habt ihr Pause?«

»Nur ganz kurz.« Lucie griff nach dem Glas und schnupperte daran.

»Schnaps? Spinnst du eigentlich?«

»Den hab ich gebraucht. Für die Nerven.«

»Klar, geh mal besoffen zu ihr! Damit sie gleich den richtigen Eindruck von dir kriegt.«

»Ich bin nicht besoffen.«

»Aber du hast eine Fahne.« Lucie stellte das Glas wieder ab und setzte sich mit halber Pobacke auf den freien Stuhl. »Du kommst doch gleich mit rein, oder?«

»Kröte, ich weiß nicht.«

»Du hast wirklich eine Fahne.«

Er nahm die Hand vor den Mund, als er fortfuhr: »Was habt ihr denn eben durchgenommen?« Eigentlich interessierte es ihn nicht die Bohne, er wollte bloß das Gespräch in Gang halten.

»Bestimmte und unbestimmte Artikel. Ist nicht sonderlich schwer.«

Johann hatte keine Ahnung, wovon seine Enkelin überhaupt sprach. Er nahm das dickwandige Glas und blickte hindurch. Alles war verzerrt. Die Eisdiele gegenüber, der vorbeiwackelnde Hund, seine kleine Kröte. Und vermutlich sah es in ihm nicht viel anders aus.

»Un cane – ein Hund. Il cane – der Hund. Weiblich heißt es dann ›una‹ und ›la‹, im Plural wird es etwas komplizierter.« Lucies Hand schob sich auf sein Knie. »Ich erklär's dir heute Abend beim Essen, okay?« Lucie blickte ihn forschend an, und er wusste nicht genau, was sie meinte, als sie sagte: »Das packst du schon, Opi, keine Sorge.«

»Tu mir einen Gefallen. Bestell mir was zu futtern, eine Stulle, irgendwas, und ein Glas Wasser, und dann zwitscherst du wieder ab in deine Klasse, ja?«

»Das heißt, du kommst nicht mit?«

Er schüttelte den Kopf. »Nicht böse sein, aber … Heute ist das noch nichts für mich. Mit dieser fremden Sprache und so. Mir klingeln schon die Ohren, verstehst du das?«

»Nein, das verstehe ich nicht.«

»Und tschüs!« Er wedelte mit der Hand, woraufhin Lucie zwar eine Schnute zog, aber folgsam in die Bar rüberging. Das war bloß gut so. Er wollte nicht mit seiner Enkelin über *diejenige, welche* reden. *Diejenige, welche* war ganz allein seine Sache. Und vielleicht war *diejenige, welche* auch eine Angelegenheit, die sich in den kommenden Tagen ohnehin in Wohlgefallen auflösen würde. Weil er immer noch nichts fühlte und es ihm reichen würde, die Frau, die ja sowieso nichts von ihm wissen wollte, einmal gesehen zu haben. Und dann würde er den Kurs aufstecken, nach ein paar hübsch verbummelten Tagen in Venedig abreisen und wissen, dass es sie gab. Mit seiner Nase, der komischen. Was ja auch schon etwas wert war.

Eine gefühlte Ewigkeit später kam Lucie mit einem getoasteten Weißbrot-Käse-Tomaten-Ungetüm sowie einem Glas Wasser zurück.

»Danke, Kröte. Du bist ein Schatz.«

»Du bleibst jetzt hier bis zum Mittag sitzen und rührst dich nicht von der Stelle, ist das klar?«

Er schnupperte an dem Toast. Hm, roch lecker.

»Ob das klar ist?«

»Mal sehen«, antwortete er ausweichend, was Lucie nicht besonders spaßig zu finden schien. Und da sie gar nicht aufhören wollte, ihn stirnrunzelnd anzusehen, erklärte er: »Hör mal zu, mein Kind. Man kann sich nie sicher sein im Leben. Das wirst du auch noch lernen.«

»Na toll.« Lucie stöhnte leise auf, dann winkte sie und lief auf ihren Spargelbeinchen zur Schule rüber.

»Bis später, Kröte!«, rief er ihr noch nach, aber sie hörte ihn schon nicht mehr oder hatte ihre Ohren auf Durchzug gestellt.

Er aß das Sandwich, trank das Wasser aus; im nächsten Augenblick überkam ihn die Lust auf etwas Süßes, und er holte sich bei der gegenüberliegenden Eisdiele ein Eis. Es war türkis und rosa und ebenso doppio wie seine beiden Schnäpse.

»He, Mister!« Eine Hand legte sich auf seine Schulter, und er fuhr erschrocken herum. Es war die Bardame von gegenüber, und sie sah nicht aus, als sei mit ihr gut Kirschen essen.

»You not pay!« Ihre Stimme klang so schrill wie eine Sirene.

»Nun mal halblang, junge Frau. I later pay, okay? I am not a Trickbetrüger!«

Etwas Feuchtes tröpfelte ihm auf die Hand, und als er auf sein Eis schaute, stellte er fest, dass es sich bereits im Prozess der Selbstauflösung befand. Rasch leckte er die Tropfen ab, aber die toupierte Dame kannte kein Erbarmen. Eine Flut italienischer Worte, die allesamt nicht wohlgesonnen klangen, prasselte auf ihn nieder, und als sie sich noch dazu verstieg, ihn grob am Handgelenk zu packen, bebten die Eiskugeln bedrohlich. Eine viele Jahrzehnte zurückliegende Erinnerung stieg in ihm auf: sein zehnter Geburtstag. Zur Feier des Tages gab es ein Eis. Vanille, Schokolade, Erdbeere – er wusste es noch wie heute –, stolz balancierte er es durch die Straße. Am liebsten wollte er es in der ganzen Siedlung herzeigen, und seine Freunde hätten sogar mal schlecken dürfen, aber dann kam einer der Halbstarken hinter einem Busch hervorgeschossen, rempelte ihn an und brachte den Eis-Turm zum Einstürzen. Platsch – landete alles auf der Straße, Vanille, Schokolade, Erdbeere.

»Lassen Sie mich los! Sie … Sie widerliche Furie!« Heute war es ihm egal, wenn das Eis runterfallen und hinüber sein würde. Heute hatte er das Geld, um sich ein neues zu kaufen. Aber die Frau giftete und zeterte, da nutzte es herzlich wenig, dass Johann längst nach seinem Portemonnaie gefischt hatte.

»Brauchen Sie Hilfe?«

Johann blickte über seine Schulter. Es war das Mädchen mit dem langen blonden Haar, das am Morgen noch im Kurs gesessen hatte; daneben stand ihr Bruder, Lucies Schwarm. Man musste weder Hellseher noch Psychiater sein, um zu bemerken, dass der junge Mann es ihr angetan hatte. Erleichtert darüber, jemanden an seiner Seite zu haben, der seiner Sprache mächtig war, sagte er: »Die Dame hier glaubt mir nicht, dass ich mir eben bloß ein Eis holen wollte. Sie hält mich für einen Zechpreller!«

Sogleich übernahm der junge Mann – Johann hatte seinen Namen vergessen – die Regie und machte der aufgebrachten Frau eine ebenso freundliche wie unmissverständliche Ansage. Er sprach geschliffenes Englisch, sagte etwas von *old man, tradition, handsome* und noch einiges andere mehr, was Johann nicht verstand, und während er auf die Lady einredete, schmolz diese dahin wie Butter in der Sonne. Die Gunst der Jugend, dachte Johann mit einem gewissen Maß an Neid, war aber froh, als die Bardame die fünfzehn Euro, die er ihr hinhielt, entgegennahm und ins Lokal zurückkehrte.

»Was haben Sie ihr gesagt?«, wollte Johann wissen. »Das scheinen ja regelrechte Zauberworte gewesen zu sein.«

Der junge Mann winkte ab. »Plattitüden. Wahrscheinlich hat sie sie nicht mal verstanden.«

»Mein Bruder wickelt alle Frauen um den Finger«, ergriff seine Schwester augenzwinkernd das Wort.

»Erzähl doch nicht so einen Unsinn«, protestierte er.

»Es ist aber so.« Sie hakte sich bei ihm unter.

»Haben Sie sich auch so schrecklich gelangweilt, oder warum sind Sie nicht in der Schule?« Das Mädchen räumte ein, dass sie und ihr Bruder womöglich etwas voreilig entschieden hätten, aber durch die vielen Sprachkurse, die sie in den letzten Monaten besucht hätten, seien sie reichlich verwöhnt.

»Ach, ich brauchte nur eine Mütze Frischluft.«

»Espresso?«, fragte der junge Mann, den Johann für sich soeben auf den Namen Tristan getauft hatte. Tristan und Isolde – irgendwie passte das zu den beiden.

»Gern. Aber auf meine Kosten.« Johann zückte einen Zehner und drückte ihn Tristan in die Hand.

»Aber wenn ihr den Unterricht so schrecklich langweilig findet, was wollt ihr dann noch hier?«, wollte er von dem Mädchen wissen, während ihr Bruder in die Bar strebte.

»Es auf einen zweiten Versuch ankommen lassen.« Die Blondine, die ja nun Isolde hieß, setzte sich, wobei sie ihren knielangen Tellerrock über die Lehnen des Stuhls drapierte. Giuseppina hatte ähnliche Röcke getragen, damals in den Fünfzigerjahren, und es wunderte ihn, dass sie wieder in Mode waren. »Ihre Enkelin war ja ziemlich angefressen, weil wir gleich wieder abgehauen sind.«

»Verständlich«, sagte Johann. »Wenn man jung ist, will man doch nicht nur mit … Verzeihung … mit lauter alten Säcken die Schulbank drücken.«

Isolde lachte, doch im nächsten Augenblick wurde sie wieder ernst und schabte gedankenverloren an einem Fleck auf dem Alu-Tisch. »Ich denke ja eher, dass sie …« Sie sah auf. »Ich glaube, sie mag meinen Bruder, den Blödian.«

»Wie? Wer?« Johann stellte sich vorsichtshalber dumm.

»Sie steht auf meinen Bruder.« Sie nickte Tristan zu, der in diesem Moment mit einem Tablett herankam.

»Blödian oder nicht. Er ist auf jeden Fall ein schmucker Kerl. Wenn ich das mal so sagen darf … als Mann.«

Das Mädchen seufzte. »Das finden leider ziemlich viele Frauen. Er ist überall heiß umschwärmt.«

»Aber Sie doch sicher auch!«

»Ja, schon, nur …« Sie ließ den Satz in der Luft hängen, dann lächelte sie ihren Bruder an, der das Tablett mit den Espressotassen auf dem Tisch abstellte. Als Gratisgabe gab es kleine Gläser mit Wasser.

»Hoffentlich ist da nichts vergiftet«, meinte Johann. »Der Hexe da drinnen ist alles zuzutrauen.«

Tristan ließ lächelnd Zucker in sein Gebräu rieseln. Und als er das erste Päckchen geleert hatte, nahm er auch noch das seiner Schwester. »Was meinst du, Marta? Sollen wir ihn gleich mit reinnehmen?«

Marta. Jetzt erinnerte er sich wieder. Sie hörte auf den wohlklingenden Namen Marta.

»Wie bitte? Wohin? Doch wohl nicht etwa in den Kurs?«, forschte Johann nach. »Damit das gleich mal klar ist, ich gehe da heute nicht mehr hin.«

»Wieso denn nicht?«, wollte Tristan wissen. »Sie haben jetzt doch sicher genug frische Luft getankt.«

»Es geht eben nicht. Nehmt das bitte so zur Kenntnis und fragt nicht weiter.«

Für einen kurzen Moment war es still. Die Zwillinge nippten am Espresso, Johann kippte seinen Kaffee wie einen Schnaps hinunter und schüttelte sich danach, was Isolde alias Marta dazu brachte, laut aufzulachen.

»Und was ist daran bitte schön so komisch, junge Dame?«

»Nichts. Sie sind nur irgendwie …«

»Ja? Was?«

»Skurril.« Sie strich sich über das glatte blonde Haar.

Skurril. Soso. Das hatte ihm noch niemand gesagt.

»Also ich meine, Sie sind nett und lustig«, korrigierte sich die junge Dame. »Und ich möchte, dass Sie gleich mitkommen. Bitte.«

»Meine Schwester hat recht«, schloss sich Tristan an. »Entweder gehen wir alle oder keiner.« Und dann sahen ihn die Zwillinge so herzerweichend an, dass auch er ihrem Charme erlag. Vielleicht war er aber auch bloß froh, dass ihn jemand an die Hand nahm.

12.

Es war früh am Morgen.

Astrid stand in der Pasticceria Dal Mas, die sich unweit vom Bahnhof befand, trank einen Macchiatone und aß dazu eine Brioche mit Aprikosenfüllung. Sobald sich die Backwaren in der Vitrine dem Ende zuneigten, trug der Bäcker Bleche mit frischen Hörnchen herein. Ihr Duft erfüllte im Nu den Barbereich und vermischte sich mit dem würzigen Aroma gemahlener Espressobohnen.

Die Tasse in der Hand, schaute Astrid durch die weit geöffnete Tür nach draußen und beobachtete, wie die Stadt langsam erwachte. Um diese Uhrzeit waren kaum Touristen unterwegs. Menschen hasteten auf dem Weg zur Arbeit vorbei, die Rufe der Obstverkäufer, die einige Meter weiter klappernd ihre Stände aufbauten, schallten zu ihr herüber, ab und zu schob ein Arbeiter eine schwer beladene Sackkarre vor sich her oder eine alte Frau ging mit ihrem Hündchen Gassi.

Alltagsleben. Die große Ruhe vor dem Touristenansturm. Immer wieder schneiten Passanten auf einen schnellen Kaffee in die Bar. Das kleine Frühstück im Stehen. Nicht nur Astrid hatte es liebgewonnen, für die Italiener schien dieses Ritual, das im Laufe des Tages häufiger wiederholt wurde, eine Art Lebenselixier zu sein. Man hielt ein Schwätzchen, ließ Gebäckkrümel zu Boden rieseln, trank einen Espresso, bezahlte und tauchte schon wieder in den Strom der Menschen ein.

Astrid mochte auf diese paar Minuten am Morgen kaum noch verzichten. Weil sie frei war. Frei von Lucie und Opa Johann, die meistens länger schliefen und bequem im Hotel frühstückten. So hatte es sich eingespielt, dass Astrid den Weg zur Sprachenschule allein zu Fuß zurücklegte und darauf vertraute, dass Lucie ihren Schwiegervater sicher mit dem Vaporetto zur Schule begleitete.

Astrid trank einen zweiten Macchiatone, dann zahlte sie und verließ die Bar. Das Hochwasser war bloß ein Intermezzo gewesen; bereits einen Tag später hatten sich die Wolken verzogen und dem echten venezianischen Sommer Platz gemacht. Den dünnen Baum-wollpulli um die Schultern geschlungen, lief Astrid weiter Richtung Bahnhof. Jeden Morgen das gleiche Spiel: Menschentrauben quol-len im Sekundentakt aus dem Bahnhof – darunter war sicher auch Franca Pacchiarini, die wie viele, die in Venedig Arbeit hatten, in einem der Vororte lebte. Astrid steuerte den Ponte Scalzi an, um auf die andere Seite des Canal Grande zu gelangen. Auf dem Schei-telpunkt blieb sie stehen und beobachtete den Schiffsverkehr, die-ses Tohuwabohu an Lieferbooten, Vaporetti, Müllabfuhr und Ta-xis. Jeden Tag wunderte sie sich aufs Neue, dass die Schiffe nicht kollidierten, sondern gekonnt aneinander vorbeiglitten, sich ge-genseitig Platz machten oder überholten. Möwen flogen krei-schend über ihren Kopf hinweg, es roch nach Fisch und irgendwie nach Meer, und in der Ferne konnte man, an einem klaren Tag wie diesem, schemenhaft die Alpen erkennen.

Als sie glaubte, sich nicht weiter sattsehen zu können – niemand konnte sich in Venedig an irgendetwas sattsehen –, stieg sie auf der anderen Seite des Kanals die Stufen hinab und schlug sich ins Gassengewirr. Mittlerweile war ihr der Weg zum Spracheninstitut fast schon vertraut. Fixpunkte, falls sie sich doch einmal verirren sollte, waren die Scuola Grande di San Rocco und der Campo Santa Margherita – jeder Venezianer kannte die Gemäldesammlung sowie den lang gestreckten Platz in Dorsoduro –, unterwegs orientierte sie sich an Bars und Geschäften. Mal waren es Plastikstühle in einer auffälligen Farbe, mal bunte Lakritzstangen in den Auslagen einer Pasticceria, die ihr anzeigten, dass sie an dieser oder jener Stelle links oder rechts abbiegen musste.

Die ersten drei Schultage lagen hinter ihr, und das plötzliche Auftauchen Franca Pacchiarinis hatte ihren Schwiegervater sichtlich aufgewühlt. Er drückte sich zwar nicht weiter vorm Unterricht, saß jedoch mit leerem Blick da und sagte keinen Ton. Das war schlicht dumm. Schließlich hatte er das alles gewollt; Astrid und Lucie konnten auch nicht mehr tun, als ihn zu begleiten und ihm ein wenig auf die Sprünge zu helfen.

Wobei ihre Tochter in dem Punkt zurzeit kaum zu gebrauchen war. Seit Pawel und seine Schwester Marta sich wieder in den Unterricht bequemten, war Lucie im Liebestaumel. Sie sprach zwar nicht darüber, aber man sah es ihr an. Meistens lächelte sie mit schweren Lidern, und in den Pausen war sie schneller aus dem Kursraum, als ihre Trägheit es eigentlich zuließ. Augenscheinlich wollte sie jede mögliche Sekunde mit Pawel verbringen – Astrid konnte es gut nachempfinden.

Sie selbst blieb die Pausen über am liebsten im Klassenraum und wiederholte das soeben Gelernte. Nicht ihr übertriebenes Pflichtbewusstsein trieb sie an, es machte ihr einfach Spaß, mal wieder die Schulbank zu drücken, und nachdem sie gemerkt hatte, dass selbst die weit gereisten Zwillinge Marta und Pawel mit ihren noch leistungsfähigen Hirnen kaum besser waren als sie, hatte sie der Ehrgeiz gepackt. Lucie stichelte zwar, ihr Eifer sei ja geradezu peinlich, doch Astrid ließ sich nicht beirren. Sie war gerne Streberin; in ihrer Jugend hatte sie so viel versäumt: die Schule schleifen gelassen und kaum dass sie mit Max schwanger geworden war, ihren Wunsch, Medizin zu studieren, auf Eis gelegt. Das nagte immer noch an ihr.

Tauben flatterten auf, als sie den Campo Santa Margherita erreichte, dann lief sie zum Obststand hinüber, an dem sie jeden Morgen Früchte für den Tag einkaufte. Heute lachten sie blutrote Erdbeeren an, aber als sie sich vorbeugte, um sie genauer zu inspizieren, sahen sie unecht aus, fast wie aus Marzipan.

»Also hier treibst du dich rum.« Die Stimme drang so unvermittelt an ihr Ohr, dass Astrid zusammenzuckte.

»Tut mir leid, ich wollte dich nicht erschrecken.«

Theo. Seit der ersten Unterrichtsstunde suchte er bei jeder sich bietenden Gelegenheit ihre Nähe. Ging sie in den Pausen nicht raus, blieb auch er im Kursraum. Hatte sie doch Lust auf einen Kaffee, begleitete er sie wie selbstverständlich, und selbst wenn sie die Toilette aufsuchte, musste er sich mit einem Mal ganz dringend die Hände waschen und wartete wenig später vor dem Waschraum auf sie. Keine Frage, es schmeichelte ihr ja – nach Wäckerlin war Theo nun schon der zweite Verehrer in kurzer Folge –, und doch wurde ihr seine Anhänglichkeit zu viel. Bisweilen wollte sie einfach für sich oder eben frei genug sein, um selbst zu entscheiden, mit wem sie die Pause vertrödelte. Ob mit Beate, Sandra oder der wortgewandten, immer topmodisch gekleideten Marta.

Astrid nahm die Erdbeeren an sich, wobei sie sich flüchtig umdrehte. »Theo!«, entfuhr es ihr, die Obstschale rutschte ihr aus den

Händen, fiel zu Boden, und schon kullerten die Früchte über den Campo.

Theo hatte sein Haar abgeschnitten. Kurz. Sehr kurz. Und er trug ein schickes Streifenhemd mit einem lässig geknoteten Schal.

»Ja, so heiße ich.« Er bückte sich und sammelte die Erdbeeren wieder ein.

»Theo, ich fass es nicht!«

Er kam wieder hoch, und zum ersten Mal fiel Astrid auf, dass er schöne Augen hatte. Taubenblau, mit dichten, langen Wimpern.

»Sei ehrlich: Gefällt es dir?« Er lächelte eine Spur selbstgefällig. Als wüsste er ihre Antwort bereits. Und er fügte hinzu: »Falls nicht, stürze ich mich vom Campanile.«

»Dann gefällt es mir natürlich nicht.«

»Das ist jetzt ein Scherz.«

Astrid lachte. »Der Hippie ist Schnee von gestern, das kann ich ja nur gut finden.«

»Hippie?«, empörte er sich. »Ich war nie in meinem Leben ein Hippie!«

»Lebenskünstler, ich weiß.« Was auch nicht viel besser klang, aber sicher war Theo zu eitel, um ganz von seinem alten Ego Abschied zu nehmen.

Sie bezahlte die Erdbeeren, Theo kaufte ein Kilo Aprikosen, dann schlenderten sie quer über den Platz in die Richtung der Schule. In den Cafés saßen bereits die ersten Gäste, der *Pizza-al-Volo*-Laden öffnete gerade, und eine Bar weiter genoss eine ältere Dame mit einem Miniatur-Hündchen einen frühen Spritz. Immer wieder musste Astrid Theo von der Seite ansehen und konnte kaum aufhören zu schmunzeln.

»Und was ist daran jetzt so komisch?«, wollte er wissen.

»Die kurzen Haare stehen dir wirklich gut«, antwortete sie geradeheraus. »Und es wurde ja auch langsam mal Zeit, oder?«

Theo machte eine unentschiedene Geste, dann blickte er auf seine Armbanduhr, ein antikes Schweizer Modell, und befand, dass es noch früh genug war, um einen Kaffee trinken zu gehen. Franca Pacchiarini verspätete sich häufiger, wobei man nicht wusste, ob es an ihr oder an der Unpünktlichkeit der italienischen Bahn lag.

Sie ließen die Schule linker Hand liegen, bogen rechts Richtung Accademia ab und steuerten die nächstbeste Bar an. Hier waren die Brioches buttrig, mehr französisch als italienisch, aber nicht weniger köstlich. Theo bestellte gleich drei davon, dazu Cappuccino für sie beide.

»Du weißt, was dir jetzt blüht, Astrid?«, fragte er mit drohendem Unterton. Statt an der Bar frühstückten sie an einem der runden Stehtische.

»Ich fürchte, ja.« Sie seufzte absichtlich gequält. »Wein am Canal Grande.«

Theo bestätigte und biss genussvoll in sein Croissant.

»Ich warne dich, Theo. Ich bin sehr schnell betrunken.«

»Nicht weiter schlimm.« Er pflückte einen Krümel von seinem Schal. »Im Gegensatz zu angetrunkenen Männern haben angetrunkene Frauen immer noch Charme. Habe ich mir jedenfalls sagen lassen.«

»Aber du kennst mich nicht in dem Zustand.«

»Ich würde es auf einen Versuch ankommen lassen.«

Sie lachten, und auch Astrid, die der Spaziergang durch Venedig schon wieder hungrig gemacht hatte, biss in ihr Hörnchen. Von morgens bis abends probierte sie sich durch die venezianischen

Köstlichkeiten. Mal waren es bauchige, üppig belegte Tramezzini, mal Cicchetti – kleine Weißbrotscheiben mit Stockfischmousse oder Käsecreme bestrichen –, mal frittierte Gemüse, Fleischfrikadellen oder Calamari am Spieß.

Theo verriet, bereits eine sehr schöne Stelle am Canal Grande im Auge zu haben. Sie sei zwischen der Salute-Kirche und dem Guggenheim Museum gelegen und es gebe sogar Bänke, auf denen sie den Wein gepflegt aus den Zahnputzbechern seines Hotels trinken könnten. Sofern sie frühzeitig da wären, sprich, bevor alle Liebespaare der Stadt eintrudelten, stünden die Chancen gut, eine der Bänke zu ergattern.

»Liebespaare? Möchte ich wirklich italienischen Liebespaaren beim Knutschen zusehen?«, entgegnete Astrid.

»Komm, sei nicht spießig. Die stören uns schon nicht beim Weintrinken.«

Astrid nickte schicksalsergeben, kam dennoch nicht umhin, das Ganze immer bizarrer zu finden. Sie saßen erst seit drei Tagen zusammen im Kurs, und dementsprechend wenig wusste sie über Theo. Lediglich, dass er geschieden war, keine Kinder hatte und schon fast überall in Deutschland herumgekommen war. Er hatte im alten West-Berlin gelebt, in München, Hamburg, Köln und Wuppertal. Ein halbes Jahr zuvor hatte er sich dann vom Erbe seiner Eltern eine kleine Dachgeschosswohnung in Hamburg-Wandsbek gekauft.

Theo wechselte das Thema und kam auf Opa Johann zu sprechen. »Er war in der ersten Stunde so lustig und lebensfroh, aber jetzt … Ist er etwa krank?«

Astrid ließ Zucker in ihren Cappuccino rieseln. Zeit gewinnen. Eigentlich hasste sie gesüßten Kaffee. »Vielleicht hat er sich mit dem Kurs einfach ein bisschen übernommen«, sagte sie zögerlich.

»Er redet nicht mit dir darüber?«

Sie schüttelte den Kopf, sah schräg zur Seite.

»Warum tut er sich das überhaupt an … Ich mein, in seinem Alter. Er könnte doch den ganzen Tag Boot fahren. Oder im Café sitzen und es sich gutgehen lassen.«

Astrid rührte angestrengt in ihrem Cappuccino, was ein unangenehmes Geräusch verursachte. »Sieht so aus, als säße er eben lieber in dem Kurs.«

»Mit Verlaub, liebe Astrid, aber das ist Quatsch.«

»Wie du meinst. Dann ist es eben Quatsch. Ich kann dir nichts anderes dazu sagen.«

Verstimmt trank sie ihren Kaffee aus und verließ die Pasticceria. Was mischte sich Theo da ein? Vor einem Geschäft mit handgefertigten Masken blieb sie stehen. Kitsch, wohin sie sah. Einen Moment später kam Theo in langen Schritten hinterher.

»Es tut mir leid«, entschuldigte er sich. »Ich wollte nicht indiskret sein. Ich dachte nur, vielleicht kann man dem alten Herrn irgendwie helfen.«

»Das ist ausgesprochen nett von dir, aber er wird schon wissen, was er tut. Schließlich wollte er ja unbedingt Italienisch lernen. Wir haben ihn jedenfalls nicht gezwungen.«

Stumm liefen sie weiter, dann lachte Theo unvermittelt auf. »Ist dir das auch aufgefallen?« Er sprach nicht weiter, schüttelte bloß den Kopf.

»Was?«

»Er hat eine gewisse Ähnlichkeit mit unserer Lehrerin. Findest du nicht?«

»Nein, das finde ich nicht.« Das Blut schoss Astrid ins Gesicht, und sie wandte den Blick ab. »Die beiden sind eben sehr schlank und haben blaue Augen«, setzte sie etwas weniger impulsiv nach. »So wie viele andere Menschen auch.«

»Aber die Nase! Du musst dir die beiden mal im Profil anschauen. Geradezu frappierend.«

Astrid entgegnete etwas. Und noch etwas. Doch ihre Worte wollten keinen Sinn ergeben, weil es bloß Worthülsen waren, und noch während sie überlegte, was Theo wohl von ihr denken mochte, tauchten Lucie und Opa Johann am Ende der Gasse auf.

Lucie trug ein pinkfarbenes T-Shirt mit der Aufschrift *Per San Marco* – ihre Tochter und Pink! – und redete mit Händen und Füßen auf ihren Großvater ein, der schicksalsergeben neben ihr hertrottete. Sein Rücken war von der Last des Lebens gebeugt, die Sommerhosen schlackerten um seine mageren Schenkel, und Astrid hatte mit einem Mal Mitleid mit ihm. Weil ihn der Mut nun doch verlassen zu haben schien und sie ihn ebenso wenig wie Lucie vor dem Unausweichlichen, der Konfrontation, beschützen konnte.

»Hallo, da seid ihr ja!«, rief sie, ein Show-Lächeln auflegend, und eilte ihnen erleichtert entgegen.

*

Johann blickte aus dem Fenster. Von seinem Platz aus konnte er in den Himmel sehen, wo sich ein geflügeltes Schnabeltier gerade in ein langgestrecktes Automobil mit zwei Kamelhöckern verwandelte. Er freute sich über jede Wolke, die von den Bergen herantrieb, denn nach den anfänglich moderaten Temperaturen war es jetzt drückend schwül. Das mochte sein Kreislauf ganz und gar nicht. Schon in der Frühe beim Aufstehen war ihm etwas flau gewesen, und auch zwei Gläser Wasser und eine Tasse Kaffee in dem spartanischen Frühstücksraum des Hotels hatten das Ruder nicht rumreißen können.

Astrid zog es wohl wegen der schlanken Linie vor, zu Fuß zur Schule zu gehen, aber seine kleine Kröte kümmerte sich ganz reizend um ihn und begleitete ihn – auch wenn er den Weg von der Bootstation zur Schule inzwischen ja nun wirklich aus dem Effeff kannte. Einen Moment hatte er überlegt, wieder umzukehren, um den Vormittag vorsichtshalber in irgendeinem Café zu vertrödeln, doch dann hatte er sich am Riemen gerissen. Er wusste zwar nicht, wie es weitergehen sollte, mit seiner Franca und überhaupt, nichtsdestotrotz wollte er in ihrer Nähe sein. Sie angucken. Ihr dabei zusehen, wie sie ihre schlanken Beine übereinanderschlug. Ihrer melodischen Stimme lauschen. Und ihr, wann immer sich eine Gelegenheit ergab, ein scheues Lächeln zu entlocken.

Die Stunde war gerade mal zehn Minuten in Gang, und sie las einen Text aus dem Lehrbuch vor. Nein, sie sang ihn, was recht hübsch klang, jedoch kaum etwas daran änderte, dass er bloß Bahnhof verstand. Er versuchte, sich zu konzentrieren, aber die Wörter, die genauso gut Chinesisch hätten sein können, verhedderten sich in seinem Kopf, wurden zu einem Wirrwarr an Lauten, das keinen Sinn mehr ergab. Francas Stimme tirilierte in der Höhe, brummte in der Tiefe, rauf und runter ging es im Galopp. Hin und wieder blickte sie flüchtig auf und lächelte in die Runde.

Johann lehnte sich zurück, die Arme nun locker vor der Brust verschränkt, und wurde nicht müde, den Bewegungen ihrer tanzenden Lippen zuzusehen. Irgendwann kam sie dann doch zum Ende und stellte eine Frage auf Italienisch. Sogleich schnellte Astrids Arm vor. Ja, seine Schwiegertochter war wirklich auf Zack. Geradezu blitzgescheit. Und all die Jahre hatte sie so getan, als könnte sie nicht bis drei zählen. Sie wartete nicht mal, bis sie drankam, sondern sagte gleich etwas Schlaues, was Franca mit Benissimo!-Benissimo!-Rufen kommentierte. Die kesse Beate zog nach, näselte etwas wohl nur Halbschlaues, Lucie korrigierte die Dame, deren Dekolleté eindeutig mehr hermachte als ihr Grips, Jungspund Tristan schaltete sich ein, und Franca schrieb unermüdlich grammatisches Zeugs an die Tafel. So wie jeden Tag. Und wie jeden Tag saßen sie alle da und spielten die Rolle, die sie sich selbst zugeteilt hatten.

Seine Schwiegertochter und das Geschwisterpaar gehörten zu den Klassenbesten, sie waren die Sternchen, die stets alles wussten und sich beständig freiwillig meldeten. Lucie und der Langhaarige, der ja nun kein Langhaariger mehr war, brachten sich gemäß dem Motto *minimaler Aufwand, maximales Ergebnis* nur ab und zu ein, was Johann sehr sympathisch fand. Was sollte auch dieser übertriebene Ehrgeiz in der Freizeit? Die hübschen Münchenerinnen mit ihren noch hübscheren Dekolletés, die Chinesen und er übten sich stets in vornehmer Zurückhaltung. Während Sandra befürchtete, sich zu blamieren – das hatte sie ihm in einer stillen Stunde im Café anvertraut –, und Beate sowieso unentwegt auf dem Schlauch stand, wusste man bei den Chinesen nicht so genau, wie sie tickten. Sie saßen meist wie schockgefrostet da, aßen und tranken nicht und mussten augenscheinlich auch nie pinkeln. Und über allem schwebte Königin Franca, die eine wirklich famose Lehrerin war. Mit ihrer gleichbleibenden Freundlichkeit nahm sie die Übereifrigen dran und ließ die Drückeberger, zu denen er sich selbst zählte, in Ruhe. Zudem strahlte sie eine herrliche Entspanntheit aus – ein Charakterzug, den sie nicht von ihm haben mochte.

Um halb elf strömten alle in die Pause. Rasch in das Café gegenüber. Johann musste mal wohin und bat Astrid, ihm einen Espresso und ein Hörnchen mitzubestellen. Die Koffein-Zucker-Mischung würde seine Lebensgeister schon wieder wecken. Er verschwand auf dem Klo und ließ sich beim Toilettengang viel Zeit. Damit auch alle zu ihrem wohlverdienten Kaffee kamen, überzog Franca die Pause sowieso zumeist um ein paar Minuten. Typisch italienischer Schlendrian, aber allmählich begann Johann die laxe Lebensart zu gefallen.

In dem wohligen Gefühl, es sich in dem Italienischkurs wie in einem kuschligen Nest eingerichtet zu haben, trat er kurz darauf auf den Flur, doch das Lächeln, das er eben noch vorm Spiegel geübt hatte, erstarb jäh.

Franca stand, die Beine über kreuz, die Hände in den Hosentaschen vergraben, gegen das Regal mit dem Infomaterial gelehnt und blickte ihn auffordernd an – mit diesen venezianisch grünblauen Augen, die seinen so sehr ähnelten, bei ihr jedoch sehr viel hinreißender aussahen.

»Johannes, dürfte ich Sie einen Moment sprechen?« Ihre Pupillen flitzten hin und her, als wäre sie beständig auf der Hut.

»Aber selbstverständlich.« Obwohl es heiß war und er sich eben noch den Schweiß von der Stirn getupft hatte, erschauerte er. Wasser. Er brauchte dringend etwas zu trinken! Aber der Wasserhahn in der Toilette hinter ihm schien unerreichbar.

»Gut, dann kommen Sie mal mit.«

Sie schritt voraus, und die weite weiße Leinenhose flatterte bei jedem Schritt. Am Ende des Ganges öffnete sie eine Tür und bat ihn mit freundlicher Geste einzutreten.

Es war ein Büro, das augenscheinlich nur selten genutzt wurde.

Der Mief der Jahrzehnte hing in der Luft, und Franca musste sich durch allerlei Gerümpel hindurchzwängen, um zum Fenster zu gelangen. Sie riss es sperrangelweit auf, was auch dringend nötig war, dann räumte sie Johann einen Stuhl frei und hüpfte rittlings auf den Schreibtisch.

So saßen sie sich einige Sekunden stumm gegenüber. Johann spürte, wie sein Herz hämmerte. Was wollte sie von ihm? Ihn aus dem Kurs werfen, weil er nie einen Ton von sich gab? Ihn eine Ehrenrunde drehen lassen? Aber nein, er war doch kein Kind mehr und unterlag nicht mehr der Schulpflicht. Vielleicht würde sie ihm auf den Kopf zusagen, dass sie glaube, ihren Vater vor sich zu haben. Sein Herz würde möglicherweise zerspringen, aber dann wäre die Sache wenigstens mal ausgesprochen.

»Johannes, möchten Sie etwas trinken?«

»Einen Schluck Wasser. Bitte.«

Sie stand auf, lief suchend umher, machte einen Schrank auf, ließ ihn wieder zuschnappen, schließlich fand sie in der Ecke am Fenster ein Sechserpack mit orangefarbenen Fläschchen. Sie pustete den Staub weg. »Was halten Sie von einem Crodino, Johann?«

»Nie getrunken. Was soll das sein?«

»Ein alkoholfreier Aperitif. Bitter und süß zugleich.«

Er nickte. Bitter-süß klang famos. So war ja letztlich das ganze Leben.

Franca suchte nach einem Flaschenöffner, der in dem Durcheinander auf dem Schreibtisch jedoch nicht zu finden war, und auch in den Schubladen gab es keinen. »Es tut mir leid, ich …«

»Machen Sie sich keine Umstände«, wiegelte er ab. »Ich verdurste schon nicht.« Dabei war sein Mund so staubtrocken, dass er kaum noch schlucken konnte.

Sie lächelte. »Aber den Crodino holen wir nach. Versprochen.«

»Den Crodino holen wir nach«, echote er tonlos, und dann sagte sie: »Johann, weswegen ich Sie sprechen wollte …« Sie stockte, hob die Hände und beschrieb Kreise in der Luft.

»Ja?«

»Gefällt es Ihnen im Kurs?«

»Ja, ich …«

»Oder gehe ich Ihrer Meinung nach zu schnell voran?«

Er schüttelte den Kopf.

»Aber Sie kommen nicht mit, oder?«

»Nein. Ich …« Er ließ seinen Blick über die Wände gleiten und blieb an einem kleinen Insekt hängen, das langsam Richtung Decke krabbelte. »Die Situation … das alles hier ist eben sehr ungewohnt für mich.«

»Ja, das verstehe ich natürlich.« Franca wiegte den Kopf nachdenklich hin und her. »Aber Sie möchten schon Italienisch lernen, oder haben Sie sich nur Astrid und Lucie angeschlossen?«

»Ja … nein … ich meine, es war genau andersrum. Lucie und Astrid haben sich mir angeschlossen.«

»Ach so? Tatsächlich?« Ein Ausdruck des Erstaunens glitt über ihr Gesicht.

»Ja, genauso war's.«

Eine kleine Pause trat ein. Sag es ihr. Johann, sag ihr endlich die Wahrheit! Er wägte verschiedene Möglichkeiten ab, jonglierte im Kopf mit allerlei Wörtern, doch schon sprach sie weiter: »Das hätte ich jetzt nicht erwartet.«

»Weil ich schon ein paar Tage älter bin?«

»Ja, vielleicht.« Schalk blitzte in ihren Augen auf. »Dann wollen Sie sicher auch weitermachen, oder?«

»Natürlich will ich das. Ich bin doch ein Mann … ein Mann von Welt sozusagen … und Männer von Welt …« Er wusste nicht weiter, hatte sich in seiner eigenen Argumentation verheddert. Von draußen drang Kinderlachen herein, vermischte sich mit dem Kreischen einer Säge. Oder waren das nur Geräusche, die sein verwirrtes Hirn erzeugte?

»Ich mache Ihnen einen Vorschlag, Johannes. Also nur, wenn Sie mögen.«

»Ja?«

»Ich könnte mich mit Ihnen am Wochenende treffen, und dann wiederholen wir ein bisschen die Grundlagen.« Sie befeuchtete ihre Lippen. »Na, was halten Sie davon?«

»Ach so, ja … Das klingt ziemlich gut«, sagte er mit aufgesetztem Lächeln, das lediglich den Sinn hatte, seine Aufgeregtheit zu überspielen. Sie wollte sich mit ihm fürs Wochenende verabreden! Besser ging es kaum! Das war seine Chance! Danach würde sich dann entscheiden, wie es mit ihnen weiterging. Ob es überhaupt mit ihnen weiterging.

»Johannes …« Franca strich sich das kurze blonde Haar zurück. »Es gibt da nur ein kleines Problem.«

Er nickte. Probleme waren dazu da, um sie aus der Welt zu schaffen.

»Es wäre für mich ein erheblicher zeitlicher Aufwand, nach Venedig reinzufahren. Könnten Sie zu mir nach Mestre kommen? Vom Bahnhof aus sind es bloß ein paar Minuten mit dem Bus.«

Das Angebot kam so unerwartet, dass er sich an der Tischkante festkrallen musste. Er bei ihr zu Hause! Er würde sehen, wie sie lebte, würde mehr und mehr in ihr Leben dringen, und war es nicht genau das, was er wollte?

»Alles in Ordnung, Johannes?«

Das Puckern und Pulsieren in seinen Schläfen verlor an Kraft.

»Doch, doch ... Es ist nur ... Vielleicht kann mich ja Astrid ...«

»Ja, fragen Sie sie doch, ob sie Sie begleitet«, half sie ihm auf die Sprünge.

»Mhm. Das mache ich.«

Er stemmte sich am Tisch hoch, wartete einen Moment ab, bis sein Kreislauf stabil war. Franca kam eilig um den Tisch herum und stützte ihn. So nah war er ihr noch nie gewesen. Sie roch nach frisch gemähtem Gras und nach Lavendel, und zum ersten Mal spürte er etwas. Was es war, wusste er nicht, aber es fühlte sich wundervoll an.

*

Lucie lehnte zwischen Marta und Pawel am Tresen und löffelte den Schaum vom Cappuccino. Millimeterweise rückte sie dabei an Pawel heran und hoffte, dass sie nicht zu auffällig vorging. Sie wollte ihn erschnuppern und das Gefühl genießen, dass sie theoretisch bloß die Hand auszustrecken brauchte, um ihn zu berühren.

»Wenn ich gewusst hätte, dass das Nachtleben hier so wenig taugt, wäre ich lieber gleich nach Rom gegangen«, ließ Marta verlauten, den Blick auf ihre Tasse geheftet. Trotz dreißig Grad im Schatten trug sie eine Nadelstreifenhose, eine Bluse mit kurzen gepufften Ärmeln und dazu eine rosa-grünkarierte Seidenkrawatte. In ihrem blonden Haar steckte eine Gucci-Brille, und die goldenen Armbänder an ihrem Handgelenk waren unter Garantie echt. Marta sah stets aus wie aus einem Modeheft. Grund war sicher ihr aufgeblähtes Ego. Oder sie hatte Angst, in der anonymen Masse zu verschwinden, sobald sie ganz normal in Jeans und T-Shirt herumlief.

Jede Sekunde ihres Daseins schien auf Wirkung bedacht zu sein; sie war sich nicht mal zu schade, sich mit Lucies Mutter im Unterricht kleine Rede-Duelle zu liefern. Wer wusste zuerst die Lösung? Wer machte die wenigsten Fehler? Wer schnitt beim Hörverständnis am besten ab?

Marta stieß ihren Bruder an und sagte in vorwurfsvollem Ton: »Aber du wolltest ja unbedingt in dieses Provinznest.«

»Richtig! Weil Venedig ein großartiges Provinznest ist«, schoss er zurück. »Das großartigste, das ich kenne. Lucie, was meinst du dazu?«

»Ich finde Venedig überhaupt nicht provinziell«, beteuerte sie. Nicht um Pawel nach dem Mund zu reden, sondern weil sie tatsächlich dieser Meinung war.

»Ach so. Dann ist Venedig deiner Ansicht nach also eine aufregende Metropole?«

Marta lächelte spöttisch, und Lucie verstieg sich zu der These, dass die Stadt vielmehr ein riesengroßes Museum sei, von so schrecklicher Schönheit, dass man aufpassen müsse, nicht verrückt zu werden.

»Och! So ein romantisches Seelchen!« Marta hörte gar nicht mehr auf zu grinsen. »Komisch, dass man sich hier abends trotzdem zu Tode langweilt. Die Pubs sind einfach nur zum Abgewöhnen.«

In diesem Punkt hatte Marta recht. Lucie konnte den Kneipen ebenso wenig etwas abgewinnen und schlug vor, sich mit einer Flasche Vino am Canal Grande zu treffen. Insgeheim hoffte sie, dass sich das Luxusweibchen Marta ausklinken und es bestenfalls auf eine Verabredung zwischen ihr und Pawel hinauslaufen würde. Schon länger lauerte sie auf einen solchen günstigen Moment, aber

Pawel und Marta schien es bloß im Doppelpack zu geben. Was umso anstrengender war, als sie sich zumeist wie ein altes Ehepaar kabbelten.

»Eine Flasche Vino!« Anmaßung und Arroganz bündelten sich in Martas Blick. »Also ehrlich, Lucie, wir sind doch keine Freaks. Und Teenies sind wir auch nicht mehr.«

»Das ist ja wohl keine Frage des Alters«, mischte sich der grauhaarige Theo ein, der in jeder freien Sekunde um ihre Mutter herumscharwenzelte, wohl aber im Vorübergehen gelauscht hatte.

»Allerdings«, bekräftigte Pawel und sah Lucie so eindringlich an, dass ihr Herz höher hüpfte. Jetzt brauchte es nur noch ein klein wenig Glück, um die Verabredung, die bisher bloß in ihrer Fantasie existiert hatte, dingfest zu machen.

Theo entfernte sich wieder, und Marta fuhr fort, Phrasen zu dreschen. Sie sprach über dies und das, unterstrich das Gesagte mit affektierten Gesten, doch Lucie hörte kaum noch hin. Sie hatte Besseres zu tun, nämlich verstohlene Blicke mit Pawel auszutauschen. Im Grunde war er nicht mal so schön, wie sie anfangs gefunden hatte – das Außergewöhnlichste an ihm war sicher sein rotblondes Haar –, aber nach wie vor zog er sie in seinen Bann. Dabei wusste sie kaum etwas von ihm. Lediglich, dass er Venedig liebte, auf Zwölftonmusik stand und FC-St.-Pauli-Fan war.

»Venedig ist eine komplett überschätzte Stadt«, hörte sie Marta sagen.

Pawel widersprach erneut, und Lucie kommentierte bloß mit vagem Nicken, während sie der leisen Enttäuschung nachspürte. Pawel hatte als Erster weggesehen, vielleicht wollte er gar nicht mit ihr flirten und sie hatte sich bloß eingebildet, dass da etwas zwischen ihnen war, eine nicht zu erklärende Verbindung, irgendwas.

»Mit London, Paris und Barcelona kann dieses Nest nun wirklich nicht mithalten«, fuhr Marta fort.

»Ja und? Muss Venedig das?«, gab Lucie eine Spur giftig zurück.

»Man kann die Städte doch gar nicht miteinander vergleichen!«

Langsam reichte ihr Martas aufgeplustertes Gehabe. Wenn es der Diva hier nicht passte, sollte sie doch verschwinden. Nach Barcelona, London oder sonst wo hin. Geld genug hatte sie ja augenscheinlich, um sich das leisten zu können.

Prompt kehrte Marta ihr den Rücken zu und sagte in einer Lautstärke, dass Lucie es dennoch mitbekam: »Pawelek, wenn du willst … Wir können immer noch nach Rom gehen. Mom und Dad ist es doch herzlich egal, wo wir Italienisch lernen. Der Dialekt hier ist … ich weiß nicht … irgendwie ein bisschen derb, findest du nicht auch?«

Eine Zornesfalte tauchte zwischen Pawels Brauen auf, Lucie sah es ganz genau, dann nahm er seine Schwester beiseite und zischte ihr etwas zu. Marta gab ein paar harsche Worte zurück, und im nächsten Moment schoss sie aus der Bar, ohne Lucie auch nur eines Blickes zu würdigen.

Lucie konnte das nur recht sein. Jede Minute ohne Marta war eine gute Minute.

»Tut mir leid.« Pawel kehrte wie ein räudiger Hund zu ihr an den Tresen zurück. »Marta ist manchmal so … ach, ist ja auch egal.«

»Will sie wirklich nur wegen der miesen Pubs von hier weg? Ich meine, wie kann man ernsthaft von hier weg wollen?«

Pawel massierte sein Kinn, das an diesem Tag glatt rasiert war. »Ich weiß es nicht. Ich glaub, sie will nie dort sein, wo sie gerade ist.«

»Klingt irgendwie anstrengend.«

Pawel lachte heiser. »An Marta ist so ziemlich alles anstrengend.«

Lucies nächste Frage hätte gelautet, warum sie und Pawel eigentlich immer alles zu zweit unternehmen mussten. Warum Marta ihren verdammten Italienischkurs nicht allein in Rom belegen konnte, um das grandiose Nachtleben dort zu genießen, während er das eben im provinziellen Venedig tat. Aber Lucie mochte nicht weiterbohren. Oberflächlich betrachtet, war Marta zwar ganz nett, doch jenseits ihrer Jetset-Fassade lauerte etwas unberechenbar Aggressives, und Lucie wollte lieber nicht dabei sein, wenn sie mal richtig explodierte.

Kaum waren sie und Pawel ein paar Minuten allein, wurde Lucie nervös. Sosehr sie es sich gewünscht hatte, ihn ganz für sich zu haben, so verunsichert war sie mit einem Mal. Weil sie wusste, wie kostbar die wenigen Minuten waren, die sie mit ihm hatte, und ihr doch nur Belanglosigkeiten einfielen. Bemüht, nicht so verknallt dreinzuschauen, erkundigte sie sich, ob nach Venedig ein weiterer Sprachkurs geplant sei oder ob er im Herbst anfangen würde zu studieren.

»Weder noch.« Er musterte sie mit schief gelegtem Kopf. »Im September fahren Marta und ich zu Verwandten nach Krakau, und im November gehe ich für ein halbes Jahr nach Indien.«

Lucies Mund klappte auf, aber ihr fiel kein Text ein.

»Überrascht?«

Sie nickte, versuchte, ihre Gedanken zu sortieren.

»Paris, London, Madrid, Venedig«, sagte sie schließlich. »Ich hätte jetzt so was wie New York erwartet. Von mir aus noch Buenos Aires. Aber Indien?«

Pawel hob die Schultern, doch er erklärte sich nicht weiter.

»Was willst du da?«, hakte sie nach. »Hindi lernen? Gehört das zum Ausbildungsprogramm eurer Eltern?«

Pawel verneinte. »Die ersten drei Monate arbeite ich in einem Kinderheim in Südindien, danach reise ich durchs Land.« Er erläuterte, dass ihm irgendwie alles stinke – die Globalisierung, die Macht der Großkonzerne, der Konsum –, jeder denke immer bloß an sich, ganz egal, dass die Welt langsam zugrunde ging. Das klang alles vernünftig und doch irgendwie nicht nach dem Pawel, den Lucie bisher kennengelernt hatte. Nach Marta und ihrem Faible für Seidenkrawatten im Hochsommer jedoch noch weniger.

»Und deine Schwester ... kommt sie mit?« Lucie hatte es eigentlich nicht fragen wollen, und nun war es doch raus.

Pawel schwieg einen Moment. Sein Blick irrte umher, streifte ihren Ausschnitt und ihre Hände, dann sagte er mit belegter Stimme: »Sie weiß es noch gar nicht.«

»Nein?«

Wieder trat eine Pause ein, und Lucie spürte ein flaues Gefühl im Magen. Gerade war etwas Ungeheuerliches passiert, das vielleicht sogar mehr wog als ein Kuss. Pawel hatte sie früher als Marta in seine Pläne eingeweiht. Das bedeutete, dass er ihr vertraute. Und sie fühlte sich verpflichtet, diesem Vertrauensvorschuss gerecht zu werden.

»Wann sagst du es ihr?«

Pawels Schultern zuckten rhythmisch auf und ab. »Keine Ahnung.«

»Willst du denn, dass sie mitkommt?«

»Kannst du dir Marta in Indien vorstellen?«, gab er mit schiefem Grinsen zurück.

Lucie lachte schallend auf. »Kein bisschen. Zumal man ja auch gar nicht weiß, wie das Nachtleben dort so ist.«

Pawel lachte mit ihr, doch der innige Moment wurde von ihrer Mutter und Theo unterbrochen, die ihnen beim Rausgehen zuwinkten. Die Pause war zu Ende.

»Aber macht ihr nicht immer alles gemeinsam?«, erkundigte sich Lucie beim Verlassen der Bar.

Pawel sah sie aus schmalen Augen an. Hoffentlich glaubte er nicht, dass sie ihn provozieren wollte.

»Irgendwie schon«, räumte er nach einigem Zögern ein. Und als müsse er sich rechtfertigen, fügte er hinzu: »Das war schon immer so.«

»Aber wieso? Nur weil ihr Zwillinge seid?« Drückend schwüle Luft schlug ihnen entgegen.

»Keine Ahnung. Vielleicht. Ich hab mir nie groß Gedanken darüber gemacht.«

Lucie fand die Erklärung, die ja eigentlich keine war, wenig zufriedenstellend, beließ es aber dabei. Sie wollte nicht indiskret sein; es ging sie ja schließlich auch nichts an.

Pawel blickte in den Sommerhimmel und verkündete mit fester Stimme: »Ich erkläre es dir mal in einer ruhigen Minute. Wenn du magst ...«

»Natürlich mag ich. Mich interessiert alles, was du denkst und tust und ...«

Erschrocken über sich selbst, brach sie ab, aber Pawel schmunzelte bloß und sagte, dass es schon irgendwie sonderbar sei. Ein Leben ohne Marta sei für ihn unvorstellbar. Eines mit ihr ebenso. Und dann gingen sie zurück in die Klasse.

*

Nach einem Gewitter am späten Nachmittag war ein wüstenwarmer Wind aufgekommen und zerzauste Astrids Haar, als sie wie die Orgelpfeifen den Rio dei Santi Apostoli überquerten und weiter am Kaufhaus Coin vorbei in die Richtung des Campo San Bartolomeo gingen. Vorneweg marschierte Opa o-beinig und mit schlenkernden Armen, Astrid folgte ihm auf dem Fuß, um ihn wie ein launenhaftes Kind besser im Blick behalten zu können, die Letzte im Bunde war Lucie, die zwar einen schnellen Schritt hatte, aber vor nahezu jedem Schaufenster stehen blieb. Designer-Sonnenbrillen, Schuhe, Hüte – sie schien sich für alles zu interessieren. Ab und zu tauchte sie in einem Geschäft ab, um gefühlte Stunden später mit mindestens einer Einkaufstüte wieder rauszukommen, während sie und Opa draußen geduldig wie Esel warteten. Johann musste ihrer Tochter Geld zugesteckt haben, wie hätte sie sich sonst die vielen Einkäufe leisten können? Irgendwann reichte es Astrid. Sie war hungrig und wollte endlich ins Restaurant.

Sie gingen nicht jeden Tag essen, das konnten sie sich bei ihrem knapp bemessenen Budget nicht leisten. Zumeist begnügten sie sich mit einem Stück Pizza auf die Hand, oder sie aßen in einer der vielen Weinbars ein paar Cicchetti, Antipasti oder ein Risotto mit Meeresfrüchten. Manchmal kauften sie auch ein paar Leckereien wie marinierte Artischockenböden, Fischsalate und regionale Käsesorten ein, die sie dann bei laufendem Fernseher auf dem Zimmer verspeisten.

Heute war jedoch ein besonderer Tag – zumindest in Opa Johanns Augen –, den er mit einem pompösen Essen begehen wollte. Anlass war Francas Angebot, ihm am Wochenende Nachhilfe zu geben. Astrid hatte versucht, ihn davon zu überzeugen, dass sie besser nach der großen Enthüllung statt davor feiern sollten, aber Johann war nicht von seinem Entschluss abzubringen.

Sie brauchten keine fünf Minuten bis zur Osteria Il Milion. Ein paar Gäste saßen draußen unter großen quadratischen Sonnenschirmen, doch froh, der schwülwarmen Luft eine Weile entfliehen zu können, gingen sie ins Lokal, wo es um diese Uhrzeit noch angenehm leer war.

»Bestellt mal, was ihr wollt«, tönte Johann gut gelaunt. »Hab zufällig meine Spendierhosen an.« Sein Handy, das er aus unerfindlichen Gründen eingeschaltet hatte, schrillte. Es dauerte eine Weile, bis er es aus der Hosentasche gefischt hatte. »Emilia, meine Hübsche! Wie schön, dass du … Du, das ist ja mal eine Überraschung!« Er hielt den Apparat mit dem Handballen zu. »Emilia ist dran.«

»Wir sind nicht taub, Opi«, bemerkte Lucie und schnitt mit dem Messer das Etikett aus ihrer neuen karierten Schiebermütze.

Während Astrid bereits die Menükarte aufschlug, wechselte Opa Johann ein paar Worte mit seiner Enkelin in Berlin. Er berichtete, wie schön es in Venedig sei, allerdings wisse sie das ja wohl selbst, erzählte, dass ihm das viele Treppauf, Treppab kaum etwas ausmache (was eine glatte Lüge war) und er sich wünschte, sie könne hier bei ihnen sein, woraufhin Lucie kurz mal mit den Augen rollte. Franca erwähnte er mit keinem Wort. Erst, als der Kellner schon um die Ecke lugte, aber diskret im Hintergrund stehen blieb, verkündete er: »Du wirst es nicht glauben, Emilia, ich fahre morgen zu ihr. Ja, nach Mestre … Vielleicht zeigt sie mir ja sogar dein Zimmer! Ich bin ja so gespannt! Hast du eine Blümchentapete? Rosa Wände?« Er lauschte angestrengt in den Apparat, das Hören fiel ihm augenscheinlich auch nicht mehr ganz so leicht, dann sagte er: »Nein … es hat sich einfach noch nicht ergeben. Aber nur ruhig Blut, morgen hab ich ja reichlich Gelegenheit, denk ich jedenfalls. Du, ich muss dann mal Schluss machen, wir haben alle riesigen …« Er brach ab. Emilia sagte etwas, das Johann zum Lachen brachte, doch im nächsten Moment verfinsterte sich seine Miene und er brummte, von einer energischen Geste untermalt: »Das werden wir dann ja sehen, meine Hübsche. Tschüssi!« Er legte auf. »Schöne Grüße von Emilia.«

Astrid bedankte sich mit knappem Kopfnicken. »Was hat sie gesagt?«

»Ach, nichts Besonderes.«

»Nichts Besonderes? Das ist doch jetzt gelogen!«, ereiferte sich Lucie.

Johann hielt die Menükarte wie ein aufgeschlagenes Gesangbuch. »Kröte, du lässt wohl auch nie locker.«

Kokett lächelnd, setzte Lucie die neue Schiebermütze auf. »Das hab ich wohl von dir, Opi.«

»Also gut.« Er seufzte tief. »Sie meint, ich soll Franca besser nicht einfach so die Wahrheit sagen. Weil …« Die Menükarte sank in Zeitlupe auf den Tisch. »Also sie meint, dass Franca Hackfleisch aus mir machen wird.«

»Das hat sie so gesagt?« Astrid unterdrückte ein Kichern.

»Ja, genauso hat sie sich ausgedrückt.« Er blickte auf. »Aber das wird sie ganz sicher nicht tun. Sie ist doch eine so nette Person … Will mir an ihrem freien Tag Nachhilfe geben … Und vielleicht hat sie ja inzwischen gemerkt, dass ich das in gewisser Weise auch bin, also, eine nette Person, meine ich. Egal, was ihre Mutter Schlimmes über mich erzählt hat.«

Der Kellner trat mit seinem Block an den Tisch, und sie gaben endlich ihre Bestellung auf. Während sie dann aufs Essen warteten und den ersten Hunger mit ein paar Grissini besänftigten, ließen sie das Thema Franca fallen und sprachen stattdessen darüber, welche Museen sie sich in der verbleibenden Zeit anschauen könnten. Opa wollte in den Markusdom, Astrid in die Scuola Grande di San Rocco, und als Lucie über einige Umwege auf Theo und sein offenkundiges Interesse an ihr zu sprechen kam, fiel Astrid wieder ein, was sie schon länger hatte loswerden wollen.

»Übrigens, Johann«, hob sie an und nippte am gekühlten Rotwein. »Theo hat was gemerkt.«

»Wie, was gemerkt?« Er klang sauertöpfisch.

»Dass ihr euch ähnlich seht. Also du und Franca.«

»Das ist ihm wirklich aufgefallen?«, brummte Johann in sein leeres Wasserglas.

»Ja, sag ich doch.«

Lucie schreckte aus ihren Gedanken hoch. »Auweia. Was hat er denn genau gemeint?«

Zur mentalen Stärkung nahm Astrid noch einen Schluck. »Er findet, dass die beiden sich im Profil erstaunlich ähnlich sehen.«

»Was ja auch stimmt«, stellte Lucie fest.

»Momentchen mal«, protestierte Opa Johann. »Das ist jetzt aber ziemlich übertrieben. Die Dame ist schließlich kein Klon von mir.« Seine Gesichtszüge entspannten sich im nächsten Augenblick, und er lächelte eine Spur kokett. »Wobei sie schon eine Schönheit ist. Also von daher …«

»Ja, ja, Opa, ist ja gut«, schnitt Astrid ihm das Wort ab.

»Und hat Theo irgendwelche Schlüsse daraus gezogen?«, fragte Lucie weiter.

»Weiß ich nicht. Wir sind nicht mehr dazu gekommen, das

Thema zu vertiefen. Weil genau in der Sekunde ihr zwei aufgetaucht seid.«

Johann strich sich gedankenverloren die Ponyflusen aus der Stirn. »Hättest du ihm denn was gesagt, Astrid-Schatz?«

»Natürlich nicht. Das ist allein deine Sache. Und die Ähnlichkeit zwischen dir und Franca könnte ja auch rein zufällig sein.« Sie öffnete eine weitere Packung Grissini und fingerte nach einem der goldbraunen Sticks. »Kein Mensch wird je auf die Idee kommen, dass du der Vater dieser italienischen Lehrerin bist. Warum auch? Das ist völlig absurd.«

Johann nahm Astrid die Grissini aus der Hand, kippte alle Sticks wie Mikado-Stäbe auf den Tisch und begann hastig zu futtern. »Dann ist ja alles gut.«

»Nein, du irrst dich gewaltig! Noch ist gar nichts gut.«

Ihr Schwiegervater erwiderte nichts. Knabberte bloß weiter die Sticks.

»Johann?«

»Ja?«

»Sagst du es ihr morgen?«

»Ja! Herrje!«

»Weil, wenn nicht«, fuhr Astrid fort, »können wir ebenso gut abreisen.« Es war provokativ gemeint und verfehlte auch nicht seine Wirkung.

Während Johann vergaß weiterzukauen, stellte Lucie ihr Wasserglas mit einem Knall ab. »Macht, was ihr wollt. Ich bleibe auf jeden Fall hier!«

Astrid strich ihrer Tochter lächelnd über den Kopf. So wie sie es früher getan hatte, wenn sie trotzig war, aber sie machte sich mit einem Ruck los.

»Du brauchst gar nicht so zu grinsen«, kläffte sie.

»Ich grinse ja gar nicht.«

»O doch, das tust du.«

»Könnt ihr beiden euch nicht einfach mal ganz normal unterhalten?«, schaltete sich Johann wieder ein.

»Püh«, machte Lucie bloß und wandte sich ihrem Weinglas zu, in dem eine kleine Obstfliege schwamm.

»Lucie?«

Sie sah nur kurz hoch. Alles andere wäre auch zu viel des Guten gewesen.

»Läuft es nicht so mit deinem Pawel?«

»Wieso mein Pawel?«, schoss sie zurück. »Und wo wir schon beim Thema sind, was ist eigentlich mit deinem Theo?«

Johann setzte sich kerzengerade hin. »Das würde mich allerdings auch mal interessieren.«

Der Kellner kam heran und servierte, servil »prego, prego« murmelnd, die gemischte Fischvorspeise für Astrid und ihren Schwiegervater und den Salat für Lucie.

»Nichts ist mit Theo«, wiegelte Astrid ab. »Wieso, was sollte mit ihm sein?«

»Der ist doch scharf auf dich«, brachte Lucie den Sachverhalt auf den Punkt. »Wie sieben Matrosen nach einer Weltumsegelung.«

Während Opa Johann keckernd lachte, tat Astrid, als wüsste sie von nichts.

»Und wie findest du ihn?« Lucie ließ nicht locker.

»Ganz nett«, antwortete sie ehrlich. »Aber du hast recht, er kann schon etwas penetrant sein.«

Opa Johann langte mit seiner Gabel auf die Fischplatte, spießte eine Muschel auf und beäugte sie misstrauisch von allen Seiten.

»Opi, das ist nur eine Muschel. Kein außerirdisches Flugobjekt«, sagte ihre Kleine, während sie den Salat in der kleinen Schüssel mit Essig und Öl anmachte.

»Weiß ich auch. Aber so was esse ich nicht. Und schon gar nicht, wenn die hier aus der verdreckten Lagune stammt. Das ist doch wie russisch Roulette.«

»Dann iss einfach, was du magst«, schlug Astrid vor und häufte sich sämtliche Muscheln auf den Teller. Ihr nervöser Magen würde es ihr hoffentlich nicht allzu übel nehmen.

»Hast du Thomas von ihm erzählt?«, wollte ihr Schwiegervater wissen, wobei er sich zwei kleine aufgerollte Fischchen angelte, die entfernt an Rollmöpse erinnerten.

»Wieso, was sollte ich Thomas denn von Theo erzählen? Und vor allem warum?«, gab Astrid gelassen zurück. War sie denn mit ihm im Bett gewesen? Hatte sie ihn geküsst? Ihm eine Liebeserklärung gemacht?

»Weil dir der Mann ja wohl ganz offensichtlich den Hof macht«, erläuterte Johann.

»Und was soll Thomas deiner Ansicht nach mit der Information anfangen? Soll er deswegen schlaflose Nächte haben? Alles stehen und liegen lassen, nach Venedig fliegen und Theo zum Duell herausfordern?«

Lucie lachte auf, aber Johann brummte etwas Unverständliches, teilte eins der in einem Korb liegenden Brötchen in zwei Hälften und sagte: »Zu meiner Zeit hätte man das jedenfalls so gemacht.«

Zu seiner Zeit, dachte Astrid, war man nach Italien gereist und hatte es ordentlich krachen lassen, ohne an mögliche Folgen zu denken. Die mussten dann die Enkelin und die Schwiegertochter mit ausbaden, indem sie Jahrzehnte später mit dem Hallodri von einst auf den Spuren des unehelichen Nachwuchses wandelten.

»Wenn du dich mit Thomas gerne über Theo austauschen möchtest, nur zu«, sagte Astrid. »Ich verbiete es dir nicht.«

Johann winkte ab. »Papperlapapp. Du wirst schon wissen, was du tust, nicht wahr, Astrid-Schatz?«

Damit war das Thema beendet, und Astrid war bloß froh drum. Während Lucie ihre Kassenbons kontrollierte und Johann weiter das Brötchen zerpflückte, blätterte Astrid zum Zeitvertreib im Reiseführer. Dann kam auch schon der Hauptgang, und gleichzeitig erfüllte glockenhelles Gelächter das Restaurant. Vier Frauen waren soeben hereingekommen; eine von ihnen war Franca.

»O nein«, entfuhr es Opa, der Astrids Blick gefolgt war. »Ich bin gar nicht anwesend, ist das klar?« Er duckte sich und hielt wie ein kleines Kind seine Hand vor die Augen.

Astrid verstand nicht, weshalb ihr Schwiegervater sich so albern aufführte. Am nächsten Tag würde er zu ihr nach Hause fahren, und hier wollte er lieber unsichtbar bleiben? Wie ging das zusammen? Bevor sie etwas dazu sagen konnte, winkte Lucie, Franca winkte fröhlich zurück und rief: »Buona scelta! Si mangia bene qui. A domani!« Im nächsten Moment war sie mit ihren Freundinnen, Kolleginnen oder wer auch immer die Frauen waren, im Nebenraum verschwunden.

»Was hat sie gesagt?« Johann blickte verwirrt zu Astrid, aber auch sie hatte Franca nicht verstanden.

»Dass du total kindisch bist, Opi.« Lucie rückte ihre neue Mütze in eine schräge Position. »Weil du immer nur große Töne spuckst, aber wenn es darauf ankommt, klemmst du den Schwanz ein.«

»Das hat sie nicht gesagt.«

»Aber so was Ähnliches«, schlug Astrid in die gleiche Kerbe. »So, und jetzt lasst uns essen.«

Lucie machte sich heißhungrig über ihre Gnocchi her, und Astrid probierte die zarte, mit Rosmarin verfeinerte Dorade. Bloß Opa Johann saß mit dem Besteck in der Hand da und starrte seinen Fegato alla Veneziana an.

»Dein Essen wird kalt«, ermahnte ihn Astrid.

»Ach so, ja.« Fahrig spießte er ein kleines Stück geschmorte Leber auf die Gabel und kaute hohlwangig darauf herum.

»Wenn du den Ausflug nach Mestre lieber absagen möchtest, geh ich eben zu ihr und sage, dass dir eine Grippe in den Knochen steckt«, fuhr sie fort. »Franca wird schon Verständnis dafür haben.«

Opa Johann sah sie mit leerem Blick an. Als hätte er auf einmal sämtliche Bezugspunkte, alles, was ihm sonst Halt gab, verloren.

»Johann?«

»Ja?«, kam es kläglich über seine Lippen.

»Sie wird es sicher eher merkwürdig finden, wenn du dann so verstört wie jetzt bei ihr rumsitzt und keinen Ton rauskriegst.«

»Ich und verstört? Jetzt mach aber mal einen Punkt.«

Astrid legte ihre Hände auf seine. Seine Adern standen hervor, und er hatte Altersflecken, aber es waren immer noch sehr schöne, feingliedrige Hände. »Dass du nach Venedig gefahren bist, war sehr mutig von dir. Aber manchmal stellt man eben fest, dass man sich übernommen hat, und dann ist es keine Schande, wenn man einen Rückzieher macht.«

»Bist du jetzt neuerdings auch noch meine Therapeutin?« Opa Johanns Lippen waren schmal wie Striche.

»Ich meine es doch nur gut«, erklärte sie geduldig.

191

»Mami hat recht«, mischte sich Lucie ein. »Entweder ziehst du die Sache jetzt endlich mal durch, oder du lässt es gleich ganz bleiben. Dieses Hin und Her ist wirklich ätzend.«

»Prima, dass ihr euch da so einig seid.«

Eine Weile aßen sie stumm, auch Opa Johann schob sich ein paar Bissen in den Mund. Ab und zu drang das Gelächter der Frauen aus dem Nebenraum zu ihnen herüber, was ihn jedes Mal zusammenzucken ließ, als hätte er einen kleinen Stromschlag bekommen.

»Also?«, durchbrach Astrid das Schweigen, als ihr langweilig zu werden begann. Noch ein Espresso, dann wäre ihr Glück vollkommen und sie würde wohlig satt ins Bett sinken.

»Also was?« Johann hatte einen großzügigen Rest auf seinem Teller gelassen und beerdigte ihn mit seiner Serviette.

»Fahren wir, oder fahren wir nicht?«

»Was für eine Frage. Selbstverständlich fahren wir. Der Zug geht um neun Uhr dreiundzwanzig.«

13.

Da hatten sie den Salat, es nieselte!

Johann blickte in den Himmel, aber es sah nicht so aus, als ob die Wolkendecke in Kürze aufreißen würde. Das war also der italienische Sommer: Schwüle, Hochwasser, drückende Hitze, dann wieder Regen – ein Wetter zum Mäusemelken.

Astrid patschte in ihren unförmigen Gummistiefeln vor ihm her und drehte sich alle naselang nach ihm um. Herrje, er lief ja schon so flott, wie er konnte! Aber er wollte eben nicht, dass seine helle Sommerhose unnötig viele Spritzer abbekam. Was sollte Franca denn von ihm denken, wenn er wie ein Landstreicher bei ihr aufkreuzte? Am Morgen hatte er sich extra gründlich rasiert und auch nicht mit Kölnischwasser gegeizt. Sein Hemd war frisch, und zur Feier des Tages trug er seine Lieblingskrawatte. Kleine Frösche waren darauf, die er jedoch nur erkennen konnte, wenn er die Lesebrille aufsetzte und ganz nah an den Spiegel herantrat. Bloß einen Regenschirm hatte er sich von Astrid aufschwatzen lassen, den schob er jetzt wie einen Schutzschild vor sich her. Er hoffte, dass seine hellbraunen Lochmusterschuhe, die er nur zu besonderen Gelegenheiten trug, bis zum Bahnhof durchhielten, und in Mestre würde ja aller Voraussicht nach Franca am Bahnsteig stehen und sie abholen.

Kurz darauf im Zug – sie hatten auf die Schnelle einen Espresso in der Bahnhofsbar getrunken – genoss er den Ausblick auf die Lagune und wünschte, die Zugfahrt möge ewig andauern. Wasser und Himmel hatten den gleichen silbriggrauen Farbton angenommen. So stellte er sich das Jenseits vor, und augenblicklich breitete sich eine wohlige Ruhe in ihm aus. Elf Minuten später war die Fahrt schon wieder vorbei und der Zug lief in den Bahnhof von Mestre ein. Sein Magen begann Alarm zu schlagen, als sie ausstiegen und er Franca, den Kopf neugierig in die Höhe gereckt, dastehen sah. Ihr Blondschopf war verwuschelt, so als habe sie es so früh am Morgen nicht mehr geschafft, sich zu kämmen, und in den abgeschnittenen Nietenhosen und Turnschuhen wirkte sie trotz ihres ja auch schon beträchtlichen Alters fast wie eine Studentin.

»Buongiorno!«, rief sie ihnen entgegen, eine Brötchentüte schwenkend. Ihr Strahlen war so herzerwärmend, dass sich augenblicklich eine wohlige Welle in Johanns Magen brach. »Ich habe Brioches gekauft. Astrid, Sie frühstücken doch noch mit uns?«

»Nein, danke. Ich dachte …«

»Komm schon, Astrid«, funkte Johann dazwischen. Er wollte nicht, dass seine Schwiegertochter ihn in dieser heiklen Situation im Stich ließ, aber sie gab vor, sich im Zentrum umsehen zu wollen.

»Tun Sie das, Astrid«, sagte Franca. »Ich setze Sie gern an der Fußgängerzone ab. Dort gibt es ein paar hübsche Geschäfte.«

Das Gespräch plätscherte dahin, während sie zum Auto liefen. Es ging um die Mietpreise in Berlin im Vergleich zu Venedig, um das derzeitig sonderbare Sommerwetter und um die Aussprache irgendeiner Johann vollkommen unbekannten Vokabel, und er war bloß froh, als er sich auf die zugemüllte Rückbank des altersschwachen feuerwehrroten Fiats quetschen und verschnaufen konnte.

Er hatte eine Heidenangst vor dem, was kommen würde, und mit jedem Meter, den sich das Auto durch die verstopfte Vorstadt bahnte, wurde es nur noch schlimmer. Die belanglose Unterhaltung nahm ihren Lauf. Franca fing abermals vom Wetter an, Astrid bemerkte, wie ungewohnt der Autoverkehr doch sei, und Johanns Kopf wackelte wie bei einem Spielzeughasen auf und ab. In Wirklichkeit hörte er gar nicht richtig hin. Seine Schuhe waren durchnässt, das spürte er jetzt ganz deutlich, und die plötzliche Angst vor einer Erkältung sowie einem Autounfall überlagerte mit einem Mal alle anderen Empfindungen.

Hatte Franca den Wagen anfangs noch behutsam durch die Straßen gelenkt, fuhr sie zunehmend aggressiver. Sie ließ kaum einen Zentimeter Platz zwischen ihrem Auto und dem Wagen vor sich, bremste scharf ab, schimpfte und hupte, und Johann krallte sich bald nur noch an der Kopfstütze fest.

An einer roten Ampel suchte sie seinen Blick im Rückspiegel, lachte mit ihren bezaubernden Lachfältchen und sagte: »Keine Sorge, Johannes. Hier fahren alle so. Das ist völlig normal.«

Ihre Beschwichtigungen vermochten ihn kaum zu beruhigen, aber eine Viertelstunde später kamen sie tatsächlich ohne Beule im Auto und ohne Gehirnerschütterung in der Via San Rocco an. Unterwegs hatten sie Astrid an der Fußgängerzone abgesetzt, und seitdem war aus dem seichten Rumoren in Johanns Magen heftiges Grummeln geworden, und er fragte sich, wie er den Vormittag bloß überstehen sollte.

Franca wohnte in einem tizianrot getünchten Neubau in einer nur mäßig befahrenen Straße. Ein paar Vespas knatterten vorbei, eine von ihnen nahm fast die Autotür mit, als er aussteigen wollte, was er gerade noch verhindern konnte, indem er sie rasch wieder zuzog. Da kam Franca schon um den Wagen herum und half ihm beim Aussteigen.

»Dritter Stock, kein Fahrstuhl. Ist das ein Problem für Sie, Johannes?«

»Nein, nein«, wiegelte er ab. »Bin noch tipptopp in Form und gut zu Fuß.«

Vielleicht war er zu sehr darauf bedacht gewesen, den Mann im besten Alter vorzugaukeln, denn als er oben ankam, schnappte er so heftig nach Luft, dass Franca ihm in ihrer Wohnung sogleich einen Stuhl hinstellte. Er war verschnörkelt und mit Kuhfell bezogen, und noch während er das ehemals lebendige Tier unter seinem Hintern tätschelte, trat eine Schönheit mit üppigem rotem Wallehaar auf den Flur. Sie sah nicht nur aus wie eine Opernsängerin, sondern sprach auch mit ebenso sonorer Stimme. Wenn ihn nicht alles täuschte, war die Dame am Vorabend ebenfalls mit im Lokal gewesen. Jetzt redete sie pausenlos auf ihn ein, ohne darauf Rücksicht zu nehmen, dass er des Italienischen ja gar nicht mächtig war. Das Wort »Berlino« fiel immer wieder – es war die einzige Vokabel, die er aus dem Wasserfall an Wörtern heraushörte.

»Chiara liebt Berlin«, erläuterte Franca, während er der Opernsängerin höflich die Hand hinstreckte. »Ihr großer Traum ist es, irgendwann einmal dort zu leben.«

»Ach ja?«, entgegnete Johann vollkommen verständnislos. Berlin war rau und schmutzig und entbehrte jeder Schönheit. Was wollte eine Frau von ihrem Kaliber also dort? Currywürste verkaufen? Berliner Weiße ausschenken?

»Die Stadt inspiriert sie ungemein«, fuhr Franca fort. »Sie ist so lebendig, ganz anders als unser museales Venedig.« Sie lachte heiser. »Sie müssen wissen, meine Lebensgefährtin ist Malerin.«

Johann nickte mechanisch und dachte, dass das Interessanteste, was er in den letzten Jahren in Berlin entdeckt hatte, Frau Kleinschmidt-Mühlenthals Kiosk mit den nach reifen Kirschen schmeckenden Gummitieren in Koala-Bär-Form war.

Erst mit einiger Verzögerung kam ihm zu Bewusstsein, was Franca soeben gesagt hatte, und seine Blicke flogen zwischen den Frauen hin und her. Die beiden waren ein Paar? Franca schien seine Irritation zu amüsieren, aber er war so überrumpelt, dass er im ersten Moment nicht wusste, was er davon halten sollte.

Die Opernsängerin, die in Wirklichkeit Malerin war, sagte etwas auf Italienisch, dann verschwand sie im Nebenraum, und Franca reichte Johann den Arm. Sich der Flut seiner verworrenen Gedanken überlassend, tapste er neben ihr her über den Flur. Seine Füße waren inzwischen zwei kalte Klumpen, die er kaum noch spürte.

»Kommen Sie nur. Ich hab einen herrlichen Schinken gekauft. Ich weiß ja, dass man in Deutschland gerne kräftig frühstückt.«

Augenzwinkernd zog sie eine Schiebetür beiseite, dann stand er in einer geräumigen Wohnküche, die mit einem Sammelsurium an Möbelstücken ausgestattet war. Der Gasherd und der Retro-Kühlschrank in modernstem Design standen in seltsamem Kontrast zu der altmodischen Küchenvitrine, die ihn an den pastellfarbigen Schrank erinnerte, den Hilde und er sich kurz nach ihrer Hochzeit gegönnt hatten. Ganze zwei Jahrzehnte hatte er ihnen gedient, bis sie ihn Ende der Siebzigerjahre in den Keller geräumt und gegen eine todschicke Einbauküche in Furnierholz ausgetauscht hatten.

»Johannes, setzen Sie sich doch bitte.« Franca deutete auf einen ledernen Bürostuhl, der einen weitaus stabileren Eindruck machte als die Holz- und Campingstühle, die wie in einem Möbellager herumstanden. Als habe sie seine Gedanken erraten, hob sie die Schultern und sagte: »Entschuldigen Sie bitte das Durcheinander. Meine Freundin ist erst vor zwei Wochen zu mir gezogen, und im Moment sind wir noch dabei auszumisten und uns neue Möbel anzuschaffen.«

»Alles gut«, brummte er und beugte sich vor, um ein kleines Schwarz-Weiß-Foto mit gezacktem Rand, das an den Kühlschrank gepinnt war, zu begutachten. Er hatte seine Lesebrille nicht dabei und erkannte nur schemenhaft eine junge Frau in Capri-Hosen, und doch war für den Bruchteil einer Sekunde alles da. Der Duft von Apfelkuchen und Lavendelseife … dazu die Violine, die so schrecklich falsch fiedelte.

»Meine Mutter.«

Er fuhr herum und sah Franca mit einer kleinen Kaffeekanne zum Zusammenschrauben hantieren.

»Ihre Mutter?«, wiederholte er überflüssigerweise und hatte kaum noch Speichel im Mund.

»Sie ist schon seit zehn Jahren tot.«

»Oh, das tut mir leid.«

Franca starrte auf die Metallkanne in ihren Händen. »Ein Vespa-Unfall.« Sie blickte auf. »Seit ich denken kann, ist meine Mutter Vespa gefahren. Sie ohne ihre Vespa – das war gar nicht vorstellbar!« Johann nickte höflich, doch er spürte nichts. Auch nicht, als Franca fortfuhr und erzählte, wie, wann und unter welchen Umständen es passiert war. Es war, als spräche sie von einer vollkommen Fremden und nicht von der Frau, mit der er einst ein

Kind gezeugt hatte. Der Wind rüttelte an den Rollläden, und Regen peitschte gegen das Fenster. Arme Astrid, dachte er, aber dann fiel ihm ein, dass sie ja ihre Gummistiefel trug und einen Regenschirm dabeihatte. Mit zittrigen Beinen setzte er sich, geduldig darauf wartend, dass Franca mit ihren Vorbereitungen zum Ende kam. Sein Mund fühlte sich immer noch an wie mit Schmirgelpapier ausgekleidet, doch er mochte Franca nicht nach einem Glas Wasser fragen. Irgendwann standen dann allerlei Leckereien auf dem Tisch, der Kaffee war fertig, und Franca trug die Kanne zum Tisch, in der es wie in einem Geysir blubberte.

»Und Ihre Frau …?«

»Sie ist leider auch schon verstorben.«

»Mi dispiace, Johannes.« Franca lächelte so warm, dass ein bisher unbekanntes Gefühl in ihm aufstieg und er am liebsten aufgesprungen wäre, um sie in die Arme zu schließen.

Stattdessen sagte er mit brüchiger Stimme: »So ist das Leben. Man kann sich gegen alles Mögliche versichern, aber der Tod … na ja, er kommt eben, wann und wie er will.«

Franca nickte stumm.

»Deswegen, liebe Franca … deswegen muss man jeden Moment nutzen«, fuhr er fort. »Mit allem aufräumen, was noch so ansteht.«

Sie zwinkerte ihm zu. »Zum Beispiel seine Italienisch-Schwächen ausbügeln?«

»Nein, das meine ich nicht.« Er machte eine ausladende Geste. »Alte Rechnungen begleichen. Lebenslügen ausräumen. All so was.«

»Ach so, ja.« Ihr verunsicherter Blick streifte ihn, während sie nach der Kaffeekanne griff. »Ich hoffe, es hat sich nicht allzu viel bei Ihnen angesammelt.«

»Nein, nein«, wiegelte er ab, und seine Gebärden steigerten sich ins Opernhafte. »Allerhöchstens die eine oder andere Jugendsünde.«

Franca verteilte den Kaffee auf zwei Schalen, und Johann wusste schon jetzt, dass ihm der Koffein-Tod sicher sein würde, wenn er davon trank.

»Milch?«

»Bitte ein Glas Wasser«, brachte er seinen Wunsch endlich über die Lippen.

»Aber warum haben Sie das nicht gleich gesagt?« Sie holte eine Wasserflasche aus dem Kühlschrank und schenkte ihm ein. »Jugendsünden?«, nahm sie den Faden wieder auf. »Ich weiß nicht … Sind die denn nicht nach so vielen Jahrzehnten langsam mal verjährt?«

»Manche schon. Aber andere … die verjähren nie. Und wenn man sich im hohen Alter plötzlich an das erinnert, was man vielleicht jahrelang unter den Teppich gekehrt hat …«

»Ich bitte Sie, Johannes!« Sie lachte schallend auf. »Ich wollte eigentlich mit Ihnen frühstücken und Ihnen ein bisschen Grammatik beibringen. Für Lebensbeichten … mit Verlaub, da bin ich wohl doch nicht ganz die Richtige. So, und jetzt greifen Sie zu.«

Johann nahm sich höflichkeitshalber eine Brioche, schob sie jedoch bloß auf seinem Teller hin und her. Der Moment war gekommen. Eine günstigere Gelegenheit würde sich kaum bieten. Bloß noch ein kleiner Schritt, und er wäre am Ziel. Umso stärker lastete der Druck auf ihm, es nicht in letzter Sekunde zu vermasseln. Er musste es geschickt anstellen, die richtigen Worte finden, nicht gleich mit der Tür ins Haus fallen … Er trank das Wasser wie ein

Verdurstender, dann heftete er seinen Blick auf Franca und sagte: »Frau Pacchiarini …«

»Franca. Für Sie bin ich Franca.« Sie kleckste Aprikosenmarmelade auf ihre Brioche und biss davon ab.

»Also gut.« Er holte tief Luft. »Ich habe mein Leben gelebt …« O mein Gott, war das jetzt zu theatralisch? Sie musterte ihn forschend, im nächsten Augenblick sprang sie auf, nahm eine Milchtüte aus dem Kühlschrank und goss etwas davon in einen Topf.

»Entschuldigen Sie. Ich hab ja völlig die Milch vergessen!«

Wie ein Theaterschauspieler, der die Bühne betreten hatte, um die vielleicht größte Rolle seines Lebens zu spielen, fuhr Johann fort: »Es war ein schönes, manchmal auch weniger schönes Leben, aber was auch immer passiert ist, ich steuere nun auf das unvermeidliche Ende zu.«

»Sagen Sie bitte so was nicht, Johannes.«

»Doch, doch, so ist es aber.« Er wedelte mit dem Zeigefinger – eine Geste, die seine Schwiegertochter immer auf die Palme brachte. »Nicht dass Sie was Falsches denken, im Moment geht es mir noch prächtig. Im Gegensatz zu vielen anderen Menschen meines Alters bleibt mir die Zeit, die … sagen wir … die Früchte des Lebens zu ernten und zu genießen.«

Herrje noch mal, wie schwülstig er daherredete! Franca schien seine Ausdrucksweise hingegen nicht übel aufzustoßen und führte als Beispiel die Reise nach Venedig sowie den Sprachkurs an, was sie sehr beeindruckt habe.

»O ja«, bestätigte er. »Die jungen Leute im Kurs … die können ja gar nicht ermessen, was mir das alles bedeutet. Die letzten Monate, ach was, Jahre … Ich hab ja die meiste Zeit nur zu Hause verbracht, war schon halb tot, aber dann …«

Franca war an den Tisch zurückgekehrt und wühlte in ihrer Tasche. »Johannes, ich will ja nicht drängen …«, unterbrach sie seinen pathetischen Sermon. Er hätte an ihrer Stelle vermutlich das Gleiche getan. »Aber Chiara und ich wollen nachher noch nach Padua.«

Er nickte und schämte sich mit einem Mal, diese Frau, die ihm mal so fremd, mal so nahe war, in Grund und Boden zu reden.

»Ich würde Ihnen gerne noch mal die Aussprache erklären. Danach kommen wir dann zu den bestimmten und unbestimmten Artikeln.«

Die Milch … Sie begann in dem Topf zu brodeln, erst nur ganz leise, dann geräuschvoller, doch Johann war wie gelähmt. Er musste es ihr sagen – jetzt, sofort! Auch wenn der günstige Moment eigentlich bereits vorbei war, er ihn mit seinem Geschwafel selbst zerstört hatte. Die Freundin, Padua, die unbestimmten Artikel – all das war in ihrem kleinen Franca-Universum gerade sehr viel wichtiger, und als er das nächste Mal zur Kochnische blickte, stieg die Milch wie Lava über den Rand des kleines Emaille-Topfes. Mit einem Satz war er am Herd und langte nach dem Topf, während ihm gleichzeitig ein so übermächtiger Schmerz ins Kreuz fuhr, dass er strauchelte und zu Boden ging. Ein spitzer Schrei ertönte, die kochende Flüssigkeit ergoss sich ringsum auf den Fliesen, aber wie durch ein Wunder verbrannte er sich nicht mal, bedauerte lediglich, dass seine vom venezianischen Regen durchnässten Schuhe nun auch noch Milchspritzer abbekamen. Franca war sofort bei ihm, einen Pulsschlag später stürmte die rothaarige Diva herein. Die Wörter »dottore« und »pronto soccorso« fielen, doch Johann, der sogleich wieder bei Sinnen war und sich aufhelfen ließ, wiegelte ab: Er brauche keinen Arzt. Sein Kreuz tat zwar noch weh, als steckte ein Messer darin, aber aus Erfahrung wusste er, dass der Schmerz spätestens bis zum nächsten Tag wieder abklingen würde.

Franca strich ihm in hektischen kleinen Kreisen über den Arm. »Ich fahre Sie ins Krankenhaus. Sie müssen ins Krankenhaus!«

»Wirklich nicht nötig, Franca. Das gibt sich schon von allein, wenn ich mich im Hotel ein wenig hinlege.« Es war das erste Mal, dass er sie mit ihrem Vornamen angesprochen hatte, und trotz der Schmerzen durchflutete ihn eine zarte Glückswelle. Franca. Franca! Wie melodisch ihr Name klang! Dennoch wollte er nur eins: zurück nach Venedig und in sein kleines plüschiges Hotelzimmer. Dort würde er sich ausruhen und bestimmt bald wieder auf dem Posten sein.

»Also gut.« Franca sah verzagt zu ihrer Freundin hinüber, die auf dem Boden kauerte – ihre roten Locken fielen bis auf den Küchenboden – und das Malheur beseitigte. »Dann rufen Sie am besten Ihre Schwiegertochter an und sagen ihr, dass sie sich in den nächsten Bus setzen und zum Bahnhof fahren soll. Wir sind in knapp fünfzehn Minuten da.«

Johann nickte und angelte wie ferngesteuert nach seinem Handy. »Schade, dass es jetzt nicht mehr mit der Nachhilfe klappt«, murmelte er.

»Ja, das ist wirklich schade.« Sie sah ihn bedauernd an. »Es ist meine Schuld, Johannes. Ich hätte die Milch im Auge behalten müssen.«

»Nein, nein, Sie können nichts dafür. Niemand kann etwas dafür. Es war eine Verkettung ungünstiger Umstände. So was passiert nun mal.«

Johann informierte Astrid, die sogleich in helle Aufregung geriet, dann half Franca ihm schon die Treppe hinunter. Als er bereits im Auto saß, diesmal auf der Beifahrerseite, kam die Rothaarige angelaufen und reichte ihm einen Zettel mit verschiedenen Rufnummern. Falls es mit den Schmerzen doch noch schlimmer werden würde. Johann bedankte sich und nahm Francas Angebot an, sich im Notfall auch bei ihr zu melden.

Sie fuhren los, doch anders als auf der Hinfahrt schien sie um einen sanften Fahrstil bemüht zu sein. Sie fuhr nicht so dicht auf, bremste sachte und unterließ sogar das lautstarke Schimpfen. Dann und wann wandte Johann seinen Kopf zur Seite und betrachtete sie verstohlen. So dumm der Vorfall auch gewesen sein mochte, es schien, als habe er sie enger verbunden. Sein Herz begann schneller zu pochen. Vielleicht sollte er sich ihr doch noch offenbaren. Ein paar Minuten blieben ihm. »Franca«, setzte er mutig an und dachte daran, dass seine Kaffeeschale nun unberührt in ihrer Küche stand.

»Ja?« Ihr Kopf flog kurz zur Seite.

»Sie sind so nett zu mir.«

Sie lächelte warm. »Warum denn auch nicht?«

»Weil«, begann er, aber dann gingen ihm die Wörter aus. Die deutschen, die englischen und die italienischen sowieso.

»Tun Sie mir einen Gefallen, Johannes. Setzen Sie sich wegen der Sprache nicht so unter Druck. Das kriegen Sie schon hin. Ich würde Ihnen in jedem Fall raten, dass Sie nach Ihrer Rückkehr einen Kurs in Berlin besuchen. Früher oder später wird der Knoten ganz sicher platzen.«

Johann nickte und betrachtete seine Hände. Vielleicht, um einen allerletzten Anlauf zu nehmen, doch als er hochsah, stand Astrid in einiger Entfernung und schwenkte ihre Arme wie eine Verkehrspolizistin. Und dann war der Moment auch schon wieder vorbei.

*

Vielleicht war es Ironie des Schicksals, dass sich ihr Schwiegervater bei dem Sturz in Francas Küche nichts Ernsthaftes zugezogen hatte, dafür nun aber erkältet im Bett lag und nicht mal dazu zu bewegen war, ein paar Schritte ums Hotel zu laufen. Astrid mutmaßte, dass er sich schämte. Durch sein beherztes Eingreifen hatte er nicht nur die Nachhilfe vereitelt, sondern auch sein eigentliches Vorhaben. Zurück auf Los. Das war ein hartes Schicksal. Aber sie hatte schon befürchtet, dass es schiefgehen würde. Es war ihr bereits am Morgen klar gewesen, als sie durch die Pfützen zum Bahnhof gestapft waren. Ihr Schwiegervater war eben doch nicht der Held, für den er sich manchmal hielt. Hinzu kam die Neuigkeit über die sexuelle Orientierung seiner Tochter, die ihm – man merkte es ihm deutlich an – entgegen seinen Beteuerungen doch zu schaffen machte.

»Und wenn Emilia auch mal so wird?«, sagte er zum wiederholten Male mit sorgenvoll gerunzelter Stirn. »Oder Lucie oder …«

»Oder wer? Dein Sohn? Ja, Thomas wird bestimmt schwul. Klar. Wahrscheinlich ist er es schon, während wir hier nichts ahnend durch Venedig flanieren.« Astrid war auf dem Sprung, um sich mit Theo zu treffen – die versprochene Flasche Wein am Canal Grande –, und hatte bloß kurz nach ihrem Schwiegervater sehen wollen.

»Astrid-Schatz, du weißt schon …«

»Thomas ist nicht schwul, Lucie nicht lesbisch, und selbst wenn es so wäre – na und?«, entgegnete sie und stellte ihm Obst, Kekse und eine Flasche Wasser auf das Nachtschränkchen.

»Das fändest du in Ordnung?«

»Bei Lucie schon. Hauptsache, sie wird glücklich. Bei Thomas … na ja, mein Mann sollte schon so bleiben, wie ich ihn geheiratet habe.«

»Glücklich … Was heißt schon glücklich«, kam es schwach aus den Laken.

»Johann, müssen wir das ausgerechnet jetzt besprechen?«

»Und was ist mit Enkelkindern?«, überging er ihren Einwand.

»Würde es dir gar nichts ausmachen, keine Enkelkinder zu bekommen?«

Astrid atmete schwer aus, richtete ihm das Laken und ging zur Tür. Sie hatte keine Lust, ihm zu erklären, dass Heterosexuelle nicht zwangsläufig Kinder in die Welt setzten, Homosexuelle dagegen heutzutage häufiger Eltern wurden. »Ich bin dann weg. Falls was ist, kannst du mich auf dem Handy anrufen.«

»Zählt Langeweile auch dazu?« Ein verschmitztes Grinsen schlich sich in sein Gesicht, so schlecht konnte es ihm also nicht gehen.

»Nein, ganz sicher nicht.« Mit einem »Hepp!« warf sie ihm die Fernbedienung aufs Bett.

»Und du willst dich wirklich mit diesem Hallodri treffen?«

»Tschüs, Johann!«

Astrid schlüpfte aus dem Zimmer, zog die Tür hinter sich zu und lief rasch die Treppe hinab. Bloß weg, bevor Johann ihr noch eine moralinsaure Predigt mit auf den Weg geben konnte. Sie hatte kein Interesse an Theo, und es wäre ihr auch herzlich egal, käme Johann auf die nicht ganz korrekte Idee, Thomas hinter ihrem Rücken über das Treffen zu informieren. Es war der erste Abend ohne Anhang seit langem, und Astrid freute sich darauf wie ein kleines Kind. Lucie war mit den Zwillingen verabredet, sie wollten zum Lido fahren und später im Olandese Volante, einem Pub in der Nähe der Chiesa di San Lio, einen Spritz trinken. Somit waren alle versorgt, und Astrid fühlte sich frei, was ein geradezu berauschendes Gefühl war.

Nachdem es am Tag zuvor ohne Unterlass geregnet hatte, schien nun wieder die Sonne vom tintenblauen Himmel, und da ihr noch eine gute Stunde bis zum Treffen auf dem Campo Santa Margherita blieb, beschloss sie, den Weg über die Rialtobrücke zu nehmen. Er war ihr weniger vertraut als der Schulweg, aber sie hatte den Stadtplan dabei und scheute sich inzwischen auch nicht mehr, die Einheimischen in einem Mischmasch aus Englisch und Italienisch nach dem Weg zu fragen.

Unterwegs klingelte ihr Handy. Sie fürchtete schon, es sei Johann, der sie sogleich zurückbeorderte, aber zum Glück war Thomas dran.

»Das Haus ist so leer hier ohne dich«, sagte er ohne Umschweife. »Ich vermisse dich.«

»Ich dich auch«, gab sie zurück, ohne sich sicher zu sein, ob das so stimmte. In den Nächten fehlte er ihr, seine Wärme, seine Nähe, tagsüber geschah hingegen so viel, dass sie kaum einen Gedanken an ihn verschwendete.

Nach einigem Geplänkel berichtete sie von Opa Johanns fehlgeschlagenem Offenbarungsversuch, dass er mit einer Erkältung im Bett liege und sie sich gleich mit einem Mitschüler treffe.

»Einem Mitschüler?« Er lachte verunsichert.

»Ja, mit Theo. Ich hab dir doch von ihm erzählt.«

»Der Typ mit der langen grauen Matte?«

»Genau der.«

»Und …« Eine Pause trat ein. »Was wollt ihr denn machen?«

»Nichts Besonderes. Nur nett ein Glas Wein trinken.«

Theos mittlerweile kurz geschnittenes Haar, die Bank am Canal Grande und den Wein sparte sie aus. Warum schlafende Hunde wecken? Sie redeten noch ein wenig übers Geschäft, alles lief so weit ganz gut, dann schickte Thomas ihr ein Küsschen durchs Handy und legte auf. Inzwischen hatte sie sich mit den Menschenmengen über die Rialtobrücke geschoben und verlor im Labyrinth der Gassen für einen Moment den Überblick. Sie war versucht, den Stadtplan aus der Tasche zu ziehen, entschied sich dann aber dagegen und eilte weiter, immer der Nase nach. Sie folgte einer belebten Geschäftsstraße, überquerte den Campo San Polo und gelangte knappe zehn Minuten später wie durch ein Wunder auf den Campo Santa Margherita. Theo saß bereits auf einer Bank unter den Platanen und verscheuchte mit dem Fuß die heranwackelnden Tauben. Als er Astrid erblickte, sprang er auf und hob einen prall gefüllten Rucksack in die Höhe. Er sah aus wie zur Besteigung des Mount Everest gerüstet, und Astrid musste unwillkürlich lachen.

»Du willst doch wohl nicht am Canal Grande übernachten, oder?«

»Wenn du dabei bist, sofort.« Er begrüßte sie mit zwei flüchtigen Küsschen auf die Wangen.

»Wie romantisch. Mücken zum Nulltarif.«

Er lächelte schief. »Vor zwanzig Jahren hättest du das ganz sicher romantisch gefunden.«

»Danke, dass du mich an mein Alter erinnerst«, entgegnete sie, aber es war nicht böse gemeint.

Sie betastete die Ausbuchtungen seines Rucksacks. »Um Himmels willen, was ist denn da alles drin?«

»Der versprochene Wein und sonst … Ach, bloß ein paar leckere Kleinigkeiten.«

»Ein Picknick? Davon war nie die Rede.«

»Wenn du schon mit mir Wein trinken gehst, lasse ich es mir doch nicht nehmen, dich auch zu verköstigen.«

»Soll das jetzt eine Anmache sein?«, sagte sie und ging, während Theo den Weg Richtung Accademia einschlug, automatisch auf Abstand.

»Das würde ich niemals wagen.« Er lachte und hakte sich bei ihr unter. »Erzähl mal, was macht dein Anhang?«

»Lucie ist mit den Zwillingen unterwegs, und mein Schwiegervater …« Die Hitze kroch so plötzlich in ihr hoch, dass sie das Haar im Nacken hochnahm. »Er liegt krank im Bett.«

»Schlimm?«

Sie schüttelte den Kopf. »Er ist nur ein bisschen erkältet.«

»Oh, das tut mir leid.«

»Das muss es nicht. Er war zu eitel, bei dem Regen in Gummistiefeln herumzulaufen, seine Füße sind nass geworden, und jetzt hat er sich prompt was weggeholt.« Die Geschichte mit Mestre, Franca und dem Unfall in der Küche behielt sie für sich.

Kurz vor der Accademia-Brücke wandte sich Theo nach rechts. Er lief zielstrebig und ohne auch nur einmal den Stadtplan zu bemühen. Links, zweimal rechts, zweimal links, dann wieder rechts. An einer Baustelle zwängte sich Theo durch eine Absperrung hindurch, er ging um ein Dixiklo herum, und der breite Kanal lag im Sonnenlicht glitzernd vor ihnen. Linker Hand spannte sich die Accademia-Brücke über den Canal Grande, ein Wassertaxi brauste, von Gicht umschäumt, vorüber.

Theo lud seinen augenscheinlich schweren Rucksack auf der Bank ab. »Und? Zu viel versprochen?«

»Nein, es ist wirklich wunderschön hier.«

Ein älterer Herr saß auf der zweiten Bank und löste, eine Zigarette rauchend, Sudokus.

Theo lächelte im Dauermodus. »Ich hoffe, du hast Hunger.«

»Immer«, sagte sie, und weil es womöglich zweideutig klang, fügte sie rasch hinzu, sie habe heute lediglich eine Brioche gefrühstückt und unterwegs zwei Aprikosen gegessen.

»Das trifft sich gut.«

Er reichte ihr zwei Plastikbecher, dann packte er den Rucksack aus. Neben der Weinflasche, einem Merlot aus Venetien, hatte er Brot und Käse eingekauft, Artischockenböden, kleine Fischspieße, mariniertes Gemüse, Obst, diverse salzige Knabbereien und süßes Gebäck. Wohl wissend, dass dies doch ein wenig den Rahmen sprengte und sie sich überdies nicht kaufen ließ, begann sie, die Sachen wieder einzupacken.

»Was tust du da?« Theo entkorkte den Wein mit einem leisen Plopp.

»Du hast gesagt, wir trinken ein Glas Wein. Aber das hier …«

»Astrid.« Er klang tadelnd und zärtlich zugleich, und ein leiser Ruck ging durch ihren Magen. »Lass dich doch mal verwöhnen. Einfach so. Was spricht dagegen?«

»Dass das so nicht abgesprochen war.« Ihre Stimme klang viel zu hoch und schrill. Das war immer so, wenn sie keine Argumente zur Hand hatte. »Und wer weiß, was noch alles zu deinem Verwöhnprogramm dazugehört.«

Theo lächelte spöttisch. »Du redest jetzt aber nicht von Sex?«

Der Mann mit dem Rätselheft spähte neugierig zu ihnen rüber.

»Sex ist ja wohl komplett ausgeschlossen«, gab sie zurück. »Wie kommst du überhaupt darauf?«

»Manche Leute tun so was. Habe ich mir sagen lassen. Außerdem …« Sein Grinsen wurde breiter. »War das wohl eher deine schmutzige Fantasie.«

»Okay, können wir jetzt was essen?«, unterbrach Astrid das

kleine Wortgefecht und holte die Sachen wieder aus dem Rucksack. Theo kommentierte ihr wetterwendisches Verhalten nicht weiter, schenkte Wein in die Plastikbecher ein und breitete die Köstlichkeiten zwischen ihnen auf der Bank aus.

»Nur weil wir hier lecker essen, bist du doch zu nichts verpflichtet«, sagte er jetzt ernst.

Astrid nickte vage, öffnete die Gebäcktüte und schnupperte an den großen Kekstalern. »Hm! Das riecht ja wie … Sind das Fenchelsamen?«

»Köstlich, nicht wahr? Die Kekse gibt es in einer kleinen jüdischen Bäckerei im Ghetto. Man hat mir dort erzählt, dass du sie nirgends sonst auf der Welt kaufen kannst. Der Bäcker stellt sie nach einem Hausrezept aus Öl, Eiern, Mehl, Zucker und Fenchelsamen her.«

Astrid lachte aus vollem Halse, als sie Theo erzählte, dass ihre Nachbarin Christine Beaufort sich vor einigen Jahren auf einer Party mit ebendiesem Gebäck wichtiggetan hätte.

»Wie klein die Welt doch ist«, bemerkte Theo und reichte ihr einen der Becher.

Während des Picknicks sprach er von seinem Roman, mit dem er nicht so vorankam, wie er es sich erhofft hatte. Astrid hörte auch zu, doch gleichzeitig brach sich ein anderer Gedankenstrom Bahn. Es war tatsächlich lange her, dass Thomas sie mal verwöhnt hatte. Hatte er sie überhaupt jemals so verwöhnt? Sie konnte sich kaum erinnern, sah ihn, wenn sie an ihn dachte, immer bloß im Erotikshop schuften, sah ihn mit verkniffenem Mund über der Buchhaltung sitzen, sah ihn am Abend vor dem Fernseher einschlafen. Das war also ihre Ehe, und bisweilen fühlte sie sich wie ein ausgetretener Pantoffel an.

»Der Plot steht ja«, hörte sie Theo dozieren. »Ich habe die Wendepunkte im Kopf und weiß auch schon, wie ich den Showdown bauen werde. Im Moment hapert es eher an der Ausführung. Genau die Worte für das zu finden, was in meiner Fantasie schon so detailreich gestrickt ist … das fällt mir schwer.«

Astrid versuchte, sich allein auf Theo zu konzentrieren, und sagte: »Du weißt also nicht, wie du es ausformulieren sollst?«

»So in etwa.« Er stellte den Becher vor sich auf dem Boden ab. »Ich habe eine ziemlich genaue Vorstellung davon, wie ich die Geschichte aufschreiben möchte, aber am Ende klingt vieles falsch oder zumindest nicht so, wie es eigentlich klingen sollte, verstehst du?«

»Ist das nicht ganz normal, wenn man schreibt?«

»Ich weiß es nicht. Ich bin ja kein Profi. Auf jeden Fall ist es nicht sonderlich befriedigend.«

»Freu dich, dass du überhaupt den genialen Einfall mit Venedig und der Babyleiche in dem Sofa hattest.«

»Du findest die Idee tatsächlich genial?« Er lächelte geschmeichelt.

»Auf jeden Fall interessant. Und ohne deinen Krimi säßen wir nicht hier und ich hätte nie die köstlichen Fenchelkekse probiert.«

»Tja.« Theo sah sie an, ein wenig zu lange für Astrids Geschmack. »Ohne deinen Schwiegervater säßen wir hier aber auch nicht.«

»Das ist richtig.« Astrid wandte den Blick ab und schaute auf den Canal Grande. Mit jedem Schluck, den sie trank, kam ihr die Szenerie irrealer vor. Es war wie in einem Traum, in dem die Farben überzeichnet sind, die Gerüche intensiver und die Empfindungen tiefer.

Der Mann mit dem Sudokuheft stand auf und ging, sich eine Zigarette anzündend, davon. Bloß einen Wimpernschlag später eroberte ein junges Paar, das bereits darauf gewartet hatte, die Bank.

Theo stieß sie an. »Hab ich's nicht gesagt? Hier wird gern geknutscht. Die Wohnungen in Venedig sind klein, und man wohnt lange bei den Eltern.«

Astrid nickte flüchtig und tat, als bemerkte sie die beiden, die sich sogleich ineinander verschraubten, nicht weiter. Es war ihr unangenehm und in Theos Beisein umso mehr. Der schien sich an dem immer intimer werdenden Paar hingegen nicht zu stören. Er füllte die Plastikbecher mit Wein auf und erkundigte sich nach Astrids Arbeit. Ob ihr das, was sie da tue, Spaß mache.

»O ja, es ist großartig!«

Er sah sie mit einem Ausdruck völliger Überraschung an. Als könne es gar nicht sein, dass ihr Beruf sie rundherum ausfülle. Sie hatte ihm bisher nicht viel erzählt. Lediglich, dass sie nach einer längeren Erziehungspause wieder berufstätig sei. Dabei hatte sie unterschlagen, dass es den besagten Beruf zuvor gar nicht gegeben hatte, dass sie zum ersten Mal in ihrem Leben überhaupt einer Arbeit nachging.

Den Blick aufs schilfgrüne Kanalwasser geheftet, gestand sie: »Theo, wenn du Jahre damit zugebracht hast, Windeln zu wechseln, Hausaufgaben zu kontrollieren, zu kochen und deinem Mann den Rücken frei zu halten, dann ist es ein unglaublicher Luxus, eigenverantwortlich zu arbeiten und damit auch noch Geld zu verdienen.«

Theo fegte bedächtig ein paar Brotkrumen von der Bank. »Ich verstehe nicht ganz, Astrid. Hat dein Mann denn nicht dafür gesorgt, dass du auch … ich mein …«

»Nein, hat er nicht«, schnitt sie ihm das Wort ab. Ein Schwarm

Tauben flatterte herbei und stürzte sich, von flinken Spatzen sekundiert, auf die Krümel. Sie besann sich und fügte hinzu: »Aber es wäre unfair, ihm allein die Schuld in die Schuhe zu schieben. Ursprünglich wollte ich Medizin studieren, aber dann sind mir zwei Schwangerschaften dazwischengekommen und insgeheim ...« Sie seufzte leise. »Vielleicht war ich insgeheim sogar ganz froh, mich vorm Hörsaal drücken zu können. Und irgendwann habe ich einfach den richtigen Zeitpunkt verpasst.« Sie hatte nicht vorgehabt, es ihm zu erzählen, wozu auch, doch nun, da der Wein ihre Zunge gelockert hatte, war es wie eine Beichte aus ihr hervorgebrochen.

»Verstehe. Und jetzt wolltest du es noch mal wissen?«

Astrid nickte. »Es war übrigens die beste Entscheidung meines Lebens. Ohne den Job ...« Sie schob sich eine Olive in den Mund. »Ich glaube, ich wäre versauert und hätte mich am Ende noch scheiden lassen, weil ich mir eingeredet hätte, mein Mann wäre schuld an allem.« Sie schluckte die Olive runter, dann schnappte sie nach Luft.

»Danke, Astrid.«

»Wofür denn, Theo? Ich muss mich bei dir bedanken. Für all die leckeren Sachen.«

»Danke für dein Vertrauen«, sagte er schlicht. »Ich mein, dass du mir solche Dinge erzählst ...«

Astrid beließ es dabei. Theo war kein Freund, sondern immer noch ein Fremder. Das Gespräch versickerte, und sie schauten dem immer reger werdenden Verkehr auf dem Canal Grande zu. Boote fuhren vorüber, es war ein einziges Puckern, Knötern und Dröhnen, dazu stöhnte das Pärchen neben ihnen in wachsender Erregung, was nunmehr auch Theo unangenehm zu berühren schien.

»Sollen wir gehen?«, erkundigte er sich.

»Vielleicht ja?«

»Oder soll ich sie verscheuchen?«

»Das würdest du tun?«

Schon stand er auf, spazierte zu den Jugendlichen hinüber und baute sich breitbeinig wie ein Cowboy vor ihnen auf.

Die beiden fuhren auseinander, als Theo mit lauter Stimme tönte: »Mi chiamo Theo Breganza, piacere. Vengo della Germania. Della polizia in Germania.« Er deutete das Klicken von Handschellen an und schnalzte dazu mit der Zunge.

Astrid musste sich beherrschen, um nicht laut loszulachen, doch sein Auftritt verfehlte seine Wirkung nicht. Die jungen Leute entknoteten sich und standen, wenn auch leise murrend, auf. Dann machten sie, dass sie wegkamen.

Astrid applaudierte, und Theo verbeugte sich galant.

»Du hast es wirklich drauf.« Astrid lachte befreit und fühlte sich mit einem Mal wie in einer Zeitmaschine um etliche Jahre zurückgereist. Sie war jung, an nichts und niemanden gebunden, alle Möglichkeiten standen ihr offen.

»Das Kompliment kann ich nur zurückgeben.«

»Ich hab die Jugendlichen nicht verscheucht.«

»Aber du bist … Verzeihung, wenn ich das so plump sage … du bist eine großartige Frau.«

Drei Gondeln, voll besetzt mit Japanern, glitten vorüber. Ein Gondoliere sang ein kitschiges Lied, das genau zu ihrer Stimmung passte, und dann bedankte sie sich bei Theo für das Kompliment. Das sei aber nicht nötig gewesen, denn eigentlich stimme es auch gar nicht. Sie sei alles andere als großartig.

»Wenn ich sage, dass du eine tolle Frau bist, dann stimmt das, verdammt noch mal.« Er schüttelte sachte den Kopf. »Man merkt dir wirklich an, dass du schon länger verheiratet bist. Wann hast du das letzte Mal ein Kompliment bekommen?«

Astrid lächelte schmallippig. »Was weißt du eigentlich von länger andauernden Beziehungen?«

»Womöglich nicht viel, aber trotzdem … Egal, wie eingefahren alles ist, man sollte seine Partnerin immer auf Händen tragen.«

Eine kleine Pause trat ein. Sie spürte, wie Theo sie ansah, was ihr zunehmend unangenehm wurde.

»Theo, hör auf.«

»Womit?«

»So zu gucken.«

»Du bist eine attraktive Frau, da muss man sogar gucken.«

»Und lass die Schmeicheleien, ja?« Sie musste sich im Zaum halten, nicht kokett zu grinsen, denn sosehr sie auch auf Abwehr getrimmt war, so gefiel es ihr doch, nach so langer Durststrecke umworben zu werden.

Theo musterte sie eine Spur spöttisch. »Du bist attraktiv, Astrid, attraktiv und interessant, aber du hast so wenig Selbstachtung, dass du es nicht mal erträgst, wenn dir jemand etwas Nettes sagt.«

Weil sie nicht wusste, was sie erwidern sollte, zuckte sie mit den Achseln.

»Hab ich recht? Sag wenigstens, dass ich recht habe.«

»Vielleicht ja, vielleicht nein.«

Theo wiegte wieder den Kopf. »Manchmal begreife ich nicht, was die Ehe aus den Menschen macht. Da werden aus selbstbewussten Frauen verunsicherte Wesen, die sich außerhalb ihres Mikrokosmos Familie nicht mehr zurechtfinden.«

»Und die Männer? Mit denen macht die Ehe gar nichts?«

»O doch.« Ein Grinsen überzog Theos Gesicht wie Zuckerguss den Berliner Pfannkuchen. »Viele werden faul, fett und bequem. Aber das Schlimme ist: Während sich die Frauen bloß noch über ihre Kinder definieren und sich ansonsten mit ihrem geschrumpften Selbstbewusstsein selbst im Weg stehen, glauben die fetten, faulen und bequemen Männer immer noch, dass sie echte Helden sind. Und lassen sich vornehmlich von sehr viel jüngeren Frauen bewundern.«

Astrid lachte auf. Auch sie kannte diese Sorte Mann. Jeder kannte sie, allein in ihrer Nachbarschaft liefen etliche davon herum. Sie war bloß froh, dass Thomas in diesem Punkt nicht dem Klischee entsprach. Er war nie auf die Anerkennung junger Frauen aus gewesen.

»Ich bin also deiner Ansicht nach eine Person mit geschrumpftem Selbstbewusstsein?«, fuhr sie fort.

Theo ließ sich mit der Antwort Zeit. Er nahm die Weinflasche und verteilte den Rest auf ihre Becher. Erst dann sah er hoch und blickte sie aus taubenblauen Augen an. »Nein, das bist du nicht. Wenn du nicht selbstbewusst wärst, hättest du zum Beispiel nicht diesen Kurs belegt. Trotzdem schaffst du es nicht, einfach mal ein Kompliment anzunehmen. Das finde ich schade.«

»Also gut, ich werde daran arbeiten«, versprach sie, nahm Theo den Becher aus der Hand und trank, obwohl in ihrem Kopf schon Libellen umhersausten. »Und du? Bist du verheiratet, liiert, was auch immer?«

Statt zu antworten, fing er an zu lachen.

»Was ist daran so komisch?«

»Astrid«, sagte er und strich sein Haar nach hinten, »du solltest nicht mehr trinken. Nicht dass du gleich noch über mich herfällst.«

»Keine Sorge, das wird ganz sicher nicht passieren.«

Er sah sie schräg von der Seite an. »Um deine Frage zu beantworten: Nein, ich bin mit niemandem zusammen.«

Ein Rascheln in Astrids Rücken ließ sie herumfahren, doch sie sah bloß noch, wie eine schmale Gestalt, die wie Lucie langes braunes Haar hatte und ein pinkfarbenes T-Shirt trug, hinter dem Dixiklo verschwand. »Lucie?«, rief sie. »Lucie, bist du das?«

Aber alles blieb still. Und weil es so ein wunderbarer Moment war, lehnte sie sich für die Dauer eines Atemzugs gegen Theo. Er packte die Gelegenheit sogleich beim Schopf und legte seinen Arm um sie, aber sie entzog sich, froh darüber, dass sie Theo nicht wirklich begehrte.

*

Lucie hastete die Stufen einer Steinbrücke hinauf, dann wandte sie sich nach links und tauchte in eine schmale, dunkle Gasse ein, die über und über mit Taubenkot bekleckert war. Ihre Mutter und der Grauhaarige – ausgerechnet! Zwar hatte sie angekündigt, dass sie Theo treffe wolle, aber von einem romantischen Picknick à deux war zu keinem Zeitpunkt die Rede gewesen. Im Erdgeschoss eines dreigeschossigen Hauses wehte eine Gardine vor einem weit geöffneten Fenster zurück, und eine Frau lugte neugierig hinaus. Der Geruch von Gebratenem wehte Lucie an, und im Vorübergehen sah sie, dass eine Neonröhre die Küche erhellte.

Sie blickte sich um. Pawel war in der Gasse stehen geblieben, und seine Daumen flogen über sein Smartphone.

»Pawel, kommst du?«, rief sie.

Er blickte auf und setzte sich gemächlich in Bewegung. »Wieso hast du es so eilig? Und warum sprichst du nicht mal kurz mit deiner Mutter?«

»Hast du die beiden nicht gesehen? Das ist doch … pervers!«

Pawel lächelte spöttisch. »Sie picknicken nur. Was soll daran falsch sein?«

»Falsch daran ist, dass es sich zufälligerweise um meine Mutter handelt.«

»Sorry, Lucie, aber du bist spießig.«

Pawels helles Lachen verfolgte sie, als sie weiterlief. Es kostete sie einige Mühe, ihren Unmut runterzuschlucken. Sie wollte keine Misstöne. Nicht hier. Nicht mit Pawel. Dazu war die Zeit, die sie allein waren – Marta hatten sie am Lido zurückgelassen –, viel zu kostbar. Aber wie konnte Pawel sich nur auf die Seite ihrer Mutter schlagen? Eine gestandene Frau mit zwei erwachsenen Kindern, die ihre romantischen Anwandlungen mit einem anderen Mann als ihrem Vater auslebte … Peinlich war das allemal.

Auf der nächsten Brücke machte Lucie halt. Eine Wäscheleine war über den Kanal gespannt, und zwischen diversen Unterhosen und unförmigen BHs blähte sich ein gepunktetes Laken wie ein Segel. Sie atmete tief ein und wieder aus. Im nächsten Moment kam Pawel die Treppen hinaufgefedert und stellte sich so dicht neben sie, dass sich ihre Schultern berührten. Er tippte gegen ihre Schiebermütze, die leicht verrutschte. »Du bist doch nur sauer, dass sie die Bank belegt haben, auf der du gerne sitzen wolltest.«

Er hatte recht. Auf der romantischsten Bank in ganz Venedig hockte dick und bräsig ihre Mutter. Mit dem ehemals Langhaarigen. Das konnte man nicht gut finden, wenn man einigermaßen bei Verstand war. Aber Lucie wollte auch keine Staatsaffäre daraus machen.

»Kann sein, vielleicht«, räumte sie versöhnlich ein. Anstatt sich weiter aufzuregen, genoss sie lieber den unverhofften Körperkontakt.

Pawel wandte sich ihr zu, und sein rotblonder Bartschatten schimmerte in der Sonne. »Und jetzt? Worauf hast du Lust?«

Auf Sex. Mit dir. Sofort. Und dann heiraten wir und bleiben bis in alle Ewigkeit zusammen. Natürlich sprach sie das so nicht aus, sondern legte ein, wie sie glaubte, gefälliges Lächeln auf. »Bisschen rumlaufen?«, schlug sie vor.

Pawel war einverstanden. Er war meistens mit allem einverstanden. Grätschte seine Schwester nicht gerade dazwischen, war er ein sehr umgänglicher, für alles offener Mensch. Insgeheim verfolgte Lucie den Plan, ihn in die Nähe der Rialtobrücke zu lotsen. Irgendwo dort im Gassenlabyrinth wohnten die Geschwister in einer schnuckeligen kleinen Wohnung. Und in der schnuckeligen kleinen Wohnung hatte Pawel vermutlich ein eigenes schnuckeliges Zimmer, in dem aller Wahrscheinlichkeit nach ein schnuckeliges Bett stand und … Der Moment war günstig, da Marta noch am Lido unterwegs war. Der Zufall hatte Lucie in die Hände gespielt. Während Lucie und Pawel gleich nach ihrer Ankunft an den Strand gegangen waren, um Muscheln zu sammeln, hatte sich Marta zum Pipimachen in eins der Hotels am Lungomare abgesetzt. Marta machte selbstverständlich nicht in irgendeinem Hotel Pipi. Es musste das Fünf-Sterne-Hotel Excelsior sein. Dort hatte sie dann – Lucie wusste nicht, ob auf dem Klo oder etwas stilvoller in der Lobby – einen Halb-Schotten kennengelernt, den sie in ihrer gespreizten Art als *vielversprechende Bekanntschaft* bezeichnete. Harvard-Absolvent, blendend aussehend, in Frankfurt am Main im Finanzwesen tätig. Für Lucie war der Typ, der ein gestreiftes Button-down-Hemd zu Bermudashorts und Slippern trug, nichts weiter als ein schmieriger Lackaffe. Aber es kam ihr sehr gelegen, dass die beiden gemeinsam lunchen und danach eine Spritztour über die Insel unternehmen wollten. Augenscheinlich war das interessanter, als mit dem Bruder und einer mittellosen Pharmaziestudentin aus Berlin etwas so Kindisches zu tun wie Muscheln zu sammeln. Dabei trugen die Wellen die schönsten Exemplare heran – weiß geriffelte, rosa gezackte, länglich transparente, bunt schillernde Schneckengehäuse –, auch wenn der Strand selbst etwas enttäuschend war. Urlauber lagen dicht an dicht im gräulich schmutzigen Sand, und selbst das Meer hatte eine trübe Farbe.

Während sie durch die Gassen streiften, glitt Pawels sorgenvoller Blick immer wieder auf das Display seines Handys.

Lucie erkundigte sich, was los sei. »Schlechte Nachrichten?« Insgeheim hoffte sie, dass Marta vielleicht über Nacht wegbleiben würde und sie somit freie Bahn hätten.

Pawel schüttelte kaum merklich den Kopf. »Meine Schwester meldet sich nicht.«

»Muss sie das denn?« Lucie konnte sich nicht verkneifen, ein »Seid ihr vielleicht verheiratet?« hinterherzuschicken. Was war das bloß für eine merkwürdig symbiotische Beziehung zwischen den Geschwistern. Immer traten sie im Doppelpack auf, dann wiederum wollte Pawel nach Indien und Marta wusste noch nicht mal etwas davon. Bei ihr und Max war das anders. Lucie liebte ihren Bruder, sie wollte auch keinen anderen, doch jeder von ihnen ging seiner Wege, und das war nur gut so. Bereits im nächsten Augenblick tat ihr ihre Bemerkung leid, und sie sagte: »Warum rufst du sie nicht einfach an?«

Pawel zögerte. »Kommt das denn nicht blöd rüber?«

»Na, hör mal. Ihr seid Geschwister. Ihr macht hier zusammen Sprachferien. Was ist daran blöd?«

Pawel nickte und wählte ihre Nummer. Lucie wollte das Telefonat lieber nicht mit anhören und schlenderte voraus. Unter dem Vordach einer Pasticceria blieb sie stehen und schaute sich die Gebäckstücke und kunstvoll verzierten Sahnetorten in den Auslagen an. Dazwischen kringelten sich Lakritzschlangen, so bunt wie die Farbpalette eines Tuschkastens. Lucie bekam Lust darauf, ging hinein und kaufte zwei feuerwehrrote Schlangen, eine für sich und eine für Pawel. Als sie wieder rauskam, hatte er sein Smartphone endlich weggesteckt.

»Alles okay?«

Pawel nickte, doch sein Gesichtsausdruck verriet Besorgnis.

»Was hat sie gesagt?«

Seine Hand malte schlingernde Achten in die Luft. »Sie meint, sie ist verknallt.«

»Aber das ist doch ...« Sie zögerte, dann presste sie ein angestrengtes »schön« hervor.

»Ich bitte dich, Lucie. Man verliebt sich nicht von jetzt auf gleich.«

O doch. Ihr selbst war genau das erst vor wenigen Tagen passiert. Aber anstatt etwas in der Art anzudeuten, bot sie ihm von den Lakritzschlangen an.

»Rote Lakritze? Ich dachte, so was gibt es nur in Dänemark.«

»Das Leben hält eben immer wieder Überraschungen bereit.« Sie ließ eine der Lakritzschlangen wie ein Pendel vor seinem Gesicht baumeln. »Das ist jetzt übrigens ein Wahrheitsspiel.«

»Wie meinst du das?« Seine rotblonden Augenbrauen rutschten in die Höhe.

»Wenn du Lakritze magst, bist du der Richtige.«

»Der Richtige wofür?« Er zog die andere Schlange aus der Tüte, biss ein Stückchen davon ab und bastelte sich aus dem Rest einen Schnurrbart.

Lucie tat, als müsste sie angestrengt nachdenken. »Der Richtige für einen Bummel durch Venedig?«

»Das sowieso. Es gibt niemanden, der besser durch Venedig bummelt als ich, das ist ja wohl klar.«

»Und der Richtige für einen supersüßen Lakritz-Schnurrbart bist du auch.«

Sie lachten, dann fasste Lucie Mut und erklärte: »Vielleicht bist du sogar der Richtige für einen … wie heißt das noch gleich … piccolo bacio?«

Bacio. Sie hatten das Wort im Unterricht nicht durchgenommen, aber vielleicht erinnerte Pawel sich an die Süßigkeiten, die *Baci*, die kleinen Küsschen, die Theo in einer Kaffeepause spendiert hatte. Erwartungsvoll blickte Lucie ihn an, jetzt würde sich zeigen, ob sich das Blatt wenden und vielleicht mehr daraus werden würde oder ob er doch bloß ein guter Kumpel blieb. Einen Moment hielt Pawel im Kauen inne, dann beugte er sich vor und küsste sie. Einfach so. Mit Zunge und roter Lakritze im Mund, und Lucies Schiebermütze rutschte vom Kopf, doch das war ihr egal.

»Hm, Pawel«, murmelte sie.

»Hm, ja, was?«

»Das war …« Sie spürte dem Kuss nach. »Das war toll.«

»Natürlich war das toll.« Er grinste. »Meine Küsse sind immer toll.«

Er hob ihre Mütze auf, schon liefen sie weiter, vermieden es jedoch, sich zu berühren. Sosehr Pawel eben noch mit seinen Küssen geprahlt hatte, so befangen war er mit einem Mal und steckte nun auch Lucie damit an. Hatte sie sich etwa doch zu weit aus dem

Fenster gelehnt? Ihn zu etwas provoziert, was er eigentlich nicht wollte? Immer wieder wanderte ihr Blick zu ihm, aber seine Miene verriet nicht, was in ihm vorging.

»Pawel?«

Seine Augen schienen zu lächeln, als er sie ansah.

»Tut mir leid, wenn ich …«, begann sie zögerlich.

»Quatsch. Alles gut.«

Lucie nickte. Es klang nicht überzeugend, aber sie wollte es gern glauben. Bevor das Schweigen noch größere Ausmaße annehmen konnte, fragte sie ihn, wie ernst es ihm mit Indien sei.

»Sehr ernst«, entgegnete er. »Ich will endlich etwas Sinnvolles tun, verstehst du? Nicht immer nur das Geld meines Vaters verprassen.«

»Deine Schwester hat offenbar kein Problem damit.«

»Nein, das hat sie in der Tat nicht.« Er klang ein wenig missmutig. »Aber das ist ihre Sache.«

»Wann wirst du es ihr sagen?«

Pawel torkelte ein paar Schritte zur Seite, als wäre er betrunken. »Ich hätte es längst tun sollen, aber irgendwie …« Er reckte seine Hände in die Höhe, dann stopfte er sie in die Hosentaschen und zog die Schultern hoch. »Weiß auch nicht.«

»Was ist so schlimm daran? Reißt sie dir dann den Kopf ab?«

»Vielleicht.« Seine Schultern glitten wieder nach unten. »Offen gestanden geht sie davon aus, dass wir beide im Herbst in Hamburg anfangen zu studieren. Wir haben uns für Jura beworben.« Ein Ruck ging durch seinen Körper, als hätte er einen Schlag gekriegt. »Aber mehr noch steht mir bevor, es meinen Eltern zu sagen. Ich muss damit rechnen, dass sie mir auf alle Zeit den Geldhahn zudrehen, mich enterben, lauter so Sachen.«

»Meinst du wirklich?« Lucie versuchte sich vorzustellen, was ihre Familie wohl zu so etwas sagen würde. Möglich, dass ihre Mutter einen Nervenzusammenbruch bekäme, aber vielleicht würde ihr Paps ihr sogar ganz entspannt seinen Segen geben.

»Was glaubst du, Lucie, wie sich mein Vater fühlt, wenn er auf seinen wichtigen Empfängen sagen muss, dass sein Sohn, anstatt Jura zu studieren, Klos in einem indischen Kinderheim schrubbt?«

Lucie fand die Vorstellung so bizarr, dass eine Lachsalve aus ihr hervorbrach. »Er könnte ebenso gut mit dir angeben«, sagte sie, während ihr Gelächter wieder verebbte. »Weil du nicht nur an dich und deine Karriere denkst und dir auch nicht zu schade bist, dir die Finger schmutzig zu machen. Was verdienst du denn in dem Heim?«

»Nichts. Ich muss dafür bezahlen, dass ich dort arbeiten darf.«

Lucie musterte ihn erstaunt und wusste in dieser Sekunde, dass er der Mann war, für den es sich lohnte, jeden Tag aufs Neue aufzustehen, dass sie ihn mehr wollte als jeden anderen zuvor. »Pawel, erzähl mir mehr darüber«, sagte sie. »Bitte, erzähl mir alles.«

*

Später lagen sie Arm in Arm in Pawels Bett, das bei jeder noch so kleinen Bewegung quietschte. Anders als in Lucies plüschigem Hotelzimmer war in der Dachgeschosswohnung, die Pawel und seine Schwester gemietet hatten, alles weiß, ja beinahe antiseptisch wie in einem Krankenzimmer. Die Fenster des geräumigen Zimmers standen offen, die Sonne schien herein und malte spiralförmige Muster an die Wand, irgendwo draußen auf den Dächern gurrten Tauben.

Sie hatten miteinander geschlafen, und je lauter das weiße Metallbett mit dem Baldachin geächzt und gewimmert hatte, desto leiser war Pawel geworden. Vielleicht aus Angst, seine Schwester könne jeden Moment zurückkommen, und auch Lucie hatte sich dadurch ein wenig gehemmt gefühlt. Als es vorbei war, hatte sie dennoch weinen müssen vor lauter Glück, und Pawel war mit seinem Mund regelrecht in ihr Ohr gekrochen, um ihr zärtliche Koseworte zuzuflüstern. Das musste nichts bedeuten, und vor allem hieß es nicht, dass er sie wirklich mit nach Indien nehmen wollte. Lucie selbst hatte ihn bei einem Spritz, wie üblich im Stehen getrunken, auf die Idee gebracht.

Indien. Sie kannte den Film *Slumdog Millionär,* hatte ihn damals, als sie ihn mit Nico auf DVD geguckt hatte, ebenso erschreckend wie faszinierend gefunden. Die unvorstellbare Armut in den Slums … Der tägliche Kampf ums Überleben … Doch je mehr Pawel von dem Indien erzählte, wie er es sich vorstellte, desto vielschichtigere Bilder tauchten vor ihrem inneren Auge auf. Das Land war arm, keine Frage, aber sicher auch wunderschön. Lucie sah endlose Flusslandschaften vor dem Hintergrund schneebedeckter Wipfel vor sich, sie sah Frauen, die in bunten Gewändern durch die übervollen Straßen liefen, sich zwischen klapprigen Autos, Fahrrad-Rikschas, Mopeds und Ochsenkarren hindurchschlängelten, sie roch fremde Gewürze, hörte Kinderlachen, und all das schlug sie in seinen Bann.

»Durst?« Pawel fuhr mit seinen Fingerspitzen so zart über ihren Arm, dass sich die Härchen aufrichteten.

Lucie verneinte. Am liebsten wollte sie bis in alle Ewigkeit so liegen bleiben, doch er befreite sich aus der Umarmung und lief aus dem Raum. Lucie schloss für einen Moment die Augen. Zugegeben – sie hatte schon wildere Nächte erlebt, dennoch war es schön gewesen, wunderschön. Weil Pawel zärtlich war und das mehr wog als jede vielleicht sogar vorgespielte Leidenschaft.

Kurz darauf kam er zurück – eine Anderthalb-Liter-Flasche Wasser klemmte unter seiner Achsel – und blieb einen Moment vor dem Bett stehen, um zu trinken. Lucie konnte ihr Glück kaum fassen, diesen Mann erobert zu haben, und war froh, als er wieder zu ihr ins Bett schlüpfte. Sogleich schlangen sich seine Beine wie Lianen um ihre. Mit dem Oberkörper ging er auf Abstand und taxierte sie. »So eine bist du also«, stellte er fest.

»Wie meinst du das?«

»Du hast angefangen.« Er stellte kurz die Wasserflasche auf ihrem Bauch ab, und sie schrie auf. »Aber keine Sorge.« Er erlöste sie von der kalten Flasche. »Ich mag solche Frauen.«

»Dabei übersiehst du bloß etwas ganz Entscheidendes.«

»Ach so? Was denn?«

Lucie zwickte ihn zärtlich. »Dass ich gar nicht angefangen habe.«

»Und ob du das hast.« Er beugte sich zu ihr runter, und sein Haar fiel ihr ins Gesicht, als er sie küsste. Sie rutschte tiefer, zog ihn zu sich heran und spreizte die Beine.

»Du hast mich auf jeden Fall zuerst geküsst. Mit deinem Lakritzmund.«

»Und du hattest rein zufällig ein Kondom dabei.«

Das stimmte. Sie hatte es aus ihrem Beutel genestelt, als er die ersten beiden Gänge einfach übersprungen und sofort in den dritten Gang geschaltet hatte.

»Bist du in allen Lebenslagen so gut vorbereitet?«, wollte er wissen. Die Wasserflasche rollte vom Bett und kullerte über den weißen Flokati.

»Vielleicht?« Sie umarmte ihn fester. »Schlimm?«

»Im Gegenteil. Das ist nur selbstbewusst.« Er küsste sie auf die Nasenspitze. »Und ziemlich sexy.«

Keine Spielchen, kein Taktieren – dafür war Pawel ihr viel zu wichtig, also sagte sie: »Ich will nicht alles zerreden, aber …« Sie brach ab, fand sich mit einem Mal selbst albern.

»Was?«

Bemüht, ihrem Gesicht einen entspannten Ausdruck zu verleihen, fuhr sie fort: »Du sollst nur eins wissen: Ich hab mich sofort in dich verliebt.« Sie schüttelte den Kopf, lachte unsicher auf. »Ist es blöd, dass ich das sage?«

»Nein, gar nicht.« Er war so ernst, so schrecklich ernst.

»In deine Unterarme«, ergänzte sie, in der Hoffnung, dass es dem Ganzen die Schwere nahm.

Pawels Augenbrauen rutschten unmerklich in die Höhe, es zuckte um seine Mundwinkel, dann lächelte er zu ihrer Erleichterung. »Und ich hab's sofort gemerkt.«

Sie wartete einen Moment ab, spürte dem Hämmern ihres Herzens nach, aber Pawel schien sich im Stand-by-Modus zu befinden. Wieso sagte er nicht, wie es bei ihm gewesen war? Ob er sich auch auf der Stelle in sie verliebt hatte oder ob es zumindest jetzt passiert war, nach ihrem ersten Mal.

Eine Tür klappte, und Lucie zog reflexartig das Laken über ihren nackten Körper. Bloß einen Wimpernschlag später stand Marta im Zimmer, die Augen weit aufgerissen und starr.

»Lucie«, sagte sie. Dann drehte sie ab und schlug die Tür hinter sich zu.

14.

Tiefschwarze Nacht.

Astrid tastete nach dem Wecker und schaute aufs Display. Zwei Uhr durch. Und Lucie war immer noch nicht zurück. Draußen knarrte die Treppe, dann waren Schritte zu hören. Astrid fuhr hoch und machte Licht, doch schon entfernten sich die Schritte, und alles war wieder still. Leise fluchend schwang sie sich aus dem Bett. Da sie ohnehin nicht mehr einschlafen würde, konnte sie auch ebenso gut aufstehen. Schon seit einer Stunde rang sie mit sich, ob sie Lucie hinterhertelefonieren sollte oder nicht. Ihre Kleine war zwar kein Kind mehr, sondern längst volljährig, aber trotzdem ...

Um diese Uhrzeit war Venedig ein dunkles Labyrinth, und Astrid wusste nicht, ob Pawel Gentleman genug war, sie nach Hause zu bringen. So wie Theo. Obwohl sein Bed-and-Breakfast-Zimmer am anderen Ende Venedigs, auf Sant' Elena, lag, hatte er sie bis vor die Hoteltür begleitet. Das alles, ohne ihr weitere Avancen zu machen, was sie sehr zu schätzen wusste.

Astrid ließ ihr Nacht-T-Shirt an, schlüpfte in eine Jeans und zog ihre Sandalen über, dann verließ sie das Zimmer. Unten in der Lobby saß Opa Johann. Im karierten Schlafanzug. Der Nachtportier war weit und breit nicht zu sehen.

»Johann, was tust du hier?«

Er schien kaum überrascht, sie um diese Uhrzeit an diesem Ort anzutreffen, und sagte: »Ich hatte Durst und dachte …«

Er brach ab, rutschte im Sofa eine Etage tiefer.

»Du bist krank, du gehörst ins Bett!« Sie hielt ihm den Arm hin. »Komm. Ich hab noch eine Flasche Wasser auf dem Zimmer. Die bringe ich dir gleich rüber.«

»Wasser, püh.« Er schnaufte. »Mit Durst hab ich eigentlich was anderes gemeint.«

»Ab ins Bett«, wies Astrid ihn wie ein ungehorsames Kind zurecht. Seit wann trank er eigentlich Alkohol? Das hatte er achtzig Jahre nicht getan.

Unverständliche Wörter vor sich hin brabbelnd, stand er auf, unterdessen kam der Nachtportier verschlafen um die Ecke gewankt.

»Potrei aiutarvi?«

»No, grazie«, erwiderte Astrid.

»Und was tust du hier, Astrid-Schatz? Wartest du auf deinen Liebhaber?«

»Ich habe keinen Liebhaber«, entgegnete sie kühl. »Lucie ist noch nicht da. Und ich mache mir, verdammt noch mal, Sorgen.«

»Dann suchen wir die kleine Kröte jetzt.« Er strebte schon zur Tür, aber Astrid hielt ihn am Arm zurück.

»Du gehst jetzt nirgends hin. Schon gar nicht im Schlafanzug. Und wo willst du überhaupt anfangen, sie zu suchen?«

Johann schien aufzugehen, dass dies ein schier aussichtsloses Unterfangen war, aber auch Astrid sah ein, dass es sinnlos war, hier unten auf Lucie zu warten. Dadurch würde das Kind auch nicht eher auftauchen.

Ein Schatten huschte an der Glastür vorbei, doch als Astrid hinsah, war er bereits vorüber. Sie riss die Tür auf.

»Lucie!«, brüllte sie in die Nacht. Die Gasse war nur schwach durch das Eingangsschild des Hotels beleuchtet.

»Ja?« Absätze klackten über den Asphalt, im nächsten Moment stand Lucie vor ihr. Bloß einen Pulsschlag später löste sich auch Pawel aus der Dunkelheit.

Erleichtert darüber, dass Lucie so plötzlich aufgekreuzt war, konnte Astrid nicht anders, als sie mit Vorwürfen zu überhäufen. Wo sie die ganze Zeit gesteckt habe, warum sie nicht wenigstens angerufen habe, ein Wort ergab das andere, bis ihre Tochter wortlos an ihr vorbeischoss, nach dem Nachtportier rief und sich erkundigte, ob noch ein Zimmer frei sei. Johann und Astrid sahen verblüfft zu, wie sie die Sache halb auf Englisch, halb auf Italienisch und ziemlich erwachsen meisterte. Und sie hatte Glück. Ein Ehepaar war am Nachmittag vorzeitig abgereist, das Zimmer noch am Abend hergerichtet worden.

»Wie jetzt?«, sagte Johann. »Tristan schläft hier? Bei Lucie?«

»Du bist senil, Opi«, entgegnete Lucie. »Das ist Pawel.«

»Weiß ich doch! Aber wieso … Hör mal, ihr seid mir vielleicht zwei Flitzpiepen! Ihr könnt doch nicht …«

»Mami, kommst du mal kurz?«, fiel Lucie ihm ins Wort und zog sie rüber in den Frühstücksraum.

»Du wirst heute allein schlafen müssen. Ist das okay für dich?«

»Und wer zahlt das Zimmer?«

»Pawel.«

»In Ordnung, Spatz.«

»In Ordnung?« Lucie sah sie lauernd an.

»Ja. Wenn du ihn magst …«

»Danke, Mami.« Astrid bekam einen Kuss auf die Wange, was lange, sehr lange, nicht mehr vorgekommen war. »Du bist super.«

»Du auch.« Sie blinzelte Lucie zu und beneidete sie in diesem Moment um ihre Jugend. Ihre Kleine konnte so etwas noch tun, aus einem spontanen Gefühl heraus einen jungen Mann mit zu sich aufs Zimmer nehmen. Sie hatte eben noch nicht so viele Jahre auf dem Buckel, die einen Rattenschwanz an Verpflichtungen mit sich brachten. Sie war niemandem Rechenschaft schuldig, weder einem Ehemann noch einem Schwiegervater noch einer Tochter.

»Opi, geh ins Bett, ja?«, rief Lucie. »Du wirst sonst noch richtig krank.«

Johann nickte, drehte folgsam ab und stieg langsam die Treppe rauf. Astrid, Lucie und Pawel folgten ihm, wobei Astrid aus dem Augenwinkel sah, dass Lucie ihrem neuen Freund über den Hintern strich. Sicher war im Vorfeld schon etwas gelaufen, was jetzt im Hotelzimmer seine Fortsetzung fand.

»Nacht. Schlaf gut«, sagte sie, als Johann gefühlte Stunden später in seinem Zimmer verschwunden war und Pawel die gegenüberliegende Tür aufschloss.

»Ach, Mami?«

»Was denn, Lucie?« Sie verkniff es sich, ihre Tochter vor ihrem Freund mit ihrem Kosenamen anzusprechen.

Der Hauch eines Lächelns huschte über ihr Gesicht. »Kann übrigens sein, dass Pawel und ich … also dass wir im November zusammen nach Indien gehen.«

Sie huschte ins Zimmer, die Tür klappte zu, und Astrid war es, als hätte ihr jemand eine Ohrfeige verpasst.

*

Milchiges Licht drang durch die halb geöffneten Fensterläden. Astrid war noch in einem Traum gefangen und versuchte, den Bildern nachzuspüren, aber weil bloß wirres Zeug in ihr aufstieg, blickte sie auf den Wecker – sieben Uhr durch –, dann schwang sie sich aus dem Bett und klappte die Fensterläden auf. Obwohl das Zimmer im dritten Stock gelegen war, musste sie sich weit aus dem Fenster lehnen und den Kopf im Fünfundvierzig-Grad-Winkel schräg nach oben drehen, um den Himmel sehen zu können. Er war unwirklich blau, wie auf einer billig produzierten Postkarte. Es würde heiß werden. Zu dumm, dass sie kaum noch saubere Sommersachen hatte. Entweder wusch sie gleich ein paar T-Shirts in dem kleinen Waschbecken aus und hängte sie zum Trocknen in die Duschkabine, oder sie kaufte sich nach der Schule ein, zwei Ersatz-Shirts.

Ihr Blick glitt zum Bett, das ohne Lucie wie verwaist aussah. Sonst lag ihre Kleine früh am Morgen zur Schnecke zusammengerollt da, und wenn man sie ansprach, brummte sie etwas Unverständliches und schlief sofort weiter. Zweifellos war die Sache mit Indien ein Scherz gewesen. Es konnte nur ein Scherz gewesen sein. Was sollte ihr Kind, das nie groß über den Tellerrand geblickt hatte, in Indien? Zumal sie mitten im Studium steckte und sich ja wohl kaum wegen eines jungen Mannes, der zugegebenermaßen blendend aussah, alles verbauen wollte.

Es klopfte. Es klopfte deutlicher, und Johanns Stimme drang wie in Watte gepackt an ihr Ohr: »Bist du schon los? Astrid-Schatz? Huhu? … schon los?«

Sie ging zur Tür, stolperte über Lucies Koffer, der im Weg stand, und öffnete. Ihr Schwiegervater stand, ein Bein in der Hüfte abgeknickt, da und schwenkte den Umwelt-Beutel, in dem er seine

Schulsachen mit sich herumtrug. »Ach, du bist ja doch noch da. Gar nicht Kaffee trinken?«

»Wieso Kaffee trinken? Es ist gerade mal sieben.«

»O nein, Astrid-Schatz.« Ihr Schwiegervater räusperte sich nachdrücklich und sagte, die Augenbrauen rechthaberisch hochgezogen: »Es ist exakt acht Uhr fünfundfünfzig.«

Du liebes bisschen, der Wecker musste stehen geblieben sein, es war nicht das erste Mal. »Wo ist Lucie? Fahrt ihr schon vor?«

Johanns Schultern zuckten in rascher Folge. »Keine Ahnung, wo die junge Dame steckt. Beim Frühstück war sie jedenfalls nicht.« Er sah sie eine Spur verzagt an, grinste im nächsten Moment keck. »Vielleicht hat sie ja Besseres zu tun. Mit ihrem Tristan.«

»Gib mir zwanzig Minuten, Johann. Dann nehmen wir gemeinsam das Vaporetto. Wartest du unten?«

Sie schlug die Tür zu, riss sich das Nacht-T-Shirt vom Leib und sprang, wobei sie ihr Haar am Hinterkopf mit einer Spange befestigte, unter die Dusche. Einseifen, abspülen, fertig. Sie entwendete kurzerhand ein T-Shirt aus Lucies Schrankfach, aber als sie kurz darauf die Treppe hinuntergehastet war, saß lediglich der Zeuge Jehovas an der Rezeption und warf ihr einen müden Blick zu. »Signore Conrady?«, sagte sie und ließ gleich ein paar Fragezeichen mitklingen.

»Se n'è andato.« Wie bei einer Flamencotänzerin fächerten sich die Finger seiner rechten Hand auf.

Astrid bedankte sich für die Auskunft, legte den Zimmerschlüssel auf den Tresen, dann verließ sie eilig das Hotel. Vielleicht würde sie Johann noch einholen. Doch an der Vaporetto-Station Ca' d'Oro wartete bloß ein Pulk sich lautstark unterhaltender Amerikaner. Augenscheinlich hatte er ein früheres Boot genommen.

Die Linie eins kam bereits ein paar Minuten später, nur konnte sie die Fahrt entlang des Canal Grande kaum genießen. Sie ärgerte sich. Nicht bloß über Lucies Rückfall in pubertäre Launenhaftigkeit, sondern auch über sich selbst. Morgen für Morgen war sie in aller Herrgottsfrühe aufgewacht, und ausgerechnet heute musste sie verschlafen. Sie würde den Wiederholungstest versäumen, den Franca für die erste Stunde anberaumt hatte. Noch unter der Dusche hatte sie sich eingeredet, dass sie bloß ihren Wissensstand überprüfen wollte, doch nun, da sie von den Amerikanern in ihren Shorts, die dralle sonnenverbrannte Schenkel freiließen, umzingelt dastand und den warmen Wind im Gesicht spürte, wurde ihr klar, dass es ihr um etwas ganz anderes ging. Sie wollte glänzen. Theo und den anderen im Kurs etwas beweisen, womit sie sich nicht weniger kindisch als ihre Tochter benahm.

Sandra, Beate und die beiden Chinesen strömten, von einer Gruppe Jugendlicher flankiert, ins Café, als Astrid kurz hinter dem Döner-Laden um die Ecke bog. Augenscheinlich kam sie gerade rechtzeitig zur Pause. Einen Augenblick später trödelten Franca und Opa Johann hinterher. Franca redete auf Johann ein, der den Kopf gesenkt hielt und sich trippelnd fortbewegte. Erleichtert darüber, dass er nicht orientierungslos durch Venedig irrte, beschleunigte Astrid ihren Schritt. Als Letzte tauchten Theo und Marta am schmiedeeisernen Tor auf, und wie auf ein geheimes Kommando flogen ihre Blicke in Astrids Richtung. Während Opa Johann und die Lehrerin, die beide von der Außenwelt nichts mitzukriegen schienen, in der Bar verschwanden und Theo abwartend stehen blieb, flatterte Marta in einem gepunkteten Seidenkleid auf sie zu.

»Wo sind sie?«, fragte sie ohne Umschweife.

»Wen meinst du?«, entgegnete Astrid, der Martas unfreundliche Art nicht passte.

»Ihre Tochter und mein Bruder.« Obwohl sich alle im Kurs – die Lehrerin ausgenommen – duzten, siezte sie Astrid, was diese als Affront wertete. »Lucie und Pawel.«

»Ich weiß auch, dass die beiden so heißen«, gab Astrid höflich lächelnd zurück. »Pawel hat sich bei uns im Hotel einquartiert, und ich vermute, die beiden schlafen noch.«

»Das heißt, Sie haben sie heute Morgen noch gar nicht gesehen?« Marta kratzte mit den Spitzen ihrer hochhackigen Pumps Taubenkot vom Pflaster.

»Nein.«

»Ist das Hotel weit von hier?«

»Marta, lass sie. Vielleicht wollen sie ja heute schwänzen. Sollen sie nur.«

»Das haben ja wohl kaum Sie zu entscheiden.« Ihre Stimme klang schrill.

»Du aber auch nicht«, entgegnete Astrid nun ebenfalls eine Spur schärfer. »Sie sind frisch verliebt. Freu dich doch mit ihnen.«

»Aber … das ist lächerlich!« Marta sagte noch viel mehr, sie gestikulierte erregt, dann klappte ihr Mund unvermittelt zu; sie drehte ab und stöckelte beleidigt in die Bar.

»Was war das denn?« Theo kam heran und begrüßte Astrid mit zwei Küsschen auf die Wangen. »Hat sie dir eine Szene gemacht?«

»Könnte man so sagen.«

»Und warum?«

»Weil ihr Bruder nicht so pariert, wie sie es gerne hätte. Er ist mit Lucie in unserem Hotel.« Sie schnaubte leise. »Mit Geld gesegnet und völlig ichbezogen – was für eine unangenehme Mischung.«

»Da bin ich doch auch lieber arm und selbstlos«, entgegnete Theo in halb ernstem, halb spaßigem Ton. Er hielt Astrid eine Tüte mit Aprikosen hin, aber sie lehnte dankend ab.

»Heißt das, da läuft was zwischen deiner Tochter und dem schnöseligen Beau?«

Sie nickte, maß Theo mit einem kritischen Blick. »Du hältst ihn für einen Schnösel?«

»Ist er das denn nicht?«

Astrid ließ sich nicht dazu anstiften, den jungen Mann, den sie viel zu wenig kannte, in irgendeine Schublade zu stecken, und erzählte lediglich, dass Lucie und er zu später Stunde im Hotel aufgekreuzt seien und Pawel auf die Schnelle ein Zimmer gebucht habe.

Theo zog überrascht die Augenbrauen hoch, dann schmunzelte er. »Kein schlechter Trick. Das hätte ich mal bei dir wagen sollen.«

»Vermutlich hätte ich dich so was von abserviert«, gab sie ebenfalls schmunzelnd zurück. »Diese Dreistigkeit – das kann man sich nur erlauben, wenn man jung ist.«

»Schade eigentlich, oder?«

»Theo!«, warnte sie ihn und versuchte zu kaschieren, dass sie sich trotz allem geschmeichelt fühlte. »Ich hab übrigens noch nicht gefrühstückt.«

»Dann komm.«

Höflich, wie er war, ließ er sie vorgehen, als sie die Bar betraten. Am Tresen herrschte Gedränge, aber Theo arbeitete sich rasch bis zum Barista vor und organisierte Kaffee und zwei Brioches. Stimmengewirr vermischte sich mit dem Geklapper der Tassen, unaufhörlich zischte, brummte und surrte die Espressomaschine, und verführerischer Kaffeeduft hing in der Luft.

Beim eiligen Frühstück berichtete Theo von dem Test, der seiner Ansicht nach viel zu schwer gewesen sei. Während er mit grammatischen Formen und Vokabeln jonglierte, schweifte Astrids Blick immer wieder zu Franca und Johann, die mit ihren Tassen abseits standen und sich augenscheinlich immer noch angeregt unterhielten. Ein paar Mal lachte Franca laut auf, als habe Opa Johann etwas besonders Komisches von sich gegeben. Sie wirkten so vertraut miteinander, dass Astrid sich fragte, wieso ihr Schwiegervater nicht endlich über seinen Schatten sprang und sich ihr offenbarte. Je länger er damit wartete, desto schwieriger würde es werden. Und irgendwann war das Netz aus Lügen zu dicht gewebt, um noch einen Ausweg zu finden.

Theo bemerkte, dass sie nicht ganz bei der Sache war, und sagte süffisant lächelnd: »Die beiden scheinen sich ja auch gesucht und gefunden zu haben.«

»Wie meinst du das?«, fragte Astrid, bemüht, einen beiläufigen Ton anzuschlagen.

»Ich weiß ja nicht, aber …« Er brach ab, strich sich über seine Koteletten, dann sprach er weiter: »Kann es sein, dass der alte Herr gerade seinen zweiten oder dritten Frühling erlebt? So wie er sie immer ansieht …«

»Glaubst du wirklich?«, entgegnete Astrid. »Sie ist doch viel zu jung für ihn.« Sie stellte ihre Tasse ab und warf die zerknüllte Papierserviette weg. Theo war gründlich auf dem Holzweg. Sollte er nur. Einzig der Gedanke, dass er sich überhaupt mit den beiden beschäftigte und das immer wieder, irritierte sie.

In der zweiten Unterrichtshälfte – sie nahmen die Verben auf *ere* sowie die unbetonten indirekten Personalpronomen durch – achtete Astrid mehr auf die nonverbale Kommunikation zwischen Franca und ihrem Schwiegervater, als sich auf die grammatischen Formen zu konzentrieren. Es war schon auffällig, wie häufig sie sich zulächelten. Mal ruhte Francas Blick länger als nötig auf Opa Johann, mal war es umgekehrt, und Astrid hatte nicht die geringste Ahnung, was das zu bedeuten hatte.

Als Liu und Beate sich damit abmühten, einen Dialog mit der Überschrift *Una giornata al mare* im Wechsel vorzulesen, platzten endlich die beiden frisch Verliebten herein. Im Bruchteil einer Sekunde richtete sich Marta kerzengerade auf und sah Lucie lauernd aus schmalen Augen an. Die tat, als bemerke sie es gar nicht. Vielleicht registrierte sie es in ihrem Hormonrausch ja auch tatsächlich nicht. Ohne nach links und rechts zu schauen, setzte sie sich auf ihren Platz, schlug ihr Buch auf und starrte hinein. Als gäbe es keine Marta, keine Lehrerin, niemanden sonst auf der Welt. Hoffentlich war an der Indien-Sache nichts dran. Hoffentlich war sie einfach nur verliebt.

Die Stunde ging herum, irgendwie. Astrid kam einmal mit Vorlesen dran und fand zu ihrer alten Form zurück. Dann war der Zeiger der Uhr auf eins vorgerückt, Franca gab wie üblich Hausaufgaben auf, die sowieso keiner von ihnen erledigen würde, und als alle schon ihre Sachen verstauten, schlug sie vor, in den kommenden Tagen gemeinsam essen zu gehen. Die Idee fand allgemeine Zustimmung – allein Marta schüttelte missbilligend den Kopf –, und da sie schon dabei waren, einigten sie sich sogleich auf den nächsten Abend. Ein paar Straßen weiter, so Franca, gebe es eine hübsche kleine Osteria, in der man herrlichen Fisch essen könne, falls es aber lieber Pizza sein solle, wisse sie auch eine Pizzeria an der Uferstraße Zattere.

Alle waren für Pizza – Marta enthielt sich eines Kommentars –, und Franca entließ sie in den sonnig-heißen Nachmittag.

*

Johann schniefte, schnupfte und röchelte, aber was machte das schon, da er glücklich wie schon lange nicht mehr war. Übermütig tat er einen kleinen Hüpfer. Und noch einen. Auch wenn das sicherlich nicht gut für seinen Rücken war.

An der Seite seiner Schwiegertochter schlenderte er zur Vaporetto-Station, und es zerrte gehörig an seinen Nerven, dass sie ihn die ganze Zeit mit gerunzelter Stirn taxierte. Als wäre er ein dreiköpfiges Fabelwesen, das gleich auch noch Feuer spucken würde.

»Also gut, was willst du wissen?«, grunzte er.

»Was sollte das mit dir und Franca im Unterricht? Ihr guckt euch ja an wie Verliebte!«

Er blieb stehen. »Astrid-Schatz, du bist viel zu neugierig für diese Welt.«

»Hast du es ihr gesagt?«

»Nein.« Von dem Duft einer Bäckerei wie magisch angezogen, ging er hinein, grüßte perfekt auf Italienisch, dann schaute er sich die Köstlichkeiten in der Vitrine an. Miniatur-Pizzen lockten ihn ebenso wie bunte Cremetörtchen und pudriges Gebäck, das mit glasierten Mandeln verziert war. Am Ende entschied er sich, von allem ein bisschen zu nehmen, und war dann doch froh, dass Astrid nachkam, um ihm bei der Verständigung zu helfen. Er war wirklich stolz, dass seine Schwiegertochter so helle war und Tristan und Isolde, die an ihrem Status der Klassenbesten zu kratzen versuchten, einfach wegfegte. Sie begriff die Grammatik schneller als alle anderen und war die Einzige, bei der die Aussprache schon richtig Italienisch klang.

Später auf dem Vaporetto – Johann hatte einen Sitzplatz am Bug des Bootes ergattert, naschte von den Leckereien und ließ sich nicht mal von dem Zittern der Motoren stören – fing Astrid schon wieder an zu quengeln.

»Was habt ihr denn in der Pause die ganze Zeit getuschelt?« Sie fischte eine Pizza mit einer Sardelle aus der Tüte mit den salzigen Teilchen.

»Wir haben nicht getuschelt. Wir haben uns ganz normal unterhalten. Wie zivilisierte Menschen.« Mit dem Handrücken wischte er sich den pudrigen Zucker vom Mund.

»Und worüber?«

»Über alles und nichts. Und da du deine Neugier ja nicht bezähmen kannst … Sie will mich mit ans Meer nehmen. Zum Lido.«

»Zum Lido?«, wiederholte Astrid ungläubig.

»Exakt. Das ist diese Landzunge, die vor Venedig liegt und die Lagune von der Adria trennt. Da wo auch die Filmfestspiele …«

»Johann, das weiß ich doch.«

»Dann frag nicht so doof.«

»Aber ich versteh das jetzt nicht ganz …« Astrid biss von der Pizza ab. »Warum tut sie das?«

»Sie hat dort als Kind ihre Ferien verbracht.«

Astrids Kopf wirbelte herum. »Wie bitte? Sie will dir, ausgerechnet dir, den Ort ihrer Kindheit zeigen? Einem x-beliebigen Kursteilnehmer, der in ihrer Küche bei dem Versuch, den Milchtopf vom Herd zu nehmen, auf die Nase gefallen ist?«

»Ja, das will sie.« Der Appetit war ihm mit einem Mal vergangen, und er ließ den angeknabberten Keks zurück in die Tüte gleiten.

»Und? Weiter?«

»Ich hab ihr nur erzählt, wie das bei mir früher war. Also in meiner Kindheit. Dass ich nie irgendwo Ferien machen konnte. Schlechte Zeiten, du weißt schon. Das hat ihr wohl irgendwie leidgetan.«

»Dann hat sie es dir einfach so aus freien Stücken angeboten?«

Abwehrend verschränkte er die Arme vor der Brust. Er ließ sich nicht gerne aushorchen. War es nicht seine Sache, wie er sich seiner Tochter annäherte?

»Johann?«

»Ich hab sie gefragt! Zufrieden? Und? Macht das jetzt irgendeinen Unterschied?«

Seine Schwiegertochter sagte nichts dazu und trank stattdessen gluckernd aus ihrer Wasserflasche, bis lediglich noch ein paar Tropfen an der Innenwand der Plastikflasche perlten. Sie schwiegen eine Weile, dann schob sich in der Ferne die Rialtobrücke majestätisch in sein Blickfeld. Er war schon so oft hier langgefahren, und immer wieder war es ein erhabener Moment. Den seine Schwiegertochter leider kaputtmachte, indem sie sich räusperte, hüstelte und schließlich sagte: »Ich fände es nur recht und billig, wenn sie endlich die Wahrheit erfahren würde. Alles andere ist ...«

Sie wedelte mit der leeren Flasche. »Johann, das ist unfair! Weil du vorgibst, jemand zu sein, der du gar nicht bist. Und vielleicht würde sie mit dem, der du in Wirklichkeit bist, auch gar nicht an den Ort ihrer Kindheit fahren wollen.«

»Das werden wir dann ja sehen«, schnappte er zurück.

Das Boot wurde langsamer, kam einer vorbeigleitenden Gondel

gefährlich nahe, die auf den Wellen zu tänzeln begann, und schon steuerte es die Anlegestelle an der Rialtobrücke an. Touristen wuselten durcheinander, überall stellten sie ihr hässliches sonnenverbranntes Fleisch zur Schau, hinterließen ihren Müll und verstopften die Gassen. Arme Franca. Sie musste das Tag für Tag aushalten und war doch immer freundlich zu ihm und all den anderen. Und noch während er darüber nachsann, wie edel das von ihr war, durchflutete ihn ein wohlig warmes Gefühl. Vielleicht war es einfach bloß Sympathie, vielleicht auch mehr, aber egal, wie man es nannte, es fühlte sich gut an und zauberte ihm ein Lächeln ins Gesicht.

»Johann, findest du den Weg zum Hotel allein?« Seine Schwiegertochter half ihm beim Aufstehen.

Er nickte.

»Prima. Ich bin nämlich noch verabredet.«

»Mit deinem Theo?«

In ihrem Blick blitzte ein Funke Verlegenheit auf. »Er ist nicht *mein* Theo. Wir wollen nur ins Guggenheim-Museum.«

»Na toll«, seufzte er. »Hier macht ja wohl jeder, was er will. Lucie vergnügt sich mit diesem Tristan, und du …« Er winkte ab, aber Astrid beugte sich zu ihm runter und gab ihm ein Küsschen auf die Wange.

»Du doch auch, Johann.« Sie hauchte ihm einen Luftkuss zu. »Du doch auch.«

Und dann stieg sie aus.

15.

Der Wind trieb dunkle Wolken heran, und das Wasser des Giudecca-Kanals war in Aufruhr. Noch tröpfelte es nicht, aber man konnte das herannahende Gewitter bereits spüren.

»Johann, beeil dich!«, trieb Astrid ihren Schwiegervater zur Eile an.

»Ja, ja. Nun mach mal nicht die Pferde scheu.«

Opa Johann trottete in aller Seelenruhe hinter ihr her. Als wären sie nicht ohnehin schon zehn Minuten zu spät. Astrid verspätete sich nicht gerne, nie, aber der heimliche Grund ihrer Eile war, dass sie in der Pizzeria neben Theo sitzen wollte. Sie hatte sehr wohl registriert, dass Beate seit seiner Verwandlung in einen adretten Herrn ihre Fühler nach ihm ausgestreckt hatte. Es war ja kein Geheimnis, dass sie, ebenso wie die sonnenstudiobraune Sandra, nach Männern Ausschau hielt. Augenscheinlich waren sie aber bei den Venezianern noch nicht fündig geworden.

»Mami, stress nicht so rum«, schlug sich Lucie auf Opa Johanns Seite. »Die trinken sowieso erst mal ihren Aperitif.«

»Ich finde es aber unhöflich, zu spät zu kommen.« Sie beschleunigte ihren Schritt.

»Und dafür nimmst du lieber ein Magengeschwür in Kauf?« Lucie lief mit winzigen Trippelschritten neben ihr her. »Typisch westliche Einstellung, die die Menschen am Ende nur krank macht.«

Astrid warf ihrer Tochter einen alarmierten Blick zu. »Lucie?«

»Ja, Mami?« Sie ließ das *i* lange ausklingen.

»Das mit Indien …«

»… ist eine wirklich coole Idee.«

»Nein, Lucie, das ist es nicht. Und das weißt du auch.«

Ein Kreuzfahrtschiff, riesig wie ein Koloss, schob sich tutend in die Lagune.

»Wahnsinn! Guck doch mal!«

»Lucie, wir reden gerade.«

Ihre Tochter blieb so jäh stehen, dass Astrid gegen sie prallte. »Mir ist es sehr ernst mit Indien. Und wenn du irgendwie ein Problem damit hast, kann ich dir auch nicht helfen.«

Ärger kroch in Astrid hoch. »Und wie stellst du dir das vor? Willst du dein Studium einfach so abbrechen? Nur, weil da so ein Typ auf der Bildfläche erscheint, in den du dich zufällig verknallt hast?«

Johann kam schnaufend hinterher. »Kinder, müsst ihr ausgerechnet jetzt streiten?«

»Ja, das müssen wir«, beteuerte Astrid. »Deine Enkelin will nämlich nach Indien.«

»Indien? Da laufen doch meines Erachtens …«

»Ja, da laufen Inder rum, stell dir bloß vor.«

»So mit Turban?«

»Opi!« Lucie klang genervt.

»Jetzt noch mal von vorne.«

Opa Johann hüstelte. »Du willst nach Indien. Mit wem denn? Mit Tristan?«

»Mit Pawel«, korrigierte Lucie ihn.

»Ernsthaft?«

»Natürlich ernsthaft! Für ein halbes Jahr, wenn ihr es genau wissen wollt.«

Astrids Lachen heulte wie eine Sirene auf.

»Siehst du, Mami?«, beschwerte sich Lucie, und ihr Haar flatterte im Wind. »So ist das immer mit dir. Du nimmst mich gar nicht ernst! Wahrscheinlich nimmst du Opi auch nicht ernst. Du nimmst im Grunde niemanden ernst. Deine Sichtweise ist nämlich … *so*!« Sie deutete mit den Händen einen Tunnel an, einen sehr engen Tunnel. »Ein Wunder eigentlich, dass du mit diesem Theo rummachst. Das hätte ich dir in deiner Spießigkeit gar nicht zugetraut.«

Astrid kämpfte mit den Tränen, aber Lucie winkte ab und eilte davon. Was war bloß los? Warum lief auf einmal alles so schrecklich verquer? Die Wirrnisse der Pubertät hatte sie doch eigentlich längst hinter sich gelassen. Und würde nicht jede Mutter so reagieren, wenn die Tochter ihre Existenz aufs Spiel setzte, bloß um einem jungen Mann, den sie kaum kannte, nach Indien zu folgen? Die große weite Welt würde sie später immer noch entdecken können. Wenn die Beziehung gefestigt, das Studium abgeschlossen war. Wenn sie besser wusste, was sie vom Leben wollte.

Opa Johann legte ihr seine Hand auf den Arm. »Komm, mein Herz, husch, husch jetzt.«

Erste Tropfen pladderten auf den Asphalt, aber sie hatte es in der emotional aufgeladenen Situation nicht mal mitbekommen.

»Johann, bin ich wirklich so?« Eingehakt liefen sie weiter. »Nehme ich sie nicht ernst?«

Ihr Schwiegervater ließ sich mit der Antwort einen Moment Zeit. Dann versicherte er: »Keine Sorge, Astrid-Schatz. Du nimmst sie ernst. Aber mit dem schmucken Tristan auf große Fahrt zu gehen ist natürlich verlockender als so ein langweiliges Medikamenten-Studium.« Er verstärkte den Druck auf ihren Unterarm. »Im Ernst: Wir wussten doch alle, dass Pharmazie nicht gerade ihr Traum ist.«

*

Nach dem ersten Glas Wein fühlte sie sich besser. Zwei Gläser und einige Happen Pizza später war die Welt fast schon wieder in Ordnung. Sie hatte den Platz zwischen Theo und dem wie üblich wortkargen Chinesen-Pärchen ergattert, aber auch Beate hatte nicht lange gefackelt und sich sogleich zu Theos Linken niedergelassen. Astrid gegenüber saßen Sandra, Opa Johann und Franca, am Kopfende, das in den Saal hineinragte, residierte Marta, schick im Zwanzigerjahre-Charlestonkleid und mit langer Perlenkette, neben ihr ein junger Mann, den niemand kannte, am gegenüberliegenden Kopfende hockten Lucie und Pawel so dicht nebeneinander, dass kein Blatt Papier zwischen ihre Schultern gepasst hätte. Astrid wusste nicht, wie sie es überhaupt schafften, ihre Gabeln zum Mund zu führen, aber es schien irgendwie zu funktionieren. Ab und zu fütterten sie einander mit kleinen Happen, was Marta angewidert beobachtete.

Auf dem Weg hierher, den sie gerade noch vor dem großen Guss geschafft hatten, hatte sie einen Entschluss gefasst: keine Probleme heute Abend, egal, ob sie Indien oder Opa Johann betrafen. Sie wollte den Abend genießen, jeglichen Ballast von sich werfen. Was lediglich dadurch erschwert wurde, dass Theo und Beate leise miteinander plauderten, aber keine Anstalten machten, sie ins Gespräch mit einzubeziehen. Das Wort Europa fiel, vielleicht sprachen sie über Politik? Ersatzweise wandte sich Astrid Sandra zu, die wie ihre Freundin ein tief ausgeschnittenes Oberteil im Nude-Ton trug und ihre Brüste zur Schau stellte. Sie redete und redete. Über dies und das und meistens über nichts. *Hör mal, Schätzchen* – so leitete sie die Sätze mit ihrer voll tönenden Stimme ein. *Quasi praktisch* war eine gern genommene Floskel, und die Pointen verdarb sie jedes Mal, indem sie sie nach dem ersten *Hör mal, Schätzchen* bereits vorwegnahm. Vom Alkohol beflügelt, redete sie mit der gleichen Intensität über Männer, Leberkäse und Mülltrennung. Erst als sie auf die Scuola Grande di San Rocco zu sprechen kam, die sie mehr als alles andere fasziniert habe, wachte Astrid aus ihrem Dämmerschlaf auf. Theo sah sie genau in diesem Moment an, Marta kicherte und küsste den jungen Mann auf den Mund, dann nahm Sandra ihre Brüste vom Tisch, allerdings nur, weil die Bedienung ihr den Nachtisch, eine kleine Auswahl an *dolci*, hinstellte.

»Gar nicht wahr«, hörte sie Theo neben sich sagen. »*Facebook* hat uns doch alle schon fest im Griff. Bist du einmal angemeldet, gibt es kein Zurück mehr. Und nach deinem Tod leben all deine *Gefällt-mir*-Klicks munter bis in alle Ewigkeit weiter.«

Beate lachte, und Opa Johann sagte quer über den Tisch hinweg: »Aber jeder will doch, dass irgendetwas von ihm weiterlebt. Ob's nun die Enkel sind oder die *Gefällt-mir*-Klicks, nicht wahr?« Er hob sein Glas, und alle taten es ihm gleich, selbst die Chinesen, die augenscheinlich nie etwas verstanden, aber zumeist freundlich in die Runde lächelten.

»Johannes, Sie sind bei *facebook*?«, erkundigte sich Franca, den Blick voll ungläubigen Staunens.

Johann lächelte in einer Mischung aus Stolz und Selbstgefälligkeit. »Aber selbstverständlich!«

Sie hielt immer noch ihr Glas hoch, und der Wein darin wogte gefährlich. »Und warum, wenn ich fragen darf?«

»Weil's Spaß macht?«, entgegnete er, nicht ohne ein Fragezeichen hinterherzuschicken.

»Verstehe«, murmelte sie, aber man sah ihr an, dass sie es nicht verstand. Mit einer kleinen Verzögerung hakte sie nach, worin der Reiz für ihn liege. »Reine Zerstreuung? Neue Leute kennenlernen? Freunde aufspüren, die man aus den Augen verloren hat?«

Johanns Lächeln erstarb. »Manche Leute nehmen auf diese Weise auch Kontakt zu ihren Verwandten auf.«

»Weil sie nicht zum Telefonhörer greifen mögen?«

»Vielleicht.« Er räusperte sich nachdrücklich. »Oder weil ihnen das Leben eigenartig mitgespielt hat.«

Bitte nicht, dachte Astrid. Nicht hier vor allen Leuten, doch da schnippte Johann nach dem Kellner und rief: »Io vogliare vino! Subito vino! Kriegt man denn hier nicht mal ein Glas Vino?«

Astrid behagte sein alkoholgeschwängerter Tonfall nicht. Das Ganze gefiel ihr ganz und gar nicht, aber bevor der Kellner Opa Johanns Wunsch nachkommen und er sich weiter Mut antrinken konnte, hatte Franca den glänzenden Einfall zu zahlen, um noch ein wenig am Zattere-Ufer umherzuspazieren und irgendwo einen Absacker zu trinken. Der Regenguss war vorüber. Durch die bodentiefen Fenster der Pizzeria sah man Passanten mit zugeklappten Regenschirmen vorbeieilen, dahinter verschmolz das blauschwarze Wasser des Kanals mit dem grün angestrahlten Hilton auf der Giudecca zu einer romantischen Abendkulisse.

Alle waren einverstanden. Die Rechnung kam, jeder legte seinen Anteil auf den Tisch, und schon im Aufbruch begriffen, suchte Astrid rasch die Toilette auf. Als sie aus der Kabine kam, stand Franca vorm Spiegel, zog sich die Lippen nach und zupfte ihr kurzes Haar in Form. Sie lächelten sich knapp zu.

»Sehr nettes Lokal«, eröffnete Astrid das Gespräch. Es war ein Versuch, ihre Unsicherheit zu überspielen.

»Sì. Si mangia bene qui.«

»Sì, si mangia bene qui«, repetierte sie. Das deutsche *man* wird in einer si-Konstruktion wiedergegeben – sie hatten es erst am Vormittag gelernt.

»Astrid, was ich Sie schon länger mal fragen wollte«, begann Franca. Sie wandte sich Astrid zu, durch deren Magen in dieser Sekunde ein Ruck ging.

»Ja?«

Franca lächelte, aber beim flüchtigen Seitenblick sah Astrid, dass es ein erstarrtes, maskenhaftes Lächeln war.

»Ich weiß nicht, Ihr Schwiegervater … Er ist so …« Franca knautschte gedankenverloren ihr Haar. »Er ist manchmal schon sonderbar.« Sogleich relativierte sie: »Oder sagen wir, etwas verschroben.«

»Ach ja? Finden Sie?«

Franca nickte. »Ich weiß nicht, ob er Ihnen davon erzählt hat. Er möchte, dass ich ihn mit zum Lido nehme.«

Astrid nickte vage. Sie wollte raus! Weg von hier!

»Das ist ja schön und gut. Ich zeige ihm auch gerne das Meer. Nur frage ich mich …« Die Lehrerin befeuchtete ihre Lippen. Für die Dauer eines Atemzugs schien die Welt stillzustehen, dann fuhr sie fort: »Astrid, falls er sich in mich verliebt haben sollte … Da ist er bei mir komplett an der falschen Adresse. Abgesehen vom Altersunterschied … Ich meine, er hat doch selbst gesehen, dass ich eine Lebensgefährtin habe. Oder denkt er vielleicht, Chiara ist bloß eine gute Freundin?«

»Er ist nicht in Sie verliebt«, sagte Astrid mit glasklarer Stimme.

»Gut. Das ist gut.« Franca nickte andeutungsweise, aber ihr Gesichtsausdruck verriet Zweifel.

»Ganz sicher«, bekräftigte Astrid.

»Aber was will er dann von mir? Ich kann ja kaum noch einen Schritt tun, ohne dass er irgendwo, irgendwie aufkreuzt. Und auch heute Abend … Mir war von vornherein klar, dass wir wieder nebeneinander sitzen werden.« Francas Hände tanzten durch die Luft. »Verstehen Sie mich nicht falsch. Ich mag Ihren Schwiegervater, keine Frage, nur ist er nicht der Einzige im Kurs. Ich hätte mich zum Beispiel auch gerne mal mit Ihnen unterhalten.«

»Ich weiß.« Astrid stellte den Wasserhahn an und begann, sich völlig unmotiviert die Hände zu waschen. »Aber ich bin nicht sein Sprachrohr.«

Francas argwöhnischer Blick traf sie im Spiegel. »Ich glaube, ich verstehe nicht.«

»Fragen Sie ihn am besten selbst, ja?«

»Das … das klingt jetzt allerdings, als ob tatsächlich irgendwas wäre.«

Astrid drehte den Wasserhahn ruckartig zu. »Es ist auch was. Aber ich kann nicht … tut mir leid, Franca, ich kann nicht mit Ihnen darüber reden.« Und mit tropfnassen Händen verließ sie den Toilettenvorraum.

*

Ein lauer Wind wehte aus Richtung der Lagune. Er zerwühlte Astrids Frisur, fuhr ihr unter den Rock und liebkoste ihre nackten Schultern. Im nächsten Moment spürte sie Theos Hemd, das sich aufblähte und unabsichtlich ihre Arme streichelte. Sie waren einige Meter hinter den anderen zurückgeblieben; ab und zu wurde ihr Gelächter zu ihnen getragen, um sogleich wieder vom Wind verschluckt zu werden.

Astrid entschlüpfte ein leiser Seufzer, was Theo zum Glück nicht mitbekam. Es gefiel ihr, mit ihm die Uferpromenade entlangzuschlendern. Weil es sie an früher erinnerte, an ihr Leben vor Max und Lucie. An die unbeschwerte erste Zeit mit Thomas, doch das schien ewig her zu sein. Theo war ein netter, anständiger Kerl, aber sie war nicht in ihn verliebt, und das sollte auch so bleiben. Weil sie Thomas liebte, trotz allem. Dennoch schmeichelte es ihrem Ego, dass Theo sie umwarb, dass es ihm ebenso wie ihr zu gefallen schien, Seite an Seite mit ihr durch Venedig zu streifen.

Theo erzählte ihr mit gedämpfter Stimme von seinem Romanprojekt, seine Gesten waren ganz im Gegensatz dazu ausladend, und Astrid kommentierte mit knappem Nicken. Der Alkohol war ihr zu Kopf gestiegen, sie fühlte sich federleicht, als würde sie gleich abheben und einen Zentimeter über dem Boden schweben.

»Astrid, du kannst mir nichts vormachen«, wechselte er jäh das Thema.

»Wie bitte? Was meinst du jetzt?«

Theos Arm schnellte vor, und er deutete auf das Grüppchen, das noch in Sichtweite war und immer winziger wurde. »Korrigier mich, vielleicht liege ich ja komplett falsch, aber irgendwas ist doch mit deinem Schwiegervater.«

»O ja«, erwiderte sie und spürte, wie ihr Herz flatterte. »Mit jedem Menschen ist irgendwas.«

Theo lächelte aus schmalen Augen, dann deutete er auf die einzige noch nicht von einem Liebespaar belegte Bank. »Wollen wir uns einen Moment setzen?«

»Und die anderen?« Astrid reckte sich auf die Zehenspitzen.

Bald würden Opa Johann, Franca und die anderen nur noch Pünktchen sein und dann ganz in der Dunkelheit verschwinden.

»Die gehen da vorne spazieren. Na und?« Theo strich sich das Haar zurück. »Wahrscheinlich kehren sie eh gleich wieder um. Oder auch nicht. Was kümmert uns das jetzt?«

Von dem kleinen Disput erschöpft, ließ sich Astrid auf die Bank fallen.

»So. Was wolltest du nun sagen?« Sie streckte ihre Beine weit von sich und schaute in den klaren Sternenhimmel. Der Mond hing wie ein großer runder Ball über ihnen.

»Ich weiß, das kann gar nicht sein, Astrid, und es geht mich ja eigentlich auch nichts an, aber …« Er verschränkte die Hände ineinander und betrachtete seine Daumen. »Herrje, die beiden sehen sich nun mal so verdammt ähnlich.«

»Du wiederholst dich.«

»Ja! Es fällt mir eben immer wieder auf.«

Astrid applaudierte lautlos. »Du bist ein wirklich exzellenter Beobachter.« Nach und nach beruhigte sich ihr Herzschlag, und sie sagte: »Es ist ganz einfach, Theo. Sie sehen sich ähnlich, weil sie Vater und Tochter sind.« Es war raus, ja, meine Güte, es war endlich gesagt. Vorbei die Zeit des Versteckspiels, Astrid hatte es ohnehin allmählich satt.

Theo lachte auf. »Das ist ein Ding! Das ist wirklich ein Ding.« Lachsalven und Kopfschütteln wechselten einander ab. »Und du verschaukelst mich auch nicht?«

»Nein.«

»Ich hab's irgendwie geahnt.« Er rutschte mit dem Gesäß ein Stück vor und legte seinen Kopf auf der Rücklehne der Bank ab. »Diese frappierende Ähnlichkeit … Aber ich dachte mir, das kann gar nicht sein. So ein Quatsch … Da geht bloß wieder eine Fantasie mit mir durch.«

»Behalt es bitte für dich, ja?«

»Natürlich. Wem sollte ich es auch sagen?« Er drehte seinen Kopf zur Seite. »Was ist mit Franca? Weiß sie es gar nicht?«

Astrid schüttelte den Kopf. »Noch nicht. Ich hoffe, er sagt es ihr endlich mal. Deswegen ist er schließlich hier.« Sie heftete ihren Blick in die Ferne, doch das Vierergrüppchen war längst nicht mehr zu sehen. Sie spürte, wie sich Theos Hand auf ihre Schulter mogelte. »Was ist das bloß für ein seltsames Familiengeheimnis.«

»Theo …«

»Schon gut, ich frag nicht weiter.«

Astrids Augen folgten einem Vaporetto, das auf die Giudecca zusteuerte und ein heranzischendes Wassertaxi kreuzte. Ein Wunder, dass es keinen Crash gab.

»Astrid?« Theo verstärkte den Druck auf ihre Schulter. Seine Hand war heiß, und es fühlte sich an, als würde er ein Loch in den Stoff brennen.

Sie sah ihn an und wusste in dem Moment, was er wollte.

»Theo, ich bin betrunken«, wandte sie ein.

»Na und? Dann sind wir schon zwei. Aber was wir gehabt haben, kann uns keiner mehr nehmen.«

»Aber wir werden es ganz schrecklich bereuen.«

»Nein, ich bereue nichts.«

Und dann beugte er sich vor und küsste sie. Und Astrid tat nichts, um es vorschnell zu beenden.

16.

Wohin gehen wir?« Johann hatte Mühe, mit Franca Schritt zu halten.

»Kommen Sie, Johannes, ich zeig Ihnen etwas.«

Sie liefen weiter, immer geradeaus, dem äußersten Zipfel Venedigs entgegen. Johann blickte sich verstohlen um, aber sie hatten alle abgehängt. Lucie und Tristan, Isolde und ihren neuen Galan, Astrid-Schatz und den Hippie – selbst die schönen Damen aus München vermisste er mit einem Mal schmerzlich, als könnten sie ihm bei etwas beistehen, von dem er nicht mal wusste, was es genau war. Der Tod in Venedig … Da gab es doch so eine Lektüre, Max hatte sie für die Schule lesen müssen … Oder war es doch ein Film, den Thomas mal auf Videokassette aufgezeichnet hatte? Merkwürdig, dass ihm das ausgerechnet jetzt einfiel, da er mit Franca allein war und die Gelegenheit so günstig wie nie zuvor. Es gab keine rot gelockte Freundin, die hereinplatzen konnte, keine Milch, die kurz vorm Überkochen war, es gab nur ihn, Franca und ein nächtliches, ein wenig gespenstisches Venedig.

Linker Hand schälte sich ein sandsteinfarbenes Gebäude aus der Dunkelheit, und im Lichtschein der Uferbeleuchtung konnte er erkennen, dass es erst kürzlich renoviert worden sein musste. Er blieb stehen und spähte in ein bodentiefes Fenster. Zu Atem kommen, sich auf den großen Moment vorbereiten, was auch immer.

Franca trat neben ihn, und weil ihn ihre körperliche Nähe nervös machte, rückte er sogleich ein paar Zentimeter von ihr ab.

»Kann man was erkennen?«, tönte ihre melodische Stimme an seinem Ohr.

»Nö.« Er roch ihr Parfüm, und das Bild eines Lavendelfelds, mit weißem Rittersporn gespickt, tauchte vor seinem inneren Auge auf.

»Das ist ein Museum für moderne Kunst«, erklärte Franca. »Mit ganz wunderbaren Exponaten.«

»Heutzutage wird ja alles zu Kunst erklärt«, deklamierte er, wohl, um seine aufsteigende Angst zu bekämpfen. »Wahrscheinlich sogar der Wischlappen in meinem Bad.«

Während sich Astrid immer fürchterlich aufregte, wenn er mit solchen Stammtischsprüchen daherkam, lachte Franca glockenhell auf. »Dann bringen Sie ihn doch mal hierher … Ihren Wischlappen. Wenn er denn so wertvoll ist, wie Sie sagen.«

»Beim nächsten Mal. Versprochen.« Er sah sie an, war versucht, sie einfach in die Arme zu schließen, aber dann war der innige Moment auch schon wieder vorüber, und sie zuckelten Seite an Seite weiter. Ohne jede Hast. Der Hasenfuß in ihm wäre am liebsten wieder umgekehrt und hätte sich im Bett verkrochen, doch befeuert von dem Wunsch, ein ganzer Kerl zu sein, immerhin das, setzte er einen Fuß vor den anderen. Franca war seine Tochter, auch wenn er für sie nicht das Gleiche fühlte wie bei Thomas. Vielleicht war es auch vermessen, das zu erwarten. Ein halbes Jahrhundert versäumtes Leben ließ sich eben nicht durch einen Italienisch-Kurs für Anfänger samt kleinem Spaziergang entlang der Uferpromenade wettmachen.

Mit jedem Schritt, den sie zurücklegten, wurde es windiger,

dann erreichten sie die Spitze der Landzunge, und Johann staunte: Ein hünenhafter weißer Knabe, in dessen Hand ein Frosch baumelte, ragte in einem Glaskasten vor ihnen auf. Dahinter lag der nachtschwarze Kanal vor dem Panorama von San Marco. Der Campanile und der Dogenpalast waren beleuchtet und sahen wie auf eine Postkarte gebannte Spielzeugelemente aus.

»Und, Johannes? Habe ich Ihnen zu viel versprochen?«

Nein, das hatte sie nicht. Es war atemberaubend schön. Und er wusste, dass es für ihn langsam Zeit wurde.

»Ich liebe diese Stelle.« Der Wind fuhr in Francas Haar und wirbelte es durcheinander. »Ich finde, es ist ein bisschen wie im Theater. Man ist mittendrin und doch irgendwie abseits und genießt den Blick von seinem Logenplatz aus.«

»Ja, wie im Theater«, echote Johann mit matter Stimme.

»Tagsüber sind mir hier zu viele Touristen, und ein Wachmann passt auf den Jungen mit dem Frosch auf«, fuhr sie fort. »Aber am Abend … Ist das nicht eine herrliche Kulisse?«

Johann nickte, und sie machte einen Schritt auf ihn zu.

»Johannes?« Ihre Arme schwangen vor und zurück.

»Ja?«

»Um ehrlich zu sein: Das mit dem Lido … das ist keine gute Idee.«

»Ich weiß. Schon in Ordnung. Macht gar nichts.« Er winkte mit übertriebener Geste ab.

»Gut, dann sind wir uns ja einig.«

Er spürte ihren Blick auf sich ruhen, und sein Herz schlug schneller.

»Ich muss Sie etwas fragen, Johannes.«

»Ja. Nur zu.«

»Ich habe mich vorhin auf der Toilette kurz mit Ihrer Schwiegertochter unterhalten.«

»Nein, wirklich?«, entfuhr es ihm. »Hat sie Ihnen etwa was gesagt?«

Ihr Blick war plötzlich kühl, als sie ihn ansah. »Nein. Aber was hätte sie mir denn sagen müssen?«

Das Kinn in die Höhe gereckt, schaute er aufs dunkle Wasser, und mit einem Mal breitete sich eine geradezu gespenstische Ruhe in ihm aus. Er hatte keine Angst mehr, als er gestand: »Ich heiße gar nicht Johannes.«

»Ach nein?«

»Ich bin Johann. Johann aus Deutschland.« Er sah sie prüfend an, aber bei ihr schien der Groschen nicht zu fallen.

Er fuhr fort: »Der Mann, mit dem deine Mutter seinerzeit …«

»Nein!« Es klang wie ein Schrei.

Während Franca ihn bloß entgeistert anstarrte, versuchte er ein Lächeln. Ein klitzekleines, dafür aber umso lieblicheres. Im nächsten Moment fing seine Tochter an zu lachen. Schrill, geradezu unheimlich. Eine Weile ging das so, dann brach sie ab und lief, mit den Händen gestikulierend, um den Glaskasten herum. Wieder und wieder.

»Franca!«, versuchte er ihre sinnlosen Joggingrunden zu unterbrechen. »Wenn du willst … ich erkläre es dir.«

Da blieb sie endlich stehen, und in ihrer Miene stand pure Fassungslosigkeit. »Was wollen Sie mir denn erklären? Wie Sie meine Mutter geschwängert und sich dann einfach aus dem Staub gemacht haben? Oder wie Sie sich dabei gefühlt haben, mir hier tagelang Theater vorzuspielen?«

»Nein, Franca.«

»Signora Pacchiarini. Für Sie immer noch Signora. Haben wir uns verstanden?« Sie nahm ein Spray aus ihrer Tasche und inhalierte erregt.

»Es tut mir leid … Signora Franca.«

»Was tut Ihnen leid? Dass es mich gibt?« Ihr höhnisches Gelächter schallte durch die Nacht.

»Nein! Dass ich mich all die Jahre … ich weiß, das muss für Sie lächerlich klingen … aber ich konnte mich ja zuerst nicht mal erinnern, dass Ihre Mutter und ich … dass wir überhaupt …«

»Wissen Sie was?«, schnitt Franca ihm das Wort ab. »Ich will diesen Unfug gar nicht hören.«

Er schüttelte verzweifelt den Kopf. Wie sollte er etwas erklären, was er selbst kaum begriff. »Ich war jung und auf dem Weg nach Süditalien.«

»Und Sie meinen, das entschuldigt alles?«

»Vielleicht denken Sie … denkst du, ich bin ein mieser Kerl, aber das bin ich nicht. Ich habe in meinem Leben wenige Frauen geliebt, nur Hilde, von der mein Sohn Thomas stammt und …«

»Ist gut. Es reicht.« Sie boxte in ihre Handtasche wie in einen Sandsack. »Sie kommen hierher! Setzen sich unter falschem Namen in den Kurs! Keine Ahnung, ob Emilia Sie vielleicht sogar dazu angestachelt hat …! Fädeln es … weiß der Himmel wie ein, dass ich Sie mit zu mir nach Hause nehme! Das ist alles so …« Ihre Hiebe gegen die Tasche wurden immer kraftvoller. »Kommen Sie sich nicht schäbig vor?«

Er hob die Hände, wollte etwas entgegnen, aber da sie nur noch aus Vorwurf, ja blankem Hass bestand, ließ er sie wieder sinken und wartete ab, was noch kommen würde. Sicher war sie noch nicht am Ende.

»Und jetzt erwarten Sie allen Ernstes, dass ich Sie in die Arme schließe?«, fuhr sie nach einem Moment des Schweigens fort. »Dass ich ›Papa‹ sage … was auch immer? Nein, Johannes.« Sie korrigierte sich, nannte seinen richtigen Namen. »Das werde ich ganz sicher nicht tun. Gute Nacht.«

Im nächsten Moment wandte sie sich nach links Richtung Santa Maria della Salute, und Johann blieb allein in der Dunkelheit zurück.

*

Sie hatten alle abgehängt. Marta und den Lackaffen, ihre Mutter und Opa Johann, die Lehrerin und den Rest der Leute. Ohne auch nur ein Wort darüber zu verlieren, waren sie zu ihrer Lieblingsbank am Canal Grande spaziert. Dort saßen sie nun, Lucie fingerte bereits an dem Reißverschluss seiner Hose und fragte sich, ob sie weitermachen sollte. Doch Pawel stoppte sie, indem er sanft ihr Handgelenk festhielt.

»Besser nicht«, murmelte er dicht an ihrem Ohr.

Lucie fügte sich, ließ es sich jedoch nicht nehmen, ihn zu liebkosen. Ihre Lippen wanderten über sein Gesicht, berührten seinen Hals, sie knabberte an seinem Ohrläppchen, dann trafen sich ihre Münder zum Kuss.

Die letzten Stunden hatten eine entscheidende Wendung gebracht. Offensichtlich hatte Pawel nachgezogen, ihren Gefühlsvorsprung aufgeholt. Es schien ihm ebenso schwerzufallen, seine Hände von ihr zu lassen, wie ihr, ihn nicht ständig irgendwie zu spüren, und der Name Marta war seit geraumer Zeit nicht mehr gefallen. Sie hatten über Indien gesprochen, sich ausgemalt, wie es wohl wäre, gemeinsam dorthin zu gehen. Lucie war die treibende Kraft gewesen, doch für Pawel war aus der schönen Spinnerei sehr schnell eine ernstzunehmende Option geworden. Er sorgte sich bloß wegen ihres Studiums, fragte sich, ob sie ein Urlaubssemester beantragen könne, doch Lucie fegte seine Bedenken mit ein, zwei Küssen vom Tisch.

Irgendwie würde es schon gehen. Für ihn, für die Liebe setzte sie alles auf eine Karte – egal, was ihre Mutter davon hielt.

Eine Gondel glitt vorüber, nur schemenhaft zeichnete sich der Gondoliere, der das Ruder im gleichmäßigen Rhythmus durchs Wasser zog, in der Dunkelheit ab. Ein verliebtes Pärchen saß eng aneinandergeschmiegt im Boot. Vielleicht war es kitschig, aber Lucie wünschte in diesem Moment, sie und Pawel könnten die beiden in dem Boot sein. Für immer so dahinschaukeln. Im nächsten Augenblick war die Gondel schon vorüber, und es herrschte wieder vollkommene Stille.

»Lucie?« Pawel lehnte sich zurück und ließ seinen Blick auf ihr ruhen. »Warst du schon oft verliebt?«

Die Frage kam so überraschend, dass sie im ersten Moment nichts zu erwidern wusste. Bei Nico, der ihr nicht mehr als ein bisschen Vergnügen bedeutete, hätte sie frech gekontert, dass die Frage ja wohl ein bisschen anmaßend sei. Weil sie voraussetzte, dass sie tatsächlich verliebt war. Nun sagte sie, von einer Welle der Zärtlichkeit überrollt: »Nein, nicht oft.«

»Und wie oft ist nicht oft?«

Sie überlegte, ging all die Männer im Geiste durch, die je in ihrem Leben eine Rolle gespielt hatten, aber ihr fielen bloß zwei ein: Jonathan mit *ti-ätsch* und Nils. Jonathan war eine Internetbekanntschaft gewesen, und um ihn zu treffen, hatte sie damals Himmel und Hölle in Bewegung gesetzt; die Enttäuschung war vorprogrammiert gewesen. Kurz darauf hatte sie Nils kennengelernt, ihren ersten und bisher einzigen richtigen Freund. »Nur zwei Mal«, antwortete sie ehrlich. »Aber ich war erst sechzehn.«

»Liebe mit sechzehn zählt nicht?«

»Liebe mit sechzehn ist manchmal ziemlich kindisch.«

Eine Weile hing Schweigen in der Luft, dann gab sie die Frage zurück.

Pawel zögerte. »Ich weiß nicht, vielleicht dreieinhalb Mal.«

»Und wie viele Frauen hattest du?«

Pawel lachte. »Genauso viele. Dreieinhalb.«

Lucie nickte, und ein unangenehmer Gedanke ergriff von ihr Besitz. Bevor er noch weitere unschöne Blüten treiben konnte, fragte sie, ob die halbe Frau möglicherweise den Namen Marta trug.

»Ich und Marta?«, entrüstete er sich. »Was denkst du eigentlich von mir?«

»Tut mir leid, ich …« Es war nur so ein Geistesblitz gewesen, und jetzt wusste sie nicht weiter.

»Die halbe Frau war ein süßes blondes Mädchen mit Knopfaugen im Kindergarten. Zufrieden?«

»Pawel, es tut mir wirklich leid!«

Dennoch schien er etwas verstimmt zu sein, als er fragte, ob sie etwa auf Marta eifersüchtig sei.

»Eifersüchtig ist das falsche Wort. Ich verstehe eure Beziehung einfach nicht.« Sie schabte ein wenig Nagellack von ihrem Daumennagel. Wieso kamen sie ausgerechnet jetzt auf das Thema? Da alle Zeichen auf Romantik standen? Sie wollte keine Unstimmigkeiten, die hatten in der Kennenlernphase nichts zu suchen. Rasch schob sie nach, dass sie eben keinen Zwillingsbruder habe und wohl deswegen nicht nachvollziehen könne, was ihn und Marta verband.

Pawel griff nach ihrer Hand und strich sanft über jeden einzelnen Finger. »Bei anderen Zwillingen mag das wieder ganz anders sein, aber bei uns …«

Er zögerte, und da Lucie ihn nicht drängen wollte, schmiegte sie sich nur an seine Schulter und schaute aufs Wasser. Sekunden, ja Minuten verstrichen, dann begann er zu erzählen. Von den Sommerferien. Fast zehn Jahre war es jetzt her, er und Marta hatten an dem Tag ihren dreizehnten Geburtstag gefeiert.

»Wir waren Pizza essen«, begann er mit belegter Stimme, »und als wir aus dem Lokal kamen, hat es wie aus Eimern gegossen.«

Ein Pärchen schlenderte heran, und Pawel verstummte. Erst als die beiden wieder abzogen, nahm er den Faden wieder auf.

»Meine Mutter ist gefahren … Obwohl sie vielleicht ein Glas Wein zu viel getrunken hatte. Meine Mutter hat das nie so genau genommen, sie war ja auch in dem Sinne nicht betrunken. Aber dann in einer scharfen Kurve …«

»O nein«, wisperte Lucie.

Pawel nickte seinen Knien zu. »Aquaplaning. Sie hat die Kontrolle über den Wagen verloren, ein entgegenkommendes Auto gestreift, und wir sind diagonal über die Straße gerast und in die Böschung geschossen.« Er hielt kurz inne, sein Atem ging stoßweise. »Marta hat es ziemlich übel erwischt. Sie musste mehrfach operiert werden, es gab Komplikationen, insgesamt war sie fast ein halbes Jahr im Krankenhaus …«

Ohne dass Lucie etwas dagegen tun konnte, verschwammen die matt erleuchteten Paläste gegenüber vor ihren Augen. »Was war mit dir … mit deinen Eltern?«

»Uns ist nichts passiert. Absolut gar nichts.« Er hob seinen Arm und ließ ihn sogleich wieder kraftlos fallen. »Meine Mutter hat sich schreckliche Vorwürfe gemacht, ist ja klar … Aber die Straßenverhältnisse waren nun mal, wie sie waren.«

Als müsse Lucie ihn im Nachhinein trösten, griff sie nach seiner Hand, doch er entzog sie ihr langsam und sah sie mit bitterem Lächeln an. »Sie gibt mir die Schuld.«

»Deine Mutter?«

»Nein, Marta.«

»Aber wieso? Was kannst du für den Unfall?«

Er senkte den Blick. »Bevor wir losgefahren sind, wollte ich nur noch schnell mein Comicheft aus dem Kofferraum holen. Es saßen schon alle im Wagen – meine Mutter am Steuer, mein Vater daneben, Marta und ich hinten. Ich bin also raus aus dem Auto. Auf der Fahrerseite. Und als ich wieder eingestiegen bin, diesmal auf der Beifahrerseite … es war der kürzere Weg, schätze ich … hab ich Marta auf den anderen Sitz gescheucht.«

»Das heißt, ihr habt die Plätze getauscht«, stellte Lucie sachlich fest.

Pawel nickte. »Was bedeutet, dass ansonsten ich im Krankenhaus gelandet wäre.«

Lucie fuhr von der Bank hoch. »Was für ein Unsinn! Lass dir das, verdammt noch mal, nicht einreden!« Von ihrem Ausbruch erschöpft, sank sie auf die Bank zurück.

»Ich weiß. Marta weiß das letztlich auch. Und trotzdem ist das ihr ganz persönlicher Trumpf, den sie immer dann ausspielt, wenn ich nicht nach ihrer Pfeife tanze.«

»Pawel, das ist krank.«

Als hätte er sie gar nicht gehört, sagte er: »Sie meint einfach, sie hat was bei mir gut.«

»Wie kannst du dir das gefallen lassen? Wenn ich mir vorstelle, mein Bruder ...«

Pawels Schultern zuckten wie elektrisiert nach oben. »Wir kommen ja eigentlich gut miteinander zurecht. Nicht dass du denkst ...«

»Ich denke gar nichts«, fiel sie ihm ins Wort. »Nur, dass jeder von euch langsam mal sein eigenes Ding machen sollte.«

»Vielleicht. Aber das ist alles nicht so einfach, wie du denkst.«

Lucie lachte heiser auf. »Und trotzdem willst du mit mir nach Indien. Pawel, wie geht das zusammen? Erklär's mir!«

»Es wäre ein Anfang. Zumindest das.«

Lucie stemmte sich in Zeitlupe von der Bank hoch. Sie hatte genug. Die ganze Geschichte war so abstrus, so verworren und rückte nicht nur Marta, sondern auch Pawel in ein schlechtes Licht. »Mir ist kalt. Gehen wir?«

Mit einem Satz war Pawel neben ihr und legte seinen Arm um ihre Taille, aber Lucie schob ihn von sich. »Du musst mit ihr reden.«

Er nickte flüchtig.

»Denn wenn sie mitkommt«, fuhr sie fort, »ist da für mich kein Platz.«

*

Den Stadtplan wie einen Colt im Anschlag, lief Astrid im Zickzack durch die verwinkelten, wie ausgestorben daliegenden Gassen. Boote schaukelten behaglich in den Kanälen, der Mond stand groß und rund am Himmel und brachte das Wasser zum Funkeln, dann und wann hallten Absätze auf dem Asphalt, doch die klackenden Geräusche wurden sogleich wieder vom großen dunklen Nichts verschluckt.

Wenig später tat sich eine breitere Gasse auf, und Astrid steuerte auf die große Holzbrücke an der Accademia zu. Auf dem Scheitelpunkt der Brücke verweilte sie und wartete, bis sie wieder zu Atem gekommen war. Rechter Hand lag die Salute-Kirche, deren Kuppel von einem Baugerüst umkleidet war. Sie schlenderte rüber auf die andere Seite, lehnte sich gegen das Geländer und schaute auf den Canal Grande, der sich in einer sanften Kurve durch das Häusermeer schlängelte. Unschlüssig darüber, welche der beiden Seiten sie schöner finden sollte, stieg sie die Holzstufen auf der anderen Seite wieder hinab und folgte dem Hauptweg bis zum Campo San Stefano. Sie schritt quer über den offenen Platz, blieb dann im Lichtkegel einer Straßenlaterne stehen und faltete den Stadtplan auseinander. Sie hatte es nicht sonderlich eilig, ins Hotel zu kommen. Vielmehr wollte sie diesen wunderbaren Abend, der so aufregend und zugleich verstörend geendet hatte, noch ein wenig in die Länge ziehen. Theos Kuss war überraschend gekommen – ein kurzer Moment des Abenteuers, ein leises Kribbeln, das sie wie ein Teenager ausgekostet hatte. Danach hatte sich sofort das schlechte Gewissen eingestellt. Es musste bei dem Intermezzo bleiben. Das war sie Thomas schuldig, den sie trotz aller Krisen, die der Alltag so mit sich brachte, liebte.

Theo hatte nach dem Kuss zärtlich ihr Gesicht gestreichelt und ihr ein ziemlich eindeutiges, ziemlich unmoralisches Angebot gemacht, doch sie war standhaft geblieben. Ein Kuss war ein Kuss, ein kleiner Fehltritt, allerdings auch nicht mehr als ein Kuss. Eine gemeinsame Nacht kam für sie nicht in Frage.

Die Schrift auf dem Stadtplan war unleserlich, viel zu klein für die mäßige Beleuchtung, und Astrid hatte ihre Lesebrille nicht dabei. Besser, sie ging gar nicht erst das Risiko ein, sich irgendwo in den Seitengassen zu verirren, sondern schlug den direkten Weg Richtung Hotel ein. Sie machte sich um Opa Johann Sorgen. Sein Handy war wieder mal ausgeschaltet, und sie konnte bloß hoffen, dass Lucie, die ebenfalls nicht zu erreichen war, ihn begleitete.

Sie lief zügig weiter, näherte sich dem Campo San Luca, der von Stimmengewirr erfüllt war. Ob Jung oder Alt, alle standen in Grüppchen zusammen; man trank einen Spritz oder einen Campari Soda und plauderte, als wolle man nicht wahrhaben, dass der laue Sommerabend sich dem Ende zuneigte. Wie gerne hätte sie sich zu den Venezianern gesellt! Weil sie ebenfalls nicht wollte, dass die Nacht hereinbrach, aber Schritt für Schritt setzte sie ihren Weg fort und ließ den Campo di San Bartolomeo hinter sich. Ein paar Meter weiter sah sie einen Mann wie betrunken von links nach rechts taumeln. Die Jacke, die Statur – Astrid hätte schwören mögen, dass es ihr Schwiegervater war, und sie beschleunigte ihren Schritt.

»Johann?«, rief sie, doch der Mann wankte unverdrossen weiter. Dabei schwenkte er seine Arme, als winkte er jemandem zu, der vor ihm in der Luft schwebte. Auf der Höhe des Kaufhauses Coin blieb er auf der kleinen Brücke stehen und lehnte sich gefährlich weit über das Brückengeländer. Astrid schoss das Adrenalin in die Adern, doch da eilte ein junger Mann zu Hilfe und riss ihn zurück. In dem Moment sah sie: Es war Opa Johann. Natürlich – wer auch sonst!

»Verdammt, was tust du da?«, gellte ihre Stimme durch die Nacht. Während der junge Mann weiterlief, hakte sie ihren Schwiegervater unter. »Du hast getrunken, oder? Sag bloß, du bist betrunken!«

»Aua, Astrid! Du tust mir ja weh.«

Sie lockerte ihren Griff. Vielleicht war er doch nicht so sturzbesoffen, wie es den Anschein hatte.

»Hab nur einen von diesen leckeren ... wie heißen die noch gleich ... einen von diesen gespritzten Getränken gepichelt. Das sei mir ja wohl gegönnt.«

»Und wo steckt Lucie?«

»Lucie?« Seinem erstaunten Blick zufolge war ihm eine Person dieses Namens vollkommen unbekannt. Im nächsten Augenblick empörte er sich: »Na, hör mal, das Mädchen hat ja wohl Besseres zu tun, als mit ihrem alten Großvater durch Venedig zu stapfen. Sie ist jung! Sie soll sich amüsieren! Ich hab mich früher schließlich auch ...«

»Ja, das wissen wir alle«, unterbrach Astrid seinen ziemlich überflüssigen Sermon. Sie wollte keine Details. Und schon gar nicht um diese Uhrzeit. »Und Franca?«

»Franca, wer?«, lallte Johann an ihrem Ohr. Es mussten mindestens zwei Spritz gewesen sein.

»Du meinst, unsere hübsche Lehrerin?«

»Ja, genau die.«

»Die weiß es jetzt.«

Astrids Herzschlag setzte für ein paar Sekunden aus.

»Und?«

»Ich glaub, sie hat Asthma.« Er sagte das so nüchtern, als wäre er nicht eben noch unzurechnungsfähig durch die Gasse getaumelt.

»Wie? Und das ist jetzt alles?«

Johann schüttelte den Kopf und trottete langsam los. Astrid ihm nach. Sie starrte auf sein ergrautes Haar, das bis über den Hemdkragen reichte und dringend einen Schnitt nötig hatte. Warum machte sie sich eigentlich jetzt Gedanken darüber? Seine Frisur – das war doch vollkommen unwichtig.

»Erzähl schon. Was hat sie gesagt?«

»Was sie gesagt hat?«, wiederholte Johann tonlos. »Ich weiß nicht mehr genau, was sie gesagt hat.« Er schürzte die Lippen. »Jedenfalls hatte Emilia recht. Ich bin in ihren Augen eine … wie heißt das noch so schön … eine unerwünschte Person. Eine, die es eigentlich gar nicht geben sollte.«

»Das tut mir leid, Johann.«

»Ist eben so. Läuft nicht immer alles so im Leben, wie man es sich wünscht.«

Während sie sich unaufhaltsam dem Hotel näherten, versuchte Astrid Einzelheiten aus ihm herauszubekommen, aber er verschanzte sich mehr und mehr hinter Phrasen und verschloss sich am Ende gänzlich. Und Astrid ließ ihn. Morgen war auch noch ein Tag. Morgen würde man eben weitersehen.

17.

Astrid-Schatz, ich reise ab«, begrüßte Johann sie am nächsten Morgen.

Es war kurz nach acht, er saß mit frisch gewaschenem Haar, die Ponysträhne zu einer gewagten Locke geföhnt, am gelb eingedeckten Frühstückstisch und ließ Zucker in seinen Tee rieseln. Auf seinem Teller hatte er eine Brioche massakriert, aber weder davon gegessen noch seine Serviette darüber gelegt.

»Wir sehen uns später«, entgegnete Astrid und schlüpfte in ihre Jeansjacke. »Ich will in meiner Bar frühstücken.«

»Astrid-Schatz, hast du mir nicht zugehört?« Johanns Stimme war so durchdringend, dass selbst der stets bedröhnt wirkende Zeuge Jehovas von seinem *Wachtturm* hochschreckte.

Astrid durchmaß die Lobby mit langen Schritten. »Bitte, Johann, reiß dich am Riemen. Der Kurs ist in ein paar Tagen sowieso zu Ende, und dann … Wir reden heute Nachmittag in Ruhe, ja?«

Er schaute sie nicht an, während er weiter die Brioche zerpflückte.

»Den Flug umbuchen«, fuhr sie fort, »das wird richtig teuer … für uns alle … Und Lucie und ich …«

Da er immer noch nicht hochsah, schnaubte sie bloß und verließ das Hotel. Sie hatte keine Lust auf Sperenzien; die Nacht mit Lucie war anstrengend genug gewesen. Ihre Tochter hatte ihr be-

harrlich den Rücken zugekehrt und auf keine ihrer Fragen geantwortet, ganz wie früher in ihrer bockigen Pubertätsphase. Umso
weniger wollte Astrid auf ihren gewohnten Spaziergang und den
Abstecher in ihrer Lieblingsbar verzichten. Die Tage in Venedig
waren gezählt, und es war ihr gutes Recht, die verbleibende Zeit zu
genießen.

Die Stadt lag in diesigem Licht, als Astrid über die Strada Nova
Richtung Bahnhof ging. Wie all die anderen Morgen zuvor trank
sie einen Macchiatone in der Pasticceria Dal Mas, wie all die anderen Morgen zuvor lief sie Seite an Seite mit den Berufstätigen durch
die Gassen, und als sie etwa eine Dreiviertelstunde später den
Campo Santa Margherita erreichte, war es immer noch früh genug, um in der Bar an der Schule einen zweiten Kaffee zu trinken.
Sie trat ein und wich gleich wieder zurück, als sie Theo dort stehen
sah. Vielleicht hatte er gespürt, dass sie hereingekommen war,
denn er wirbelte herum und strahlte sie an, als hätten sie die Nacht
miteinander verbracht.

»Hast du schon gehört?« Er kam auf sie zu und begrüßte sie mit
gleich vier Wangenküsschen.

»Nein, was denn?« Sie ging automatisch auf Abstand.

»Frau Agnelli unterrichtet uns wieder.«

»Wie bitte? Und was ist mit Franca?« Eine ungute Vorahnung
stieg in ihr auf.

»Hat den Kurs abgegeben.«

»Das darf ja wohl nicht wahr sein!« Sie griff nach einer Serviette
und nahm sich eine Brioche aus der Vitrine.

»Leider doch.«

Astrid bestellte einen doppelten Espresso, den hatte sie jetzt
dringend nötig, dann informierte sie Theo in knappen Worten da-

rüber, was am Abend zwischen Johann und Franca vorgefallen war und dass sie den Lehrerwechsel augenscheinlich ihrem Schwiegervater zu verdanken hätten. Allerdings habe Franca voreilig gehandelt, denn Opa Johann weigere sich ohnehin, weiter zur Schule zu gehen.

Ein verzerrtes Lächeln umspielte Theos Mund. »Ich frage mich gerade, wer sich kindischer benimmt. Dein Schwiegervater oder Franca.«

Astrid stieß einen Seufzer aus, trank eilig ihren Espresso, dann war es Zeit, sich in den Unterricht zu begeben.

Signora Agnelli machte es kurz. Ihren Prinzipien zum Trotz erklärte sie auf Deutsch, ihre Kollegin Signora Pacchiarini habe anderweitige Verpflichtungen und könne den Kurs daher nicht weiter unterrichten. Stille. Nur ein Handy vibrierte unter einem der Tische. Sekunden verstrichen, dann kicherte die Chinesin hinter vorgehaltener Hand, und Marta meldete sich zu Wort. »Was heißt hier denn anderweitige Verpflichtungen? Wir bezahlen schließlich dafür, dass Signora Pacchiarini uns unterrichtet.«

»Si sbaglia, Signora. Si paga per un corso livello uno.«

Es war eine knappe Ansage, die nicht jeder verstanden haben mochte, doch der strenge Tonfall verfehlte nicht seine Wirkung. Alle kramten ihre Bücher hervor, und der Unterricht begann mit Mengenangaben. *Un chilo, mezzo chilo, un etto, un litro, un bicchiere, una bottiglia, un pacco* schrieb die Lehrerin in ihrer steilen, akkuraten Schrift an die Tafel, aber Astrid machte sich nicht mal die Mühe, die neuen Vokabeln abzuschreiben. Sie sorgte sich um Johann, ärgerte sich zugleich über Franca, und immer wenn sie zu Lucie rübersah, die selbstvergessen Herzchen aufs Papier malte und sie weiter eisern ignorierte, kochte der Groll umso mehr in ihr hoch. Allein weil Theo sie gelegentlich anlächelte, packte sie nicht einfach ihre Sachen und ging.

In der Pause traf sie im Toilettenvorraum auf Franca. Sie bemerkte die Lehrerin im ersten Moment nicht, weil sie beim Händewaschen durch das vergitterte Fenster in den mittlerweile stahlblauen Himmel schaute, aber als sie sich abwandte, um ihre Hände abzutrocknen, stand Franca über das Waschbecken gebeugt da – vermutlich hatte sie jemand dorthin gezaubert – und rieb an einem Fleck auf ihrer weißen Leinenbluse.

»Buongiorno«, sagte Astrid, um einen freundlichen Gesichtsausdruck bemüht.

Francas Blick huschte für den Bruchteil einer Sekunde zu ihr. »Buongiorno.« Sie schien sich nicht entscheiden zu können, welchen ihrer vielen Gesichtsausdrücke sie auflegen sollte, lächelte dann jedoch freundlich, wenn auch knapp. Sie wies mit dem Kinn zum Fenster. »Es wird ja doch noch richtig schön heute.«

»Verzeihung, aber das glaube ich kaum«, konnte Astrid sich nicht verkneifen zu bemerken. »Für meinen Schwiegervater wird der Tag ganz sicherlich nicht schön. Und die Kursteilnehmer verstehen auch nicht …«

»Frau Agnelli ist eine hervorragende Lehrerin«, schnitt Franca ihr das Wort ab. Ihre Blicke trafen sich im Spiegel, schon wandte sich Franca wieder dem Fleck zu.

»Das sehen nicht alle so. Und Johann …«

»Pardon, aber ich möchte mit Ihnen nicht über meine Privatangelegenheiten reden.« Franca hämmerte auf dem Seifenspender herum, bis eine kleine Menge in ihre Handfläche tröpfelte.

»Ach so?«, fragte Astrid erstaunt. »Sie meinen, der Italienischkurs ist privat?«

»Er ist mit Ihrem Schwiegervater verquickt und daher in der Tat privat.«

»Privat wäre es, wenn ich Ihnen von meinem Mann ... also Ihrem Halbbruder, erzählen würde.«

Franca schien einen Moment aus dem Konzept gekommen zu sein, dann drehte sie den Hahn auf, ließ kurz das Wasser über ihre Hände laufen und schüttelte sie, da der Papiertücherspender schon wieder leer war, kräftig ab. Vielleicht wollte sie mit der Geste auch demonstrieren, dass ihr vermeintlicher Halbbruder das Letzte war, was sie im Moment interessierte.

»Und was Johann angeht«, fuhr Astrid mit scheinbarer Gelassenheit fort, »er kommt sowieso nicht mehr zum Unterricht. Er überlegt sogar, früher als geplant abzureisen.«

»Soll er nur. Gut so.«

»Dann können Sie den Kurs also ebenso gut wieder übernehmen.«

Astrid wusste selbst nicht, warum sie das sagte. Die Leichtigkeit der Anfangszeit gehörte nun ohnehin der Vergangenheit an. Über allem würde beständig der Vorwurf schweben, dass Johann eine verantwortungslose Person war – auch wenn diese Verantwortungslosigkeit in einer Jugendsünde bestand, die niemals in allen Einzelheiten aufgeklärt worden war.

»Bitte belehren Sie mich nicht darüber, was ich kann und was ich nicht kann, ja?« Franca wandte sich dem Ausgang zu. »Es gibt Dinge, die sind und bleiben unverzeihlich. Dazu gehört das, was Ihr Schwiegervater meiner Mutter angetan hat.« Im nächsten Moment riss sie die Tür auf, die in den Scharnieren quietschte, und trat hinaus.

*

274

Die erste Hälfte des Vormittags hatte Johann damit zugebracht, im Billa-Supermarkt einzukaufen: ein Brötchen für den kleinen Hunger zwischendurch, eine Flasche Bier, um den Kummer zu betäuben, zwei Tüten Gummibärchen fürs allgemeine Wohlbefinden. Auf dem Rückweg hatte er in einer der vielen Kaffeebars an der Strada Nova einen gallebitteren Espresso getrunken, nebenan zwei Ansichtskarten besorgt – die eine für Emilia, die andere für Frau Kleinschmidt-Mühlenthal. Danach war er mit seinen Schätzen ins Hotel zurückgekehrt, wo er seitdem auf dem Bett lag, den Fernseher dudeln ließ und Gummibärchen im Akkord futterte. So weit die zweite Hälfte des Vormittags. Jetzt war es Mittag, und da ihm von dem Süßkram etwas flau war, öffnete er das Bier. Doch auch der Alkohol half ihm nicht, eine Entscheidung zu treffen. Abreisen, schön und gut … Aber was, wenn Astrid und seine Kröte nicht mitkamen? Allein wäre er – ja, das musste er nun doch zugeben – heillos überfordert: den richtigen Bus nehmen, einchecken, das Gate finden … Der Flug war ihm schnurz. Wenn er abstürzte, dann sollte es so sein, dann gab es eben keine *facebook*-Stunden mehr mit Lucie, keine Plauderstündchen mit Frau Kleinschmidt-Mühlenthal und mit Emilia.

Dumpf polterte es die Treppe rauf, im nächsten Moment klopfte es.

»Wer da?«

»Mach auf, Opi!«

Die kleine Kröte, ein Geschenk des Himmels! Seine Gelenke knackten, als er hochfuhr, aber sein Kreislauf machte, dem Bierchen sei Dank, mit. Er riss die Tür auf und drückte Lucie so fest an sich, wie er nur konnte.

»Willst du, dass ich ersticke?«, tönte es dumpf an seiner Brust, woraufhin er seine Umarmung lockerte und sich wieder aufs Bett sinken ließ.

Lucies Blick fiel auf die Flasche auf dem Nachtschränkchen. »Seit wann trinkst du eigentlich ständig Alkohol? Du hast früher keinen Tropfen angerührt.«

»Früher gab es auch keine Töchter, die in mein Leben getreten sind und die dann nichts von mir wissen wollten.«

Lucie setzte sich zu ihm, strich den gemusterten Bettüberwurf glatt und schaute ihn mitleidig an.

»Mami hat gemeint, du willst abreisen?«

»Ich denke, ihr redet nicht mehr miteinander?«

»Nur das Nötigste.« Lucie schob ihm ein Kissen unter den Kopf, was er sich allzu gerne gefallen ließ.

»Du kennst sie doch. Sie ist manchmal dermaßen unentspannt.«

»Sie sorgt sich eben um dich.«

Statt einer Antwort blies seine Enkelin beide Backen auf und ließ die Luft zischend entweichen.

»Jetzt mal ganz ehrlich, Kröte. Das mit Indien ist schon eine Schnapsidee. Eine ziemlich lachhafte sogar.«

»Ist es nicht!«, protestierte sie.

»Was hast du denn neuerdings mit Indien am Hut? Du gehst ja nicht mal gern indisch essen. Das ist doch garantiert nur wegen Tristan.«

»Pawel.«

»Gut, dann eben wegen Pawel. Und deine von indischer Kinderhand genähten Fummel trägst du munter weiter. Das ist inkonsequent, Kröte.« Er bot ihr von dem Bier an, am helllichten Tag, und sie nahm einen Schluck. Gut, dass seine Schwiegertochter das nicht mitbekam. Sie würde ihm die Hölle heißmachen.

»Ich dachte, du kennst das«, sagte Lucie mit gesenktem Kopf.

»Was?«

»Das mit der Liebe. Oder war das mit dieser Giuseppina doch nur ein Abenteuer?«

»Abenteuer … Jetzt mach aber mal einen Punkt! Ich hab sie geliebt.« So wie er nie wieder jemanden geliebt hatte, setzte er in Gedanken hinzu. Womöglich nicht mal seine gute Hilde.

»Und wenn sie dich damals gefragt hätte, ob du mit ihr zusammen nach Indien gehen willst … Was hättest du da geantwortet?«

Trotz aller Ernsthaftigkeit musste Johann lachen. »Lucie-Spatz, niemand ist in den Fünfzigerjahren nach Indien gegangen! Das kam erst viel später. Ende der Sechziger, so ungefähr.«

Lucie wischte seinen Einwand mit einer brüsken Geste beiseite. »Wärst du gefahren oder wärst du nicht?«

Er tat einen tiefen Seufzer; Lucie würde sowieso nicht lockerlassen. »Also gut. Ja, ich wäre mit ihr gegangen. Wahrscheinlich.«

Lucie nickte befriedigt, dann griff sie nach der Gummibärchentüte und fischte sich ein paar heraus. »Wenn du bleibst, Opi«, sagte sie kauend, »kann ich noch den Kurs zu Ende machen und ein bisschen mit Pawel zusammen sein.«

»Das kannst du doch auch so«, bot er generös an. »Ich fahre eben allein nach Hause.«

»Du hast sie ja wohl nicht mehr alle«, entrüstete sie sich und sah ihrer Mutter in diesem Moment wie aus dem Gesicht geschnitten aus. Der gleiche trotzig-bestimmende Zug um den Mund.

Bevor er etwas entgegnen konnte, klopfte es erneut und Lucie ging öffnen. Es war Astrid.

»Ach, hier steckst du, Spatz«, sagte sie, schmallippig lächelnd.

»Ja, hier steckt der Spatz«, entgegnete Lucie und schob sich an ihr vorbei in den Flur. Seine Schwiegertochter rief ihr noch etwas hinterher, doch Lucie tat, als wäre sie taub. Astrid schloss die Tür und blieb einen Moment mit der Klinke in der Hand stehen. »Dieses Kind«, sagte sie kopfschüttelnd. Dann ließ sie sich auf den barock anmutenden Stuhl sinken, den Johann als Ablagefläche für seine Hemden benutzte. »Es ist ein Drama.«

»Das Kind ist groß. Und verliebt. Und bei dir und Thomas ...« Er griff nach der Bierflasche, doch anstatt daraus zu trinken, spielte er bloß mit dem Verschluss.

»Was ist mit mir und Thomas?« Sie klang ungehalten.

»Versteh das jetzt bitte nicht als Vorwurf, aber es ist sicher nicht ganz leicht, sich von euch abzunabeln.«

Astrid sah ihn bestürzt an. »Du meinst, wir klammern?«

»Nein, nein, ihr seid schon prima Eltern, nur ... Herrje, Lucie will doch schon länger ausziehen und ihr ...«

»Das kostet alles Geld, Johann«, fiel sie ihm ins Wort. »Richtig viel Geld.«

»Weiß ich doch, aber die Kinder müssen irgendwann ausziehen. Und wenn es finanziell kneift ... Ich bin ja schließlich auch noch da.«

Astrids Kopf sackte Richtung Brustbein, dann sagte sie leise: »Von mir aus soll sie ausziehen, aber bitte, bitte nicht nach Indien auswandern.«

»Sie kommt doch wieder.«

»Aber wann? Nach zwei Monaten? Nach fünf? Vielleicht erst nach einem Jahr? Und was, wenn die Beziehung nicht hält? Und sie den Anspruch auf ihren Studienplatz verliert?«

»Weißt du was, Astrid-Schatz, du machst dir viel zu viele Gedanken.«

278

»Kein Wunder.« Sie bemächtigte sich der Bierflasche. »Und jetzt habe ich hier noch ein zweites Kind, das bockig ist.«

Johann streckte seine Hand aus und stupste sie an. »Ich bin nicht bockig, ich möchte nur nach Hause.«

»Was willst du denn da?«

»Auf dem Sofa liegen und aufs Sterben warten. Weil in meinem kleinen Leben ja sowieso nichts mehr passiert.«

Seine Schwiegertochter lachte auf. »Ach, Johann. Wie schön du immer übertreiben kannst!«

Gut, vielleicht war es übertrieben, aber er hatte genug von Venedig. Von all der Pracht, die sowieso dem Untergang geweiht war, weil Tag und Nacht das Wasser an ihr nagte. Er sehnte sich nach der Geborgenheit seiner vier Wände. Nach seinem Sohn, nach seinem Bett und nach Frau Kleinschmidt-Mühlenthal. Erika. Er würde ihr das Du anbieten, wenn er zurück war, so viel stand fest. Und sie zum Essen ausführen, mit allem Chichi.

Astrid nahm nun selbst einen Schluck aus der Bierflasche. Ihr Blick schweifte über die gemusterten Wände, glitt über den gemusterten Teppich und blieb an der ebenfalls gemusterten Überdecke hängen. »Ich hab sie übrigens getroffen«, gestand sie. »Vorhin. Auf der Toilette.«

Johann brauchte ein paar Sekunden, um die Informationen zu verarbeiten, dann zuckte er jedoch bloß mit den Schultern. Was interessierte ihn das? Franca Pacchiarini war Schnee von gestern.

»Sie hat den Kurs abgegeben. Ersatzweise hat uns heute Frau Agnelli gequält.«

»Schön.«

»Mit Mengenangaben, stell dir vor«, setzte sie seufzend nach, als ob das jetzt irgendwie von Belang wäre.

»Also daran bin ich jetzt aber nicht schuld.«

»Nein, natürlich nicht. Ich bin übrigens sehr stolz auf dich, dass du es ihr endlich gesagt hast.« Seine Schwiegertochter stand auf, lief unmotiviert im Kreis, dann fuhr sie mit dem Zeigefinger über die Kante des Lichtschalters, als wolle sie prüfen, ob auch ordentlich Staub gewischt worden war. »Ich finde …« Sie brach ab, nahm einen neuen Anlauf. »Johann, es tut mir wirklich sehr, sehr leid, dass es mit Franca nicht so gelaufen ist, wie du es dir vorgestellt hast.«

Statt einer Antwort wischte er über das Laken. Was sollte er auch dazu sagen? Es gab nichts mehr dazu zu sagen.

»Aber komm bitte morgen wieder mit zum Spracheninstitut«, sprach sie weiter. »Du wirst ihr wahrscheinlich gar nicht über den Weg laufen. Alle im Kurs vermissen dich.«

Astrid sah ihn bittend an, aber er schüttelte den Kopf. Der Zug war für ihn abgefahren und hatte bereits die mongolische Steppe erreicht. Vielleicht sogar ein anderes Sonnensystem, bei dem es keine Rückfahrkarte zu kaufen gab. »Ich kann nicht, ich will nicht und …«

»Und was?«

»Venedig stinkt!«, stieß er hervor.

»Unsinn. Venedig ist wunderschön. Und ich weiß, dass du das auch findest.«

»Papperlapapp.« Er schob sich das zweite Kopfkissen unter die Lenden, weil es ihn dort zwickte und zwackte.

»Soll ich Thomas bitten zu kommen?«

»Wozu? Was soll der machen?«

»Sich um dich kümmern?«

»Ich kümmere mich schon um mich selbst, keine Sorge«, kläffte er und dachte in dieser Sekunde, dass die Stadt, dieses riesenhafte Museum, das im Wasser schwamm, in der Tat zu schön war, um einfach abzureisen.

*

Venedig stank. Es war drückend schwül, und aus manch einem trübe dahinfließenden Kanal stieg ein Geruch von Fäulnis und Verwesung auf. Lucie mochte das. Es war ein bisschen wie am Meer, wenn Algenberge sich am Strand türmten und zu lange von der Sonne beschienen wurden.

Unter dem Vorwand, gemeinsam lernen zu wollen, hatten sie Marta im sündhaft teuren Café Florian abgesetzt und waren bis zur abgelegenen Insel San Pietro di Castello gelaufen. Einige hundert Meter die Riva degli Schiavoni entlang, dann links in die Via Garibaldi, immer geradeaus, ganz am Ende die kleine Brücke überqueren, schon war man da – an einer der einsamsten Stellen der Stadt.

Lucie hatte die Tour absichtlich eingefädelt. Weil sie sich sicher war, dass Marta dort nicht aufkreuzen würde. Weder allein noch mit ihrem schnöseligen Lover – falls es ihn überhaupt noch gab –, denn auf ihren Highheels würde sie den langen Weg niemals schaffen. Vermutlich reizte San Pietro sie auch gar nicht. Es war ja nichts los dort. Es gab keine Boutiquen, kein schickes Café, bloß eine kleine Grünanlage vor dem Hintergrund einer weißen Kathedrale.

Dort saß Lucie nun, an Pawel geschmiegt, auf einer Bank und blickte in die Blätterkrone über ihrem Kopf. Sie liebte es, wenn sich Pawels warme, trockene Hand in ihre schob, wenn er sie küsste, am Hals, auf die Wangen, überallhin. Sie redeten über Indien, wie es wohl wäre, wenn sie erst im Flugzeug säßen und sowohl Lucies Mutter als auch Marta der Wahrheit ins Auge blicken mussten. Pawel hatte sich mit seiner Schwester ausgesprochen, es zumindest versucht, und Lucie war so glücklich darüber, dass sie alles ausblendete, was er ihr jemals über die verquere Bruder-Schwester-Beziehung geschildert hatte und was womöglich an weiteren Fehden auf ihn zukommen würde.

»Du solltest Emilia anrufen«, sagte Pawel zwischen zwei Küssen. Er blinzelte schräg an ihr vorbei in den knallblauen Sommerhimmel.

»Emilia?«, wiederholte sie schläfrig.

»Ja, vielleicht kann sie ihre Mutter umstimmen.«

Lucie hatte ihn eingeweiht. Eben auf dem Weg hierher. Sie hatte ihm von der Sache mit *facebook* und ihrer neuen Cousine erzählt und dass diese der Auslöser dafür gewesen sei, dass sie überhaupt nach Venedig gereist waren.

Lucie zögerte. Wollte sie das? Und überhaupt, Emilia hatte ihre Mutter in der Vergangenheit doch sicher schon öfter auf das Thema Johann angesprochen.

»Wo ist dein Handy?« Pawel langte ungefragt in ihre Hosentasche. Er tastete hier, tastete dort und fand es schließlich in ihrer Beuteltasche, die sie zwischen ihre Füße geklemmt hatte. Auffordernd hielt er ihr das Handy hin.

»Jetzt gleich?«

»Nein, sofort!«

»Pawel ... Sofort ist irgendwie nicht gut.«

»Sofort ist das einzig Richtige im Leben. Man soll nichts unnötig aufschieben. Nie.« Nach vorne gebeugt, schippte er mit den Sneakers etwas Erde von links nach rechts, dann lachte er bitter auf. »Das sagt genau der Richtige. Ich habe es all die Jahre ziemlich gut hingekriegt, der Konfrontation mit Marta aus dem Weg zu gehen. Immer gedacht, irgendwann rede ich mal mit ihr, aber bitte nicht heute.« Er schüttelte bedächtig den Kopf. »Jetzt muss ich bis nach Indien fliegen, um endlich ich selbst zu werden.«

Lucie scannte Pawel von der Seite. Das rotblonde Haar, das so seidig war, dass sie es am liebsten den ganzen Tag anfassen wollte. Das Kinn mit dem goldig schimmernden Bartschatten. Seine schönen Unterarme.

»Vielleicht regelt sich ja alles von selbst. Wenn sie sich verliebt und Kinder kriegt, keine Ahnung.«

Pawel runzelte unmerklich die Stirn. »Denken Frauen tatsächlich so? Ich mein, willst du …«

»Klar will ich mich verlieben«, sagte sie atemlos, um sich sogleich zu korrigieren. »Das heißt, es ist ja längst passiert.«

»Kinder?«

»O bitte, verschon mich. Meine Mutter hat wegen mir und meinem Bruder ihr Studium abgebrochen. Und war deswegen fast zwei Jahrzehnte lang ziemlich unausstehlich.«

Ein paar Tauben wackelten heran, und Lucie fütterte sie unvorsichtigerweise mit den letzten Krümeln aus ihrer Brötchentüte. Wie auf ein geheimes Kommando hin kam ein ganzer Schwarm herbeigeflattert, und dann schob Lucie alle Bedenken beiseite und rief Emilia an.

18.

Der Zug schob sich wie ein mächtiger Wurm in den Sackgassenbahnhof. Astrid stand, die Hände in den Taschen ihrer neuen Shorts vergraben, an Gleis elf und fand, dass Opa Johann für den Anlass viel zu viel Kölnischwasser aufgetragen hatte. Immer wieder rückte sie ein Stückchen von ihm ab, doch als habe er Angst, in der großen Halle verloren zu gehen, kam er sogleich wieder näher. Ein Blick zur Bahnhofsuhr. Es war kurz vor sieben. Während die Stadt erst langsam erwachte, herrschte hier bereits hektisches Treiben. Menschen wimmelten wie Ameisen durcheinander und würden gleich das venezianische Gassenlabyrinth mit Leben füllen.

»Siehst du sie schon? Sag mal, Astrid-Schatz!«, trötete ihr Schwiegervater in ihr Ohr. »Du gibst mir Bescheid, wenn du sie siehst, tust du doch, oder?«

»Johann!«, gab sie eine Spur zu ungeduldig zurück. »Der Zug hat noch nicht mal angehalten.«

Astrid sehnte sich nach einem Kaffee. Außer einem hastig hinuntergestürzten Orangensaft im Hotel hatte sie noch nichts im Magen. Ihr Schwiegervater war mit seiner Morgentoilette nicht rechtzeitig fertig geworden; seine Eitelkeit überstieg bisweilen jedes Maß.

Wo Lucie nur blieb? Sie hatte zugesagt, pünktlich zu Emilias

Ankunftszeit da zu sein. Aber bei frisch Verliebten tickten die Uhren womöglich anders oder – schlimmer – ihre Versprechen waren nichts als hohle Worte. Astrid wusste ja nicht mal, wo ihre Tochter übernachtet hatte. Ob in dem Apartment, das Pawel sich mit seiner Schwester teilte, oder ob er wieder irgendwo ein Liebesnest für sie beide organisiert hatte. Geldprobleme schien der junge Mann jedenfalls keine zu haben.

Sechs Uhr neunundfünfzig. Der Zug kam mit einem durchdringenden Quietschen zum Stehen, und Astrid musste sich für einen Moment die Ohren zuhalten. Lucie war immer noch nicht aufgekreuzt. Dabei hatte sie selbst es in die Wege geleitet, dass Emilia nach Venedig kam. Astrid wusste nicht, ob die junge Frau immer so spontan war oder sowieso vorgehabt hatte, ihre Mutter zu besuchen. Doch was auch immer dahintersteckte, vielleicht würde sie irgendetwas bewirken können. Eine Aussprache zwischen Vater und Tochter. Ein zaghaftes aufeinander Zugehen. Womöglich eine Versöhnung? Nur wie konnte man sich versöhnen, wenn es nichts gab, worauf man zurückgreifen konnte und der gemeinsame Nenner lediglich in ein paar schlecht gelernten italienischen Vokabeln bestand?

Na endlich! Lucie trottete, die Schiebermütze schräg auf dem Kopf, gemächlich durch die Bahnhofshalle. Pawel war nirgends zu sehen.

Astrid wedelte mit dem Arm. »Hier, Lucie! Hier sind wir!« Unterdessen gingen die Zugtüren auf, und Menschen quollen auf den Bahnsteig.

»Glaub ja nicht, dass das irgendwas an meiner Entscheidung ändert«, sagte Lucie statt einer Begrüßung. Zweifellos standen die Zeichen immer noch auf Kleinkrieg.

»Wir reden noch drüber«, erwiderte Astrid, bemüht, einen freundlichen Ton anzuschlagen. Doch als sie Lucie auch noch versöhnlich zu sich heranziehen wollte, schob sie sich an ihr vorbei und begrüßte ihren Großvater umso überschwänglicher.

»Na, mein Krötchen, geht's dir gut?« Opa Johann drückte und herzte sie, und Lucie antwortete mit seligem Lächeln. Astrid freute sich ja für ihr Kind – womöglich war sie selbst mal genauso verliebt in Thomas gewesen –, aber musste sie den Fehler begehen und im Rausch der Hormone gleich den Kontinent wechseln?

»Da! Ich sehe sie!«, rief Lucie und eilte ihrer Cousine entgegen, die sich, einen augenscheinlich zentnerschweren Koffer hinter sich herziehend, aus der Menge schälte. Sie wirkte übermüdet und schien zu frieren, so wie sie die knappe Strickjacke vor der Brust zusammenraffte. Ihre schlanken, ungebräunten Beine lugten unter einem Minirock hervor, und ihre Füße steckten in froschgrünen Turnschuhen, die mindestens eine Nummer zu groß aussahen. Astrid verspürte den Drang, das arme Ding, das sich so überstürzt auf große Fahrt begeben hatte, zu umarmen, doch Opa Johann war schneller. Er gurrte und säuselte und geriet bald völlig aus dem Häuschen, während Lucie wie Falschgeld danebenstand und an ihren bräunlich lackierten Nägeln knabberte.

Emilia plapperte und plapperte, während sie die Gepäckaufgabe ansteuerten und Opa Johann beständig ein paar Schritte hinter ihnen herstolperte. Die Fahrt sei so anstrengend gewesen, sie habe kaum geschlafen, aber he, was für ein Wetter hier, endlich Sonne, endlich Wärme … Astrids Gedanken schweiften ab, verirrten sich und kamen doch immer zu ein und demselben Punkt. Ihre venezianische Auszeit neigte sich dem Ende zu. Schon bald würde sie wieder ihr Leben mit Thomas haben, ihre Arbeit, und Theo würde bei all dem keine Rolle mehr spielen. Dennoch war es anders als bei Wäckerlin, dem Aufreißer mit seinem Espresso. Sie hatte sich zwar nicht in Theo verliebt, aber zwischen ihr und dem unkonventionellen Mann war etwas entstanden. Sie schätzte ihn und genoss es, von ihm begehrt zu werden. Das irritierte sie, weil es etwas war, das sie für ihr Leben nicht mehr vorgesehen hatte; und nun war sie erstaunt wie Opa Johann, als seine Enkelin in sein Leben geplatzt war.

Bis zum Italienischkurs blieb noch Zeit, also gingen sie zum Frühstück in die Bahnhofsbar. Emilia bestellte Hörnchen und Kaffee, und kaum standen sie alle um den Stehtisch versammelt da, erklärte sie auf Astrids Nachfrage hin, dass ihr Praktikum vorbei sei und sie ohnehin vorgehabt habe, in den nächsten Tagen nach Mestre zu kommen.

»Für immer?«, wollte Lucie wissen.

»Nein, bloß für zwei, drei Wochen.« Ein geheimnisvolles Lächeln umspielte ihre Mundwinkel, als sie fortfuhr, dass sich etwas Vielversprechendes ergeben habe, aber da es ja bekanntlich Unglück bringe, im Vorfeld darüber zu reden, behalte sie es vorerst lieber für sich.

»Prima. Schön.« Opa Johann wischte unter großem Tamtam einen Fleck von seinem Hemd – wahrscheinlich Aprikosenkonfitüre, die aus seiner Brioche gekleckert war –, dann reckte er die Hände in die Luft und rief: »Danke, dass du gekommen bist, meine Hübsche! Ohne dich wäre jetzt nämlich alles zu Ende.«

Emilia lachte hell auf. »Meinst du nicht, du übertreibst ein wenig?«

»Zumindest würde ich jetzt nach Hause fahren. Und dort auf meinen Tod warten.«

Während Emilia nicht zu wissen schien, ob sie weiterlachen oder doch besser weinen sollte, ermahnte Astrid ihn mit gedämpfter Stimme, keinen Unsinn zu reden.

»Was denn? Ich sag doch nur die Wahrheit.«

»Außerdem«, kam Lucie ihrer Mutter zu Hilfe, »ist Emilia weder Harry Potter noch Gott.«

Emilia bestätigte dies schmunzelnd, dann sagte sie mit gesenktem Kopf: »Es war ja klar, dass meine Mutter so reagieren würde. Und sie wird ihre Meinung auch kaum ändern, wenn ich …«

»Natürlich wird sie das«, schnitt Johann ihr das Wort ab. In derselben Sekunde schien ihm aufzugehen, dass sein Wunsch wohl etwas vermessen war, und er korrigierte sich: »Sofern du ihr sagst, dass ich eigentlich ein ganz famoser Kerl bin. Das tust du doch, oder?«

Emilia kratzte mit dem Löffel den Zuckerrest aus ihrer Espressotasse. »Ich fürchte, das wird sie nicht beeindrucken. Sie hat eben ihre festgefahrene Meinung über dich.«

Johann sah so aus, als brauche er jemanden, der ihm Halt gab, und Astrid streckte ihm ihre Hand hin. »Ist wohl die gerechte Strafe«, knurrte er. »Ein Ehrenmann vergisst nicht, was er getan hat. Und wenn er es doch tut …«

»Ehrenmann!«, fiel Lucie ihm ins Wort. »Red nicht so einen Quatsch! Ihr wart jung, ihr hattet euren Spaß, habt keine Adressen ausgetauscht und basta. Woher hättest du denn wissen sollen, dass sie schwanger ist?«

»Lucie hat recht.« Astrid versuchte den Blick ihrer Tochter aufzufangen, aber die zeigte ihr die kalte Schulter. Es würde noch ein hartes Stück Arbeit werden, die Fronten aufzuweichen. Ihre Kleine monatelang in der Fremde … Nach wie vor konnte und mochte sie sich das nicht ausmalen. Aber vielleicht musste sie den Film nur lange genug in ihrem Kopf abspielen, und irgendwann würde er seinen Schrecken verlieren.

»Aber du redest doch mit ihr, Emilia, nicht wahr?« Johanns Augen flackerten nervös. »Bitte versuch es wenigstens!«

Seine Enkelin versprach es, bestand jedoch darauf, dass Johann mitkommen müsse. Alles andere sei feige.

»Also gut, wie du meinst.« Er seufzte tief auf, spendierte das Frühstück, und dann verließen sie im Gänsemarsch die Bahnhofsbar.

Ein unvergleichlich blauer Sommerhimmel, mit unzähligen Wattewölkchen betupft, spannte sich über Venedig. Alles würde gut werden. Und weil Astrid davon in dieser Sekunde felsenfest überzeugt war, legte sie ihren Arm um Lucie und ließ sie einfach nicht mehr los.

*

Seine Beine zitterten, seine Hände schwitzen, und ihm war schlotterkalt.

»Nicht so schnell! Ich kann nicht mehr!« Abwechselnd hakte er sich bei Lucie und bei Emilia unter, aber die Mädchen hatten eine wie die andere einen recht flotten Schritt am Leib.

Auf dem Campo San Bartolomeo pausierte er am Gemüseboot und verharrte in meditativer Haltung vor den Pfirsichen. Sie sahen prachtvoll aus, aber wenn er daran dachte, jetzt einen von ihnen essen zu müssen, wurde ihm blümerant. Also Abmarsch. Immer weiter dem Feind entgegen. Vielleicht würden sie sie ja auch gar nicht antreffen, redete er sich gut zu. Vielleicht hatte sie überraschend Urlaub genommen und weilte längst nicht mehr in Venedig. Einerseits wäre er dann fein aus dem Schneider, andererseits müsste er unverrichteter Dinge nach Hause fahren.

Emilia plapperte munter vor sich hin. Lucie antwortete auf das Geplapper mit anderem Geplapper, allein Astrid hielt sich aus allem raus und schaute in einer Tour auf das Display ihres Handys. Auweia, schoss es Johann wie ein Blitz durch den Kopf. Hoffentlich hatte sie nicht was mit dem Hippie angefangen. Und würde es jetzt Thomas beichten müssen. Doch was auch immer passiert war – er würde dichthalten. So oft er mit Astrid aneinandergerasselt war, so viele Kämpfe sie ausgefochten hatten, er wünschte sich keine andere Schwiegertochter, das war ihm nicht zuletzt hier in Venedig klargeworden. Weil sie trotz ihrer Hormonanwandlungen, trotz Gezicke und Gezeter eine wundervolle Frau mit einem großen Herzen war.

Sie bogen um die Ecke, eine breitere Gasse tat sich vor ihnen auf, und dort stand dann die Frau mit dem wesentlich kleineren Herzen vor einem Buchladen, ihre Aktentasche unter den Arm geklemmt, und studierte die Auslagen.

»Mamma!«, rief Emilia und eilte auf ihre Mutter zu. Franca fuhr herum, stieß einen heiseren Kiekser aus, um ihre Tochter im nächsten Moment in die Arme zu schließen. So wie sich das für Mutter und Tochter gehörte, dachte Johann bitter. So wie es normal war unter Verwandten. Ein knapper Pingpong-Dialog auf Italienisch entspann sich zwischen ihnen, war ja auch bloß normal, dann blickte Franca über die Schulter ihrer Tochter hinweg auf und entdeckte *ihn*. Das Ungeheuer. Vielleicht hatte sie auch zuerst Astrid und Lucie gesehen, so ganz klar war das nicht.

»Emilia! Ma tu, cosa fai qua?«, rief sie. Ihr Gesichtsausdruck wechselte sekundenschnell zwischen Erstaunen, Empörung und Ablehnung, dann ließ sie eine Schimpftirade los, als wäre ihre Tochter einen Pakt mit dem Teufel eingegangen.

Was bloß verständlich war. Der Leibhaftige stand ja auch nur wenige Meter von ihr entfernt – sein Kinn zitterte, und er kämpfte mit den Tränen. Wann hatte er eigentlich zuletzt geweint? Bei Hildes Tod?

Er spürte, wie sich Lucies Jungmädchenhand in seine schob, während Franca auf dem Absatz kehrtmachte und davonstob. Emilia eilte ihr nach, und er blieb wie der einsamste Mensch auf Erden zurück. Einsam trotz Lucie und Astrid an seiner Seite, das musste man sich bloß mal vorstellen.

19.

Ein paar Tage waren seit Emilias Ankunft verstrichen. Ein paar Tage, in denen der Unterricht bei Signora Agnelli vor sich hingeplätschert war, He Xie einen lukrativen Taschenhandel im Spracheninstitut aufgezogen und Astrid eine deutliche Eifersucht auf Beate entwickelt hatte. Jede Pause suchte diese Theos Nähe, nicht ohne ihr pralles Dekolleté zur Schau zu stellen. Ob ihre Avancen von Erfolg gekrönt waren, wusste Astrid nicht. Sie wollte es auch gar nicht wissen, denn obwohl es zwischen ihr und Theo bei dem einen Kuss bleiben würde, versetzte ihr der Gedanke, dass er sich mit einer anderen Frau vergnügen könnte, einen Stich. Um sich abzulenken, hatte sie bei He Xie eine schicke Ledertasche erworben. Sie war rechteckig, tomatenrot und erinnerte an einen altmodischen Arztkoffer. He Xies bittende Augen sowie der unschlagbare Preis von neununddreißig neunundneunzig hatten sie überzeugt. Im Zweifelsfall würde sie sie an Lucie abtreten. Ihre Tochter sprach immerhin wieder mit ihr – wenn auch nicht viel. Die vergangene Nacht hatte sie sogar in dem großen Doppelbett in Zimmer dreiunddreißig mit ihrer Mutter verbracht. Was sicher nicht so prickelnd war wie eine Nacht mit ihrem neuen Freund, aber Pawel hatte irgendetwas mit seiner Schwester zu klären gehabt. Das wiederum verstand Astrid nicht. Er war seit Jahr und Tag mit seiner Schwester zusammen, was konnte also auf einmal so wichtig ein, dass er dafür auf seine

Liebste verzichtete? Eine ganze Nacht lang. Fast tat ihr ihre Kleine schon wieder leid, wo sie doch so verliebt war und jede Sekunde mit dem jungen Mann zusammen sein wollte.

Opa Johann hatte seine Abreisepläne dank Lucies beherztem Eingreifen von jetzt auf gleich fallen lassen, schwänzte jedoch weiter den Italienischkurs. Stattdessen machte er mit Emilia Venedig unsicher. Was die beiden im Einzelnen trieben, wusste Astrid nicht. Opa Johann hielt sich in dem Punkt bedeckt und genoss im Stillen. Sollte er nur. Vielleicht tröstete es ihn ein wenig darüber hinweg, dass Franca ihm weiterhin keine Chance gab.

Nach ihrem Morgenkaffee beschloss Astrid, einen anderen Weg auszuprobieren. Statt den Canal Grande wie üblich am Bahnhof zu überqueren, lief sie über den modernen Ponte della Costituzione, das Bindeglied zwischen dem Bahnhof Santa Lucia und dem Busbahnhof. Mittlerweile bewegte sie sich mit nahezu schlafwandlerischer Sicherheit durch die Stadt und steckte den Stadtplan nur pro forma in ihre rote Koffertasche. Hinter dem Piazzale Roma folgte sie dem Verlauf des Kanals, dessen Wasser heute ins Petrol changierte. Ein Boot tuckerte vorüber, und leise Wellen klatschten gegen das Fundament. Astrid hatte keine Eile. Bis zum Unterrichtsbeginn blieben ihr noch rund fünfunddreißig Minuten. Fünfunddreißig Minuten, die sie ganz für sich hatte. Solche Momente waren rar, egal, ob in Venedig oder in Berlin – umso mehr kostete sie sie aus. Im Alltag zerrte stets irgendjemand an ihr. Lucie oder Opa Johann, und wenn die beiden gerade mal Ruhe gaben, hatte mit Sicherheit Thomas irgendein Problem.

Astrid war bereits kurz vor der Schule, als Schritte hinter ihr trappelten und Lucie sich in ihr Sichtfeld schob.

»Mami!«, sagte sie, und in diesem einen Wort schwangen alle

möglichen Empfindungen mit: Bedauern, Trotz, eine Spur Verzweiflung. Augenscheinlich war sie in sich gegangen und hatte ein paar Gänge runtergeschaltet.

»Ich weiß, Lucie, du fährst.«

Ihre Tochter blieb stehen und sah sie aus murmelrunden Augen an. »Wie jetzt? Mehr sagst du nicht dazu?«

»Ich kann es dir nicht verbieten. Du bist volljährig.«

»Aber ich habe kein Geld«, sagte Lucie, als wäre das eine passende Erwiderung.

Astrid musste lächeln. »Geld war doch nie das Problem bei dir. Notfalls gibt dir Opa Johann was, das weißt du doch. Er vergöttert dich.«

»Nein, er vergöttert Emilia.«

»Eifersüchtig?«

Lucie schüttelte den Kopf, dann grinste sie schief. »Ich bin froh, dass sie da ist. Und er kann uns ja auch ruhig beide vergöttern, oder?«

Sie liefen schweigend weiter. Nach ein paar Metern hakte sich Lucie bei ihr unter und legte den Kopf auf ihre Schulter. Es war eine so vertraute, so rührende Geste, dass Astrid warm ums Herz wurde. Doch schon im nächsten Moment fiel ihr wieder ein, dass Indien beschlossene Sache war und sie Lucie über alle Maßen vermissen würde.

»Lucie, tu mir einen Gefallen.«

»Ja, was?«

»Kümmere dich darum, dass du deinen Studienplatz nicht verlierst. Bitte.«

Lucie nickte und kickte ein Steinchen von sich. »Wenn ich denn überhaupt fahre …«

»Wieso? Gibt es doch noch Zweifel?«

Es wäre zu schön, um wahr zu sein, aber Lucie schüttelte den Kopf.

»Von meiner Seite ganz bestimmt nicht. Von Pawels auch nicht.« Sie wirkte sichtlich erleichtert, es sagen zu können. »Nur Marta ...«

»Wieso, was hat Marta damit zu tun?«

»Das verstehst du nicht, Mami.«

»Erklär's mir. Damit ich es vielleicht verstehe.«

Lucies Kinn sackte aufs Brustbein. »Das kann keiner verstehen. Wahrscheinlich verstehen die beiden es selbst nicht mal.«

Astrid wollte ihre Kleine nicht nerven und drang nicht weiter in sie. Sie hoffte nur eins: dass Lucie unbeschadet aus der Sache rauskommen würde.

*

Sie saßen auf dem Campo Santa Margherita, ließen sich die Spätnachmittagssonne auf den Pelz scheinen und tranken Spritz. Ja, Emilias Anwesenheit hatte einen entscheidenden Nachteil: Ihr blieb weniger Zeit, die sie mit Pawel verbringen konnte. Andererseits freute sich Lucie aber auch darüber, dass sie gekommen war. Sie mochte ihre Cousine, sie stand auf ihre grünen Schuhe und ertappte sich bei dem Gedanken, wie es gewesen wäre, eine große Schwester wie sie gehabt zu haben. Mit der sie alles hätte besprechen können, die nicht so verschlossen war wie Max.

Lucie schwenkte die Eiswürfel in ihrem Glas. Außer einer Brioche zum Frühstück, einem Pfirsich zum Mittagessen und der Olive in ihrem Drink hatte sie nichts gegessen, was zur Folge hatte, dass sie den Alkohol schon nach wenigen Schlucken in jeder Zelle ihres Körpers spürte. Sie nahm sich eine Handvoll Chips aus der

295

kleinen Glasschale vor ihr auf dem Tisch und wusste doch, dass das bisschen Knabbergebäck kaum etwas an ihrer momentanen Verfassung ändern würde.

Aber auch Emilia war der Spritz augenscheinlich zu Kopf gestiegen. Sie kicherte und plapperte, hüpfte leichtfüßig von Thema zu Thema, wollte sich über ihre eigenen Gags vor Lachen ausschütten, nur eins tat sie nicht: Sie kam nicht auf den Punkt. Lucie dachte an Pawel, daran, wie es wäre, jetzt mit ihm hier zu sitzen, und weil sie es plötzlich nervte, die kostbare Zeit zu verplempern, schnitt sie Emilia das Wort ab und sagte: »Was machen wir denn jetzt mit Opa Johann? Er tut mir wirklich leid. Und letztlich sind wir ja schuld an allem.«

Emilia sah sie ungläubig an. »Wir sind schuld? Wieso das?«

»Ich hab ihn bei *facebook* angemeldet. Verstehst du?«

»Na und? Früher oder später hätte ich ihn auch so gefunden. Darauf kannst du Gift nehmen.« Sie taxierte ihre olivgrün lackierten Nägel. »Warst du eigentlich schon mal auf San Michele?«

»San Michele? Was ist das?«

»Die Friedhofsinsel. Nonna Agostina ist dort begraben. Mit dem Vaporetto sind es von der Station Fondamente Nova bloß ein paar Minuten.«

»Ach so.« Weil Lucie nicht wusste, was sie weiter dazu sagen sollte, erkundigte sie sich, ob es ein schöner Friedhof sei.

»Ja und nein. Die Atmosphäre ist schon sehr speziell. Weiße Kreuze, so weit das Auge reicht. Und auf einem Nebenfriedhof sind die Särge übereinandergeschichtet und in der Wand eingemauert.«

Lucie lief es eiskalt den Rücken hinab. Das klang ganz schön schaurig. Allein die Vorstellung, nach dem Tod – auf welche Weise auch immer – mit der Natur verbunden zu sein, spendete ein wenig Trost.

Sie erinnerte sich, dass sie in Süditalien an einem Friedhof vorbeigekommen waren und sie sich über die vielen Fotos der Verstorbenen und die Plastikblumen in den kitschigen kleinen Vasen lustig gemacht hatte. Als sie Emilia davon erzählte, schürzte diese die Lippen.

»Zum Glück ist Mamma da anders gestrickt. Sie hasst Plastikpflanzen und stellt nur frische Blumen auf das Grab meiner Großmutter.«

Lucie verscheuchte einen Spatz, der sich auf dem Tisch in ihrer Chipsschale niederlassen wollte.

»Falls du mal hin möchtest … Ich könnte dir die Insel zeigen. Und Nonnas Grab. Das natürlich auch.«

Lucie war sich unschlüssig und zuckte mit den Schultern. Die Zeit war knapp. Zu knapp für all die schönen Dinge, die man in Venedig tun konnte. Und was war schon eine Insel mit lauter Toten gegen sehr viel lebendiges Zusammensein mit Pawel?

»Sei mir nicht böse, Emilia … Wenn überhaupt, sollte eher Opa Johann mal hinfahren. Schließlich hat er …« Sie brach ab. Lachte leise auf. Dann schnellte ihr Zeigefinger vor. »Emilia, ich hab's!«

Ihre Cousine blickte sie verwirrt an.

»Ich weiß jetzt, wie wir es machen«, fuhr Lucie fort. »Wir fädeln es irgendwie ein, dass deine Mutter und Opa Johann auf der Friedhofsinsel aufeinandertreffen.« Die Idee war ihr eben in der Sekunde gekommen. Franca müsste etwa zur selben Zeit wie ihr Großvater an Agostinas Grab eintreffen; sie würden glauben, dass es purer Zufall sei, und da man am Grab der Mutter womöglich sentimentaler gestrickt war, würde Franca ihn mit ein bisschen Glück nicht ganz so harsch zurückweisen. Vielleicht war es bloß eine Schnapsidee, doch auch Emilia fand sie ebenso simpel wie genial, und um wieder einen klaren Kopf zu kriegen, bestellten sie Kaffee und etwas zu essen.

Befeuert von dem Gedanken, dass es vielleicht doch noch möglich war, die beiden zum Gespräch zu bewegen, spannen sie den Plan weiter. Sie spielten verschiedene Varianten durch, Lucie aß ein Törtchen zum Kaffee, Emilia ein getoastetes Sandwich, sie verwarfen dieses, überlegten jenes, und am Ende belohnten sie sich mit einem weiteren Spritz.

Irgendwann verschwand die Sonne hinter dem gegenüberliegenden Haus; die beiden Mädchen legten die Köpfe in den Nacken und schauten in den Sommerhimmel, der in Venedig ganz sicher blauer war als an jedem anderen Ort auf der Welt. Wolken segelten über ihre Köpfe hinweg, und auch wenn Lucie am liebsten gleich mit ihnen Richtung Indien aufgebrochen wäre, wusste sie, dass sie vorher noch etwas zu erledigen hatte. Etwas extrem Wichtiges, das den Titel *Mission Opa Johann* trug. Erst wenn das vollbracht war, würde sie beruhigt abreisen können.

20.

E milia und ihre spinnerten Ideen! Jetzt wollte sie mit ihm auf den Friedhof. Als ob er nicht früh genug dort landen würde und sowieso, er hatte weiß Gott Besseres zu tun. Die Stunden mit ihr anderweitig zu genießen, nur mal zum Beispiel. Sie hatte ihm schon das Meer gezeigt, war mit ihm ein Gianduiotto – ein Nougateis mit einem Berg Sahne – essen gegangen und hatte ihn in das Museum in der Nähe der Gesundheitskirche, der Santa Maria della Salute, geschleppt, hypermoderner Schnickschnack, aber – das musste er schon zugeben – am Ende doch ganz hübsch anzusehen. Bisweilen hatten sie auch gar nichts Besonderes getan. Sie waren einfach nur umhergeschlendert, hatten mal hier einen Kaffee, mal dort einen Aperitif getrunken und es sich gutgehen lassen.

Die Tage mit seiner Enkelin waren wie Geschenke. Jeden Morgen durfte er ein neues auspacken. Und wenn seine Gelenke keine Beschwerden machten, ihm der Rücken nicht weh tat und der Kreislauf sich nicht verabschiedete, fühlte er sich frei und glücklich. Obendrein spulte er nun das Kapitel Franca nicht mehr alle paar Minuten auf Anfang, wie er es vor Emilias Ankunft wieder und wieder getan hatte.

Jetzt der Friedhof, nun ja. Friedhöfe waren so gar nicht nach seinem Geschmack, aber da er Emilia keinen Wunsch abschlagen konnte, war er selbst dazu bereit, das Grab seines verstorbenen

Liebchens zu besuchen. Die Gute hatte erst spät geheiratet, damals musste Franca bereits dreizehn gewesen sein, einen Venezianer, dem sie in die schöne Lagunenstadt gefolgt war. Herrje, wenn denn nun mal Emilias Glück davon abhing … Er war schließlich kein Unmensch.

Das Mädchen kam pünktlich um drei, in dieser Hinsicht war sie durch und durch preußisch; wahrscheinlich hatte sie das Pflichtbewusstsein von ihm geerbt. Zu Fuß ging es kreuz und quer durch schmale Gassen; sie überquerten geduckte Steinbrücken, eine breitere Holzbrücke, die keinen vertrauenserweckenden Eindruck machte, doch zum Glück nicht unter ihnen zusammenkrachte. Sie liefen weiter, und je länger sie unterwegs waren, desto mehr kam es Johann vor, als hätte jemand über Nacht den Stadtplan wie ein Sofakissen aufgeschüttelt und alle Gassen durcheinandergewirbelt.

»Gibt's ja nicht! Hier war ich ja noch nie!«, rief er aus, als sie die Vaporettostation Fondamente Nove erreichten. Vor ihnen kräuselte sich nichts als Wasser in silbrig blauen Schattierungen. In einiger Entfernung zeichnete sich die Mauer der Friedhofsinsel ab, dahinter ragten Zypressen in den Himmel.

»Es gibt bestimmt viele Ecken, die du noch nicht kennst«, sagte Emilia. »Um mit Venedig richtig vertraut zu werden, braucht man Wochen, wahrscheinlich sogar Monate.«

Das Boot näherte sich der Anlegestelle, kleine Wellen schwappten gegen die Kaimauer. »Und du bist dir wirklich sicher, dass wir da hinwollen?« Er fühlte sich plötzlich so saft- und kraftlos wie eine ausgequetschte Zitrone. Was immer noch eine schamlose Untertreibung war. So hübsch der Friedhof auch gelegen sein mochte, er war ihm selbst aus der Entfernung ein Gräuel. Doch Emilia tat, als hätte sie ihn nicht gehört. Vielleicht hatte aber auch der Wind seine Worte davongetragen.

»Wir kaufen Oma Agostina gelbe Rosen, ja?«, sagte sie mit merkwürdig kratziger Stimme. »Gelbe Rosen hat sie so sehr geliebt.«

»Ja, gelbe Rosen«, wiederholte Johann und spürte plötzlich ein murmeliges Gefühl im Magen. Vielleicht hatte es ja doch sein Gutes, dass sie hinfuhren. Vielleicht konnte er danach das Kapitel Jugendsünde ein für alle Male abschließen, wieder nach Hause fliegen und sich schlicht darüber freuen, dass es ohne ebendiese Jugendsünde auch keine junge Frau namens Emilia geben würde.

Apfelkuchen, dachte er, während er, von Emilia untergehakt, auf das schwankende Boot tapste, das bereits im nächsten Moment lostuckerte. Apfelkuchen mit einem Gitter aus Teig. Agostina hatte einen für ihn und Hans gebacken, das fiel ihm mit einem Mal wieder ein, und wie glücklich sie gewesen war, dass er eine ganze Hälfte davon verputzt hatte. Plötzlich schämte er sich. Weil er die vielen schönen Einzelheiten ihrer Begegnung all die Jahre vergessen, verdrängt, was auch immer hatte.

Die Sonne stand milchig am Nachmittagshimmel, als das Boot an der Friedhofsinsel anlegte. Emilia schritt forsch voraus, ließ den Blumenstand links liegen – was war mit den gelben Rosen, hatte sie die etwa vergessen? –, schon hatte sie das Eingangstor passiert und bewegte sich durch die Gräberlandschaft mit der gleichen schlafwandlerischen Sicherheit wie durch das Gassenlabyrinth Venedigs.

»Emilia! Meine Hübsche!« Johann stolperte hinter ihr her, sein Kreuz schmerzte, und seine Pumpe ging, als liefe er einen Marathon. Ein Gefühl von Verlassenheit beschlich ihn, es war wie eine ganz gemeine Vorstufe des Todes. Was sollte das alles? Wieso huschte sie zwischen den symmetrisch angelegten Gräbern hindurch, als wäre der Leibhaftige hinter ihr her? Sie wusste doch, dass er nicht mehr so gut zu Fuß war. Aber wie ferngesteuert hastete sie weiter, umschiffte in Schlangenlinien die unzähligen Marmorkreuze, lief zickzack, dann bog sie mit einem Mal scharf links ab und blieb vor einer recht bescheidenen Grabstätte stehen.

Johann trudelte. Keuchte. Stützte sich für einen Moment auf den Oberschenkeln ab.

»Komm, Opa! Trau dich.« Emilia drehte sich zu ihm um, lächelte. Es war das erste Mal, dass sie ihn »Opa« genannt hatte, was ihm die Tränen in die Augen trieb.

»Ist es das?«, krächzte er.

»Ja!« Sie streckte ihre Hand nach ihm aus, er ergriff sie wie einen rettenden Anker, und Emilia zog ihn wie eine leblose Marionette ans Grab. Das Foto. Franca hatte einen geschmackvollen Rahmen gewählt, schlicht und oval, kein kitschiges Geschnörkel.

»Und? Erkennst du sie?« Emilias fiebriger Blick glitt zu ihm.

»Ja ... nein ... ich weiß nicht.«

»Du weißt es nicht?«

»Lesebrille vergessen.«

»Hm, das ist jetzt aber ziemlich blöd.« Emilia schien enttäuscht.

»Aber das Grab ist schön«, räumte Johann ein. »Überhaupt: hübscher Friedhof. Meine ich ernst.« Es war ein bisschen gelogen, aber er wollte sie nicht gänzlich vor den Kopf stoßen.

»Dann können wir ja jetzt wieder gehen«, schlug er vor.

»Nein, das können wir nicht!« Es klang wie ein Fanfarenstoß. Sie und ihre Großmutter, vielleicht hatte es eine ganz spezielle Verbindung zwischen ihnen gegeben und es tat ihr jedes Mal weh, sie hier zu besuchen. »Die Blumen!«, fuhr sie fort. »Ich hab ja die Blumen total vergessen.«

»Ich wollte es dir noch sagen, aber du bist ja gerannt wie der Teufel.« Er schnappte nach einer Mücke, die heransurrte. »Also gut, dann kaufen wir jetzt gelbe Rosen.«

Emilia blickte auf die Uhr, warf einen nervösen Blick über ihre Schulter. »Ich geh mal schnell. Du wartest einfach hier.«

»Aber ich kann doch auch …«

»Bis gleich. »Sie zwinkerte ihm zu. »Vielleicht findest du ja jemanden, der dir seine Lesebrille borgt.«

Leichtfüßig hüpfte Emilia davon, und Johann beneidete sie um ihre Jugendjahre. Noch einmal wie ein Reh springen können. Ohne dass ihm irgendetwas weh tat.

Kaum war sie außer Sichtweite, fühlte er sich einsam und verloren, vollkommen fehl am Platz. Was hatte er hier zu suchen? Wie ein Raubtier auf Beutefang begann er um die Grabstätte zu schleichen. Nach der vielleicht fünften sinnlosen Runde trat er dichter an das Foto heran, aber das Bild der Dame mit dem kurzen grauen Haar verschwamm vor seinen Augen. Vielleicht sollte es so sein: dass die Erinnerung nichts als ein verschwommen-verwackeltes Foto war.

*

Eine schier endlose Fahrt auf dem Vaporetto nach San Michele. Ewig andauernde drei Minuten. Die Schiebermütze tief ins Gesicht gezogen, presste sich Lucie gegen die Wand der Fahrerkabine, damit Franca sie nicht entdeckte. Die Sorge um Opa Johann, gepaart mit einer nahezu unerträglichen Neugierde, trieb sie auf die Friedhofsinsel. Eigentlich war etwas anderes abgesprochen. Lucie sollte am späten Nachmittag im Olandese Volante auf ihre Cousine warten. Weil sie auf der Insel sowieso nichts ausrichten konnte. Emilia hatte die Weichen gestellt. Den Rest mussten Opa Johann, der in dieser Sekunde bereits an Agostinas Grab geparkt war, und Franca schon selbst erledigen.

Endlich da. Franca schritt zügig von Bord und lief auf Emilia zu, die, ihre Nase in einen Strauß gelber Rosen versenkt, auf ihre Mutter wartete. Lucie schlich hinter zwei gebeugten, schwarz gekleideten Mütterchen als Letzte vom Vaporetto. Für den Bruchteil einer Sekunde schaute Emilia zu ihr herüber, die Augen starr und voller Vorwurf, doch schon ging Lucie hinter dem knorrigen Stamm einer Zypresse in Deckung. Wortfetzen drangen zu ihr herüber, erst laut und aufgeregt, dann entfernten sich die Stimmen, und gefühlte zehn Minuten später traute sich Lucie endlich hinter dem Baum hervor. Wahrscheinlich hatte sie gerade mal die Hälfte der Zeit herumgebracht, aber die beiden waren nicht mehr zu sehen.

Weil sie nicht wusste, was sie sonst tun könnte, setzte sie sich auf eine Bank und checkte ihre SMS, aber nur Nico hatte geschrieben. *Hi Süße, wie stehen die Aktien? Nico.* Verstimmt klickte sie die SMS weg. Die Aktien standen nicht wirklich gut. Zwischen ein paar flüchtigen Küssen hatte Pawel ihr gestanden, dass er den Nachmittag mit seiner Schwester verbringen wolle. Weil sie wegen des Typen vom Lido, der sich in jeder Hinsicht als Mogelpackung entpuppt hätte, so down sei. Lucie passte das nicht. Jede Minute, die Pawel nicht mit ihr verbrachte, war eine schlechte Minute. Martas Einfluss auf ihn war nicht zu unterschätzen, und sie fürchtete sich davor, dass einer von beiden im allerletzten Moment umschwenken und damit das Projekt Indien zum Platzen bringen könnte.

Als Lucie von ihrem Handy aufblickte, sah sie Emilia über den Kiesweg herannahen. Sie kam direkt auf sie zu, und das grüne Band in ihrem Haar flatterte.

»Was, zum Teufel, tust du hier?«, bellte sie im nächsten Augenblick. »Stell dir nur vor, sie hätte dich gesehen! Merda! Warum bist du nicht lieber bei deinem Freund geblieben?«

»Sie hat mich aber nicht gesehen, okay?« Lucie hob abwehrend die Hände. »Ich hab's nicht ausgehalten, einfach rumzustehen und nichts tun zu können.«

»Hier kannst du aber auch nichts tun.«

»Doch, dir die Zeit vertreiben. Oder willst du gleich zu ihnen zurück?«

Emilia schüttelte den Kopf. »Das müssen sie jetzt schon selbst hinkriegen.«

Sie erzählte, dass sie auf halber Strecke umgekehrt sei, angeblich, weil sie ihre Sonnenbrille unterwegs verloren habe. Wie die meisten Italienerinnen besaß Emilia eine teure Designerbrille. Ihre war von Dolce & Gabbana, und die kramte sie jetzt aus ihrem Täschchen hervor, um sie schmunzelnd aufzusetzen. »Sie hat's mir abgekauft. Ich muss ziemlich gut geschauspielert haben.«

Während sie sich einen Schokoriegel teilten, den Lucie in der Tiefe ihrer Beuteltasche gefunden hatte, kam Emilia auf Pawel zu sprechen – Lucie hatte bisher nur in Andeutungen von ihm erzählt. Aber weil sie die Wartezeit überbrücken mussten und er sowieso unaufhörlich in Lucies Kopf kreiste, begann sie, sich alles von der Seele zu reden. Sie sprach von den schönen Gefühlen, doch auch von ihren Ängsten, und dass ihr Gegenüber diesmal nicht ihr dreiundachtzigjähriger Opa war, vereinfachte die Sache erheblich.

»Warum muss es denn unbedingt Indien sein?«, wollte Emilia wissen.

»Weil das Land ziemlich weit weg von Marta ist, schätze ich.« Sie gestand ihr, dass sie hin und wieder schon so ihre Zweifel hege, ob Indien tatsächlich das Richtige für sie sei, ein Gedanke, den sie bisher niemandem anvertraut hatte. Und dann erzählte sie auch noch den kläglichen Rest: wie eng Pawel mit seiner Schwester verbandelt sei und dass sie, Lucie, womöglich nie eine echte Chance gegen sie haben würde.

Emilia strich ihr tröstend über den Arm. »Vielleicht redest du dir das bloß ein, weil du …«

»Was würdest du an meiner Stelle tun?«, schnitt Lucie ihr das Wort ab.

Emilias Gedankenkarussell schien sich nur langsam in Gang zu setzen, schließlich sagte sie: »Ich würde mit ihm gehen. Glaube ich. Nicht unbedingt seinetwegen. Männer sind es nur selten wert. Eher, weil ich mir später nichts würde vorwerfen wollen.«

Es tat gut, das aus Emilias Munde zu hören. Dennoch blieb ein kleiner hässlicher Zweifelzwerg in ihr, der sich beim besten Willen nicht verscheuchen lassen wollte. »Und wenn sich Marta nun doch noch einklinkt?«, sprach sie aus, was sie nicht mal denken wollte.

»Dann würde ich die Reise canceln. Dann ist er mit ihr verheiratet.« Emilia schüttelte knapp, aber entschieden den Kopf. »Solche Kerle braucht doch kein Mensch.«

*

Sie schrie Zeter und Mordio, das Haar vom Wind zerzaust. Doch je mehr sie in Fahrt geriet, je schriller ihre Stimme wurde, desto weniger begriff er, was sie eigentlich von ihm wollte. Bald rauschte es in seinen Ohren, als wäre ein Orkan darin ausgebrochen. Himmel, Arsch und Zwirn! Jetzt kam sie mit langen Schritten auf ihn zu, stand drohend wie ein Gorillaweibchen vor ihm, dieses ranke und schlanke Persönchen. Er wich aus, umschiffte Agostinas Grab im Rückwärtsgang, wobei er stolperte und fast der Länge nach hinschlug. Er wechselte die Richtung, lief vorwärts. Franca ihm nach, immer noch keifend und zeternd. Wahrscheinlich sah es aus, als führten sie ein Ballett auf. Ein hypermodernes, bei dem sich der Choreograph ganz ordentlich vertan hatte.

»Stehen bleiben!«, gellte Francas Stimme, und er spürte einen stechenden Schmerz in der Brust. Vielleicht eine Kugel, die ihn getroffen hatte? Unsinn, rief er sich augenblicklich zur Raison. So verbrecherisch er sich in Francas Augen auch aufgeführt haben mochte, sie würde kaum eine Knarre dabeihaben. Herzinfarkt – das war sein zweiter Gedanke. Alles in allem wäre es nicht mal richtig schlimm, er hatte sein Leben gelebt, aber musste es ausgerechnet auf der Friedhofsinsel vor Venedig passieren? Es war ja ganz schnuckelig hier, dennoch wollte er lieber woanders adieu sagen – am liebsten in seinem kuscheligen Bett zu Hause, während Thomas, Lucie und Astrid-Schatz ihm die Hand hielten. Du musst dich hinsetzen, Johann!, zischelte ihm eine leise Stimme in seinem Kopf zu. Nur wohin? So angestrengt seine Augen auch umherirrten, nirgends stand eine Bank, und es gab auch kein Sterbebett, auf das er sich schnell mal hätte legen können.

Piepegal, dachte er und hockte sich, so pietätlos das auch sein mochte, auf den nächstbesten Grabstein, der ihm in die Quere kam. Alberto Rossi hieß der werte Verstorbene. *Sei sempre con noi con amore – la tua Emma* stand auf seinem Grabstein.

»Ciao, Alberto«, begrüßte er ihn. »Na, mein Freund, wie geht's denn so?«

»Johann?« Das Gorillaweibchen namens Franca tauchte vor ihm auf. »Alles in Ordnung mit Ihnen?«

»Bis auf die Tatsache, dass ich wahrscheinlich gleich sterbe, ja.«

»Sie spielen mir doch etwas vor, oder?«

»Ich?«

»Ja, Sie! Nicht Alberto Rossi. Der kann nichts mehr vorspielen.«

»Also ich weiß nicht so genau.« Er fasste sich ans Herz, doch der Schmerz war tatsächlich verschwunden.

Franca blies wütend beide Backen auf. »Kaum wird's mal unbequem und der werte Herr muss sich seiner unfeinen Vergangenheit stellen, wird gestorben. Aber bitte, nur zu!« Sie entfernte sich ein paar Meter, kam wieder zurück und verschränkte die Arme vor der Brust. »Dann zeigen Sie mir mal, wie Sie sterben. Bringen wir es hinter uns. Avanti!«

Johann strich über Signore Rossis Stein, den die Sonne erwärmt hatte. »Ich kann das aber nicht … wenn du … wenn Sie … wenn Leute, die ich nicht schon mindestens ein paar Jahrzehnte kenne, dabei zugucken.«

»Pech. Ich bin nun mal da. Das Resultat einer unbedachten Nacht.« Fahrig suchte sie in den Taschen ihrer Safarihose nach irgendwas, fand schließlich Kaugummis und bot ihm davon an. Er nahm sich einen Streifen. Warum nicht Kaugummi kauend sterben? Mit leckerem Pfefferminzgeschmack im Mund? Besser als mit schlechtem Atem. Sollte ihm später keiner nachsagen, er wäre auf den letzten Metern nachlässig geworden.

Das Kauen schien sie zu besänftigen, und sie setzte sich neben ihn auf den Grabstein.

»Darf man das denn eigentlich?«, erkundigte er sich. Noch einen Millimeter weiter und ihre Schultern würden sich berühren.

»Selbstverständlich nicht.« Und mit dem gestrengen Blick der Lehrerin fuhr sie fort: »Aber man darf vieles nicht … und macht es trotzdem. Zum Beispiel Frauen unbedacht schwängern.« Sie schaute auf ihre weißen Halbschuhe, die mit einer staubigen Schicht überzogen waren. »Johann, was tun Sie hier?«, fragte sie schließlich erschöpft.

»Ich? Ich warte.«

»Und worauf? Vom Tod mal abgesehen.«

Er machte eine hilflose Geste. »Emilia. Sie wollte gelbe Rosen kaufen und gleich wiederkommen.«

»Emilia«, resümierte Franca. Er hatte nicht gewusst, dass man den so schön klingenden Namen mit so viel Missbilligung aussprechen konnte. Franca wandte ihm ihr Gesicht zu, und für einen Moment war es ihm vergönnt, in ihre venezianisch grünblauen Augen zu schauen.

»Oh«, sagte sie.

»Was heißt das jetzt?«

Sie hob die Hände und schwang sie auf und ab. »Auguri! Dann haben wir unser unfreiwilliges Tête-à-Tête also Emilia zu verdanken.«

»Emilia?«, echote er und kam sich doch etwas stupide vor.

»Ich war hier mit ihr verabredet. Und Sie vermutlich auch.«

»Wollen wir nicht endlich mal dieses lachhafte Gesieze lassen? Egal, was für ein Schuft ich in deinen Augen sein mag, ich bin … ja, ich bin dein Vater, wie man ganz eindeutig an der Nase sieht, also können wir auch … Herrgott noch mal … wir können doch du sagen!«

Franca ließ die Ansprache einen Moment auf sich wirken, dann nickte sie zu seinem Erstaunen. »Und geht es Ihnen … geht es dir jetzt wieder besser? Wobei ich nicht aus Mitleid frage.«

Er fasste sich prüfend an die Brust, aber der Schmerz war, Gott sei Dank, nicht zurückgekehrt. »Ich weiß nicht … Unter Umständen kann ich schon noch ein bisschen mit dem Sterben warten.«

»Das wäre ganz reizend«, erwiderte sie. »Es wäre mir nämlich ziemlich unangenehm, dich wiederbeleben zu müssen.«

Eine warme Welle durchflutete Johann. Es war das erste Mal, dass ihr das Du ganz leicht, ja wie selbstverständlich über die Lippen gekommen war. Trotz der steilen Falte zwischen ihren Augenbrauen, aber die ignorierte er einfach. Die schien bei ihr dazuzugehören, wenn ihr irgendwer oder irgendwas Kummer bereitete – so wie er allein durch seine Anwesenheit.

»Also gut«, erklärte er. »Emilia hat uns reingelegt. Wer weiß, ob nicht auch noch Lucie dahintersteckt. Könnte ich glatt drauf wetten. Die kleine Kröte hat es ja faustdick hinter den Ohren.«

»Soso.« Es zuckte um Francas Mundwinkel. »Das hat sie dann offenbar von dir geerbt, nicht wahr?«

Johann nickte einfach und spürte, wie die Sonne seinen Nacken wärmte, was ein so wunderbares, ja erhabenes Gefühl war, dass auch er lächeln musste. Venezianische Friedhofssonne. Und Franca an seiner Seite. Er saß hier einfach so mit seiner neugewonnenen Tochter, und auch wenn von Versöhnung noch keine Rede sein konnte, so beschimpfte sie ihn nicht mehr und rannte auch nicht vor ihm davon. War das ein gutes Zeichen? Vielleicht.

»Und jetzt?«, fragte er, weil sie seit geraumer Zeit bloß die Lippen kräuselte und die Stirn runzelte.

»Nichts. Gar nichts. Wir hocken hier nur, schweigen uns an,

und vermutlich biegt gleich Emilia um die Ecke und lacht sich ins Fäustchen.«

Johann tastete den sonnenwarmen Grabstein ab, er suchte nach einer kühlen Stelle, fand jedoch keine. »Der Kurs, der ist dann ja nun fast zu Ende«, sagte er, als ob das eine passende Erwiderung wäre.

»Ja und? Was kümmert dich das? Du hast doch sowieso fast nur geschwänzt. Deine Italienischkenntnisse dürften gen null tendieren.«

»Nein, nein!« Er straffte sich und wedelte mit dem Zeigefinger. »Io Johann.«

»Sono Johann, sagt man«, korrigierte Franca ihn.

»Si, sono Johann. E tu …« Er tippte sie am Arm an, eine Geste, die er so nicht geplant hatte, aber sie zuckte nicht zurück. »Du kannst jetzt ja wieder beruhigt unterrichten. Es werden wohl kaum noch weitere Väter von dir auftauchen.«

Der Hauch eines Lächelns glitt über ihr Gesicht, Johann hatte es sehr wohl bemerkt. Und es machte ihn glücklich, wenn auch nur für die Dauer eines Atemzugs.

»Dann hast du dich also …« Sie schien den Faden zu verlieren und setzte neu an. »Dann hast du dich also nur meinetwegen für den Kurs eingeschrieben? Nicht wegen der Sprache?«

»Na ja, Italienisch ist schon schrecklich schwer«, sagte er ausweichend.

»Das ist jetzt keine Antwort.«

»Deinetwegen. Natürlich deinetwegen! Wobei ich …« Er rupfte einen Grashalm aus der Erde. »Ich würde schon sehr gerne Italienisch lernen. Auch wenn die Sprache so schrecklich schwer ist.«

»Nichts ist einfach im Leben. Man kriegt nichts geschenkt.« Sie sah ihn an, und ihre Augen waren eine Nuance blauer als noch vor ein paar Sekunden. »Nur einen Vater. Einen, der einem total ähnlich sieht, auf den man aber überhaupt nicht gewartet hat.«

Die Zeit des Geplänkels war vorbei, das spürte er. Vielleicht würde sie ihm ja doch die Gelegenheit geben, die ganze Geschichte aus seiner Sicht zu erzählen.

»Weißt du noch …«, begann er. »Franca, weißt du noch, als wir beide bei dem riesigen Knaben mit dem Frosch waren?«

»Wie könnte ich das vergessen«, erwiderte sie tonlos.

»Da hab ich doch angefangen, dir allerlei … wie du sagtest … Unfug zu erzählen. Den du dann nicht hören wolltest.«

»Richtig.«

»Soll ich jetzt vielleicht … Ich mein, ich könnte den Unfug schon noch ein bisschen weitererzählen.«

Aus dem Augenwinkel sah er, dass sie wie versteinert dasaß. »Ich muss jetzt los. Mein Boot fährt gleich.«

Doch bevor sie noch irgendetwas unternehmen konnte, legte er einfach los.

»Hans und ich«, sagte er, »also Hans war mein bester Freund, der beste, den ich je hatte. Er ist längst tot, Lungenentzündung … und peng, weg war er.« Er warf Franca einen prüfenden Blick zu, aber es hatte nicht den Anschein, als würde sie im nächsten Moment aufspringen und davoneilen. Also fuhr er fort: »Wir sind im VW-Käfer nach Italien gefahren. Mein erster Urlaub vom ersten selbst verdienten Geld. Das war was ganz Besonderes damals …«

»Ach ja?«, warf sie ein, und Johann war sich nicht sicher, ob es ironisch geklungen hatte.

»Ja, was denkst du. Damals ist noch nicht jeder Hans und Franz im Billigjet nach Mallorca gedüst. Wir also los mit dem Käfer … wir haben auch drin geschlafen, hatten ja kein Geld für schnieke Hotels. Hans vorne, ich auf dem Rücksitz, gekrümmt wie eine Banane. Meine Rückenschmerzen, wenn ich mal so sagen darf, vielleicht kommen die ja daher.« Er wischte mit der Hand durch die Luft. »Aber schnurz. Es war trotzdem herrlich! Freiheit ... Abenteuer ... und die Landschaften waren so anders als das, was ich von zu Hause kannte. Besonders Bayern, also ich muss schon sagen, Bayern hat mich richtig entzückt.«

Er bemerkte, dass Francas Kopf ein Stückchen nach unten gesackt war. Hatte sie abgeschaltet? Oder war sie gar eingeschlafen? Aber nein. Ihre Lider bewegten sich, nur starrte sie pausenlos auf ihre Schuhe, als gäbe es dort außer Staub irgendetwas Spannendes zu sehen.

»Bayern«, griff er den Faden wieder auf. »Die bergige Landschaft, die saftigen Weiden, ich hätte dort ewig Ferien machen können, aber Hans wollte weiter. Italien – das war sein Sehnsuchtsort. Um es kurz zu machen: Wenig später sind wir dann in Bozen eingetroffen.«

»Bei meiner Mutter«, sagte Franca, und ihre Stimme klang blechern.

»Bei deiner Mutter, ja. Ich weiß nicht mehr sehr viel, nur Bruchstücke, das musst du mir jetzt wirklich glauben.« Er betrachtete seine Fingerknöchel, die weißlich hervortraten. »Sie hatte einen Apfelkuchen gebacken, mit einem gitterartigen Muster aus Teig. Und wir durften uns waschen, das erste Mal nach den vielen Tagen, die wir bloß im See gebadet hatten. Was war das für ein Luxus! Und ihre Seife hat so herrlich geduftet!«

Er hörte Franca leise seufzen. »Lavendel. Sie hat immer nur Lavendelseife benutzt.«

»Ja. Und dein Parfüm riecht auch ein bisschen so.«

Sie überging die Bemerkung und forderte ihn auf weiterzuerzählen. »Dann ist Rotwein geflossen, sehr viel Rotwein. Und der Rest ...« Er machte eine hastige Handbewegung. »Den Rest muss ich dir nicht erklären. Der ist Geschichte.«

Franca tobte nicht. Sie keifte nicht. Sie nickte bloß.

»Johann«, sagte sie. »Wieso hast du sie danach einfach vergessen?«

Er zuckte mit den Achseln. Jetzt wurde es unangenehm, das spürte er. Jetzt würde sie ihn gleich an den Pranger stellen.

»Wieso, Johann?«, drang ihre Stimme lauter an sein Ohr.

»Ich weiß nicht ... Wir hatten ja gar nicht über ein mögliches Wiedersehen gesprochen.«

»Das ist keine Erklärung.«

»Herrje, wir hatten eben viel getrunken, und ich hab gedacht, dass ... Es war doch nur das eine Mal! Und sie hat mir auch mit keiner Silbe signalisiert, dass sie in mich ... also, dass sie etwas für mich empfindet. Wie sollte ich das also wissen ...« Er ließ den Satz in der Luft hängen. »Am nächsten Morgen sind wir jedenfalls sehr früh los, sechs Uhr oder so ...«

»Ach so? Das hast du nicht vergessen?«

Seine Schultern hoben und senkten sich. »Vielleicht hat sie uns auch gar nicht mehr verabschiedet, ich weiß es nicht ... Bitte, Franca ...«

Ihre Miene blieb regungslos. »Und dann? Was ist dann passiert?«

Er musste es ihr sagen. Und zwar jetzt. In dieser Sekunde: »Dann habe ich Giuseppina kennengelernt. In Amalfi.«

»Noch eine Frau?«

314

»Ja.«

Wie erwartet, strafte Franca ihn mit einem missbilligenden Blick. Ja, sollte sie nur gucken! Es war doch die alte Geschichte. Die Irrwege der Liebe. Aber wie auch immer er es formulierte, es würde in ihren Ohren sicher falsch klingen, verwerflich, was auch immer. Also rückte er am besten gleich mit der Wahrheit raus. »Ich habe Giuseppina geliebt«, offenbarte er. »Sehr geliebt.«

Eine kurze Pause trat ein.

»Mehr als deine spätere Frau?«

»Ich weiß nicht. Vielleicht ... Also gut, von mir aus, ja! Aber ... ich habe mit Giuseppina nicht mein Leben verbracht, bloß drei wunderschöne Tage.« Er schickte ein Stoßgebet gen Himmel und bat Hilde insgeheim um Verzeihung.

»Nur drei Tage? Warum ist es mit Giuseppina und dir nicht weitergegangen?«

»Ihr Vater«, antwortete er. »Er hat die Sache spitzgekriegt und mich mit einem Jagdgewehr bedroht ... Mich wie einen räudigen Hund davongejagt.«

»Und wegen dieser Giuseppina ...« Franca räusperte sich einige Male. »Diese Frau hat dir also so sehr den Kopf verdreht, dass du darüber meine Mutter einfach vergessen hast?«

Johann bewegte ihre Worte wie Puzzleteile in seinem Kopf hin und her, dann gestand er: »Vermutlich ja. Agostina war in meinem Kopf jedenfalls jahrzehntelang wie ... wie ausgelöscht. Es tut mir leid, dass ich dir nichts anderes sagen kann.«

»Ausgelöscht«, kam ihr leises Echo.

»Ja, und ich bin ganz bestimmt nicht stolz darauf.«

Ein Mütterchen, von Kopf bis Fuß in Schwarz gekleidet, grüßte und schlich gebeugt vorüber.

»Buongiorno«, erwiderte Franca ihren Gruß. Dann sah sie Johann an, und sie bekannte: »Offen gestanden habe ich auch schon mal was ausgelöscht.« Statt weiterzusprechen, legte sie den Kopf in den Nacken und blickte in den Himmel, als säße dort ein Souffleur, der ihr gleich auf die Sprünge helfen würde.

»Und was?«, hakte er nach. Er wollte nicht allzu neugierig klingen und tat es vermutlich dennoch.

»Mein Leben mit Giovanni«, fuhr sie ruhig fort. »Emilias Vater. Überhaupt all meine Beziehungen zu Männern, und es waren nicht wenige.« Ihr Blick glitt wieder zu ihm. »Willst du das überhaupt hören?«

Johann legte ihr die Hand auf die Schulter, ermunterte sie so fortzufahren.

»Ich habe mir viele Jahre eingeredet, dass es richtig ist, Beziehungen zu Männern zu haben. Und weil es das nicht war, habe ich immer schon nach kurzer Zeit Schluss gemacht, mir einen neuen Liebhaber zugelegt, wieder Schluss gemacht … Schönes Vorbild für Emilia.« Die steile Falte tauchte erneut zwischen ihren Augenbrauen auf. »Bis Gianna kam und ich mich endlich getraut habe.«

»Gianna war deine erste Freundin?«

Sie nickte. »Nach Gianna kam Chiara, und jetzt ist alles gut.« Sie lächelte. »Außer wenn wir uns streiten. Dann fliegen ganz schön die Fetzen.«

Johann gab das Lächeln zurück. Als Zeichen, dass er sich für Franca freute. Sollte sie doch glücklich sein; seinen Segen hatte sie.

Alles war gesagt, und er bat sie, ihn zum Grab ihrer Mutter zu begleiten. Sie hakte ihn nicht unter, das war wohl auch zu viel verlangt, aber er fühlte sich, als würde er auf einer Harley mit zweihundert Sachen über den Highway 66 brettern und sich sein Hirn

316

kräftig durchpusten lassen. Sie hatte ihm zugehört und er ihr, was mehr war, als er je zu hoffen gewagt hatte. Womöglich waren sie noch nicht ganz Vater und Tochter, so wie Thomas und er Vater und Sohn waren, doch es würde schon werden, irgendwann, irgendwie.

Emilia und Lucie standen nebeneinander am Grab und schauten wie Hänsel und Gretel drein, die sich im finsteren Wald verlaufen hatten. Unsicher. Ängstlich.

»Hallo, ihr«, sagte Emilia, und es klang wie eine Frage.

»Du bist eine ganz schlimme Tochter«, gab Franca zurück.

»Mamma ...«

»Aber ich bin froh, dass ich dich habe. Wirklich sehr froh.«

Sie drückte Emilia an sich, Lucie hatte mit einem Mal Tränen in den Augen, und Johann hoffte, dass Franca ihn irgendwann einmal auch in ihre Arme schließen würde.

21.

Der leise modrige Geruch, der Astrid auf dem Weg zur Schule in die Nase stieg, löste eine Vielzahl an Empfindungen in ihr aus: Wehmut, weil es der vorletzte Schultag war. Vorfreude auf Thomas, mit dem sie noch am Morgen telefoniert hatte. Eine Spur Traurigkeit, weil sie Theo vielleicht nie wiedersehen würde. Was schade wäre, weil er zu einem guten Freund geworden war, den sie zugegebenermaßen in einem schwachen Moment geküsst hatte, worauf sie alles andere als stolz war. Stolz war sie dafür auf Lucie, die gemeinsam mit Emilia das kleine Wunder bewirkt hatte, dass sich Franca Johanns Erklärungen angehört hatte. Der erste Schritt war getan. Wie sich die Vater-Tochter-Beziehung entwickeln würde, blieb abzuwarten, doch im Moment sah es so aus, als wären die beiden auf einem guten Weg.

Opa Johann saß an seinem Platz, das Arbeitsbuch vor sich aufgeschlagen, sein Schreibheft akkurat daneben, und spitzte einen Bleistift an, als Astrid den Kursraum betrat.

»Johann, was machst du denn hier?« Sie scannte unauffällig das Klassenzimmer. Theo war noch nicht da, Lucie, Pawel und Marta ebenfalls nicht. Nur die beiden Münchenerinnen standen bei den Chinesen und redeten in einem Kauderwelsch aus Englisch und Italienisch.

»Italienisch lernen, was denn sonst?«

»Aber wir schreiben heute einen Abschlusstest.«

»Dann schreibe ich den eben auch.« Er schwenkte den Bleistift wie einen Taktstock. »Zieh dich warm an, Astrid-Schatz. Italienisch steckt mir sozusagen in den Genen.«

Sie musste lachen. »Weißt du, was dir in den Genen steckt? Angeberei!«

Nach und nach trafen auch die anderen ein. Marta in einem geblümten, bodenlangen Neckholderkleid, Pawel und Lucie, als Letzter trudelte Theo ein, der Astrid ein knappes Lächeln schenkte. Kaum saß er, platzte schon Signora Agnelli, die Test-Bögen gegen die Brust gepresst, in die Klasse und kündigte auf Italienisch an, lediglich noch den Test schreiben zu lassen, die zweite Hälfte des Vormittags übernehme dann Signora Pacchiarini, sie sei jetzt wieder verfügbar.

»Was hat sie gesagt?«, wollte Opa Johann wissen.

»Dass Franca wieder verfügbar ist«, übersetzte Astrid.

»Aber das war sie doch die ganze Zeit«, verplapperte er sich.

Signora Agnelli hob verwundert die Augenbrauen und sagte ihren Prinzipien zum Trotz auf Deutsch: »Nein, nein, Signora Pacchiarini hatte anderweitige Verpflichtungen.«

Johann schüttelte den Kopf. »Das ist nicht ganz korrekt. Sie war nur etwas verstört, weil …«

Astrid stieß Johann an, versuchte noch zu verhindern, dass er es aussprach, aber schon fuhr er fort: »Weil ich ihr Vater bin und sie nichts mit mir zu tun haben wollte.«

Ungläubiges Raunen ging durch die Reihen, Beate gluckste auf, und Signora Agnelli rutschten die Prüfungsbögen aus der Hand. Sie segelten zu Boden, doch schien das im Moment niemanden zu interessieren. Sie schrieben den Test dennoch. Signora Agnelli war zu sehr pflichtbewusste Lehrerin, um ihre Schüler und Schülerinnen ohne Abschlussprüfung in die venezianische Freiheit zu entlassen, sie wurde jedoch nicht müde, Johann immer wieder anzustarren und unmerklich den Kopf zu schütteln.

In der Pause knöpfte sich Astrid ihren Schwiegervater vor. »Vielleicht hättest du es besser nicht vor allen sagen sollen.«

»Wieso denn nicht? Es darf ruhig jeder wissen, dass ich so eine fabelhafte Lehrerin gezeugt habe.«

Lucie, die offenbar mit halbem Ohr hingehört hatte, trat heran. »Du hast keine fabelhafte Lehrerin gezeugt, sondern gerade mal einen Embryo. Und aus dem Embryo ist dann ohne dein Zutun eine fabelhafte Lehrerin geworden.«

»Kröte, das ist ja jetzt wohl Haarspalterei.«

Sie gingen in die Bar rüber, und kaum hatte Johann seine Espressotasse in der Hand, wurde er von allen umringt und mit Fragen bestürmt. Astrid nahm ihren Cappuccino und trat damit vor die Tür. Er hatte sich die Suppe eingebrockt, sollte er sie bitte schön auch allein auslöffeln.

Sie spürte, dass Theo da war, noch bevor er einen Ton gesagt hatte, und drehte sich nach ihm um. Er lächelte. »Gut, dass es endlich raus ist.«

Astrid wollte sich sogleich erklären, aber Theo legte ihr den Finger auf den Mund. »Wie, wann, warum es passiert ist, geht mich nichts an. Wichtig ist doch nur, dass sie sich gefunden haben.«

Astrid nickte. Sie wusste seine Diskretion sehr zu schätzen.

»Morgen ist unser letzter Abend«, sagte er.

»Ich weiß.«

»Aber was du nicht weißt, ist, dass ich morgen Geburtstag habe.«

»Ach, tatsächlich? Wie alt wirst du?«

»Neunundvierzig. Und ich finde, das ist ein guter Anlass, den ganzen Kurs zum Essen einzuladen.«

»Ein wirklich ausgezeichneter Anlass«, entgegnete Astrid und spürte einen leisen Stich der Enttäuschung. Was hatte sie denn erwartet? Dass er diesen besonderen Abend nur mit ihr, der Frau, die ihm einen Korb gegeben hatte, verbringen wollte? Das war albern und vermessen zugleich.

»Ich freue mich drauf.« Weil sie einen Kloß im Hals spürte, gab sie vor, sich die Hände waschen zu wollen, und flüchtete mit ihrer Kaffeetasse ins Café.

Nach der Pause kam Franca in die Klasse, und als wäre sie bloß kurz mal draußen gewesen, um ein paar Fotokopien zu machen, fuhr sie mit dem Unterricht wie selbstverständlich fort. Keine Erklärungen, nichts. Dabei ignorierte sie geflissentlich die neugierigen Blicke der Kursteilnehmer, die zwischen ihr und Johann hin und her flitzten. In geradezu rasantem Tempo schrieb sie Verbformen und Vokabeln an die Tafel, sie erklärte und korrigierte und behandelte Opa Johann nicht wie ihren Vater, sondern wie jeden anderen ihrer Schüler auch.

Gegen Ende der Stunde passierte es dann. Sie hatten die Wendung *mi piace – es gefällt mir* gelernt, und jeder von ihnen sollte nun einen eigenständigen Satz bilden. Astrids Finger schnellte wie üblich sofort in die Höhe.

»Mi piace viaggiare a Venezia«, sagte sie, einfach, weil es der Wahrheit entsprach. Mehr noch: Nach Venedig zu reisen war das Beste, was ihr hatte passieren können.

Theo gefiel es, einen *giallo,* also einen Krimi, zu schreiben. So ging es weiter durch die Reihen, bis Opa Johann dran war und inbrünstig schmetterte: »Mi piace … dass ich il padre di Franca bin.«

Die Lehrerin lief im Bruchteil einer Sekunde rot an, und Astrid rechnete mit einem heftigen Wutausbruch, weil Johann das einfach in die Klasse posaunt hatte. Doch als alle applaudierten, nahm ihr das offenbar den Wind aus den Segeln, so dass sie nur leicht verlegen lächelte.

*

»Macht, was ihr wollt, aber lasst mich in Ruhe!«

Marta hatte ihre Highheels ausgezogen und hüpfte vor Lucie und Pawel barfuß über den glutheißen Asphalt. Es schien unter den Fußsohlen zu brennen, denn sie stieß schrille Kiekser aus und flüchtete schließlich in den Schatten. Vor einer Bar blieb sie stehen, schaute in die Auslagen, in denen sich verlockende Tramezzini türmten, im nächsten Moment schlüpfte sie hinein, und als Lucie und Pawel nachkamen, deutete sie bereits auf eines der bauchigen Sandwiches.

»Cavallo con lattuga?«, fragte die Bedienung.

»Si, cavallo con lattuga«, wiederholte Marta, eine der typisch italienischen Gesten imitierend.

Die Tresenkraft umwickelte den Tramezzino mit einer Serviette und reichte ihn ihr.

»Auch Hunger?«, erkundigte sich Pawel bei Lucie.

Die schüttelte den Kopf, dann wandte sie sich Marta zu, die in dieser Sekunde abgebissen hatte, und sagte: »Aha? Du isst Pferdefleisch?«

Marta hielt im Kauen inne, starrte Lucie aus wässrigen Augen an, dann verschob sie den Brei in ihre Backe. »Pferdefleisch?«, kam es dumpf aus ihrem Mund.

322

»Ja. ›Cavallo‹ heißt doch Pferd, oder? Kam das nicht gerade erst gestern bei der Agnelli dran?« Lucie war sich ihrer kleinen Gemeinheit sehr wohl bewusst.

»Igitt!«, schrie Marta auf, ließ den Tramezzino fallen und verließ fluchtartig die Bar.

Und wieder musste Pawel die Allüren seiner Schwester ausbaden. Lucie wusste nicht, ob sie bloß Mitleid oder einen leisen Anflug von Verachtung fühlte. Beides wäre schlecht für die Liebe.

»Willst du dir eigentlich immer alles von ihr bieten lassen?«, fragte sie, nachdem er den Tramezzino vom Boden geklaubt, sich bei der Bedienung unter großen Gesten entschuldigt und bezahlt hatte.

»Natürlich nicht«, gab er gereizt zurück.

»Aber wie stellst du dir das vor? Wir sind in Indien, Madame hat irgendein Problem, und sofort nimmst du den nächsten Flieger zurück nach Hamburg?« Lucie ließ zischend einen Schwall Luft entweichen.

»Warte einen Moment, ich regele das.«

»Ich dachte, du hättest es längst geregelt!«

»Habe ich ja auch, aber …«

»Vielleicht, Pawel … Vielleicht hat das alles gar keinen Sinn mit uns.« Sie wandte sich ab, spürte, wie in ihr Tränen aufstiegen.

»Doch, das hat es. Vertrau mir, Lucie. Wahrscheinlich bin ich manchmal ein ziemlicher Idiot, aber es ändert nichts daran, dass ich …«

»Dass was?«

Er sprach nicht weiter, schob sie mit sanftem Druck beiseite und huschte hinaus. Als Lucie nachkam, stand Marta in der Gasse, die Arme vor der Brust verschränkt, und versperrte den Passanten den

323

Weg. Das bereits Durchgekaute hatte sie mitten auf den Gehweg gespuckt, was ziemlich unappetitlich aussah.

»Pferde-Sandwich!«, entrüstete sie sich. »Wie eklig ist das denn! Spinnen die eigentlich, die Italiener?«

»Die Einzige, die hier spinnst, bist du«, entgegnete Pawel kühl. »Es hat dich ja keiner gezwungen, reinzubeißen.«

»Ach, leckt mich doch. Das ist mir echt too much.«

»Mir auch, Marta. Ich bin es leid! Mir steht es langsam bis …«, er deutete die Höhe seines Kinns an, »bis hier!«

Obwohl es um die dreißig Grad im Schatten waren, bekam Lucie eine Gänsehaut. Marta sah erst Lucie, dann ihren Bruder ohne jeden Wimpernschlag an.

»Was bist du leid?«

»Alles. A. L. L. E. S!« Er buchstabierte das Wort.

»Mach dich nicht lächerlich, Pawel. Und was soll das überhaupt sein – alles?«

»Du willst es wirklich wissen?«

Marta nickte, aber in ihren Augen stand mit einem Mal Beklommenheit.

»Ich bin es leid, an allem schuld zu sein. Das bin ich nämlich nicht!« Er machte eine Pause. Die Luft schien zu vibrieren. »Genauso wenig wie ich daran schuld bin, dass du damals bei dem Unfall alles abgekriegt hast. Es war Zufall, Schicksal, was auch immer, dass wir die Plätze getauscht haben«, sprach er weiter. »Du musst mich nicht mein ganzes Leben lang dafür verantwortlich machen!«

Marta war bleich geworden und zupfte fahrig an dem Ausschnitt ihres Neckholderkleids. »Und du findest es richtig, dass wir das vor der da besprechen?«

»O ja! Stell dir vor, *die da* ist genau die richtige Person, um darüber zu reden. Die allerrichtigste überhaupt. Weil ich *die hier* nämlich zufällig liebe.«

Lucie spürte noch seinen Worten nach – es war eine echte Liebeserklärung, die erste ihres Lebens –, als Marta fortfuhr: »Ach so?« Sie lachte heiser. »Wie ist das denn möglich? Ich dachte, du liebst nur dich. Mädchen sind doch nichts als Trophäen für dich.«

Ein flaues Gefühl wollte sich in Lucies Magen ausbreiten, aber der Blick, den Pawel ihr zuwarf, sprach eine andere Sprache. Er drängte Marta gegen die Hauswand. »Mach's mir nicht kaputt. Ja? Wenn du mir die Sache mit Lucie kaputtmachst …«

»Was dann?«

Er packte sie grob am Arm, um sie im nächsten Moment gleich wieder loszulassen. »Du bist doch krank«, sagte er leise.

»Krank ist es, vor mir nach Indien fliehen zu wollen. Aber nur zu. Nimm doch dein Liebchen und hau ab!«

»Genau das hatte ich vor.«

»Aber beschwer dich hinterher bitte nicht, ich hätte dich nicht gewarnt.«

»Wovor denn?« Pawel trat einen Schritt zurück.

Marta reckte sich auf die Zehenspitzen und kam zur Endabrechnung. »Davor, wie es ist, wenn ich nicht da bin. Wenn ich mir nicht dein ständiges Gejammer über die Schlechtigkeit der Welt anhöre. Wenn ich dich nicht auffange, wenn du deine Weltschmerz-Anfälle kriegst. Okay, im Moment bist du noch verliebt, aber was ist später? Wenn dieses tolle Gefühl mal abflaut?«

Lucie ertrug es nicht länger. Sich die Ohren zuhaltend, strebte sie zurück in die Bar und bestellte einen Spritz. Den trank sie in hastigen Zügen und hoffte, dass das Dröhnen in ihrem Schädel rasch nachlassen würde.

*

Ein furioser Sonnenuntergang. Wolkenschicht auf Wolkenschicht. Flammendes Rot ging in zartes Apricot über, vermischte sich hinter der Salute-Kirche mit bleiernem Grau, und all das brachte Lucie zum Staunen. Eine geschlagene Stunde lang hatte sie sich im Bett verkrochen, sie hatte geweint, alles sinnlos gefunden und in der Hoffnung auf eine SMS immer wieder auf ihr Handy geschaut. Im Hintergrund das Geplapper ihrer Mutter, die mit ihrem Vater in viel zu hoher, säuselnder Tonlage telefoniert hatte. Thema? Lucie hatte es sogleich wieder vergessen, so unwichtig war es. Bloß die Art, wie sie gesprochen hatte, klang nach schlechtem Gewissen, und Lucie konnte sich an drei Fingern abzählen, was der Grund war. Anstelle ihres Vaters wäre sie hellhörig geworden – auch ohne, dass der Name Theo ein einziges Mal fiel. Aber im Grunde war es auch egal. Nur noch morgen. Dann würde ihre Mutter in den Hafen der Ehe zurückschippern und ihr kleines langweiliges Leben, das sie nun ab und zu mit einem Kongress aufpeppte, weiterführen. Ein Drama, wenn sie selbst genauso enden würde. Gefangen in einer Existenz, die keine wirklichen Überraschungen mehr bereithielt.

Als ihr die Heulerei selbst schon lästig zu werden begann, war Pawel aufgekreuzt, einfach so. Sie hatte sich geschämt, ihm wie ein Zombie unter die Augen zu treten, und Pawel hatte es leidgetan, dass sie seinetwegen so verquollen aussah, aber dann hatte sie sich die Tränen weggewischt und sie waren losspaziert. Kreuz und quer durch Venedig, bis zur Accademia-Brücke.

Nun fuhr er die Konturen ihrer Augenbrauen mit den Fingerspitzen nach und küsste sie, dann erwähnte er beiläufig, dass Marta nach Rom gehen werde.

Unsicher, ob das eine gute oder eine schlechte Information war, sah sie Pawel an. »Rom? Was will sie denn dort?«

»Zeichnen. Sie hat irgendeinen Masterkurs belegt, frag mich nicht, warum, wieso, weshalb.«

»Ich frage dich ja gar nicht.«

Pawels Arm legte sich um ihre Taille. »Weißt du, was mich besonders sauer macht? Sie hat den Kurs schon vor einem Monat gebucht. Und keinen Ton gesagt.«

Sogleich schlich sich wieder das Misstrauen an. »Würdest du auch gerne in Rom zeichnen?«, hakte Lucie nach.

»Um Himmels willen, nein! Ich hätte es nur gerne gewusst. Spätestens, als ich ihr von Indien erzählt habe, hätte sie mal damit rausrücken können.«

»Vielleicht versucht sie ja auch nur irgendwie von dir loszukommen«, bemerkte Lucie leise.

Pawel erwiderte nichts, lächelte bloß das Brückengeländer an. Hinter ihnen schob sich schnatternd eine Touristengruppe vorbei, zum Glück blieben sie nicht stehen und nervten mit ihren *Howlovely!*-Ausrufen.

»Lucie?«, kam es zaghaft über seine Lippen, als die Urlauber wieder abgezogen waren.

»Ja?«

»Unsere Reise steht doch noch?«

Natürlich stand die Reise noch, was für eine Frage! Lucie wollte nichts lieber, als mit ihm wegfahren, egal, wohin.

»Was glaubst du denn? Dass ich dich irgendeiner indischen Schönheit überlasse?«, entrüstete sie sich, und Pawel antwortete, indem er sie an sich zog und küsste.

In Indien gab es sicher auch Sonnenuntergänge, und die würden diesem hier bestimmt in nichts nachstehen.

22.

Ja, Thomas?«, sagte Astrid ins Handy. Sie wunderte sich, dass er anrief, obwohl sie gerade erst eine knappe halbe Stunde zuvor miteinander telefoniert hatten.

»Ich lande morgen um vierzehn Uhr dreiundzwanzig«, verkündete er ohne Umschweife.

»Wo landest du?«

»In Venedig.«

»Wieso Venedig? Ich fliege morgen zurück. Hab schon gepackt. Und Opa und Lucie ...«

Sanft, aber bestimmt unterbrach er ihre hilflosen Halbsätze und erklärte ihr, dass er – und er hoffe, sie nehme es ihm nicht übel – ihren Flug umgebucht habe. Drei Tage Venedig, das sei sein Geschenk an sie zum Hochzeitstag.

Das Gefühlskarussell setzte sich so schnell in Gang, dass Astrid im ersten Moment nicht wusste, was sie davon halten sollte. Euphorie, Unsicherheit, Wehmut – alles wirbelte wie vor einen Ventilator geraten durcheinander. Drei Tage Venedig ohne Theo, ohne Lucie und ohne Opa Johann. Dafür jedoch mit Thomas und womöglich mit Franca. Die Karten wären neu gemischt. Rasch durchforstete sie im Geiste ihre Agenda, aber es standen keine dringlichen Termine an. »Thomas, das ist großartig«, sagte sie und freute sich in dieser Sekunde unbändig auf drei weitere Tage in Venedig, in der Stadt, die so viel mehr war als nur ein Ort, an dem man einen guten Macchiatone bekam.

*

»Nein, da steige ich nicht ein!«, trötete Opa Johann. »Lieber schwimme ich.«

Astrid stellte ihre Ohren auf Durchzug, hakte ihren Schwiegervater unter und schob ihn wie einen störrischen Esel zur Traghettostation Santa Sofia. Gerade mal fünfzig Cent kostete die Überfahrt, die keine drei Minuten dauerte und während der die Venezianer dicht an dicht in einer Gondel standen. Es war die praktischste Art, den Canal Grande zwischen den großen Brücken am Rialto, an der Accademia und am Bahnhof Santa Lucia zu überqueren. Signora Agnelli hatte ihnen im Unterricht davon erzählt, und Astrid hatte es bereits einmal mit großem Vergnügen ausprobiert. Gondel fahren quasi zum Nulltarif.

»Astrid-Schatz, zwing mich bitte nicht.«

»Aber du wirst Gondel fahren«, versuchte sie, ihn zu überzeugen. »Das erste Mal in deinem Leben.«

»Ich in so einem Wackelding? Nur über meine Leiche. Stell dir vor, das kentert!« Johann versteifte sich, so wie Lucie es häufig als Kleinkind getan hatte.

Eine Gondel schaukelte langsam heran, legte an, und die Leute stiegen im Gänsemarsch aus.

»Komm schon, Johann«, drängte Astrid. Sie waren spät dran, Astrid hatte unbequeme hohe Schuhe an und wollte ungern zu spät zu Theos Fest kommen.

»Aber wenn ich ins Wasser falle und dann tot bin … dann bist du schuld!«

»Ja, dann bin ich schuld. Das nehme ich gerne auf meine Kappe.«

Bevor er es sich noch anders überlegen konnte, streckte einer der beiden Gondoliere seine Hand nach Johann aus und half ihm in das schmale Boot.

»Ach, du liebes bisschen! Mamma mia! Himmel hilf!«, jaulte er, doch dann trippelte er mutig ein paar Schritte vor und blieb, zwischen Astrid und eine elegante ältere Dame mit einem Einkaufstrolley gequetscht, mitten in der Gondel stehen.

»Du kannst dich auch gern setzen«, schlug Astrid vor. Johann wischte den gut gemeinten Vorschlag mit einer nonchalanten Geste beiseite. Wenn kein Venezianer die Sitzbank in Anspruch nahm, dann tat er es auch nicht. So stand er mit zittrigen Beinen da, die Fingernägel an Astrids roter Tasche festgekrallt, aber seine Haltung war aufrecht und sein Blick wie der eines Piraten in die Ferne geheftet. Astrid tippte darauf, dass er sich vor der Dame keine Blöße geben wollte. Ein Vaporetto kreuzte und brachte die bereits über den Canal Grande gleitende Gondel zum Schwanken, doch ihr Schwiegervater ließ sich nichts anmerken. Kurz darauf war die Fahrt auch schon wieder zu Ende und Opa Johann noch am Leben, was ihn wohl selbst am meisten überraschte.

»Jetzt ist mir schwindelig«, beklagte er sich, als er vom Boot wankte.

»Selbst schuld. Du hättest dich ja auf das Bänkchen setzen können.«

»Was denkst du von mir?« Er trommelte mit der Faust gegen die gelb gemusterte Krawatte, die er anlässlich Theos Geburtstags trug. Vielleicht hatte er sie aber auch Franca zu Ehren umgebunden. »Ich bin doch kein Waschlappen.«

»Nein, das bist du tatsächlich nicht.«

Astrid hakte sich bei ihm unter, und dann zogen sie los.

Theo, die beiden Münchenerinnen, Marta, Franca und Signora Agnelli sowie die Chinesen waren bereits beim Aperitif, als Astrid und Johann die Trattoria, die in einer Seitengasse versteckt lag, endlich gefunden hatten.

»Da seid ihr ja!« Theo kam auf sie zu und begrüßte sie höflich, fast ein wenig distanziert. »Wo habt ihr denn Lucie und Pawel gelassen?«

»Das junge Liebesglück braucht sicher noch etwas«, schnarrte Johann, überreichte Theo sein Geschenk mit großer Geste – es war eine aufwändig verpackte Süßigkeit –, um dann sogleich freudestrahlend auf Franca zuzugehen. Es gab Astrid ein gutes Gefühl, mit welcher Selbstverständlichkeit er es tat und dass auch Franca sich wirklich zu freuen schien. Sie umarmten sich sogar, zwar etwas ungeschickt, aber sie taten es.

Theo hob überrascht die Augenbrauen, als Astrid ihm ihr Geschenk gab und er die Konturen eines Buches ertastete. Sie hatte lange überlegt, womit sie ihm eine Freude machen könnte – es sollte etwas Persönliches und Neutrales zugleich sein –, und hatte sich am Ende für einen Krimi in italienischer Sprache entschieden.

»Mach's auf.«

Gespannt riss er das Papier ab, dann glitt ein Lächeln über sein Gesicht. »Un giallo! Grazie mille. Du traust mir ja viel zu.«

In dem Blick, den er ihr zuwarf, lagen Freude, Dankbarkeit, vielleicht auch Begehren, und Astrid schnappte sich verlegen ein Glas Spritz, das der Kellner, auf einem Tablett balancierend, vorbeibrachte.

»Du sitzt doch gleich neben mir? Bitte. Ich will nicht neben …«
Theo ließ den Satz unbeendet und prostete ihr zu.

Hin- und hergerissen zwischen dem Wunsch, das Kribbeln zwischen ihnen noch ein Weilchen auszukosten und es auf der Stelle zu beenden, nickte sie. Es war der letzte Abend. Morgen um diese Uhrzeit würde das hier alles – die Leute aus dem Kurs, Theo, das Geburtstagsessen – bereits Vergangenheit sein.

Nach den Antipasti, köstlich marinierten Gemüsen und gratinierten Muscheln, erhob sich der Chinese, schlug gegen sein Glas und sagte mit leichtem sächsischem Akzent: »Lieber Theo.«

Ein Raunen ging durch die Gruppe, und es klang, als fegte eine Windböe durch einen Laubwald.

»Alles Gute zum Geburtstag«, fuhr He Xie unbeeindruckt fort.

Marta verschluckte sich, fing an zu husten, und Lucie, die soeben mit Pawel hereingekommen war, blieb wie angewurzelt stehen.

»Verstehst du das?« Theo kam so dicht an sie heran, dass er fast mit seinem Mund ihr Ohr berührte.

Astrid zuckte mit den Schultern, sie begriff ebenso wenig wie er, warum He Xie mit einem Mal Deutsch sprach, aber nach ein paar weiteren holprig vorgebrachten Dankesworten und Floskeln folgte die Erklärung auf dem Fuß. Falls sie sich nun alle wunderten, erklärte er, wobei er immer wieder nach dem richtigen Wort suchte, er habe die ersten Jahre seines Lebens nicht in China, sondern in Dresden zugebracht, wo seine Eltern ein Restaurant eröffnet hätten. Später seien sie nach Hongkong zurückgegangen – das Heimweh der Eltern habe sie dorthin getrieben –, und er habe geglaubt, gar kein Deutsch mehr sprechen zu können. Aber jetzt, nach den drei Wochen unter all den Deutschen, habe er so viel aufgeschnappt, dass einiges wieder in sein Bewusstsein gesickert sei.

Eine Pause trat ein. Verunsicherte Blicke wanderten hin und her. Dann reckte Marta ihre Hände in die Luft und begann zu klatschen, woraufhin die restlichen Gäste nach und nach mit einfielen. He Xie übersetzte für seine Lebensgefährtin ins Chinesische, Signora Agnelli, die ebenfalls nicht alles verstanden zu haben schien, tuschelte mit Franca, und Pawel führte Lucie, ohne die enge Umarmung aufzulösen, zum Kopfende des Tisches, wo neben Johann und Franca noch zwei Plätze frei waren.

Der Chinese und seine überraschenden Sprachkenntnisse waren noch eine Weile Thema, dann wurde der erste Gang serviert, Spaghetti vongole, für Lucie und Opa Johann gab es Penne alla cipolla, und Theo fragte Astrid, wie es jetzt bei ihr weitergehe.

»Beruflich?«

»Beruflich und überhaupt.«

»Beruflich stehen Vorbereitungen für einen neuen Kongress an und überhaupt … Was meinst du mit ›überhaupt‹?« Astrid befreite etwas ungeschickt eine Muschel von der Schale.

»Zum Beispiel deinen Mann.«

»Mein Mann? Er kommt morgen.«

Theos Augenbrauen rutschten unmerklich nach oben, aber ansonsten ließ er sich nichts anmerken und kommentierte lächelnd: »Schön. Sehr schön.«

Eine Weile aßen sie schweigend. Die Nudeln waren einfach zubereitet und schmeckten doch so köstlich, wie sie zu Hause niemals schmecken konnten. Immer mehr Muschelschalen türmten sich bald auf dem Teller, der zwischen ihnen stand. Einmal trafen sich ihre Ellenbogen beim Ablegen der Schalen, und Astrid erkundigte sich im Gegenzug bei Theo, was bei ihm in nächster Zeit anstehe. Theo ließ seine mit Spaghetti umwickelte Gabel in der Luft schweben. »Mein Sabbatjahr geht zu Ende. Ab August arbeite ich wieder in der Praxis. Aber spätestens im Winter fahre ich wieder nach Venedig, um an meinem Krimi weiterzuschreiben.«

»Auch schön. Sehr schön sogar.« Astrid lachte, fühlte sich mit einem Mal verunsichert.

»Hochwasser … Eine Stadt, die jeden Morgen im Nebel versinkt«, fuhr er fort. »Das ist sicher sehr romantisch.«

Astrid nickte. Sie erinnerte sich an die eigentümliche Atmosphäre an ihrem ersten Schultag. Als eine unsichtbare Kraft das Wasser ins Markusbecken gepresst und die Stadt zum Überlaufen gebracht hatte. Und wie wunderschön die Paläste, Brücken und Kanäle im Nebel ausgesehen hatten. Unwillkürlich glitt ihr Blick zu Opa Johann und seiner Tochter. Franca redete auf ihn ein und streute ihm Parmesan über die Nudeln. War es schon so weit? Hatte er sie so weich gekocht, dass sie ihn wie ein kleines Kind verhätschelte? Sie würde ein ernstes Wort mit Johann reden müssen. Er war doch nicht motorisch eingeschränkt und konnte durchaus noch alleine essen.

»Astrid?« Theo bedeckte den Rest der Spaghetti mit seiner Serviette und sah sie forschend an. »Wäre das nicht auch was für dich?«

Sie hob abwehrend die Hände.

»Komm doch bitte auch. Von mir aus nur für zwei, drei Tage, völlig egal.« Er sprach sanft wie ein Hypnotiseur, der sie einzulullen versuchte.

»Theo, du weißt doch …« Nervös fegte sie ein paar Krümel vom Tisch.

»Ja, du bist verheiratet. Hab ich verstanden. Aber …« Er umklammerte sein Glas mit beiden Händen, schwenkte den öligen

334

Weißwein wie einen Cognac hin und her. »Wir sind erwachsen. Heißt, wir haben doch selbst in der Hand, was passiert und was nicht. Man muss doch nicht immer gleich … na, du weißt schon.«

Sie sagte nichts, aber er zwang sie mit seinem auffordernden Blick zu einer Antwort.

»Ja, Theo, ich weiß. Und: Nein, muss man nicht. Okay?«

»Mein Reden. Also salute!« Er prostete ihr zu. »Dann spricht doch auch nichts dagegen, dass du dich in den Flieger setzt. Wir könnten uns alle Museen ansehen, die wir nicht mehr geschafft haben, und hübsche Stellen für ein paar richtig perfide Morde suchen.«

»Hast du denn noch keine gefunden? Zeit hattest du doch genug.«

»Schon. Aber mein Kommissar Lombardi hat nicht nur einen Fall zu lösen. Nach Band eins kommt Band zwei. Und nach Band zwei Band drei.«

»Soso«, entgegnete Astrid schmunzelnd. Theo war ein netter Kerl, allerdings auch ziemlich von sich eingenommen. Bisher hatte er noch nicht mal für seinen Erstling einen Verlag und plante schon eine ganze Reihe.

»Das heißt, du würdest unter Umständen schon herkommen?«

Astrid legte ihre Gabel beiseite. »Ich weiß es nicht, Theo. Ich weiß einfach nicht, ob das gut für uns ist.«

»Aber wenn du es nicht weißt, wäre es doch nur vernünftig, es auszuprobieren.« Er ließ einfach nicht locker, und bloß, um ihn ruhigzustellen, sagte Astrid, dass sie es sich überlegen würde.

Lucie kam von der Toilette und legte Astrid ihre pitschnasse Hand in den Nacken. »Und was gibt es hier zu tuscheln?«

»Du hast eine wunderbare Mutter«, erklärte Theo, und Astrid

fühlte, wie ihr die Hitze ins Gesicht schoss. »Weißt du das eigentlich zu schätzen, Lucie?«

»Klar. Wenn sie in manchen Dingen nicht nur so schrecklich verkrampft wäre.« Lucie stützte sich auf dem Tisch ab, und ihre Schiebermütze rutschte fast auf den Teller mit den Muschelschalen. »Statt Italienisch zu lernen, sollte sie besser mal ein Entkrampfungs-Seminar belegen.«

»Na, na, na«, ermahnte Astrid ihre Tochter, aber Theo schlug in dieselbe Kerbe und sagte: »Am besten in Venedig.«

»Wieso jetzt Venedig?« Lucies Blicke wanderten zwischen Theo und ihr hin und her.

»Wegen der frischen Lagunenluft«, ergänzte Theo und zwinkerte Astrid zu.

Der Abend wurde lang. Auf die Primi folgten die Secondi, Goldbrasse oder alternativ Kalbsroulade, doch Astrid musste bald passen, und vom Dessert, einer pastellfarbenen Baiser-Torte, schaffte sie lediglich einen kleinen Happen.

Beim Kaffee lösten sie die Sitzordnung auf. Beate quetschte sich sogleich neben Theo, was Astrid in keiner Weise störte. Theo gehörte ihr ebenso wenig wie Venedig, und auch Lucie, die sich Tausende von Kilometern von ihr entfernen würde, war nicht ihr Besitz. Ersatzweise plauderte sie mit Sandra, wechselte ein paar Sätze mit He Xie und seiner Freundin, die ihr passend zu ihrer Tasche ein kleines rotes Portemonnaie schenkten, dann setzte sie sich zu Johann, der wie in Stein gemeißelt auf seinem Platz hockte – Franca war mit Marta und Pawel zum Luftschnappen vor die Tür gegangen – und den unangetasteten Dessertteller anlächelte.

»Johann?«

Er reagierte nicht.

»Opa?«, sagte Astrid lauter.

Er sah sie an; es war, als blickte er durch sie hindurch.

»Alles in Ordnung mit dir?«

»Hm«, brummte er und pikte seine Gabel in die Torte. Dort ließ er sie dann wie einen Speer stecken. »Ich fliege ja morgen.«

»Das ist richtig. Du fliegst morgen«, sprach sie zu ihm wie zu einem kleinen Kind.

»Aber das macht nichts.«

»Stimmt. Du hast dich doch so auf zu Hause gefreut.«

»Ja. Und jetzt freue ich mich noch mehr.«

Er sah sie beifallheischend an. Typisch Opa Johann. Und sie sollte sich jetzt wohl nach dem Grund erkundigen. Tat sie aber nicht. Als ihm aufzugehen schien, dass sie ihn weiter schmoren lassen würde, breitete er seine Arme wie Schwingen aus und deklamierte: »Astrid-Schatz, stell dir bloß vor! Franca! Sie will mich besuchen kommen!« Er war ein mieser Schauspieler, der glaubte, ein guter zu sein, weil er von der Übertreibung lebte. Doch das machte nichts. Weil er glücklich aussah. So glücklich, wie Astrid ihn all die Jahre zuvor nicht erlebt hatte. Nicht mal, wenn er mit Emilia zusammen war.

»Das ist ja wunderbar. Da hat sich unsere kleine Reise ja gelohnt.«

»Hat sich gelohnt«, resümierte er. »Hat sich richtig doll gelohnt.«

Und in rosigen Farben malte er sich Francas Besuch aus. Was sie alles unternehmen würden – das Brandenburger Tor besichtigen, den Fernsehturm, Schloss Sanssouci –, selbstverständlich würde er ihr sein kleines Reich zur Verfügung stellen, und Astrid sollte sich am besten ein ordentliches italienisches Kochbuch zulegen, um für seine Tochter ein passables Essen auf den Tisch zu bringen, das sei ja wohl klar.

»Klar ist das klar«, beteuerte Astrid und konnte sich ein Schmunzeln nicht verkneifen. »Und das Wohnzimmer werden wir in den Farben der italienischen Fahne dekorieren. Wir stellen beleuchtete Gondeln auf, eine Imitation der Rialtobrücke, und den ganzen Tag tragen wir venezianische Masken und Gondoliere-T-Shirts.«

»Du veräppelst mich doch nicht, Astrid?«

»Das würde ich nie wagen, Johann.«

»Püh«, machte ihr Schwiegervater, und dann war es Zeit, sich von Theo zu verabschieden, der ihr verstohlen ein Zeichen gegeben hatte.

Sie taten es in aller Stille, wenige Meter vom Restaurant entfernt, am Canal Grande, im Schutz der Rialtobrücke. Die anderen feierten noch im Lokal, aber Theo hatte sich unter dem Vorwand, mal kurz Luft schnappen zu wollen, mit Astrid davongestohlen.

»Es ist richtig schön, dass wir uns kennengelernt haben«, sagte er schlicht.

»Ja, das finde ich auch«, gab Astrid zurück, und dann standen sie einfach da, schauten auf die Lichtspiele im Wasser und auf die beleuchtete Rialtobrücke und versuchten, angesichts so viel Schönheit nicht noch im letzten Augenblick verrückt zu werden.

23.

Piazzale Roma. Menschen mit Rollkoffern, an- und abfahrende Busse, Hupen, Abgase, Lärm. In Sichtweite die Autostraße, die weg von der traumgebildeten Stadt in die harte Realität führte. Drei Wochen lang hatte Astrid den Straßenverkehr nicht vermisst, sie hatte nahezu vergessen, dass es Autos und Busse gab, die sich knatternd und stinkend durch die Straßen bewegten, und jetzt beleidigten sie ihr Auge.

Der Abschied von Lucie war ebenso flüchtig, ja übereilt gewesen wie der von Opa Johann. Die beiden hatten Besseres zu tun gehabt, als mit ihr in der prallen Sonne auf den Bus zu warten. Während Lucie mit Pawel in der nur wenige Meter entfernten Parkanlage geknutscht und Opa Johann sich mit Franca im Schutze eines parkenden Busses unterhalten hatte, war Astrid als Hüterin des Gepäcks auf dem Busbahnsteig stehen geblieben. Ihre einzige Zerstreuung war ein kurzes Telefonat mit Emilia gewesen, die sich wegen eines Arztbesuchs entschuldigte.

Jetzt fuhr der Bus zum Flughafen Marco Polo, und das Letzte, was Astrid von ihren Lieben sah, war Opa Johanns lachendes Gesicht, Lucies weinendes Gesicht und ihre Schiebermütze, die sie gegen die Glasscheibe presste. Ihre Tränen würden bloß von kurzer Dauer sein. Noch wenige Monate, dann würde sie schon mit Pawel im Flieger nach Indien sitzen.

Astrid hätte den emotionalen Moment gerne mit einem Espresso zu dritt ausklingen lassen, doch kaum war der Bus aus ihrem Sichtfeld verschwunden, hatten Franca und Pawel es äußerst eilig, zu verschwinden. Pawel verabschiedete sich höflich per Handschlag, Franca drückte Astrid, ihre Schultasche unter die Achsel geklemmt, kurz an sich, dann eilte sie in Richtung Accademia davon. Sie hatte kein Wort über Thomas, ihren Halbbruder, verloren, von dem sie ja wusste, dass er im Laufe des Vormittags anreisen würde.

Astrid blickte auf die Uhr. Kurz nach zehn. Thomas überquerte vielleicht gerade im Flieger die Alpen, und mit jedem Kilometer, den er näher kam, entfernte sich Theo im Gegenzug von ihr. Was bloß gut war. Theo war ein sympathischer Mann, in einem anderen Leben hätte er ihr vielleicht sogar etwas bedeuten können, aber in diesem war er lediglich eine Episode, ein Wimpernschlag angesichts all der Jahre, die sie mit Thomas auf dem Buckel hatte.

Weil sie Blasen an den Füßen hatte und die Hitze kaum noch zu ertragen war, wartete sie bis zu Thomas' Ankunft in einer kleinen Bar, ein paar Schritte vom Busbahnhof entfernt. Sie trank einen Espresso, danach ein Acqua Menta und ließ die Minuten verstreichen. Es tat gut, so zu tun, als wäre die Zeit ein unerschöpfliches Reservoir an Sekunden, die man bequem im Sitzen vergeuden durfte, ohne noch eine weitere Gasse, einen weiteren Kanal, ein anderes Museum sehen zu müssen. Die Beine übereinandergeschlagen, wippte sie mit dem Fuß, bestellte schließlich noch einen Macchiatone, aß ein Hörnchen und freute sich immer mehr auf Thomas.

*

Es fühlte sich gut an, ihn an ihrer Seite zu haben. Und es war geradezu perfekt, mit ihm durch Venedig zu streifen. Thomas staunte.

Alle paar Sekunden blieb er stehen und knipste mit seinem iPhone Paläste, Kirchen und Häuser; jede noch so kleine Brücke, die sich über einen Kanal spannte, kam ihm vor die Linse, selbst die Tauben waren ihm ein willkommenes Motiv.

Astrid gab sich als eloquente Fremdenführerin. Von dem Ehrgeiz besessen, nicht einmal den Stadtplan zu bemühen, lotste sie Thomas zielsicher durch das Gassenlabyrinth, was ihn gleichermaßen überraschte und beeindruckte.

»Warum haben wir eigentlich nicht hier geheiratet?«, fragte er, als sie mitten im Menschengewühl auf dem Markusplatz standen.

»Weil du es kitschig gefunden hättest?«, entgegnete sie.

»Falsch. Ich hätte Las Vegas kitschig gefunden.«

Ein Taubenschwarm flatterte auf und so dicht über ihre Köpfe hinweg, dass sie sich ducken mussten.

Thomas war damals für Portugal gewesen; in einer Arbeiterkneipe im Hafen von Milfontes hatten sie am Tag der Trauung mit einer Handvoll guter Freunde gegessen und es bis zum heutigen Tag nicht bereut.

Zum Mittagessen gingen sie in eine kleine Osteria, bloß wenige Schritte vom Markusplatz entfernt. Die Nudeln waren teuer und fad, aber sie genossen das Essen dennoch, weil die Holzgondeln, in denen sie saßen, und die bunten Lämpchen auf den Tischen schlimmster Kitsch waren und das irgendwie auch zu Venedig gehörte. Bei einem Glas Wein ließ sich Thomas die ganze Franca-Johann-Geschichte erzählen; am Telefon hatte er immer nur Bruchstücke mitbekommen. Umso mehr holte Astrid nun aus und schweifte ständig wieder ab, weil es so viel anderes von Venedig zu erzählen gab. Über allem schwebte dabei die diffuse Angst, Thomas könne sich nach den Mitstreitern im Kurs erkundigen, insbesondere nach Theo, und ihr würde die ganze Zeit über bewusst sein, dass der Kuss nicht in Ordnung gewesen war, es jedoch ebenso wenig in Ordnung sein würde, ihr schlechtes Gewissen nun bei Thomas abzuladen. Aber er fragte nicht. Bestellte lediglich mehr Wein und machte ihr wieder und wieder Komplimente. Sie sehe so frisch aus, als wäre sie Cranachs Jungbrunnen entstiegen, und Astrid wusste, dass es gleich zwei Jungbrunnen gegeben hatte: die Stadt Venedig und Theo.

Später, beim Espresso, kam Astrid erneut auf Franca zu sprechen. »Wie sieht es eigentlich aus? Ich meine, möchtest du sie kennenlernen?« Es war ihr gerade eingefallen, weil Lucie und Johann sich gemeldet hatten. Sie waren gut angekommen, beschwerten sich lediglich über den Berliner Nieselregen.

»Keine Ahnung. Will sie mich denn überhaupt sehen?«

Astrid wusste es nicht, sie wusste ja nicht mal, ob Johann und Franca über Thomas geredet hatten, und schlug vor, er solle am besten den ersten Schritt machen.

»Aber ... das kann ich doch nicht einfach so tun.«

»Warum nicht? Die Frage lautet doch eher: Willst du es überhaupt?«

Thomas' Schultern hoben und senkten sich. »Offen gestanden gefällt mir mein Leben ganz gut so, wie es ist. Es war meinem Vater wichtig, Kontakt zu ihr aufzunehmen, das verstehe ich ja auch, aber ...« Wieder zuckten seine Schultern. Was hat das mit mir zu tun?, mochte er denken, und Astrid drang nicht weiter in ihn.

Nach einer kleinen Ruhepause im Hotel zogen sie abermals los. Zu Fuß ging es kreuz und quer durch die Stadt bis zum Guggenheim-Museum, und kaum saßen sie wenig später in einem Café an den Zattere, simste Emilia sie an, wo sie denn steckten, sie habe

342

eine Überraschung für sie. Da sie nichts weiter vorhatten, verabredeten sie sich in einer der Bars rund um Rialto zum Aperitif, doch Thomas' Schritte wurden immer schleppender, je näher sie der Brücke kamen.

»Die Überraschung kann doch nur Franca sein«, mutmaßte er.

Astrid hielt das dagegen für unwahrscheinlich. »Das wird sie nicht tun. Ganz sicher nicht.«

Emilia kam allein. Auf hochhackigen grünen Schuhen stöckelte sie heran und organisierte sogleich die Getränke – drei Spritz –, mit denen sie dann wie die Venezianer auch draußen standen und zusahen, wie der Sonnenfleck auf dem Campo San Giaccomo di Rialto kleiner und kleiner wurde, bis er schließlich ganz verschwand.

Nach ein wenig Geplänkel – der Flug war Thema, das plüschige Hotel und immer wieder Venedig – straffte sich Thomas und bemerkte: »Du willst mich bestimmt gleich mit deiner Mutter überraschen, hab ich recht?«

»Aber nein!« Emilia schien richtiggehend empört. »Das ist allein eure Sache, da mische ich mich nicht ein.«

»Ich weiß ja gar nicht, ob sie mich überhaupt kennenlernen möchte.« Thomas sah Emilia forschend an, und es war klar, was er dachte: Weißt du etwas? Hat sie mit dir darüber gesprochen?

Aber Emilia tat ihm nicht den Gefallen, ihm eine Antwort auf die nicht gestellte Frage zu geben, und sagte bloß: »Tja.«

Bevor die Stimmung noch kippte, schaltete sich Astrid ein und erkundigte sich nach der Überraschung.

Emilia fischte die Olive aus ihrem Glas, steckte sie sich in den Mund und kaute genüsslich, als wolle sie es absichtlich spannend machen.

»Nun mal raus mit der Sprache«, forderte Astrid sie auf.

Ein Grinsen überzog ihr Gesicht, als sie endlich verkündete: »Die Überraschung heißt Berlin!«

Thomas' Augenbrauen hoben sich überrascht. »Berlin? Inwiefern Berlin?«

»Ich bleibe euch noch etwas länger erhalten. Stellt euch vor, ich habe eine Festanstellung bekommen. In der Fernsehwerft. Am Ersten fange ich in der Produktion an.«

Astrid beglückwünschte Emilia, wobei sie sie so ungeschickt umarmte, dass ein wenig Spritz aus ihrem Glas auf ihr T-Shirt schwappte. »Richtig für Geld?«

»Für wenig Geld.« Emilia wischte auf Astrids T-Shirt herum. »Aber auch wenig Geld ist Geld. Für mich jedenfalls.«

»Für mich auch«, seufzte Thomas, und Astrid wusste, dass er an all die mageren Jahre dachte, in denen der Erotikshop so gut wie keinen Cent abgeworfen hatte. Aber die Zeiten hatten sich geändert, und in der guten Stimmung, in der sie waren, luden sie Emilia zum Essen ein.

Später, es war längst dunkel, und Emilia hatte sich verabschiedet, um ihren Zug nach Mestre zu erreichen, liefen sie zum Markusplatz. Thomas hatte die Piazza bisher lediglich in der grellen Nachmittagssonne gesehen und war nun wie Lucie und Astrid seinerzeit von der nächtlichen Atmosphäre überwältigt. Die Basilika und die Prokuratien waren angestrahlt, und aus allen Richtungen trug der Wind die Melodien der Kapellen heran.

»Es ist so wundervoll hier«, sagte Thomas.

»Hab ich je was anderes behauptet?«, entgegnete sie.

Arm in Arm schlenderten sie zu der Anlegestelle der Gondeln, die an diesem Abend sanft und nahezu geräuschlos schaukelten, und schauten auf San Giorgio Maggiore.

»Weißt du was, Astrid?«

»Nein?«

»Gib mir mal dein Handy.«

»Wieso?«

»Hast du ihre Nummer?«

»Ja, ich …«

Thomas streckte fordernd seine Hand aus. »Bitte.«

Nur widerstrebend holte Astrid das Handy aus ihrer Tasche und reichte es ihm. Er scrollte sich durch ihre Adressliste und blieb bei F hängen. »Ich rufe sie an, okay?«

»Jetzt?«

»Ja. Jetzt ist genau der richtige Moment.«

Während er den Namen seiner Halbschwester anklickte, lief Astrid ein paar Meter die Uferpromenade entlang und schaute auf das angeleuchtete Kloster gegenüber. Es war spät. Vielleicht zu spät, um Lucie und Opa Johann eine SMS mit irgendeinem sentimentalen Geschwätz über Venedig zu schicken, aber immer noch früh genug, um gleich mit Thomas einen weiteren Spritz trinken zu gehen.

Danksagung

Ich danke meinem Agenten Michael Meller, der den Anstoß zu diesem Roman gegeben hat, dem Ullstein-Verlag für die vertrauensvolle und konstruktive Zusammenarbeit, meinen Freundinnen und Kolleginnen Christiane Heckes, Christiane Deledda, Heidemarie Brosche, Luisa Hendriks, Melanie Böge, Nina Petrick, Nina Wepler und Tina Hohl für die Hilfe bei allen Fachfragen und ganz besonders Andrea Bausch und meinem Mann für die vielen wundervollen Reisen nach Venedig.

JEDEN MONAT NEU DAS LESEN GENIESSEN

Entdecken Sie die schönen
Seiten des Lesens mit unseren
List-Taschenbüchern!

List

Eine Italienreise mit Hindernissen

Susanne Fülscher

Mit Opa auf der Strada del Sole

Roman

ISBN 978-3-548-60919-5

Astrid Conrady ist alles andere als begeistert vom Geburtstags-
wunsch ihres 80-jährigen Schwiegervaters: Dieser möchte noch
einmal nach Italien, an den Ort seiner ersten großen Liebe. Da es
ihm keiner abschlagen kann, macht sich die fünfköpfige Familie
im klapprigen alten Citroën auf die lange Fahrt von Berlin gen
Süden. Pannen, Streits und Katastrophen reihen sich aneinander.
Doch der miesepetrige Opa zeigt sich plötzlich von einer ganz
neuen Seite - und auch Astrid und Thomas entdecken neu, was
im alltäglichen, mühevollen Kampf des Familienlebens unterge-
gangen war: ihre Liebe zueinander.

1.

Astrid stand vorm Badezimmerspiegel und probte Glücklichsein. Das Kinn in die Höhe gereckt, lächelte sie ihrem Spiegelbild zu. Es war ein angespanntes Lächeln, dennoch fand sie, dass sie kein schlechtes Bild abgab. Glücklicher war sie deswegen trotzdem nicht. Dazu hatte sie zu nasse Füße und überdies das Gefühl, in einem Kettenkarussell zu sitzen, das bereits seit Jahren im Kreis sauste und sich nicht anhalten ließ.

Durch die angelehnte Tür drang eine schnarrende Radiostimme, vermischte sich mit einem Klavierkonzert von Bach, das Max heute zum wer weiß wievielten Male hörte. Thomas sprach gedämpft ins Telefon, irgendjemand, vermutlich ihr Schwiegervater Johann, zog mit Getöse Schubladen auf und zu. Im nächsten Moment waren dumpfe Schritte im Flur zu hören. Ihre Kleine hatte die unschöne Angewohnheit, mit den Hacken zuerst aufzutreten, was Astrid schier wahnsinnig machte. Aber Lucie kümmerte das nicht. Sie ging eben, wie sie ging. Und falls das jemanden störe, könne sie auch gerne ausziehen.

Mit den Fingerspitzen wischte Astrid den Staub von Thomas' Aftershaveflasche, kratzte einen Zahnpastafleck vom Waschbeckenrand. Dann beschloss sie, endlich das Chaos im Bad zu beseitigen, sich fürs Barbecue fertigzumachen und danach ein paar Minuten die Beine hochzulegen – ganz egal, was kommen würde.

Das Chaos bestand in einer ausgelaufenen Waschmaschine. Wie Astrid ihr Glück in Bezug auf technische Geräte einschätzte, war die Maschine hinüber. Wie bereits vor kurzem der Toaster. Und davor der alte DDR-Omega-Staubsauger, ein Erbstück ihrer Mutter. Sie hatte es aufgegeben, nach Gründen zu suchen, warum sie und die Technik auf Kriegsfuß standen. Es war nun mal so. Lästig, aber auch kein Weltuntergang. Der bestand vielmehr darin, dass auch Thomas kein handwerkliches Geschick besaß und eine Reparatur zum Nulltarif daher ausfiel.

Ihre Gelenke knackten, als sie in die Hocke ging und den Eimer mit den Putzutensilien unter dem Waschbecken hervorangelte. Der vertrocknete Wischlappen würde kaum die Nässe auffangen, die sich bereits überall verteilt hatte.

»Johann? Lucie? Thomas?«, rief sie. »Ich brauche die Papierrolle aus der Küche! Schnell!«

Doch nichts geschah. Außer dass es wie auf ein geheimes Kommando hin mucksmäuschenstill in der Wohnung wurde. Lieber stellte man sich tot, als ihr mal einen klitzekleinen Gefallen zu tun.

»Wo seid ihr denn alle?« Sie hatte es so satt, dass in ihrem Fünf-Personen-Haushalt immer alles an ihr hängenblieb. Waschen, kochen, putzen, Termine koordinieren, trösten. Sie kam sich manchmal wie der familieneigene Fußabtreter vor.

Als sie sich aufrichten wollte, um selbst in die Küche zu gehen, stieß sie sich den Kopf am Waschbecken. Sterne flirrten ihr vor den Augen. Wie damals im Ferienlager auf Usedom. Beim gemeinsamen Abwaschdienst mit Thomas. Unsanft waren sie mit den Köpfen zusammengerumst, und dann hatte er sie geküsst. Meine Güte, wo war das alles geblieben? Das Früher. Diese gutgewürzten Momente. Glück.

Die Küchenrolle landete neben der Kloschüssel.

»Hast du dir weh getan?« Ihr Schwiegervater lehnte schlaksig, den Rücken gebeugt, am Türrahmen und lächelte sie spöttisch an.

»Geht schon.« Astrid schnappte sich die Papierrolle und kam hoch. »Danke.«

Johann betrat das Bad, die Gummisohlen seiner karierten Hausschuhe quietschten auf den Fliesen.

»Ist noch was?« Astrid nahm kaum an, dass er ihr beim Aufwischen helfen wollte.

»Hätte man euch im Arbeiter-und-Bauern-Staat mal ein bisschen in die hohe Schule der Hauswirtschaft eingeführt, statt eure Arbeitskraft als Kranführer zu missbrauchen«, sagte er, und der Lichtstrahl der Badbeleuchtung ließ seine Haut noch pergamentartiger erscheinen, »dann sähe es im geeinten Deutschland heute bestimmt besser aus.«

»Kranführerin. Ich war Kranführer*in*.« Astrid wickelte rasch die Haushaltsrolle auf, bedeckte den Boden mit dem Papier und drückte sanft darauf, damit es sich vollsaugen konnte.

Johann sah ihr ein Weilchen zu, dann setzte er seinen Monolog fort, indem er seinen Zeigefinger wie einen Dirigentenstab hin und her schwang, doch Astrid hatte bereits auf Durchzug geschaltet. Sie wusste sowieso, was kommen würde. Binsenweisheiten – entweder über den Feminismus, die arbeitende Frau im Sozialismus oder ihre fragwürdige Ehe mit Thomas. Das Arbeiterkind Astrid aus der DDR und der Hannoveraner Thomas – was für eine sonderbare Mischung! Das konnte ja nicht gutgehen! Johann hatte sich darüber oft genug ausgelassen. Angefangen bei Astrids vermeintlichem Ostdialekt, der angeblich klingelnde Ohrgeräusche bei ihm auslöste, und endend mit dem Berufsstand ihrer längst verstorbenen Eltern: Arbeiter in einem Metallhüttenwerk. Johann selbst hatte es immerhin zum Schalterbeamten bei der Post gebracht, und wäre da nicht der Krieg dazwischengekommen, hätte er studiert und würde sich jetzt mit Herr Doktor anreden lassen.

Astrid tat es ja ausgesprochen leid, dass sich sein so fabelhaft Hochdeutsch sprechender Sohn Mitte der achtziger Jahre bei einer deutsch-deutschen Jugendbegegnung in die rotblonde Astrid verliebt hatte und die beiden einige Jahre später – die Mauer war gefallen – nichts Besseres zu tun hatten, als ihre Schülerromanze aufzuwärmen. Mit dem Resultat, dass sie Eltern zweier mehr oder minder komplizierter Kinder geworden waren, Tag für Tag ihre Kleinkriege ausfochten und sich schon gar nicht mehr vorstellen konnten, wie ein friedfertiges Leben aussah.

Bisweilen war Astrid in Versuchung, Johann zu fragen, ob es ihm lieber wäre, dass sie sich von Thomas trennte, aber dann gäbe es niemanden mehr, der Opas zerschlissene Unterhosen wusch, ihm seine heißgeliebten Frikadellen briet, Gummibärchen kiloweise einkaufte und sein Bett aufschüttelte. Weil sie dann ganz für sich in einer Dachgeschosswohnung im Zentrum leben würde, vielleicht mit Lucie, vielleicht mit beiden Kindern, auf keinen Fall jedoch mit ihrem Schwiegervater. Er konnte von Glück sagen, dass sie ihn vor drei Jahren, nach dem Tod seiner Hilde, im ausgebauten Dachgeschoss ihres Reihenhauses einquartiert hatten. Obwohl die Zimmer eigentlich für die flügge werdenden Kinder gedacht waren und er noch mobiler war als so manch anderer in seinem Alter. Aber allein wäre er eben auch nicht zurechtgekommen. Im Mäkeln war er Meister, doch schon beim Spiegeleierbraten scheiterte er. Die gute Hilde hatte ihm ja mehr als vier Jahrzehnte gedient, ihm alles abgenommen.

Johanns schnarrende Stimme ließ sich nicht länger ausblenden, die Worte drangen ungefiltert an Astrids Ohr. Als er bei der Schilderung seines jämmerlichen Daseins gelandet war, das in erster Linie aus Fernsehgucken und Gummibärchen essen bestand, reichte es Astrid. »Johann, du bist süchtig nach Gummibärchen, und deinen Fernseher liebst du auch über alles. Also lass mich bitte in Ruhe, okay?« Sie schob das nasse Papier zusammen. »Frikadellen stehen im Kühlschrank. Kannst sie dir ja später aufwärmen oder kalt essen.«

Ihr Schwiegervater grinste schief. Fahrig zupfte er an den Freizeithosen, die ihm um die mageren Schenkel schlackerten. Dazu trug er ein verknittertes, etliche Nummern zu großes Karohemd mit kurzen Ärmeln. Astrid hätte sich ja gern bereit erklärt, mit ihm einkaufen zu gehen, einfach damit er sich besser kleidete, aber Johann wehrte sich wie ein bockiges Kind. Er wäre eh nur zu Hause, mal auf dem Sofa, mal in der Küche, selten in seinem Zimmer, das Thomas ihm so liebevoll eingerichtet hatte. Und falls es ihn doch vor die Haustür trieb, landete er entweder im Zeitungskiosk oder in der Tankstelle, wo er Süßigkeiten kaufte, die er noch auf dem Nachhauseweg auffutterte. Schlimmstenfalls lungerte er bei ihnen im Erotikshop herum, wo er in den Regalen stöberte und die Kunden mit Sprüchen wie *Früher hatten wir so was aber nicht nötig* nervte.

»Wie, was, ihr seid zum Abendbrot gar nicht da?«, fragte er.

»Ganz genau.« Astrid drückte das tropfnasse Papier im Waschbecken aus und warf es dann in den Mülleimer.

»Aha! Was habt ihr beiden Turteltäubchen denn vor?«

»Die Beauforts geben eine Grillparty.«

»Die Beauforts?« Er deutete mit dem Daumen nach nebenan.

»Ganz genau, *die* Beauforts. Andere kenne ich auch nicht.«

Johann nickte, und sein Mund öffnete sich leicht. Vermutlich wolle er etwas sagen, zum Beispiel, warum die Beauforts ihn nicht auch eingeladen hätten, er wäre doch ebenso ihr Nachbar und würde immer höflich grüßen, aber dann klappte er den Mund wieder zu.

»Übrigens wäre es nett, wenn du Lucie und Max etwas von den Frikadellen übrig lassen würdest.« Astrid zog sich am Waschbeckenrand hoch und bemerkte beim flüchtigen Blick in den Spiegel, wie sehr sich ihr Gesichtsausdruck innerhalb der letzten fünf Minuten verändert hatte. Das Lächeln war verschwunden und ihre Gesichtszüge kamen ihr gestochen scharf vor, als habe ihr jemand eine überkorrigierte Brille verordnet. Mit dem erschreckenden Resultat, dass sie wie ein hässliches Abziehbild ihrer selbst aussah.

»Also, wenn ich so viel mampfen würde, wie du gerade behauptest, müsste ich aber schon ein bisschen mehr Speck auf den Rippen haben«, verteidigte sich Johann. Wie zum Beweis für seine angebliche Genügsamkeit zupfte er an den schlabberigen Hosenbeinen. Dabei war er nur ein alter Mann, der, so viel er auch aß, kein Fett mehr ansetzte. Oder aber seine Nörgelei verbrannte Unmengen an Kalorien.

»Weiß ich doch«, lenkte Astrid ein. Bitte jetzt keinen Streit, dachte sie. Dafür hatte sie weder Nerven noch Muße.

»Und was nehmt ihr als Gastgeschenk mit?« Johann schien sich vorgenommen zu haben, ihr bis zum bitteren Ende die Zeit zu stehlen. Hauptsache, er musste nicht alleine sein, denn das war etwas, was ihm am allerwenigsten gelang.

»Thomas wollte Sekt besorgen.«

»Sekt? Ihr könnt den Beauforts doch nicht mit schnödem Sekt kommen! Champagner ist ja wohl das mindeste.«

Astrid fand, dass sie das sehr wohl konnten. »Sieh doch mal nach, ob Thomas noch telefoniert«, wechselte sie das Thema, woraufhin sich Johann zu ihrer Überraschung in Bewegung setzte und davonstakste.

Astrid hatte nach drei nervenaufreibenden Jahren eingesehen, dass es keinen Sinn hatte, mit ihrem Schwiegervater zu diskutieren, egal worüber. Es hatte nicht mal Sinn, belanglose Sachverhalte zu verhandeln, was sich kaum vermeiden ließ, wenn man unter einem Dach lebte.

Schritte tapsten über den Flur, dann steckte Thomas seinen Kopf zur Tür herein. »Was gibt's? Ich muss noch wegen der Dessouslieferung telefonieren.«

»Die Waschmaschine ist ausgelaufen.«

Seine Augenbrauen rückten enger zusammen. »Dann hast du sie bestimmt nicht richtig angestellt.«

»Bitte was?«

»Ja! Aus Versehen den falschen Knopf gedrückt.«

»Ich hab den verdammt richtigsten Knopf gedrückt, den man überhaupt nur drücken kann!« Astrid spürte, wie das Blut in ihren Schläfen zu pulsieren begann. »Kannst du nicht erst mal nachgucken, bevor du mir Vorhaltungen machst?«

Leise aufstöhnend, tippte Thomas auf den Tasten seines Handys herum. »Keine Zeit, Liebes …«

»Ja, ich weiß«, erwiderte sie. »Hast du ja nie. Und Ahnung erst recht nicht.« Ein Gefühl von Hilflosigkeit stieg in Astrid auf, vermischte sich mit Wut, die schon länger in ihr brodelte. »Dann bestell wenigstens einen Fachmann! Oder muss ich hier immer alles machen?«

»Alles?« Er klang höhnisch. »Das ist ja mal interessant.«

Er holte nicht weiter aus, aber Astrid wusste auch so, was er meinte. Den Erotikshop. Der war Thomas' Baby gewesen, eine Schnapsidee, die bei einem Skatabend mit Freunden das Licht der Welt erblickt hatte. Astrid war sofort dagegen gewesen – ohne sie –, doch Thomas hatte ihre Einwände im Eifer des Gefechts schlichtweg überhört. Er hatte damals gerade seinen Job als Programmierer bei einer kleinen Versicherung verloren. Und kaum ein Tag war seinerzeit vergangen, an dem er nicht mit irgendeiner abstrusen Geschäftsidee anrückte, die ihnen todsicher das ganz große Geld bringen würde. So war er schon immer gewesen: voller Hirngespinste, die selten zu etwas führten. Wie beim Erotikshop, den er dank der finanziellen Unterstützung eines Freundes plus eines Kredites zwar zum Laufen gebracht hatte, aber das war's dann auch gewesen. Vom großen Geldsegen keine Spur. Seit nunmehr zwölf Monaten wandelten sie auf dem schmalen Grat zwischen Geschäftsaufgabe oder Durchhalten, was Astrid so fuchsteufelswild machte, dass sie sich mehr und mehr aus dem alltäglichen Geschäft zurückzog. Thomas hatte den Laden haben wollen, also sollte er sich auch bitte schön darum kümmern. Sie sprang nur ein, wenn Not am Mann war, tat sich jedoch nach wie vor schwer damit, Liebesperlen, Dildos und Latex zu verhökern, als wäre es Margarine oder Zahnpasta.

Thomas ging mit langen Schritten zum Fenster und riss es auf. Vielleicht roch es wieder mal nach Schimmel, vielleicht wollte er aber auch nur irgendetwas tun, das ihn von seinem Unmut ablenkte.

Die milde, nach frischem Gras duftende Luft tat Astrid gut. Sie atmete tief durch, und plötzlich kam es ihr so vor, als sei sie gar nicht anwesend, vielleicht nicht mal eine Bewohnerin dieses Planeten. Sie war allenfalls auf Stippvisite und sah einer rotblonden Frau mit zu langem Pony zu, die abwehrend die Hände hob und sagte: »Tut mir leid, aber falls du darauf anspielst, dass ich nicht darauf stehe, dieses ganze Sexspielzeug zu verkaufen ...«

Thomas ging leise schnaubend vor der Waschmaschine in die Hocke, warf einen Blick auf die Anschlussschläuche, drückte eine Taste nach der anderen, doch sein Gesichtsausdruck verriet, dass das Gerät für ihn ein Buch mit sieben Siegeln war. Sich angestrengt über die Stirn wischend, stand er wieder auf und versprach: »Okay, ich rufe gleich beim Service an.«

Astrid nickte ihm dankbar zu und öffnete die Trommel, in der die nasse, aber noch dreckige Wäsche lag. »Was mache ich denn jetzt damit?«

»Waschsalon?« Eine beklemmende Stille trat ein, dauerte eine Weile, doch dann räusperte sich Thomas. »Wenn du willst, erledige ich das morgen.«

Astrid schaute ihren Mann verblüfft an. Selten war er derjenige, der den Kleinkrieg beendete. Vielleicht hatte er eingesehen, dass er mit seinen Anschuldigungen zu weit gegangen war, oder aber er sehnte sich genau wie sie nach einem ruhigen, harmonischen Feierabend. Vor lauter Überraschung vergaß sie sich zu bedanken und schlug vor, dass auch Lucie oder Max das übernehmen könnten.

»Kein Problem. Ich mach das schon.« Thomas verstaute das Handy in der Brusttasche seines Hemdes und gab Astrid einen flüchtigen Kuss. Zärtliche Momente wie diese gab es auch, aber sie kamen so unverhofft, dass Astrid mehr darüber erschrak, als sie zu genießen.

»Wie lange brauchst du noch?« Er sah auf die Uhr. »Wir sollten schon pünktlich sein. Du kennst ja Beauforts.«

»Gib mir fünfzehn Minuten, okay?« Wenn es darauf ankam, war Astrid wie ein Wirbelwind. Das Mutterdasein hatte sie darauf getrimmt, alles im Eiltempo zu erledigen und keine Zeit mit Firlefanz zu vergeuden. Das Beinehochlegen würde nun allerdings entfallen. »Hast du den Sekt kalt gestellt?«

»Sekt?« Thomas schlug krachend das Fenster zu.

»Ja, Sekt.« Ein Wort genügte und die Stimmung kippte. »Das Mitbringsel für Beauforts.«

»Aber wieso, ich dachte, du wolltest …«

»Thomas, wir haben gestern lang und breit besprochen, dass du auf dem Weg zur Kondomerie den Sekt, Crémont, Champagner, was weiß ich besorgst.«

»Ach, wirklich?« Er lächelte sein Unschuldslächeln.

»Also gut«, entgegnete sie spitz. »Wir haben kein Mitbringsel. Und nun?«

»Gehen wir eben ohne.«

»Das können wir nicht machen! Die Einladung steht seit Wochen!«

Thomas hockte sich auf den Badewannenrand und fuhr sich durch seinen immer noch vollen, graumelierten Haarschopf. Im nächsten Moment schnippte er mit den Fingern, als habe er den Blitzeinfall. »Die Fenchelsalami aus Sizilien!«

»Sizilien«, spottete Astrid. »Soweit ich weiß, ist die vom Discounter.«

Doch Thomas zerstreute ihre Bedenken, indem er versicherte,

die Beauforts würden das gar nicht merken, weil sie ohnehin in edlen Feinkostgeschäften und in den Luxusabteilungen der Kaufhäuser einkauften. Astrid hoffte inständig, er würde recht behalten. Vielleicht schafften sie es ja, nur dieses eine Mal, sich nicht bei ihren Nachbarn bis auf die Knochen zu blamieren.

Susanne Fülscher
Leben, frisch gestrichen

Roman. www.list-taschenbuch.de
Originalausgabe
ISBN 978-3-548-60801-3

Annas rebellische Mutter zählt sich mit Mitte sechzig noch lange nicht zum alten Eisen. Und ihre beiden widerspenstigen Töchter, Anfang zwanzig, machen Anna das Leben auch nicht gerade leicht. Dabei wünscht sie sich nichts als ein bisschen Ruhe und Frieden. Doch daran ist erst mal nicht zu denken, denn Großmutter will das Haus renovieren lassen und hat dafür einen polnischen Handwerker engagiert. Tomasz ist Anna sehr suspekt, erweist sich aber bald als Glücksgriff.

List Taschenbuch

L331

Elisabetta Severina
Der Duft von zu Hause

Deutsche Erstausgabe
Roman. www.list-taschenbuch.de
ISBN 978-3-548-60885-3

Elisabetta hält das Rezeptbuch ihrer Familie in den
Händen. Als ihre Mutter mit nur 43 Jahren starb, war
sie selbst noch ein kleines Mädchen. Beim Blättern
spürt sie den Düften ihrer Kindheit nach und erinnert
sich an die Geschichte ihrer Familie. Und versteht
schließlich, was ihre Mutter ihr mit auf den Weg geben
wollte: ein glücklicher Mensch zu sein, ein eigenes
Leben zu führen, also neue Rezepte zu erfinden und
dem Buch der Familie hinzuzufügen.

»Eine berührende Familiengeschichte, aufgespürt mit
Zartheit, Leidenschaft und erzählerischem Können.«
Il Sole, 24 ore

List Taschenbuch

L359

Francesc Miralles
Samuel und die Liebe zu den kleinen Dingen

Roman. www.list-taschenbuch.de
ISBN 978-3-548-60936-2

Der Literaturdozent Samuel hat es sich in seiner Ein-
samkeit bequem gemacht – bis ihm eine junge Katze
zuläuft und ihn aus seiner Lethargie zurück ins Leben
holt. Schritt für Schritt öffnet sich Samuel für das kleine Glück des Alltags, für Begegnungen, Freundschaften
und schließlich für die Liebe. Eine hinreißende Geschichte über das, was im Leben wirklich zählt.

»Ein poetischer Roman über die Macht des Zufalls«
Jolie

»Ein wunderbares Buch über das Leben« *Woman*

List Taschenbuch

L380